펜리르가 ￼
한참을 ￼

하지만 가룸으￼
인해 줄어든 것이고 원￼
"봉인되￼
이￼

따라 문턱을 넘었다.
펼쳐진 광경을 보고
결에 탄성을 흘렸다.
하구먼……."
범한 석조 건물이다.
채색이라 할 정도로
게 섞여있지 않았다.
확하게 구분되어서
일성을 띠고 있었다.

미라는 안내에
그리고 실내에
무심

"이거, 참으로 훌륭

집 자체는 지극히 평
게다가 밖에서 본 것처럼 =
색이 잡다하
그곳에 있는 모든 것들은 ㅁ
감탄스러울 정도의 질서와 통

발 선 눈으로 미라를 노려보았다.
올려다 봐야 할 정도로 거대한 몸에
몸길이는 무려 30미터 정도.
의 말에 의하면 이 모습도 봉인으로
래는 이것의 몇 배는 크다고 한다.
이어 있다고는 하나……
것 참 겁나는구먼……."

$$\langle 1 \rangle$$

어스 대륙의 중심부. 사계의 숲을 중심으로 네 개의 산맥이 동
서남북으로 뻗어 있었다. 이미 여름이 되었음에도 산의 정상 부
근은 아직 눈으로 뒤덮여 있어서 멀리까지 이어진 심록 위에 선
명한 하얀 선이 드리워져 있다.

그중 하나인 표고가 오천 미터는 족히 되는 동쪽 산맥의 상공
을, 가루다가 끄는 왜건이 유유히 날고 있었다.

"참으로 추워 보이는구먼."

미라는 창밖을 바라보며 나직하게 중얼거렸다.

눈 아래에는 눈으로 뒤덮인 산등성이가 이어져 있다. 하지만
고도 오천 미터 이상임에도 왜건 안은 쾌적했다. 그럴 만도 했다.
미라 전용으로 특수 제작된 왜건은 높은 고도에서도 내부 환경을
유지할 수 있도록 설계되어 있었기 때문이다.

미라는 마치 자신의 방에 있는 것처럼 편안한 자세로 창문을 가
득 메운 웅대한 절경을 내다보며 소소한 우월감에 젖어 들었다.

"저 근처였던가?"

미라는 약간 몸을 내밀어 서쪽 방면을 바라보았다.

산맥이 교차하는 중앙에 위치한 분지에 펼쳐진 사계의 숲에는 아
홉 현자의 일원인 카구라가 조직한 이스즈 연맹의 본거지가 있다.

이스즈 연맹은 인류의 좋은 이웃인 정령들을 해치는 존재, 키메
라 클로젠에게 대항하기 위해 만들어졌다. 최대의, 그리고 최후의

적이었던 키메라 클로젠을 토벌한 현재, 이스즈 연맹은 표면적으로 알려진 바대로 자연보호 활동에 힘을 쏟고 있다고 한다.

'역 도시에도 이미 키메라가 토벌되었다는 소문은 퍼져 있었지. 지금도 수고가 많지만 더더욱 바빠지겠어.'

이스즈 연맹의 숨겨진 면모라 할 수 있는 키메라 클로젠에 대항하기 위한 무장집단은 각지로 흩어져 잔당을 소탕하는 중이다. 소문이 퍼지면 퍼질수록 그들도 바빠질 것이다.

사계의 숲이 있는 저편을 바라본 채 그들의 건투를 빌며 미라는 역 도시에서 구입해온 역 도시락의 뚜껑을 열었다.

순간, 식욕을 자극하는 냄새가 왜건 안에 퍼졌다.

"호오, 때깔도 곱군."

미라는 크게 숨을 들이쉬어 일단 눈과 코로 도시락을 즐겼다. 지나가던 역 도시락 마스터가 그것이 역 도시락에 대한 예의라고 알려주었기 때문이다.

여름의 밤참. 그것이 이번에 미라가 입수한 도시락의 이름이었다. 여름이 제철인 식재료를 듬뿍 사용한, 얼핏 보면 흔해 보이는 도시락이었지만 중요한 것은 그것을 요리한 요리사였다. 그것은 다름이 아니라 일찍이 궁정에서 실력을 발휘했다는 경력을 지닌 브라운 요리장이 직접 만든 도시락이었던 것이다. 브라운 요리장은 현역에서 물러난 후, 역 도시에 작은 도시락 가게를 냈다. 여름의 밤참은 그곳에서만 살 수 있는 한정품이었다.

"고상한 것은 물론이고 뱃속까지 전해지는 듯한 깊은 맛까지. 훌륭한 도시락이로군그래."

도시락의 완성도에 만족한 미라는, 과연 궁정요리장답게 서민들이 애용하는 식재료가 지닌 잠재력을 최대로 이끌어낸 일품이라는 평을 내렸다.

참고로 들렀던 역 도시에서는 1, 2위를 다툴 정도로 인기가 있어서 30분 동안 줄을 서고서야 겨우 살 수 있었다. 도시락을 비운 미라는 사계절로 나뉜 각 도시락은 명칭은 물론 내용물도 다르다는 점원의 말이 떠올라서 모든 계절의 도시락을 재패해 보고 싶어졌다.

'뭐어, 사랑이 담긴 애정 도시락에는 못 미치지만 말이지.'

마리아나에게 받은 명예의 전당급 애정 도시락은 이미 비운 지 오래였다. 듣는 사람도 없건만 속으로 자랑을 하며 빈 도시락통을 정리한 미라는 까마득히 멀리 떨어진 산맥을 쳐다보던 시선을 전방에 펼쳐진 초원과 숲으로 옮겼다.

"어디, 빨리 발견되면 좋을 터인데."

목표는 아홉 현자의 일원인 소울하울을 발견하는 것. 행선지는 고대지하도시의 폐허를 관리하는 모험가 종합 조합이 있는 도시, 그란 링스. 삼신국 그림다트의 북서쪽에 위치한, 오랜 역사를 자랑하는 대도시다.

알카이트 왕국을 떠난 지 나흘째 되는 날의 오후. 몇 개의 촌락과 마을을 통과하자 드디어 목적지가 보이기 시작했다.

여전히 저 멀리까지 펼쳐진 초원과 숲의 안쪽에 위치한, 높다란 언덕 너머에 오랜 역사가 절로 느껴지는 커다란 도시가 당당히 펼쳐져 있었다.

"역시 감탄스러우리만치 판타지스럽구먼……."

그란 링스. 그곳은 세 개의 고리를 삼각형이 되도록 늘어놓은 듯한 구조로 되어 있어 삼환(三環)도시라 불리기도 했다.

계속해서 하늘을 날아 다가가자 도시의 모습이 더욱 선명하게 보였다. 고리 하나 만큼의 부지 안에는 높다란 굴뚝이 잔뜩 솟아나 있었다. 생산 관계 시설이 많이 모여 있는 구획이다. 나머지 두 곳은 상업 구획과 주택 구획이 적절한 균형을 이루고 있어 그리 큰 차이가 나지 않았다.

그리고 세 개의 고리에 둘러싸인 중심부에 주변 지역을 다스리는 공작가의 궁전이 당당하게 자리했다. 오래되었음에도 색이 바래지 않은, 번듯하고 으리으리한 궁전이.

하지만 그보다 눈길을 끄는 것은 도시의 상공이었다.

식신이며 소환, 사령술로 조종하는 거대한 새의 시신 등. 미라 말고도 하늘을 날아 찾아온 여행자들이 제법 많아 보였기 때문이다.

삼환도시 그란 링스. 그 지하 깊숙한 곳에 위치한 고대도시 던전은 초심자부터 숙련자까지 폭 넓은 계층이 이익을 얻을 수 있어서 모험가들에게는 낙원과도 같은 곳이었다. 내부가 랭크별로 나뉘어 있는 보기 드문 던전이기도 해서 수행을 하기에도 좋았다.

그런 이유에서 지금까지 미라가 들렀던 어떤 도시보다도 모험가의 수가 많아, 하늘을 날아다닐 정도의 실력자도 제법 눈에 띄는 것이다. 매우 숫자가 적을 터인 소환술사까지 보일 정도였다.

"오오, 히포그리프를 타고 있는 걸 보면 동업자인가! 암 그렇지, 있을 만한 곳에는 있기 마련이고말고!"

그란 링스의 상공에 도착한 미라는 창밖에 보이는 술사들을 둘러보다가 소환술사를 발견하고는 매우 신이 나서 떠들어댔다.

지상에 착륙용 공간까지 준비된 것을 보니 소환술사뿐 아니라 비행 이동수단을 지닌 자가 이 도시에서는 드물지 않은 듯했다. 있을 만한 곳에는 있는 법인 것이다.

안전하게 착지할 수 있는 장소를 찾기가 귀찮았던 미라는 반색하며 가루다에게 지시를 내려 그 공간에 왜건을 내리게 했다.

하지만 미라는 알지 못했다. 왜건 같은 고급스러운 것을 탄 것이 자신뿐이라 상당히 눈에 띄었다는 사실을.

미라는 도시에 착륙한 후, 가루다를 송환하고 잿빛 곰인 가디언 애시를 소환했다. 그리고 그대로 애시에게 왜건을 끌게 해서 근처에 있던 대로로 나갔다.

'참으로 가슴 설레는 광경이로구나.'

대로는 말끔하게 돌로 포장되어 있었다. 심지어 대형 마차 여러 대가 넉넉하게 지나다닐 정도로 넓기까지 했다. 오가는 사람들의 숫자는 물론이고 종족도 다양하고, 마차의 모습도 곳곳에서 보였다.

대로 양쪽에 들어선 건조물들은 모두 돌과 나무, 기와로 만들어져서 마부대에서 보이는 광경은 판타지 마니아라면 누구든 눈을 반짝일 광채로 넘쳐나고 있었다.

현실이 되자 이렇게까지 인상이 달라지다니. 무심히 게임이었던 시절의 광경을 돌이켜보던 미라는 곧장 소울하울의 목격 정보를 얻기 위해 조합으로 향했다.

조합은 상당히 잡다한 길의 구석진 곳에 있었지만 미라는 무사히 도착했다. 안내용 간판이 곳곳에 걸려 있었기도 했거니와 지나가던 경비병에게도 길을 물어본 덕분이다.

그란 링스의 조합은 전사와 술사 조합이 한곳에 모여 있는지, 그 건물은 주변 건물에 비해 매우 커다랬다. 심지어 돌과 기와로 지어졌다는 데에는 변함이 없지만 정면에는 번듯하게 장식된 문이 달렸다. 또한, 멀리까지 이어진 벽에는 세밀한 조각이 새겨져 있었는데 그것이 부지를 빙 둘러싸고 있었다.

그리고 그 광대한 넓이에 걸맞은 수의 모험가들이 그곳의 문턱을 넘나들고 있었다.

'이러고 있을 때가 아니지.'

지금까지 보아온 조합의 건물과는 다소 분위기가 다른 탓에 차분하게 조합 건물을 관찰하던 미라는 퍼뜩 정신을 차리고 왜건을 몰아 커다란 문 아래를 지났다.

문을 지나 정면에 보이는 조합 본관은 그 분위기며 풍격이 공작급 귀족의 저택 같다고 해도 과언이 아닐 정도로 번듯했다. 심지어 주변에 위치한 정원은 깔끔하게 정비되어서 주차장으로 손색이 없었고 옆에는 기와지붕이 얹어진 마구간도 보였다.

아무래도 조합에 마차를 맡겨둘 수 있는 모양이다. 옆에 세워진 간판에는 '차 : 하루 삼천 리프 / 말 : 하루 이천 리프'라고 적혀 있었다.

"이 왜건을 맡기고 싶다만."

그 간판을 본 미라는 주차장으로 들어가 그곳에 있던 제복 차림의 남자에게 말을 붙였다.

"네, 감사합니다."

남자는 환한 미소를 띤 채 달려오더니 익숙한 투로 주차장에 관해 설명하기 시작했다.

요금은 맡긴 시간이 아니라 밤 12시를 기준으로 하루씩 정산된다. 연체는 열흘까지 인정되며 기한을 넘기면 처분하지만 차를 맡길 때 미리 말을 해두면 편의를 봐준다. 추가 요금을 지불하면 세차 서비스를 해주며 지붕이 있는 주차장은 상급 모험가 전용이다, 등등.

설명을 대충 다 들은 미라는 모험가 증명서를 제시하고 지붕 있는 주차장에 왜건을 맡기고서 번호가 적힌 보관증을 받았다. 참고로 세차 서비스는 신청하지 않았고 연체할 수도 있다고 미리 말을 해두었다.

"그럼 무운을 빌겠습니다."

그렇게 말하는 담당자의 배웅을 받으며 주차장을 뒤로 한 미라는 그대로 조합으로 걸음을 옮겼다.

"세인트 폴리보다 크군그래."

건물의 크기를 통해 예상은 했지만 조합의 로비는 놀랄 만치 넓었다. 폭이 이백 미터는 될 법한 그곳에서 좌측은 술사조합, 우측은 전사조합인 듯했다. 로비의 양측은 그곳에 있는 면면들을 슬쩍 보기만 해도 그 성질을 알 수 있을 정도로 각기 다른 사람들로 붉혔다.

"궁금한 게 있는데, 물어도 되겠나?"

미라는 빈 접수처에 빼꼼 고개를 내밀었다. 그러자 그곳에 있던 여성 직원은 다정한 미소를 띤 채 "네, 무엇이든 말씀하십시오"라고 답했다.

"지금 지인을 찾고 있다만, 최근에 고대지하도시의 백(白)의 공간에 간다고 한 자는 없었느냐?"

신명광휘의 성배를 제작하는 데는 백아의 오브 조각이 필요하다. 그 백아의 오브는 백의 공간이라는 곳에 있다. 아닌 게 아니라 백의 공간에는 그것밖에 없다 해도 과언이 아니라, 만약 그곳에 간 이가 있다면 십중팔구 소울하울이라 보아도 될 터다.

하지만 미라의 질문을 받은 직원은 그런 인물은 없었다고 대답했다.

"백의 공간은 최하층에서도 안쪽에 해당하는, 가디언이 수호하고 있는 고대지하도시의 최심부에 있는지라 애초에 함부로 다가갈 수 없는 장소입니다. 그런 무모한 짓을 하려는 분이 계셨다면 분명 기억했을 겁니다."

여성 직원은 그렇게 딱 잘라 말했다. 그녀의 말대로 고대지하도시의 최심부를 지키고 있는 가디언은 가는 도중에 싸우게 되는 마물들과 차원이 달랐다. 아홉 현자라 해도 혼자서는 돌파하기가 힘들 정도다.

"흠, 그런가. 그럼 위로 치켜 올라간 눈에 음침하고 쓸데없이 폼을 잡으며 척 보아도 중2스러운…… 뭐라고 해야 할지, 아이들이 한때 동경할 만한 멋진 옷을 보란 듯이 입은 녀석은, 오지 않았느냐?"

첫 번째 질문은 소득이 없었지만 미라는 포기하지 않고 얼핏 봐도 알 수 있을 만한 소울하울의 인상을 간결하게 정리해서 다시 물었다.

"치켜 올라간 눈에 음침…… 폼을 잡고, 아이들이 동경할 만한 멋진 옷이라……. 죄송합니다, 본 적이 없네요."

직원은 잠시 생각을 하는 눈치이더니 이 조합에는 많은 사람들이 모여드는지라, 드나드는 사람들의 상세한 인상까지 기억할 수는 없다고 답했다.

"흐음. 뭐어, 확실히 그럴 만도 하군……."

이만큼 사람이 많으면 본 사람도 많을 법했지만 이렇게나 많은 사람들 속에서 소울하울을 본 사람을 찾기란 매우 어려울 것이다. 심지어 소울하울이 이곳에 왔는지 어떤지조차도 확실치 않은 상태니, 정말 아무도 보지 못했을 가능성도 있었다.

미라는 어쩔까 하고 생각에 잠겼다. 그러던 중에 직원이 문득 생각이 났다는 듯 "앗" 하고 입을 열었다.

"백의 공간은 아니지만 그 직전인 최하층까지의 허가증을 찾으신 분이 일주일 전에 한 분 계셨습니다."

"오호! 그것이 정말이냐?!"

생각지 못한 직원의 말에 미라는 몸을 내밀며 고개를 들었다.

최심부인 백의 공간에 가려면 당연히 최하층까지 내려가야만 한다. 그러기 위해서는 최하층에 가기 위한 허가증이 필요하며 이것을 요구했다면 그 인물이 소울하울일 가능성도 있는 것이다.

질문을 잘못했다. 처음부터 최하층에 간 이는 없느냐고 물었다면 기억해내기 쉬웠을 텐데, 라는 생각이 들어서 미라는 반성했다.

"그분은 음침하다기보다는, 마스크로 얼굴을 거의 다 가리고 있어서 수상해 보이더군요. 이토록 많은 모험가들 중에서도 최하층까지 내려가는 분은 많지 않아서 똑똑히 기억합니다."

"오오, 분명 그 녀석일 게야!"

마스크를 써서 자신을 수상쩍은 인물처럼 연출한 것이다. 실로 익숙한 수법이라 미라는 그 남자가 소울하울일 가능성이 높다고 생각했다.

이토록 모험가들로 붐비는 도시에서도 그렇게 눈에 띄다니, 과연 아홉 현자의 일원이라고 해야 할까.

"해서, 지금 그 녀석이 어디에 있는지 알 수 없겠느냐?!"

미라는 그럭저럭 특징적인 차림새를 하고 있으니 혹시 그 밖의 목격 정보도 있지 않을까 하는 기대감을 담아 물었다.

"죄송합니다만 정확히는 알지 못합니다. 하지만 고대지하도시는 넓으니 아직 공략 중이 아니실는지요."

"흠. 확실히 그럴 가능성이 크겠군."

고대지하도시는 도시라는 이름에 걸맞게 그 면적은 실로 광대한 데다, 백의 공간을 포함해 7층으로 이루어져 있었다. 그리고 평범하게 공략을 하자면 한 달은 걸릴 대규모 던전이었다. 미라는 몇 주 동안이나 달라붙어서 공략했던 때의 일을 돌이켜보며 그럴 가능성이 높다고 추측했다.

"그럼 이 몸에게도 최하층까지의 허가증을 다오."

소울하울로 추측되는 자가 이곳을 찾은 것은 일주일 전이었다고 한다. 지금 당장 전속력으로 따라가면 중간에 붙잡을 수 있을지도 모른다. 그렇게 생각한 미라는 화려한 동작으로 모험가 등록증을 꺼내서 직원에게 내밀었다. 하지만 미라는 한 가지 사실을 잊고 있었다.

"죄송합니다. C랭크로는 5층까지의 통행 허가증밖에 발급해드릴 수 없습니다만……."

그렇다. 미라의 모험가 랭크는 여전히 C였다. 직원은 약간 측은한 눈으로 자신만만하게 모험가 등록증을 내민 미라를 바라보았다.

직원의 말에 의하면 고대도시의 1층부터 최하층인 7층까지, 순서대로 랭크가 높아진다고 한다. 다시 말해서 최하층 통행 허가증을 손에 넣으려면 A랭크가 필요한 것이다. 예상치 못한 장해물이 나타난 셈이다.

'끄응……. 이곳에서도 A랭크의 벽이 가로막는군. 이렇게 된 이상 훈장이라도 보여줘서 억지로……. 아니, 솔로몬의 지위를 이용해도 C랭크가 한계였다고 하니 훈장도 소용이 없을지도 모르겠군. 그렇다면 또 근처에서 A랭크 모험가를 붙잡아다가…….'

일전에 천상폐도, 천칭의 성채에 갔을 때처럼 A랭크 모험가에게 편승하는 모양새로 최하층에 가야 하나. 그런 생각을 하던 중에.

"아, 잠시만 기다려주십시오."

뭔지 모를 장치에 미라의 모험가 증명서를 꽂았던 직원이 그렇게 말했다.

허어, 무슨 일이지? 미라는 타닥타닥 무언가를 조작하는 직원을 바라본 채, 그녀가 시킨 대로 얌전히 기다렸다.

"역시. 오래 기다리셨습니다. 큰 공을 세우셨던 모양이군요. A 랭크까지의 승급 허가가 떨어져 있었습니다."

직원은 어쩐지 놀란 듯한 투로 그렇게 말하더니 자기 일처럼 기쁜 표정으로 미라를 바라보았다.

"오호! 실로 잘된 일이다만, 무슨 일이 있었던가······?"

시의적절한 전개가 반갑기는 했지만 모험가로서 큰 공을 세운 기억이 없건만. 너무 일이 수월하게 돌아간다 싶어서 반대로 미라의 마음속에는 의심이 싹텄다. 하지만 그 의심도 직원의 설명에 훤히 걷혔다.

세인트 폴리에서의 활동 실적을 가미한 결과, 승급 허가가 떨어졌다는 모양이다. 다시 말해서 키메라 클로젠 토벌이 포인트로 가산된 것이다.

"오오, 그랬구먼. 그게 높은 평가를 받은 것이었나."

사실은 이스즈 연맹과 조합 사이에서 맺어진 계약에, 키메라 클로젠 사건을 해결하는 데 협력한 모험가들의 평가에 가점을 부여한다는 조항이 있었다. 오랫동안 잡아두는 바람에 모험가들에 대한 평가가 떨어지지는 않았을까 싶었던 이스즈 연맹 측이 그들을 배려하기 위해 넣은 조항이었다. 더불어 조합 측으로서도 정식 의뢰는 아니었다지만 이만한 일을 해냈으니 가점을 주지 않을 수가 없었을 것이다. 그 결과, 미라에게도 추가 점수가 주어진 것이다.

키메라 클로젠이 괴멸되었다는 소식은 최근 화제가 되고 있는 것들 중에서는 가장 큰 뉴스였고, 그 토벌대에 소속되어 있었으니 승급이 될 만도 하다고 직원은 설명했다.

하지만 한 번에 두 랭크 승급되는 것은 예를 찾기가 쉽지 않을 정도로 드문 일이라 매우 놀란 눈치였다.

"그러니 승급 수속이 끝나면 최하층 통행 허가증이 발급 가능합니다. 다만 두 랭크 승급은 본부에 연락을 취하는 등, 수속에 시간이 필요합니다. 지금 신청하시면 내일 오전 중까지는 갱신이 될 것 같습니다만."

아무래도 수속에는 확인 작업 말고도 A랭크 인정 등록에 필요한 허가 등을 본부에서 받을 필요가 있고, 그러는 데는 하루가 걸린다고 한다. 난관에 부딪힌 줄로만 알았던 허가증 문제가 하루만 기다리면 해결된다니, 고민할 필요가 있겠는가.

"잘 부탁하마!"

A랭크로의 승급 수속을 부탁한 미라는 내일 아침에 다시 얼굴을 비추겠다고 말하고서 접수대를 뒤로 했다.

2

'어디……. 장소가 장소인 만큼 오래 머물게 될지도 모르니……
준비를 해야겠군!'

고대지하도시는 넓고 깊다. 이 세계가 현실이 된 후에 찾았던
모든 던전을 합쳐도 부족할 정도로 압도적인 면적을 자랑하는 것
이 고대지하도시다. 그 탐색 난이도는 공략 도중에 로그아웃을
할 수 있었던 시절과는 비교도 되지 않을 것이다.

그런 생각을 하며 미라는 로비를 둘러보았다. 커다란 조합에는
모험가 전문점이 안에 병설되어 있는 경우도 있기 때문이다.

그렇게 둘러보던 중, 로비가 넓기만 한 것이 아니라 천장도 높
다는 사실을 새삼 알아챘다. 게다가 기둥을 비롯해 이곳저곳에
보기 좋은 조각이 새겨져 있어서 석조 건물 특유의 중후함과 풍
취가 절로 느껴졌다. 천장에는 삼신이 서성이는 낙원을 표현한
장대한 프레스코 벽화가 그려져 있기까지 했다.

'흐음…… 보이지 않는군.'

미라는 예술에 어두워서 '굉장하구먼' 정도의 감상만 품고 딱히
주목하지는 않았다. 오히려 이만큼 커다란 조합임에도 불구하고
모험가 전문점이 병설되어 있지 않다는 사실에 실망한 눈치였다.

"좋아. 다음 곳으로 가도록 하지."

미라는 로비 구석에 붙어있던 안내도 앞을 벗어나 상점가에 희
망을 걸고 걸어 나갔다.

그 순간, 한 남자가 갑자기 미라의 앞으로 달려왔다.

"잠깐 말씀 좀 나눌 수 있을까요. 좀 전에 접수처에서 키메라 토벌대에 참가했다는 이야기를 하시던데. 그 토벌대, 특히 멤버에 관해서 자세히 말씀해주실 수 있을까요?"

남자는 사람 좋아 보이는 미소를 지은 채 미라의 바로 옆에 진을 치고서 그렇게 말을 붙여왔다.

메모장과 펜을 든 남자는 상당히 움직이기 편해 보이는 셔츠와 바지 차림에, 커다란 가방을 어깨에 메고 있었다. 보아하니 모험가는 아닌 듯했다. 첫인상만으로 말하자면 옛날 신문기자 같다고나 할까.

"말해달라고 한들 아는 게 있어야지."

미라는 본거지에 있던 간부들과는 면식이 있었지만, 그 이외의 멤버들에 관해서는 그다지 잘 알지 못했다. 애초에 토벌대 자체도 작전 종료 후에 처음 만났을 정도로 면식이 없었던지라 알려줄 만한 것도 없었다.

"부탁 좀 드리겠습니다. 한 명. 딱 한 명에 관해서만 말씀해주시면 됩니다. 정령여왕에 관한 정보만, 아는 대로 말씀해주십시오. 취미든 좋아하는 음식이든 뭐든 좋습니다. 그리고…… 만약 아신다면 쓰리 사이즈 같은 것도. 물론 보수는 지불하겠습니다!"

미라가 난색을 표하자 기자처럼 생긴 남자는 필사적으로 물고 늘어졌다. 토벌대에 있었던 인물 중 한 명인, 정령여왕이라 불리는 자에 관해 알고 싶다면서.

'정령여왕이라…….'

보수. 그 한 마디에 마음이 흔들린 미라는 턱 끝을 손가락으로 쓸며 진지한 얼굴로 기자처럼 생긴 남자가 입에 담은 말을 머릿속으로 반추해 보았다.

동시에 주변이 문득 잠잠해졌다. 정확히 말하자면 남자들의 목소리가 갑자기 사라졌다.

대륙에서도 상위권에 들 정도로 커다란 부지를 지닌 조합에는 모험가뿐 아니라 직원들의 숫자도 규모만큼이나 많았다. 그들 모두가 기자처럼 생긴 남자의 말을 듣고 일제히 입을 다문 것이다. 아무래도 기자처럼 생긴 남자의 질문에 대한 답을 알고 싶은 것은, 이 자리에 있는 대다수의 자들도 마찬가지인 모양이다.

그렇게 이상할 정도의 정적이 십여 초 동안 흐른 후. 미라가 생각을 거듭한 끝에 입을 열었다.

"정령여왕이란 게, 누굴 말하는 게지?"

순간, 공기가 얼어붙었다. 기대로 가득한 표정이었던 자들은 그게 무슨 소리냐는 듯 눈을 동그랗게 뜬 채 그 자리에 굳어버렸다.

"네? 아니아니, 정령여왕을 모르신다고요?!"

"그런 소리를 한들 말이다. 그런 이름으로 불렸던 자가 있었던가……?"

기자처럼 생긴 남자가 진심으로 당황한 투로 정령여왕이라는 말을 되풀이했지만, 미라는 전혀 짚이는 바가 없어서 고개를 갸우뚱할 따름이었다.

실은 토벌대에 참가했다는 게 거짓말은 아닐까. 주변에 있던 이들이 그런 소리를 하기 시작했다.

"토벌대에 있었던 분이라면 보셨을 텐데요. 그 정령왕이 강림하는 순간을. 그리고 그것을 가능케 한 정령여왕을! 정령왕마저도 복종시킨 절세의 미녀를!"

기자처럼 생긴 남자는 답답하다는 투로 도통 모르겠다는 표정인 미라에게 소리쳤다. 바로 그때.

정령왕의 강림. 그것을 가능케 한 정령여왕. 그 말을 들은 순간, 미라의 머릿속을 맴돌던 의문이 모두 날아가 버렸다.

'가만, 이 몸을 말하는 것이 아닌가!'

그렇다. 기자처럼 생긴 남자가 입에 담은 정령여왕이란 미라를 가리키는 말이었다. 하지만 참으로 이상한 일이다. 본인이 앞에 있건만 어째서 못 알아보는 걸까. 그날 당당하게 모습을 보였으니 앞에 있으면 알아볼 법도 하건만.

복장이 문제일까. 확실히 그때와 달리 지금은 여름용 옷을 입고 있었다. 하지만 그런 이유만으로 못 알아보는 건 이상하지 않나, 하는 생각이 들어 미라는 의아해졌다.

"헌데, 그대가 아는 그 정령여왕이란 어떠한 자냐?"

따라서 그의 인식이 궁금해진 미라는 시험 삼아 그렇게 물어 보았다.

그러자 기자처럼 생긴 남자는 제정신을 차린 듯 어흠, 하고 헛기침을 하더니 꿈을 논하는 소년 같은 표정으로 정령여왕에 관해 이야기했다.

남자의 말에 의하면, 정령여왕은 정령왕마저도 거느릴 수 있는, 터무니없이 뛰어난 실력의 소환술사라고 한다. 그리고 그 사건은 영웅왕 포세이시아의 재래(再來)라 불리고 있으며 삼신국도 관심을 보이고 있다는 모양이다.

남자는 목소리를 높여 덧붙여 말했다. 정령여왕은 길고 아름다운 은빛 머리카락을 지닌 절세의 미녀라고.

'역시 이 몸을 말하는 것이 아닌가. 어째서 못 알아보는 게야.'

남자의 이야기를 끝까지 듣고서 그렇게 생각한 미라는 가슴을 활짝 편 채 "그 이야기의 주인공, 이 몸과 똑 닮지 않았느냐?"라고 말하고는 보란 듯이 은발을 나부껴 보였다. 이래도 못 알아보나 보자는 듯이.

하지만 기자처럼 생긴 남자뿐 아니라 주변에 있던 대다수 남자들의 반응은 영 시원치 않았다.

"당신도 은발이기는 하지만, 정령여왕이라고 하기에는 좀……."

남자는 그렇게 말하더니 미라의 얼굴을 보던 눈을 떼어 아래로 천천히 시선을 옮겼다. 그렇게 내리깐 남자들의 눈에는 어쩐지 안쓰럽다는 빛이 섞여 있었다.

그 행동거지를 통해 미라는 모든 사정을 알아챘다. 이야기가 여기까지 전달되며 있는 사실 없는 사실이 가미되어 눈덩이처럼 불어난 것이라는 사실을. 또한, 이 자리에 있는 대부분의 남자들은 적절한 크기보다 눈에 띄게 큰 쪽을 좋아하는 것 같다는 사실을.

"그럼 이 몸은 모른다."

이곳에 있는 자들과는 뜻을 함께 할 수 없겠다고 확신한 미라는 자신을 만류하는 기자처럼 생긴 남자를 뿌리치고, 진실을 숨긴 채 냉큼 떠나갔다.

참고로 키메라 클로젠 사건에 관한 정보에서는 정령여왕이라는 이름이 미라라는 이름보다 더 잘 알려져 있었다. 원인은 정령왕의 임팩트였다. 너무도 절대적인 존재감 탓에, 직전에 언급되었던 미라에 관한 소개가 거의 기억의 저편으로 사라져 버린 것이다.

더불어 귀엽다는 미라의 인상이 시간의 경과와 함께 각자의 이상에 맞춰 각색되어 아름답다는 인상으로 변화했다. 그 결과, 정령여왕이라는 이름이 붙었고 그 이미지를 통해 완벽한 몸매를 지닌 미녀라는 허상이 생겨나기에 이른 것이다. 만약 미라가 루미나리아와 같은 몸매를 지녔다면 이렇게는 되지 않았을 것이다.

사람들의 입을 통해 멀리 전해지는 소문은 언제나 애매하기 그지없는 법이다. 미라의 존재가 일반 사람들에게 알려지려면 어느 정도 시간이 더 걸릴 듯하다.

"뭘 몰라도 한참 모르는 녀석들이로구먼. 이 정도가 최고로 보기 좋건만, 무조건 크기에만 집착하다니."

조합을 뒤로 한 미라는 최고로 이상적인 자신의 가슴에 손을 가져다 대며 중얼거렸다. 그렇게 크기와 적절한 탄력을 확인하고서 자신만만하게 "음, 완벽하군"이라고 말하며 고개를 들고서는 의기양양하게 거리로 나섰다. 객관적으로 보면 저들이나 미라나 다를 것이 없어 보이리라는 것도 모른 채.

'……어디, 가게는 어디에 있으려나.'

조합을 나선 뒤, 얼마간 길을 거닐었으나 가게 하나 눈에 들어오지 않아서 미라는 의아해하며 멈춰 섰다. 그란 링스는 쓸데없이 넓어서 과거에 몇 번 찾았을 뿐인 미라는 그 지리를 그다지 잘 알지 못했다.

많은 모험가들이 오가고는 있지만 길가에는 주택과 국영 시설이 있을 뿐이다. 왔던 길에는 모험가 종합 조합이 있었지만 가까운 곳에 가게는 보이지 않았다.

지금까지 미라가 들렀던 조합은 번화가나 상업 지구의 눈에 띄는 곳, 편리한 곳에 있었다. 하지만 이곳의 조합은 아무래도 다른 모양이다.

막연하게 조합 근처에 가게들이 늘어서 있으리라고 생각했던 미라는 어떻게 할지 고민하기 시작했다.

그리고 페가수스를 타고 하늘로 올라가서 상업가를 찾는 것이 빠르겠다는 생각을 한 순간, 누군가가 미라에게 말을 붙였다.

"너, 왜 이런 곳에 멈춰 있니? 길이라도 잃었어?"그 말을 듣고 고개를 돌려보니 푸른 코트를 걸친 남장미인이 그곳에 있었다.

그렇다. 남장(男裝)미인이었다. 키는 크지도 작지도 않다. 남성용 옷을 입고는 있지만 특정 부분은 보란 듯이 자신의 존재를 주장하고 있었다. 더불어 그 얼굴에는 아직 소녀 특유의 천진함이 남아 있어서 누가 보아도 한눈에 여성이라는 것을 알 수 있었다.

좀 전에 그런 일이 있었건만 이 무슨 얄궂은 일인가 싶어서 미라는 남장미인의 가슴을 빤히 쳐다보았다. 하지만 사실은 '눈을 뗄 수가 없는' 것일 뿐인지라, 결국 미라도 어중이떠중이 같은 저들의 심정을 이해할 마음의 소양은 있었던 것이다.

"으음, 놀라게 했나 보네. 미안해. 수상한 사람은 아니야. 사람들이 많이 지나다니는 이런 길에 멈춰 서 있으면 위험할 것 같아서 말을 건 것뿐이야."

미라는 남자의 마음을 사로잡아 마지않는 언덕을 넋 놓고 쳐다보고 있었던 것뿐이건만, 미라가 당황해서 그러는 것이라고 생각한 남장미인은 다정한 미소를 띤 채 말을 건네 왔다.

"아, 음…… 그, 뭣이냐. 조합 근처에 가게가 있을 줄 알았건만 보이지 않아서 말이다. 살짝 놀란 것뿐이야."

너무도 순수하고 자애로 가득한 남장미인의 시선을 받은 미라는 당황한 듯 시선을 돌리며 엉큼한 생각 같은 것은 한 적 없다는 투로 변명했다.

"아하. 너도 모험가구나. 하지만 이 도시는 처음인가 보지? 이곳은 다른 곳과는 약간 구조가 다르니 놀랄 만도 하지."

귀여운 소녀의 모습을 하고 있는 덕분에 가슴을 빤히 쳐다봤던 것은 들키지 않은 모양이다. 남장미인은 더더욱 다정한 투로 말을 받더니 이 도시, 그란 링스의 모험가 종합 조합과 다른 도시의 차이를 간결하게 설명해 주었다.

모험가 종합 조합은 편리성을 추구하기 위해 미라가 아는 것처럼 상점가나 번화가에 밀접해 있는 경우가 대부분이라고 한다.

하지만 오랜 역사를 자랑하는 그란 링스의 상점가에는 노포가 많아서 조합 건물이 들어설 만큼 커다란 건물을 건설할 정도의 토지를 확보할 수 없었다는 모양이다.

그 결과, 주택과 국가 시설이 혼재한 이 장소에 있던 오래된 파티홀을 개조해서 조합으로 만들게 되었다고 한다.

"하지만 이 도시의 조합은 보다시피 엄청 붐비거든. 상점가를 더 혼잡스럽게 만들지 않았다는 점에서는 잘된 일일지도 몰라."

남장미인은 끝으로 잔뜩 겉멋이 든 기생오라비 같은 투로 말을 끝맺었다. 하지만 아무리 봐도 여성스러움이 더 부각되어서 귀엽다는 생각밖에 들지 않았다.

그 후, 미라는 상점가의 위치를 묻고서 남장 미녀와 헤어졌다. 그때 문득 뒤를 돌아본 미라는 그의 옷에서 낯익은 마크를 발견했다.

"오호, 셀로의 동료였나……. 어쩐지 사람이 좋더라니."

심홍색 방울 마크. 플레이어 출신자 중 한 명인 셀로가 단장을 맡고 있는 길드, 에카르라트 카리용. 그들의 심벌이 남장미인이 걸친 코트의 등에 새겨져 있었던 것이다.

'다음에 셀로를 만나면 도와줘서 고맙다는 인사를 전해 달라고 해야겠어. 어이쿠…… 이름을 안 물었구먼. 흐음…… 타카라즈카 (타카라즈카 가극단의 준말인 동시에 지명. 여성만으로 이루어진 가극단으로 남성 역할도 여성이 연기한다.) 씨로 기억해두도록 하지.'

미라는 그런 생각을 하며 남장미인이 알려준 길로 나아가 무사히 상점가에 도착했다.

그란 링스 최대의 상점가는 세인트 폴리 무역국과 상인의 나라 로즈라인 공국에 뒤지지 않을 정도로 북적거렸다. 고색창연한 거리임에도 오가는 사람들로 붐비어서 떠들썩한 분위기가 가실 낌새가 없었다.

모험가들도 많아서 무구점에 약 가게가 번창했고, 눈에 익은 모험가 용품점에는 특히나 많은 사람들이 모여 있었다.

'어디 보자, 저쪽도 신경은 쓰인다만 우선은 식량부터 확보해야지.'

디누아르 상회 그란 링스 지점의 앞에 내걸린 '신상품 입하'라는 간판이 자꾸 눈앞에 어른거렸지만 미라는 간신히 현실을 직시했다.

내일 갈 예정인 고대지하도시라는 던전은 평범하게 공략하면 한 달은 걸리는, 매우 광대한 장소다. 소울하울이 그곳 어디에 있을지 모르는 현재, 수색과 공략을 동시에 하면 당연히 하루 이틀 만에 돌아올 수 있을 리가 없었다. 1, 2주 단위로 공략에 임할 필요가 있을 것이다.

그러는 데 있어 가장 큰 문젯거리는 바로 식량이었다. 맛을 신경 쓰지 않으면 단백질은 마물의 고기로 보충할 수 있다. 하지만 채소로 섭취해야 하는 비타민류는 그렇지가 않았다.

햇볕이 닿지 않는 고대지하도시는 식물이 잘 자라지 않아서 현지 조달할 기회가 제한적이다. 하지만 식량이 없으면 고대지하도시를 탐색하기란 불가능하다.

루미나리아에게 받은 '기능대전'을 읽으며 미라는 게임이었던 시절과 현실이 된 지금을 꼼꼼히 대조했다. 그러다 가장 먼저 머릿속에 떠오른 것이 식량에 관한 문제였고, 고대지하도시로 향하기 전에 우선 그것부터 해결하기로 미리 정해두었던 것이다.

"몇 주치는 쟁여놔야지, 암!"

고대지하도시는 모험가들의 인기 던전이다. 그들이 모두 먹어치웠을 우려가 있는 식물을 조달하려 하기 보다는 안전하여 안심하고 먹을 수 있는 식량을 가지고 가는 편이 압도적으로 효율적일 것이다.

특히 대다수의 상급 모험가가 지닌 조자의 팔찌와 달리, 미라가 지닌 아이템박스는 아직 최대 수납량이 확실치 않아서 얼마든 담을 수 있었다.

미라는 가벼운 발걸음으로 상점가를 둘러보며 다소 들뜬 얼굴로 식료품점을 찾았다. 세인트 폴리에서 구입한 모험가 용품 중 하나인 조리 세트 때문이다.

처음 사용하는 도구는 마음을 들뜨게 하기 마련이다. 미라는 조리 세트로 무엇을 만들어 볼까 생각하며 가게 앞에 섰다.

그리고 수없이 많이 늘어선 파릇하고 싱싱한 채소와 과일을 둘러본 후, "전부 다 한 더미씩 사도록 하지!"라고 말했다.

"꽤 무거울 텐데, 괜찮겠니?"

몸을 돌린 주인장은 다소 놀란 얼굴로 걱정스럽게 물었다. 그러자 미라는 왼팔에서 반짝이는 팔찌를 여보라는 듯 내밀며 "문제없다"라고 답했다.

"헤에, 모험가였구나. 장 보는 역할을 맡았나 보네."

정확히 말하자면 다른 물건이지만, 미라가 지닌 팔찌는 상급 모험가의 증표이기도 한 조자의 팔찌와 모양이 같았다. 팔찌를 본 주인장은 감탄스럽다는 투로 말하며 상품인 채소와 과일을 한 더미씩 담기 시작했다. 그러면서 이건 2주는 끄떡 없을 거라느니, 이건 사흘이면 상하니 빨리 먹는 게 좋다느니 자세하게 설명을 해주었다.

"그럼 조심해서 가라."

계산을 마친 후, 주인장은 분주하게 다른 손님을 상대하러 갔다.

방금 구입한 분량은 무게로 따지면 32킬로그램은 될 법했고, 가격은 다 합쳐서 오만이천 리프였다.

'대부분이 일주일 이내에 먹어야 하는 것들인가. 양이 이렇게 많으면 보통 그전에 다 먹어치우지 못할 테지만, 이 몸은 문제없지!'

주인장에게 언제까지 먹어야 한다는 설명을 듣기는 했지만 미라에게는 별문제가 되지 않았다. 조자의 팔찌와 달리 플레이어 출신자들이 지닌 아이템 박스는 게임이었던 시절과 같아서 아이템들이 수납 당시의 상태로 보존되기 때문이다.

다시 말해서 상할 걱정 없이 마음껏 쟁여둘 수 있는 것이다. 솔로몬의 말에 의하면 이 특성을 이용해서 살아있는 해산물을 산속으로 가져가 돈방석에 앉은 플레이어 출신자도 있다고 한다. 냉동한 것보다 맛이 좋아서 귀족 미식가들에게 인기가 있다는 모양이다. 단순하지만 실로 짭짤할 듯한 돈벌이다.

'그나저나 덜컥 사기는 했다만 조리법을 모르겠는 것들도 많군 그래.'

미라는 한데 모아 늘어놓은 채소와 과일들을 아이템 박스에 담으며 그 종류를 확인했다. 현실 세계에 있었던 것과 같은 채소도 있었지만 처음 보는 채소도 많았다.

나중에 요리책이라도 찾아볼까, 아니면 전골이라는 만능 조리법으로 때울까. 그런 생각을 하며 수납을 마친 미라는 길을 사이에 끼고 맞은편에 있는 정육점을 다음 목적지로 정했다.

정육점에는 소, 돼지, 닭과 같은 흔한 고기 말고도 토끼며 양, 산양, 말, 사슴, 개구리에 뱀까지 진열되어 있었다. 개중에는 익룡과 같은, 판타지에서나 볼 수 있을 법한 여러 고기들도 있었다.

식용육을 사러 온 사람들 사이에 섞여 그것들을 대충 확인한 미라는 귀여운 루나의 모습이 눈앞에 어른거려서 토끼만은 못 먹겠다며 고개를 돌렸다.

하지만 그 밖의 것들은 문제 될 것이 없었다.

"이 근처에 있는 것들을 2킬로그램씩 사마!"

미라는 토끼 고기는 피하되 소, 돼지, 닭을 중심으로 생김새와 다소의 호기심을 기준 삼아 고기를 골라 주문했다.

"네에~ 고마워~. 장 보러 왔니? 고생 많네~."

어쩐지 느긋한 인상을 풍기는 가게 점원 언니는 미라의 왼팔에 걸린 팔찌를 보자마자 그렇게 말하며 미소를 지었다. 그리고 첫인상과는 달리 잽싸게 미라가 주문한 고기들을 초록색 종이로 포장하기 시작했다.

"어째 그 종이에서 좋은 냄새가 나는구나."

고기를 포장한 초록색 종이에서는 향초(香草)처럼 달콤한 냄새가 은근히 풍겨왔다. 아무래도 평범한 포장재와는 다른 모양이다.

"이건 있지~. 약초의 즙을 흡수시킨 종이거든~. 냄새도 잡아주고 고기가 잘 상하지 않게 되는 데다 싸다고 점장님이 그랬어~. 우리 같은 정육점에서는 대부분 이걸 쓰는 모양이야~."

"호오. 약초 냄새였나. 그랬구먼."

제법 품이 들었을 텐데 상용될 정도로 저렴하다니. 참으로 편리한 물건이군. 미라는 그렇게 생각하며 초록색 종이로 눈 깜짝할 새 고기를 포장하는 모습을 바라보았다.

참고로 이 초록색 종이는 방부지(防腐紙)라 불리는 물건으로 플레이어 출신자가 제작하여 유통시킨 것이다.

"또 와 줘~."

가게 점원 언니는 계산을 한 후 다정한 미소를 띤 채 미라를 향해 손을 흔들었다. 하지만 이내 다른 손님의 부름을 받고는 역시나 느긋한 표정으로 "네에~."라고 말하며 손님을 상대하러 갔다.

'이만큼 있으면 한 달은 들어가 있을 수 있겠군.'

정육점에서는 소, 돼지, 닭과 같은 친숙한 동물의 목살과 삼겹살, 다리를 각각 두께가 다르게 손질한 것을 2킬로그램씩. 그리고 양과 사슴, 익룡과 같은 동물의 고기 중 살코기와 차돌박이 같은 색을 띤 것을 골라서 소량 구입했다.

그 결과, 합계 35킬로그램에 십오만 리프가 나왔다. 좀 전에 구입한 채소, 과일과 합치면 이십만 리프가 조금 넘는다. 이 시점에서 솔로몬에게 받은 군자금 중 5분의 1을 소비한 셈이었지만 미라는 아직도 멈출 낌새가 없었다.

미라는 의기양양한 미소를 띤 채 깔끔하게 포장된 고기 더미들을 아이템 박스에 담아 나갔다. 소풍 준비나 여행 준비를 하는 듯 보이기도 했다. 그리고 대량의 고기를 다 정리한 미라는 계속해서 다음 식재료를 찾아 상점가를 뛰어다녔다.

3

"뭐어, 이 정도면 되겠지."

주식으로 먹을 곡물이며 냉동 어패류, 그리고 조미료 등. 눈에 띄는 것들을 대충 사 모은 미라는 만족스럽게 중얼거린 후, "어디 보자" 하고 마음을 다잡고서 드디어 모험가 용품 전문점인 디누 아르 상회의 지점으로 돌격했다.

"호호오~. 이것이 신상품인가. 많기도 하구나!"

미라는 가게의 한구석에 전개된 특설 코너 앞에 서서 눈을 반 짝였다. 몇 개나 되는 가판대며 선반이 늘어선 그곳에는 '새 시리 즈 발매 기념!'이라고 적힌 커다란 간판이 걸려 있었다.

꽤 오래전에 역의 승강장에서 만난, 디누아르 상회 회장의 후 계자인 세드릭이 이야기했던 조자의 팔찌를 가진 상급 모험가용 상품 시리즈가 차례로 발매되고 있는 모양이었다.

"오호라. 머리를 잘 썼군."

그때 받았던 침낭은 매우 좋은 물건이었다. 그렇다면 다른 것 들도 기대할 수 있을 것이다. 미라는 빨려들다시피 특설 코너로 달려갔다.

가장 먼저 눈에 들어온 것은 커다란 텐트였다. 성인 여섯 명은 나란히 누울 수 있을 정도의 넓이에 천장도 2미터를 넘길 정도로 높아서, 내부는 텐트라는 것이 믿기지 않을 정도로 널찍했다. 게 다가 방열성과 단열성이 있는 천을 쓴 것은 물론이고 별도 판매

하고 있는 마동식 화덕과 굴뚝을 장착하면 안전하게 난방과 요리를 할 수 있다고 설명서에 적혀 있었다.

이어서 구석에 슬그머니 놓여있는 장치가 눈길을 끌었다. '무더운 계절을 위해!'라는 팻말이 붙어있는 그것은 놀랍게도 냉방 기능이 탑재된 술구였다. 디누아르 상회에서 취급하고 있는 마동통으로 가동되는 모양이다.

그 냉방술구는 크기가 다소 크기는 해도 가벼워서 텐트의 크기에 최적화된 냉방효과를 발휘한다고 적혀 있었다.

"이거 쾌적하겠구먼! 전에 받은 침낭을 깔면 더욱 완벽하겠어!"

특설 코너 한복판에는 견본으로 보이는 텐트가 조립된 상태로 당당히 세워져 있었다. 그 안은 적절하게 시원해서, 한가운데에 큰대자로 드러누운 미라는 문득 냉방이 잘 되는 방에서 보냈던 여름날의 오후가 떠올랐다.

"심지어 미스릴 은(銀)으로 된 골제를 썼다니, 과연 상급 모험가용 고급품이로구나."

미라가 텐트를 지탱하는 골제를 보고 말했다. 역시나 견본용으로 매달려 있는 램프의 하얀 빛이 골제로 사용된 미스릴 은 특유의 연한 녹색을 두드러지게 했다. 이 정도면 어지간한 강풍에는 꿈쩍도 하지 않을 것이다.

이번에 갈 고대지하도시에서 야영을 할 때 이 텐트가 있으면 더욱 쾌적하게 쉴 수 있을 듯했다.

'가볍고 튼튼한 미스릴 은제. 거기에 쾌적한 주거 공간까지. 별도 판매 중인 기구를 부착하면 더욱 편의성이 올라간다라……'

실로 훌륭한 물건이로구나.'

평론가라도 된 양 미라가 그런 생각을 하며 얼마나 편할까 하고 뒹굴뒹굴 굴러다니던 그때. 문득 텐트 입구가 열리더니 모험가로 보이는 남자 한 명이 고개를 들이밀었다.

구르다 멈춘 상태로 고개를 든 미라는 모험가와 눈이 마주친 순간, 그 표정 그대로 얼어붙고 말았다. 그리고 약간 당황하기는 했으나 애써 평소 모험가를 대하는 것과 같은 투로 "……이거, 괜찮구나. 실로 쾌적해"라고 말했다.

"아～ 그래 보이네. 저기…… 방해해서 미안."

모험가도 견본으로 설치된 텐트 안을 들여다봤더니 웬 소녀가 스커트가 들춰진 것도 모르고 신이 나서 뒹굴거리고 있어 당황한 눈치였다.

훤히 드러난 팬티를 본 것에 대한 사과인지, 혼자 들떠 있는 모습을 본 것에 대한 사과인지, 아니면 양쪽 모두인지. 남자는 정말 미안하다는 듯 사과하고서 조용히 텐트 안으로 들이밀었던 머리를 도로 뺐다.

'너무 쾌적한 나머지 가게 안이라는 사실을 깜박했구먼…….'

가만히 일어나서 옷차림새를 바로잡은 미라는 잠깐 반성한 후, 마음을 다잡고서 텐트의 가격표를 확인했다. 그리고 "칠백팔십만이라고?!"라고 나직하게 소리쳤다.

'상급 모험가용 고급품이라는 걸 잊고 있었군…….'

미스릴 은은 가볍고 튼튼하다는 특성상 여러 분야에서 수요가 많았다. 그리고 석정탄섬유천은 내화성과 단열성, 그리고 내구성

까지 뛰어나다. 이 두 가지를 듬뿍 사용하여 만든 것이 바로 일주
일 전에 발매된 '조립식 범용 텐트 1호 쿠마무로'였고, 그만한 재
료를 사용했기에 고급품으로 분류되는 것이었다.

미라는 이건 안 사고는 못 배기겠다고 생각했었지만, 텐트 본
체의 가격을 보자마자 그러한 생각이 몽땅 날아가 버렸다. 그리
고 그런 미라에게 추가타를 가한 것이 있었다.

"이쪽은 삼백만……."

더운 여름날을 천국으로 바꾸어주는 냉방술구의 가격 역시 비
쌌다. 그밖에도 마동식 화덕과 대(對) 마물 경보장치 등, 별도 판
매품인 확장 요소까지 모두 수백만 단위였다.

미라는 완전히 기가 죽어서 어디 흠집이라도 나지 않았나 흠칫
거리며 확인하고는 슬그머니 텐트에서 떨어졌다.

"뭐어, 현금이 없다뿐이지. 이 몸의 재산을 환금하면 이 정도는
아무것도 아니고말고, 암."

미라는 듣는 사람도 없건만 변명 같은 말을 입에 담아 허세를
부리고는 척 보아도 고급스러움과는 거리가 멀 듯한 장소를 향해
걸어 나갔다.

그러던 도중에 보니 상급 모험가용 고급 모험 상품 판매장 끄
트머리에, 눈에 익은 상품이 놓여있었다.

'육화일편(六花一片)의 하인리히 추천 상품!'이라고 큼지막하게
적힌 팻말이 걸린 그것은 미라가 세드릭에게 받은 특제 침낭과
같은 모양새를 하고 있었다. 참고로 가격은 고급 상품답게 자그
마치 백만 리프나 되었다.

"그때 그렇게나 관심을 보이더라니만……."

하인리히. 그는 천상폐도로 갔을 때 동행했던 모험가 중 한 명이자 잠자리에 매우 집착하는 남자로, 미라가 시제품을 받아서 쓰고 있던 특제 침낭에 상당한 관심을 보였더랬다. 이 팻말을 보니 어지간히도 마음에 들어 했던 모양이다.

'이건 결과적으로 이 몸이 선전을 잘한 셈이라고 할 수 있지 않나. 언젠가 다시 세드릭을 만나면 뭐라도 뜯어내 보도록 할까나.'

미라는 특제 침낭 앞에서 배실배실 수상쩍은 미소를 지은 채 생각했다. 조금 전 텐트 안에 고개를 들이밀었던 모험가는 그런 미라를 걱정스러운 눈으로 바라보고 있었다.

그 후 하급, 중급 모험가용 상품이 진열된 매장에 들어선 미라는 고급품의 가격을 보고 확 꺾였던 구매욕에 다시 불이 붙어서 분풀이라도 하듯 쇼핑을 하고 다녔다.

지난번에 구입했던 조리 세트용 추가 기구 한 세트에 '물만 있으면 되는 마동식 간단 세탁 주머니'를 비롯해서 조금이라도 신경이 쓰이는 물건이 있으면 닥치는 대로 바구니에 담았다. 그리고 끝으로 '마동식'이라는 단어가 붙은 모든 상품에 동력으로 사용되는 염가 마동통 30개 세트를 들고 계산대에 줄을 섰다.

당당하게 우대권을 제시하고 20퍼센트 할인을 받아 많은 상품을 구입한 미라는, 고급 텐트에 대한 기억은 잊은 듯 뿌듯한 얼굴로 계산을 마쳤다.

그렇게 구입한 물건들을 아이템 박스에 수납하려던 그때.

"오오?! 무어냐, 지진인가?"

마치 땅 아래서 무언가가 솟구쳐 오를 듯한 기세로 묵직하게, 몇 번이나 대지가 뒤흔들렸다.

그 진동은 20초 정도 만에 가라앉았다. 사고나 부상자가 나올 정도로 진도가 크지는 않아서, 영향은 선반이 삐걱대고 간판이 흔들리는 정도에서 그쳤다.

미라는 지진 대국이라 불리는 나라에서 자란 탓에 어지간한 지진에는 눈 하나 깜짝 하지 않았지만, 주변에 있던 자들은 그런 미라와 달리 불안감에 사로잡혀 비명을 질렀다.

자연스럽게 귀로 흘러든 말소리를 통해 미라는 현재 그란 링스에 이변이 일어나고 있다는 사실을 알게 되었다.

듣자 하니 그란 링스에서는 최근 1년 동안 이러한 지진이 빈발하고 있다는 모양이다. 하지만 이 주변은 천 년도 더 되는 기간 동안 지진이 일어나지 않았던 지역이었고, 그렇기에 현재의 상황에 불안해하는 이들도 다소 있는 듯했다.

'흠…… 1년 동안이나……?'

근처에 화산이 있는 것도 아닌 데다 약간 흔들린 정도라 실질적인 피해는 없는 탓인지 개중에는 적응이 돼서 무덤덤해진 사람도 있는 모양이었다. 하지만 원인이 확실치 않은 탓에 여러 가지 억측들이 난무하고 있었다. 대형 마수가 날뛰고 있다는 설에서부터 키메라 클로젠과 같은 비밀 조직의 음모라는 설까지 나돌 정도였다.

지진이 잦다는 이야기가 조금 신경이 쓰이기는 했지만 그렇다고 미라가 할 수 있는 일은 없었다. 고대지하도시를 탐색할 준비를 마친 미라는 오늘 밤 묵을 여관을 잡는 것이 우선이라고 생각을 고치고는 디누아르 상회를 뒤로했다.

모험가들이 모이는 곳에는 여관도 밀집되기 일쑤다. 순찰을 돌던 경비병에게 여관이 있는 위치를 묻자 상점가에서 한 블록 떨어져 있는 거리가 숙박 시설들이 모여 있는 여관가라고 알려주었다.

미라는 경비병에게 감사 인사를 하고서 상점가에서 샛길로 빠졌다. 그리고 저녁놀로 물든 하늘 아래, 큰길가에서는 볼 수 없었던 다종다양한 상품을 다루는 노점이 빽빽하게 늘어선 길을 흥미롭다는 눈으로 구경하며 지나쳤다.

샛길에서 빠져나오니 역 도시에나 있을 법한, 무수히 많은 여관들이 앞다투어 자기주장을 하는 듯한 광경이 펼쳐져 있었다.

"이쪽도 제법 활기차군그래."

땅거미가 깔린 시간대인 탓인지 여관가는 상점가에 뒤지지 않을 만큼 많은 사람으로 붐비고 있었다.

여행의 묘미 중 최고봉은 역시 여행길에서 만나는 여관이라 할 수 있을 것이다. 오늘은 어떤 여관으로 할까. 그런 생각을 하며 한껏 들떠 길을 걷던 미라는 '만실(滿室)'이라는 간판이 걸린 여관이 많다는 사실을 알아챘다.

"으음…… 이곳도 만실이군."

식당과 잠자리를 제공하는 판타지스러운 분위기의 여관은 어디나 모험가들로 가득했다.

몇 번째로 들른 곳이었는지는 모르겠지만 사람 좋은 여관 주인장의 말에 의하면 일반적인, 하루 숙박료가 오천 리프 전후인 여관은 모험가들에게 인기라 지금 시간대가 되면 거의 빈방을 찾을 수 없다고 한다.

고대지하도시라는, 대륙에서도 최대급 던전이 있는 이 도시는 장기 체류 모험가도 많다는 모양이다. 특히 당일치기가 가능한 1층에서 돈벌이를 하는 하급 모험가는 여관을 거점으로 하고 있어서 장기 숙박을 하는 경우가 많아 방이 잘 비지 않고, 그만큼 방이 잘 채워져서 자신들도 벌이가 좋다고 주인장은 웃으며 말했다.

"여기서 나가서 저쪽으로 쭉 가면 약간 비싼 여관이 줄지어 있지. 이 시간에 빈방을 찾으려면 그곳으로 가는 수밖에 없을 걸."

주인장은 능숙한 솜씨로 프라이팬을 휘두르며 눈짓으로 방향을 가리켰다.

가격대가 높은 여관에는 당연히 중, 상급 모험가와 상인들이 많이 묵는다. 모험가가 매우 많은 도시라 상급 모험가의 수 역시 상당히 많지만, 그들의 목적지는 고대지하도시의 하층. 당일치기가 불가능한 지하 깊숙한 곳인 탓에 한 번 출발하면 당분간은 돌아오지 않는다. 따라서 그들이 이용하는 가격대의 여관이라면 빈방이 있을 것이라는 모양이다.

"5분 정도 걷다 보면 포크스피스라는 여관이 있어. 어제 대형 모험가 그룹이 하층으로 출발했다고 하니 빈방이 좀 있을걸."

친절하게 설명을 한 후, 주인장은 문득 생각이 났다는 투로 한 여관의 이름을 입에 담았다. 하지만 아무래도 주인장은 연기에는 소질이 없는 듯했다. 노골적으로 권유를 하기에 미라가 "그 여관 주인하고는 아는 사이인가?"라고 묻자 주인장은 쓴웃음을 지으며 항복이라는 투로 "아버지 가게야."라고 자백했다.

"이것도 인연이니 들러 보도록 하지."

미라가 키득, 하고 웃고서 그렇게 말하며 여관을 뒤로 하자 등 뒤에서 주인장이 아부라도 하듯 "아가씨, 이담에 크면 멋진 여자가 되겠어!"라고 소리쳤다.

그란 링스에 도착한 날의 다음날.

그 후, 결국 미라는 여관 주인장이 소개해준 약간 비싼 여관, 포크스피크에서 하룻밤을 묵었다. 그때 미라는 댁의 아들의 연기력은 영 못 써먹겠더라고 한마디를 해서 숙박비를 깎는 데 성공했다. 숙박만 삼만 리프였던 것을 식사 포함 삼만 리프로.

그 성과를 떠올리자 미라의 얼굴에는 절로 미소가 걸렸다.

"그럼 조합으로 가보도록 할까."

가장 바쁜 아침 시간을 약간 넘겼을 즈음. 할인받은 덕에 공짜나 다름없는 아침 식사를 실컷 만끽한 미라는 잔에 남아 있던 레모네이드 오레를 비운 다음 주인장에게 "잘 쉬었네"라고 말하고서 포크스피크를 뒤로 했다.

규모가 큰 탓인지 도시는 아직도 아침 특유의 분주한 분위기로 가득했다. 하지만 모험가의 숫자는 의외로 적었다. 저랭크 모험가들은 더 좋은 사냥터를 확보하기 위해 앞다투어 아침 일찍 출발해버리기 때문이다. 따라서 지금 도시에 남아 있는 모험가들은 대부분 아직 시간적으로 여유가 있는 고랭크 모험가들이었다.

미라는 아침의 상쾌한 기운을 온몸으로 느끼며 하얀 돌바닥 위를 경쾌하게 걸었다. 고풍스러운 이국정서라고 해야 할지 어떨지는 모르겠지만, 판타지스러운 분위기가 물씬 풍기는 광경에 잔뜩 마음이 들뜬 채로 미라는 모험가 종합 조합의 문을 열었다.

"어제 랭크업 수속을 신청한 미라라고 한다만, 다 끝났느냐?"

어제 찾았던 때와 같은 접수처에 얼굴을 내민 미라는 곧장 그렇게 물었다. 그러자 여성 접수원은 미소를 지은 채 "끝났습니다"라고 말하더니 A랭크로 갱신된 미라의 모험가 등록증을 내밀었다.

그것을 받아든 미라는 이어서 고대지하도시 최하층까지의 허가증 발행 신청을 했다.

고대지하도시라는 던전은 특수한 장소라 가장 위에 자리한 1층부터 아래로 갈수록 난이도가 높아지는 구조로 되어 있다. 그런 탓에 최하층에 가려면 그 사이에 있는 계층을 순서대로 거칠 필요가 있어서 허가증이 일곱 장이나 필요하다고 한다.

발행 수수료가 한 장에 삼천 리프라 합계 이만천 리프가 나왔다.

'자, 기다려라, 소울하울!'

모험가 증명서와 허가증을 파우치에 넣은 미라는 드디어 시작이라며 기합을 단단히 넣고 조합을 뛰쳐나갔다.

그렇게 상쾌하게 나타나 상쾌하게 떠나가는 미라를 조합 안에서 배웅하던 이들이, 한꺼번에 저 소녀가 정말로 정령여왕이었다는 말인가, 하고 수런거리기 시작했다.

어제 기자처럼 생긴 남자가 미라를 화나게 한 후. 조합 안에서는 온갖 야유와 억측이 난무해서 소란이 벌어졌다. 그러던 가운데 한 여성이 조합을 찾았다. 모험가라면 누구나 아는, 심홍색 방울 문장이 등에 새겨진 남장미인이었다.

길드 에카르라트 카리용은 그 규모 덕분에 정보망이 넓은 데다, 화제가 된 사건인 키메라 클로젠 토벌전에 단장인 셀로와 멤버 몇 명이 참전한 것으로 유명했다.

모든 이가 그녀에게 물었다. 토벌전에서 활약했던 정령왕의 가호를 지닌 여성이 어떠한 인물인지 들은 바가 있느냐고.

"아아, 요전에 정시 보고를 했을 때 플리카 씨가 말하던 걸. 미라라고 하는, 엄청 귀여운 천사 같은 여자애라던데."

아무래도 셀 수 없을 만큼 많은 사람들의 입을 거친 정령여왕에 관한 소문보다는 당시 그 자리에 있었던 이에게서 직접 전해 들었다는 이야기 쪽의 신빙성이 더 높을 수밖에 없었다. 심지어 플리카는 귀여운 것을 좋아하기로 유명하기도 해서 그 이름이 거론된 순간, 정령여왕은 섹시한 여성이 아니라 귀여운 소녀일 가능성이 더욱 높아졌다.

그리고 방금 전.

갱신된 모험가 증명서를 가지러 왔을 때 미라가 자신의 이름을 밝히는 것을 들은 이들의 머릿속에서, 정령여왕은 미라를 뜻하는 명칭이라는 도식이 완벽하게 성립되었다.

"이럴 수가……."

한 남자가 하늘을 올려다본 채 중얼거리자 이어서 다른 이들도 줄줄이 어깨를 늘어뜨렸다. 정령여왕은 절세의 미인일 것이라며 환상을 품었던 자들이다.

하지만 그들 가운데는 실망한 낌새가 없는 자들도 상당수 있었다.

"그나저나 진짜 귀여웠지? 정령여왕짱."

"정령여왕짱이라……. 그래, 확실히 귀여웠어."

진짜 정령여왕도 충분히 매력적이라고 인식을 바꾼 자들은 소문과 다른 것이 뭐가 중요하냐며 미소를 주고받았다.

"어디, 분명 동쪽이었지. 페가수스여, 부탁 좀 하마."

미라가 지시하자 페가수스는 신이 난 듯 히힝 울고서 하늘을 달렸다.

조합을 나선 후, 미라는 모험가들이 오가는 현관에서 떨어져 조합 부지 내에 위치한 주차장에서 페가수스를 타고 날아올랐다. 그리고 아직 아침 특유의 분위기가 남은 도시 정경을 바라보았다.

자세히 보니 조합 뒤편에는 승합마차의 발착장이 있었다. 커다란 부지에는 많은 수의 마차가 서 있었고, 조합에서 나온 대다수의 모험가들이 이 발착장으로 향하는 듯 보였다. 그렇게 모험가를 태운 마차는 저마다 움직이기 시작했다.

고대지하도시라는 던전은 넓다. 얼마나 넓은가 하면 현재 미라의 눈에 보이는 범위 전체의 지하가 고대지하도시일 정도다. 실제로 그란 링스는 고대지하도시의 위에 있었다.

그만큼 넓은 탓에 1층으로 내려가는 입구는 여럿 존재했다.

그란 링스 북쪽에 위치한 입구는 짐승 계열 마물이 많이 있는 곳과 가깝다. 남쪽 입구는 불사 계열, 서쪽 입구는 곤충 계열. 그리고 동쪽 입구는 마법생물 계열이 많았으며, 2층으로 내려가기 위한 계단과 가장 가까웠다.

모험가들은 목적에 따라 입구를 선택했고 발착장에서 출발한 마차는 조합과 그러한 입구들을 왕복하고 있는 것이다.

모험가들이 쓰는 돈이 상당한지 왕복 마차 전용 도로가 잘 정비되어 있는 것이 보였다. 그 덕분에 마차는 상당한 속도로 달리고 있었다. 편도로 한 시간도 안 걸릴 듯했다.

하지만 당연히 그보다는 하늘길로 가는 것이 빠르다.

그란 링스를 떠나 눈 아래 정비된 길을 달리는 마차를 몇 대 정도 따라잡았을 즈음. 미라는 동쪽 입구 앞에 도착했다. 상당히 일찍 출발했는지 작전 회의 중인 모험가 그룹도 몇 있었다.

"그나저나 참, 장삿속들도 밝군."

페가수스를 치하하고서 송환한 미라는 무심하게 주변을 둘러보았다.

끝없이 펼쳐진 초원. 듬성듬성 돋아난 나무. 어디서 굴러온 것인지 모를 커다란 바윗덩이. 그러한 것들이 바람이 불 때마다 살아 숨 쉬듯 일제히 몸을 흔들며 수런댔다.

그런 대자연 속에 자리한 입구 주변은 게임이었던 시절에 보았을 때에 비해 몰라보게 달라져 있었다.

놀랍게도 그 앞에 수많은 노점들이 늘어서 있었던 것이다.

"약간 비싼 감은 있지만 급하게 보급을 할 때는 편리할 것 같군그래."

미라는 그러한 노점들을 대충 구경하고서 물건들이 썩 나쁘지 않다 싶었는지 감탄한 투로 중얼거렸다.

그밖에도 성술사가 상주하는 치료원이며 수리를 전문으로 하는 대장간, 그리고 전리품을 매입하는 상인 등이 여기저기 있어서 소규모 집락 같은 상태가 되어 있었다. 하지만 어째서인지 아무리 둘러보아도 숙박업을 하는 이는 보이지 않았다.

미라는 그 이유가 궁금해서 도시에서 깜박하고 사지 않은 식기류 한 세트를 구입하며 겸사겸사 주인장에게 물었다.

그 이유는 이 주변에 가끔씩 마수가 출현하기 때문이라고 한다.

그렇다, 마수. 자연계에 서식하는 짐승이 마(魔)에 눈을 떠 변이한 존재. 아무리 낮아도 B랭크에 상당하는 전투력을 지닌 괴물이다. 그 때문에 이 주변에서는 마음 놓고 잠을 청할 수가 없는 것이다.

참고로 마수가 나타나면 이곳에 있는 자들은 어떻게 하느냐고 묻자 다들 특별한 허가증을 가지고 있어서 고대지하도시로 도망쳐서 지나가기를 기다린다고 한다. 확실히 마수에 비하면 1층에 있는 마물을 상대하는 편이 나을 것이다.

"오오, 제법 북적거리기 시작했군."

노점을 구경하거나 이야기를 듣고 다니다 보니 하늘에서 추월했던 마차들이 속속들이 도착했다.

마차에서 내리는 모험가들은 모두 목적지가 2층 이상인지 차림새부터 상당한 실력자처럼 보였다.

그런 그들, 그녀들은 그룹별로 모여서 확인 작업을 하기 시작했다. 그룹으로 움직일 때는 필요한 작업이었지만 혼자서 공략하는 미라에게는 필요가 없었다.

'그럼 가보도록 할까.'

이미 준비가 끝난 상태인 미라는 시간이 흐를수록 북적이는 그곳을 벗어나 초원 한복판에 뚫린 터널에 조용히 발을 들여놓았다.

$$\langle 4 \rangle$$

허가증을 써서 결계를 뚫고, 길고 경사가 완만한 터널을 지나자 거대한 도시가 까마득한 저편까지 펼쳐져 있었다.

너무 어둡지도, 그렇다고 밝지도 않은 공간이다. 고대지하도시 1층은 광대한 바위 동굴을 통째로 이용한 듯한 장소였다.

군데군데 바위기둥이 솟아 있고, 커다란 바위는 그대로 안을 깎아내어 주거가 가능한 상태로 가공되어 있었다. 그런 바위가 몇 개나 있는 가운데, 성으로 착각할 정도로 커다란 석조 건물이 여기저기 세워져 있고, 여러 개의 통로며 다리로 이어져 있었다.

곳곳이 썩거나 무너지기는 했지만, 아직도 희미한 조명이 도시를 비추고 있었다.

천장은 그다지 높지 않아서 커다란 건물 중 태반은 천장에 닿아 있다. 그 때문에 허공은 통로와 다리가 복잡하게 얽혀 있어서 그리 멀리까지는 내다볼 수가 없었다.

아무도 살지 않게 된 건조물, 복잡하게 얽힌 회랑과 지하에 난대로. 그 모든 것은 현재 마물의 소굴로 돌변한 상태다. 그러한 광경이 이곳에는 수십 킬로미터 단위로 펼쳐져 있었다.

'역시 근사한 곳이로군. 그야말로 던전이라는 느낌이 들어.'

미라는 눈에 펼쳐진 광경을 둘러보며 그 압도적인 스케일 앞에서 새삼 '이것이야말로 판타지의 로망이지'라는 생각을 했다.

고대지하도시. 그것은 던전의 왕도이자 최종형이라 할 수 있을 정도로 거대해서, 이곳만으로도 게임 하나를 만들 수 있지 않을까 싶을 정도로 복잡했다.

그런 장소에 유유히 발을 디딘 미라는 거대한 다리를 건너, 그 중간에 모여 있던 마물을 물리치고 전진하다가 몇 갈래로 나뉜 길 앞에서 멈춰 섰다.

요새처럼 커다란 건물로 이어진 길, 위로 난 다른 다리로 이어진 계단, 중간에 길이 끊긴 다리, 1층의 밑바닥으로 내려가기 위한 통로. 고대지하도시에는 이러한 갈림길이 무수히 존재했고, 광대한 넓이와 어우러져 길을 쉽게 잃게 하는 요인으로 작용했다.

하지만 미라에게는 익숙한 정원 같은 장소였다.

"똑바로 가다가, 오른쪽에 첫 번째 열쇠가 있었더랬지."

기억을 확인하듯 중얼거린 미라는 그대로 끊어진 다리를 향해 걸어 나갔다. 그리고 '공활보'로 허공을 달려 반대편으로 건너뛰었다.

고대지하도시는 층별로 랭크가 나뉘어 있는 데다 출현하는 마물의 폭이 넓어서 게임이었던 시절에도 매우 인기 있는 사냥터였다. 미라도 과거에는 이곳에서 수련을 상당히 많이 한 덕에 지금도 필요한 만큼의 지리는 기억했다. 그렇기에 최단 루트로 공략할 수 있었다.

"우선 하나."

다리를 건넌 미라는 근처에 있던 탑에 들어가, 모여 있던 마물들을 손쉽게 처리하고서 탑의 최상층에 있던 수정구슬에 손을 가져다 댔다. 그러자 미라의 손등에 기호 같은 작은 문자가 떠올랐다.

이 문자를 다섯 개 모아야 2층으로 내려가기 위한 계단이 있는 대신전 최심부의 문을 열 수 있게 되는 것이다.

미라는 탑에서 나와 다음 수정구슬이 있는 장소로 향했다. 통로를 걷고 계단을 올라, 건물 내부를 지나고 때로는 이 길에서 저 길로 건너뛰었다. 곳곳에서 마물을 쓰러뜨리며 실로 착실하게, 효율적으로 공략 루트를 지난 덕에 미라는 한 시간 정도 만에 다섯 개의 문자를 모두 모을 수 있었다.

아마 페가수스를 탔으면 더 효율적으로 모을 수 있었을 것이다. 하지만 미라가 그렇게 하지 않았던 것은 고대지하도시의 1층에 설정된 독자적인 규칙 때문이었다.

옛 방범 설비의 효과가 아직 남아 있는 것인지, 일정 시간 이상 허공에 머무른 자는 대신전에 들어갈 자격을 하루 동안 잃게 된다.

미라가 덤블프였던 당시에도 '공활보'로 직선거리를 내달려 문자를 모으려 했으나 번번이 무효가 되어서 좀처럼 2층으로 내려갈 수가 없었다.

미라는 나중에 알게 된 사실이지만 무효가 되느냐 마느냐는 다리가 땅에 닿지 않은 누계 시간으로 판정된다고 한다. 이것은 수정구슬이 설치된 탑의 자료실에 있는 '대신전 안내서'라는 책에 적혀 있었던 정보다.

그런 씁쓸한 경험을 했던 것에 대한 반발심으로 오기로라도 '공활보'를 써주기로 마음먹은 미라는 우선 기준이 되는 누계 시간을 파악하고서 그 범위를 벗어나지 않도록 사용할 수 있는 장소를 골라 최단 루트를 도출해냈다. 고대지하도시는 광대하지만,

다행히도 열쇠가 있는 장소는 집중되어 있어서 그 루트는 지금도 미라의 머릿속에 생생히 남아 있었다.

"흠, 누군가와 만나기로 한 겐가?"

몹시도 허름해 보이는 돌이 깔린 부지의 중앙. 정면에는 낡은 대신전이 자리했다. 그곳에서 다소 떨어진 장소에 사람들이 각각 거리를 둔 채 앉아 있었다.

모두 다 가벼운 차림새라 모험가 그룹은 아닌 듯 보였다. 뭘 하고 있는 건가 싶어 미라가 쳐다보자 그들이 손을 흔들어 보였다.

더더욱 뭘 하고 있는 것인지 모르겠다. 미라는 일단 손을 흔들어 답하고서 대신전 쪽으로 몸을 돌려 손바닥에 떠오른 다섯 개의 문자에 시선을 떨어뜨렸다.

여담이지만 고대지하도시에는 이 문을 대신해서 열어주는 자들이 있었다. 미라처럼 독자적인 최단 루트를 찾아낸 자나 잽싸게 문자를 모을 수 있는 이동수단을 가진 자들이었다.

위층에서 얻을 수 있는 보상은 고랭크 모험가 그룹에게 매력이 없었다. 식량 사정 등의 이유로 체류할 수 있는 시간은 유한할 수밖에 없었고, 그런 탓에 그들은 이런 장소에서 시간과 품을 들일 수는 없다고 생각했다.

그래서 대행자들이 생겨났고, 그들의 존재는 그러한 수요에 완벽하게 부합해서 활발하게 거래가 이루어지고는 했다.

"그나저나 이곳도 참 그립구먼."

마지막으로 찾은 것은 체감상으로는 1년 정도 전이다. 그때 동료들에게 꽤나 민폐를 끼쳤던 것이 생각나 쓴웃음을 지으며, 미라는 대신전의 문에 손을 가져다 댔다. 그러자 손바닥에 떠올랐던 문자가 하나 빛나더니 커다란 문이 열리기 시작했다. 그리고 미라가 내부에 발을 디딤과 동시에 문이 닫히기 시작했다.

미라는 들어가자마자 있는 대성당을 똑바로 전진했다.

대체 이곳은 얼마나 오래되었을까. 낡은 스테인드글라스와 허물어진 신상(神像)이 곳곳에 널브러져 있었다.

발치에 널린 그것들을 능숙하게 피해가며 미라는 대성당 안쪽에 위치한 문 앞에 섰다. 그리고 다시 손을 내밀자 이번에도 문자 하나가 빛나더니 문이 열렸다.

그 앞은 하얀 돌바닥으로 된 긴 복도였다. 마물은 보이지 않고 하얀 조명만이 점점이 이어져 있었다.

복도를 나아가며 중간에 있던 문에 손을 가져다 대기를 세 번 반복해, 다섯 번째 문을 열자 손바닥에 있던 문자가 모두 빛나더니 한꺼번에 사라졌다.

그러고 나자 눈앞에 결계 장치가 보였다. 미라는 끝으로 조합에서 발행받은 허가증으로 결계를 해제하고 그 앞에 보이는, 석벽으로 에워싸인 대강당으로 나아갔다.

그곳에는 2층에서 출현하는 마물 그룹이 존재했다. 이곳에서 고전할 정도의 수준이라면 되돌아가라고 말하는 듯한 조합과 배치였다. 하지만 당연하게도 미라에게 그 마물들의 연계는 하잘것 없는 수준이라서 다크나이트 하나로 모든 마물을 처리했다.

이렇게 미라는 순조롭게 2층에 도착했다.

고대지하도시 2층. 그곳의 광경은 1층과 그리 다르지 않았지만, 넓이는 약 절반이 되어 있었다. 이 던전은 아래로 내려갈수록 난이도가 올라가지만, 면적은 좁아지도록 되어 있었다. 그럼에도 1층이 이상하리만치 넓었던 탓에 최하층까지 내려가도 대국의 수도만큼은 넓을 정도라 호락호락하지 않다는 점에는 변함이 없었다.

　한 가지 확연하게 다른 점이 있다면, 1층에 있었던 체공 시간의 제한이 없다는 점일 것이다. 하지만 2층에서는 대신전 주변에서의 전투 행위가 금지되어 있었다. 이를 위반하면 하루 동안 대신전의 문을 열 수 없게 되는 것이다.

　"그럼 부탁 좀 하마, 페가수스."

　체공 시간의 제한이 없어지자마자 망설임 없이 페가수스를 소환한 미라는 의욕이 넘쳐난다는 듯 히힝, 하고 우는 페가수스의 등에 올라타고 3층으로 가기 위한 열쇠가 되는 문자를 입수하기 위해 날아올랐다.

　페가수스의 압도적인 기동력 덕분에 1층에 비해 이동 효율이 매우 높았다. 하지만…… 아니, 그렇기에 2층의 문자는 정해진 순서에 따라 수집해야만 했다. 심지어 문자를 입수할 수 있는 탑이 이번에는 2층 전체에 퍼져 있었고, 북쪽에서 시작해서 오망성을 그리듯 돌아야만 했다.

　그럼에도 페가수스의 유용성은 매우 컸다. 미라는 복잡하게 엉킨 다리 등의 틈새를 누비며 탑들을 돌아다녔다. 비행수단이 없었던 때에 비해 공략이 매우 순조로웠다.

　"어디, 이제 하나 남았나. 그나저나 정말이지 귀찮은 장치로군……."

네 번째 탑에서도 문자를 입수한 미라는 페가수스의 등에 훌쩍 올라타며 투덜댔다.

2층에 도착한지도 어언 여섯 시간이 지났다. 중간에 가볍게 식사 휴식을 취하기는 했지만 대부분의 시간을 이동하는 데 소비했다.

날아서 이동을 하다 보니 아무래도 눈에 띄어서 조류 계열과 같은 비행 타입의 마물에게 자주 공격을 당할 수밖에 없었다. 그것들은 모두 다 페가수스가 방해하지 말라는 듯 번개를 내쏘아서 격추시켜서 그리 시간이 걸리지는 않았지만 문제는 2층의 구조였다.

"어디 보자, 다음은 남서쪽이로구나. 부탁하마."

미라가 그렇게 말하자 페가수스는 작은 소리로 히힝 울어 답하더니 다시금 하늘로 날아올랐다. 그리고 지시한 대로 정확히 남서쪽을 향해 날아갔다.

하지만 1층 이상으로 다리며 회랑 등이 복잡하게 뒤엉켜 있어서 그다지 속도가 나지 않았다. 페가수스 혼자였다면 속도를 유지한 채로도 쉽게 피할 수 있었을 것이다. 하지만 그러면 등에 타고 있는 미라가 떨어질 지도 모른다. 실제로 이 층의 공략을 시작하고서 10분 남짓 만에 미라는 보기 좋게 허공을 날았다.

따라서 지금의 페가수스는 안전운전을 최우선으로 비행 중이었다. 하지만 미라와 함께 있을 수 있는 시간이 그만큼 길어지는지라 페가수스는 몹시 신이 나서 가뿐하게 하늘을 질주했다.

"오늘은 2층을 공략하고 끝일 것 같군."

현재 시각을 확인해 보니 조금만 더 있으면 밤 일곱 시였다. 문자를 다 모아 대신전에 도착하면 아홉 시가 다 되어 있을 것이다.

하지만 2층을 도보로 공략하려면 일주일은 걸리는지라 하늘을 날 수 있는 미라는 상당히 편하게 공략을 하고 있는 편이었다.

"흠. 이게 마지막인가. 슬슬 배가 고프군그래."

그렇게 도착한 마지막 탑에서 다섯 번째 문자를 입수한 미라는 기다렸다는 듯 덤벼든 마물을 가볍게 물리치며 탑 정상으로 나갔다. 그리고 그 꼭대기에서 어두컴컴한 도시를 내다보며 그 광대함에 새삼 감탄했다.

'과거에는 이곳에도 많은 사람들이 살았을 테지. 던전으로서도 대단한 장소지만 도시로서도 대단한 곳이로구나.'

어떠한 사람들이 살았을지, 어떠한 생활을 했을지, 그리고 어째서 지상이 아닌 지하에 이렇게 큰 도시를 만든 것인지. 미라가 아는 역사 마니아 친구도 해명하지 못했던 고대지하도시의 내력이 새삼 궁금해졌다.

페가수스의 등에 타고 흘러가는 풍경을 바라보며 미라는 고대지하도시의 수수께끼도 어딘가에 잠들어 있을지 모른다는 생각을 했다. 그러고 있자니 잔뜩 흥분한 얼굴로 역사에 관한 이야기를 하던 친구의 심정도 조금은 이해가 될 것 같기도 했다.

밤 아홉 시가 지났을 즈음. 예정대로 미라는 2층 중앙에 위치한 대신전 앞에 도착했다. 1층과 마찬가지로 몇몇 문 열기 대행업자가 대신전 근처에 드문드문 있었다. 페가수스를 타고 내려온 탓에 경쟁자로 착각했는지 미라를 쳐다보는 시선이 곱지 않았다.

물론 미라는 그런 사실은 전혀 알지 못했다. 애초에 대행업자의 존재조차 몰랐기 때문이다.

'왜들 저렇게 노려보는 게야……'

전혀 짚이는 바가 없는 미라는 오늘 하루를 묵을 대신전의 문을 열고 도망치기라도 하듯 안으로 뛰어 들어갔다.

역시 지붕이 있는 곳이 마음이 편하다. 미라와 같은 생각을 한 이들도 많은지 문턱을 넘고 보니 대성당에서는 여러 그룹의 모험가들이 각각 휴식을 취하고 있었다.

문이 열려서 반응한 것뿐이겠지만 모험가들이 일제히 주목하는 바람에 미라는 겁을 먹고 말았다. 그래서 이번에도 도망치다시피 대신전에서 옆에 위치한 통로로 나아갔다.

오래되기는 했지만 대신전이라 불릴 만큼 튼튼한 데다 규모도 컸고, 휴게실로 쓸 수 있을 듯한 작은 방도 잔뜩 있었다. 뭐, 문은 썩어 문드러져서 방범성은 없는 것이나 다름없었지만.

미라는 깜깜한 복도를 무형술로 만든 빛으로 비추며 쓸 만한 작은 방이 없나 둘러보았다. 그러다가 깜깜한 방에서 사랑을 속삭이던 연인을 방해하고 말았지만, 어찌어찌 적당한 방을 찾아내서 그곳에 자리를 잡았다.

돗자리 대신 특수 침낭을 깔고 그 위에 드러누운 미라는 침낭에 부속된 방충 기능을 켰다. 그러자마자 벌레들이 우글우글 기어 나와 도망치듯 방에서 나갔다. 과연 디누아르 상회의 제품답게 효과가 좋았다.

'백합이라, 백합은 좋은 것이지…….'

미라는 벌레들에게는 눈길도 주지 않고 조금 전에 본 장면을 떠올리고는 입가를 일그러뜨렸다. 방의 중앙에 설치한 무형술의 빛을 받으며 미라는 번뇌로 가득한 미소를 짓고 있었다.

"자아, 드디어 기대했던 시간이 왔구나!"

오랫동안 페가수스를 타고 다닌 탓인지 상당히 가랑이가 아팠던 미라는 얼마간 휴식을 취한 후, 잔뜩 신이 나서 아이템박스에서 도구를 꺼내기 시작했다.

아이템박스에서 나온 것은 각종 식재료와 이번에 처음 사용하는 모험가 전용 조리 세트였다. 막연하게 동경했던 모험가다운 일 중 하나인, 던전 안에서의 조리. 미라는 지금까지 한 것 중 가장 모험가다운 일을 하고 있다는 생각에 다소 흥분한 눈치였다.

오늘 밤 메뉴는 미라 특제 채소 스프. 조리 세트를 능숙하게 다루……지는 못했지만, 미라는 엉성하게나마 무난하게 채소를 썰어 나갔다.

당근에 양배추, 양파와 버섯. 그리고 주역인 소고기. 크기와 모양이 제각각이라 골고루 익지 않을 듯했지만 그런 것은 개의치 않고 이것이야말로 모험가다운 행동이라는 듯 몽땅 냄비에 집어넣었다. 그리고 무형술로 만들어낸 물을 부어 그 냄비를 소형 풍로 위에 올려놓았다.

소형 풍로의 손잡이를 돌려 불을 켰다. 이제 맛을 보며 조미료를 넣고 전체적으로 재료가 익기를 기다리면 완성이다.

"흐음~ 좋은 냄새가 나기 시작하는군."

미라는 끓어오른 냄비에 조미료를 적당하게 투입하자 조금씩 냄새가 변해가는 것을 느끼고는 한껏 들떴다. 그리고 숟가락으로 한 입을 떠서는 맛을 확인하고 "소금을 더 넣어야겠어" 따위의, 전문가라도 된 듯한 소리를 내뱉으며 미소 지었다.

부지런히 냄비를 휘저으며 얼마 동안 몇 번이나 맛을 보고 나니, 드디어 이 세계에 온 뒤로 처음 시도한 요리가 완성되었다.

미라는 따끈한 채소 스프를 나무 스푼으로 떠서 후후 불어 식힌 후에 입에 머금었다. 그리고 살짝 씹어서 삼키고는 실로 만족스러운 미소를 지어 보였다.

"음! 이 몸의 요리 센스도 제법이군그래!"

흐물흐물해진 채소와 보들보들하게 익은 소고기. 간은 가장 기본이라 할 수 있는 소금으로 했지만 미네랄이 풍부한 천일염을 사용해서 상상했던 것 이상으로 복잡한 감칠맛이 우러났다. 거기에 미라는 후추와 버터를 추가했다. 그것이 더욱 깊은 맛을 더해 줘서 처음 한 것 치고는 충분히 만족할만한 맛이 났다.

전체적으로 보면 결국 못 먹을 정도는 아니지만 아주 맛있지도 않은 수준의 채소 스프다. 하지만 상황이 최대의 조미료로 작용한 탓인지 미라에게 그것은 매우 인상 깊은 저녁 식사가 되었다.

식사 후, 조리 세트를 정리한 미라는 주머니 하나를 끄집어냈다. 이 역시 디누아르 상회에서 구입한 모험가 전용 아이템 중 하나인, 물만 있으면 되는 마동식 간단 세탁 주머니였다.

잽싸게 옷을 벗어 속옷 차림이 된 미라는, 그 속옷도 냉큼 벗어 옷과 함께 세탁 주머니에 집어넣었다. 그리고 무형술로 물을 부어 전원을 켰다. 참고로 동력원인 마동통은 이미 세팅해두었다.

세탁 주머니 안에서 철벅철벅 소리가 났다. 대체 어떤 구조로 되어 있는 것인지, 세탁 주머니는 어디에 어떻게 두어도 야무지게 빨래를 해주었다.

새 속옷으로 갈아입은 미라는 작은 방의 입구 근처에 보초용 홀리나이트를 소환해 세워둔 후, 경쾌한 물소리를 들으며 침낭 위에 드러누웠다. 그리고 루미나리아에게 받은 '기능대전'을 읽기 시작했다. 개중에는 금방 습득할 수 있을 듯한 조건의 술법도 있어서 곧장 습득 연습을 하기도 했다. 이렇게 미라는 던전 내부라는 것이 믿기지 않을 정도로 느긋한 시간을 보냈다.

참고로 물을 만들어내는 무형술은 그 효과에 비해 다른 술법의 중급 수준 술식에 상당하는 마나를 소비한다.

미라는 당연하다는 듯 사용했지만, 그럴 수 있는 것은 마력에 초점을 맞추어 단련을 하고 이런저런 가호며 기능을 습득하여 마나의 최대치와 회복 속도를 높여두어 소비한 양을 금방 메울 만큼의 실력을 갖추고 있기 때문이다. 이러한 부분에서부터 미라의 야영은 다른 모험가들과 큰 차이가 있었고, 만약 대성당에서 같은 일을 했다면 그 능력을 본 많은 그룹들이 가만히 내버려 두지 않았을 것이다.

고대지하도시의 2층에 있는 대신전에서 하룻밤을 보낸 미라는 졸린 눈을 한 채 속옷 차림으로 침낭 밖으로 기어 나와, 밤에 무형술로 말려둔 옷을 머리에 뒤집어썼다. 그리고 꼬물꼬물 팔을 집어넣고 머리를 내민 그 순간.

"흐음……. 누구냐, 그대는?"

불침번 대신 세워두었던 홀리나이트에게 제압된 한 남자와 눈이 마주쳤다. 남자는 흥분된 얼굴로 미라를 쳐다보고 있었지만 말을 걸자마자 매우 거북한 표정을 지었다.

"그게……. 네가 대성당에 들어왔을 때 혼자인 것 같은 게 신경 쓰여서……."

남자는 걱정돼서 따라왔다는 투로 답했다. 하지만 그 시선은 훤히 드러난 미라의 허벅지를 향하고 있어서 누가 보아도 명백하게 흑심을 품고 있다는 것을 훤히 알 수 있었다.

"흠. 그냥 변태인가."

이토록 귀여우니 흑심을 품을 만도 하다. 그렇기는 하지만 전혀 봐줄 생각이 없는 미라는 홀리나이트에게 지시를 내려 그 남자에게 가볍게 벌을 주고 난 뒤, 가차 없이 내던져버렸다. 직후, 남자의 나직한 신음소리가 들려왔다.

그렇게 아침부터 별난 사건을 겪은 후, 미라는 아무 일도 없었다는 듯 아침 준비를 하기 시작했다. 준비라 한들 아침 식사 메뉴는 간단하게 빵과 과일, 그리고 이스즈 연맹의 본거지에서 구입해온 올 시즌 오레였다.

    아침식사와 정리를 마치고서 준비를 끝낸 미라는 3층으로 향하기 위해 작은 방에서 대성당으로 돌아왔다. 어젯밤에 이곳을 찾았을 때 보였던 모험가들은 절반 정도가 이미 출발한 상태라 대성당이 다소 넓어진 듯한 느낌이 들었다.

    그런 가운데, 미라의 눈이 문득 어느 여성만으로 이루어진 모험가 그룹을 포착했다. 그중에서도 미인 여검사와 귀여운 여술사를.

    그렇다. 어젯밤에 우연히 보고 말았던 두 사람이었다. 미라가 시선을 보내자 그쪽도 알아챘는지, 미라를 보자마자 얼굴이 붉어져서는 약간 겁을 먹은 듯한 눈빛을 보내왔다. 미라가 뭔가 쓸데없는 소리를 하지는 않을까 걱정인지, 어쩐지 기도라도 하듯 서로 손을 꼭 맞잡고 있었다.

    '응원하도록 하마!'

    미라는 그런 두 사람을 향해 살며시 고개를 끄덕이고는 둘째손가락을 입술 앞에 세워 보였다. 그리고 아무 일도 없었다는 듯 고개를 돌려 대성당을 걸어 나갔다. 미라의 등 뒤에서 두 여성이 안도한 표정을 지은 채 미소를 주고받고 있었다.

    대성당의 가장 안쪽. 특별한 문자가 있어야만 열리는 문. 그 앞에 도착한 미라는 바로 옆에서 작전 회의 중인 5인 그룹을 발견했다. 그들은 전위의 핵심인 전사의 컨디션이 좋지 않으니 전투 시 진형 등을 재검토할 필요가 있다는 내용의 이야기를 나누고 있었다.

컨디션이 좋지 않다는 전사는 축 처져서 벽에 기대어 있는 남자인 듯했다. 그는 눈이 마주치자마자 쓴웃음을 지어 보였는데, 미라는 어이가 없어서 그 남자를 노려보았다. 그 전사가 아침에 만났던 변태였기 때문이다. 하룻밤 내내 홀리나이트에게 제압되어 있다가 벌을 받은 후, 내팽개쳐졌으니 컨디션이 좋지 않을 만도 했다.

어쩔까, 일단 돌아갈까. 그런 이야기를 하기 시작한 그의 동료들을 보고 있던 미라는 "어째 미안하게 됐구나"라고 마음에도 없는 사과를 하며 아침에 있었던 일을 모두 폭로했다. 그 결과, 미라는 변태 남자의 동료들에게서 진심 어린 사과를 받았다. 당연히 벌을 준 것을 나무라는 사람은 아무도 없었다. 오히려 두 여성 멤버에게 잘했다는 칭찬까지 받았다.

듣자 하니 남자는 상습적으로 남을 엿보는 버릇이 있어서 몇 번이나 문제를 일으켰다고 한다. 그럼에도 같이 다니는 것은 어릴 적부터 알고 지낸 악연 때문이라고 말하며 그들은 쓴웃음을 지은 채 한숨을 내쉬었다. 아무래도 소꿉친구로 구성된 그룹인 모양이다.

그런 그들은 하루 더 쉬었다가 공략을 재개하기로 결정한 듯했다. 멤버들에게 혼쭐이 나는 변태 남자의 비명을 등진 채 미라는 3층으로 이어진 첫 번째 문을 열었다.

그렇게 미라는 모든 문을 지나 3층에 도착했다. 그곳 역시 2층과 비슷한 광경에 조건이 걸려 있는 데다 다소 장치가 복잡해지기는 했지만, 페가수스를 탄 미라에게는 큰 문제가 되지 않아서 네 시간 정도 만에 문자를 다 모아 다시 대신전을 통해 다음 층으로 넘어갔다.

그렇게 도착한 4층은 조합이 출입 조건을 D랭크로 설정해둔 곳으로, 이전의 층들에 비해 상당히 밝았다.

"오늘 중에는 이곳도 통과하고 싶은데 말이지."

지하임에도 불구하고 전체를 내다볼 수 있을 정도로 빛이 가득한 그곳에는 하얗고 커다란 저택과 궁전이 마치 도시의 빌딩가처럼 끝없이 이어져 있었다.

4층의 면적은 3층의 절반 정도였지만 그럼에도 광대하기는 마찬가지라 가장자리가 희미해 보일 정도로 멀었다.

"그나저나 다시 보아도 3층까지의 광경과는 딴판이로군."

잽싸게 소환한 페가수스에 올라타 상쾌하게 하늘로 날아오른 미라는 그곳에서 보이는 광경 앞에서 엉겁결에 그렇게 중얼거렸다.

쇠락했어도 화사한 분위기가 남아 있는 4층에는 일찍이 플레이어들이 붙인 이명이 있었다.

그중 하나는 귀족가. 말 그대로 아직 사람이 살았을 적에는 대국의 귀족들이 사는 지구에 뒤지지 않을 정도로 기품 있고 화사한 장소였을 것이라는 추측 때문이다. 지금의 광경만 보아도 그랬으리라는 것을 충분히 상상할 수 있었다.

"어디 보자, 출발점은 이 궁전이었지."

미라는 수십 분 동안 하늘을 날아, 동쪽 끝에 위치한 유달리 커다란 궁전 앞에 도착했다.

'동쪽은, 일출. 분명 궁전 내부의 모든 횃불에 불을 밝혀야 했던가.'

페가수스의 등에서 스커트를 펄럭이며 뛰어내린 미라는 소국의 성에 필적할 정도로 번듯한 성을 올려다보며 다소 애매해진 기억을 되짚어 보았다.

4층에서도 역시나 다음 층으로 넘어가려면 문자를 모을 필요가 있었다. 숫자는 세 개밖에 안 되었지만 대신 하나하나의 난이도가 높아졌다는 것이 특징이다.

문자를 입수할 수 있는 장소는 북쪽과 서쪽, 그리고 동쪽에 있는 유달리 커다란 궁전이다. 그곳에 있는 장치를 해제하면 문자를 입수하기 위한 수정구슬이 있는 장소로 이어진 문이 열리는 구조로 되어 있었다.

"자아, 잽싸게 끝내도록 할까."

미라는 페가수스를 거느린 채로 궁전에 한 걸음을 내디뎠다. 그리고 부지에 들어선 직후. 황폐해진 정원의 땅속에서 무수히 많은 스켈레톤이 뛰쳐나와 미라에게 덤벼들었다.

하지만 미라는 전혀 동요하지 않았다. 그리고 잠시 후, 번갯불이 번쩍이더니 페가수스가 내쏜 번개가 눈 깜짝할 새에 모든 해골을 재로 바꾸어 놓았다.

귀족가라 불리는 제4층의 또 하나의 이명. 그것은 뼈의 도시였다. 지구별로 각양각색의 스켈레톤족 마물이 출현하여 싸울 상대를 고르기 쉬워서, 타격 공격이 특기인 클래스와 불사 계열 마물에 강한 사령술사, 성술사에게는 절호의 사냥터였다.

참고로 동쪽 지구에는 주로 움직임이 잽싼 스켈레톤이 출현했다. 하지만 아무리 잽싸다고 한들 미라와 페가수스에게는 한참 못 미쳤다. 미라가 궁전에 가까워질수록 많은 스켈레톤들이 뛰쳐나왔지만, 고개를 내밀기 무섭게 페가수스의 공격에 괴멸되었다.

"풍어입니다냥~!"

스켈레톤이 소탕된 넓은 정원을, 한 마리의 새끼 고양이가 쾌활하게 뛰어다녔다. [뼈뼈판타지]*라고 적힌 팻말을 든 단원 1호였다.

불사 계열 마물을 쓰러뜨리면 일정 확률로 마동석을 입수할 수 있다. 디누아르 상회에서 구입한 '마동식'이라는 이름이 붙은 도구들은 이 마동석으로도 사용할 수 있기에 미라는 단원 1호를 소환하여 무수히 떨어진 그것들을 회수시키고 있었다.

좀도둑처럼 커다란 보따리를 짊어진 단원 1호는 실로 익숙한 솜씨로 주워 모은 마동석을 내밀면서 "두목, 이게 상납받은 물건들입니다냥"라고 말하며 음흉한 미소를 지어 보였다.

"음. 잘했다."

궁전 입구에 도달하자 스켈레톤의 출현이 그쳤다. 미라는 만족스러운 미소를 띤 채 수십 개나 되는 마동석을 받아들고 궁전에 발을 들였다.

궁전 안은 채광창이 많아 약간 어스레한 정도였다. 미라 일행은 스켈레톤족 마물이 배회하는 그곳을 태연하게 돌아다녔다.

"좋아. 이제 한 군데만 남았구나."

---

*파이널판타지 시리즈 최초의 MMORPG였던 파이널판타지11을 이르는 말. 레벨 노가다를 할 만한 몬스터가 스켈레톤밖에 없었던 것에 대한 비아냥거림

궁전의 4층 홀에 있는 홰에 착화의 무형술로 불을 켠 미라는 그대로 가장 안쪽에 자리한 커다란 문을 향해 걸어 나갔다.

 그런 미라의 등 뒤에서는 번갯불이 몇 줄기나 번쩍였고, 그때마다 쇄도하던 스켈레톤들이 잿더미가 되었다. 미라가 장치 해제에 전념할 수 있도록 페가수스가 모든 마물을 처리하겠다고 나선 것이다.

 근처에 출현하는 것은 D랭크에 상당하는 스켈레톤이었지만 제대로 준비하지 않으면 C랭크 모험가도 후퇴할 수밖에 없을 정도의 병력이 덤벼든다는 것이 궁전의 특징이었다. 때문에 떨어진 장소에서 한 마리씩 유인해서 쓰러뜨리는, 흔히 말하는 낚시 전법으로 공략하는 것이 일반적이었다.

 하지만 그것은 실력이 엇비슷한 자들에게나 해당하는 일이다. 강력한 군세를 다루는 미라에게 빈약한 집단은 그야말로 하찮은 존재에 불과했다.

 굳이 미라가 수고를 할 필요는 없다며 의욕적으로 나선 페가수스가 스켈레톤들을 물리쳐 나갔다.

 "냐냥~?! 아슬아슬했습니다냥~!"

 그리고 단원 1호는 빗발치듯 허공을 꿰뚫는 번개를 종이 한 장 차이로 피하고 돌아다니며 전리품을 회수하는, 실로 박진감 넘치는 연계를 취하고 있었다. 보는 사람은 아무도 없었지만.

 그렇게 공략한 궁전도 드디어 막바지에 다다랐다. 미라가 연문 앞에는 성화대처럼 생긴 커다란 그릇이 있고, 거대한 스켈레톤 세 마리가 그것을 지키듯 앞을 가로막고 서 있었다.

새벽의 그릇지기라 불리는 세 마리의 스켈레톤은 지금까지 물리쳐온 것들과는 명백하게 다른 기운을 내뿜고 있었다. 그릇을 지키는 것이 최우선 사항인 탓인지 미라 일행을 인식한 것 같기는 했지만, 그 자리에서 움직일 낌새는 없었다.

"저것이 마지막이로군."

새벽의 그릇지기가 앞에 버티고 있음에도 미라는 역시나 망설임 없이 그 방에 발을 들였다.

순간, 강렬한 살기가 실내를 가득 메우더니 세 마리의 스켈레톤이 움직이기 시작했다. 하지만 그들의 발은 결국 두 번째 걸음을 내딛지 못했다. 미라에게 살기를 보인 직후, 그것을 능가하는 기운이 실내를 뒤덮는가 싶더니 새벽의 그릇지기들이, 천둥소리가 울림과 동시에 잿더미가 되었기 때문이다.

"자아, 이제 최상층으로 가는 문이 열렸을 게다."

미라가 그릇에 붉을 밝힌 순간, 멀리서 커다란 무언가를 질질 끄는 듯한 소리가 들려왔다. 그것은 장치가 해제되었다는 증거였다.

그런 가운데, 단원 1호는 마치 자신의 공이라도 되는 양 특대 크기의 마동석 세 개를 끌어안고 와서는 그것을 자랑스럽게 미라에게 내밀어 보였다.

4층 홀로 돌아와서 계단을 올라, 그대로 최상층에 위치한 방으로 들어갔다. 마물의 모습은 보이지 않고 커다란 수정구슬만이 있었다.

수정구슬에 손을 대자 문자 하나가 손바닥에 떠올랐다.

"우선 하나. 역시 이곳은 시간이 걸리는구나."

동쪽 궁전을 공략하는 데는 두 시간이 걸렸다. 장치를 해제하기 위한 홰의 숫자가 그만큼 많았기 때문이다. 다음 목적지인 서쪽 궁전도 같은 장치가 설치되어 있다. 심지어 세 번째 목적지인 북쪽 궁전에 이르러서는 한나절이 걸릴 정도로 복잡했다. 미라는 새삼 그 사실이 떠올라 다소 넌더리가 난다는 표정을 지어 보였다.

"뭐어, 그래도 해야겠지만."

그렇게 중얼거리고서 궁전을 뒤로 한 미라는 씩씩하게 페가수스에 올라타고 두 번째 문자가 있는 서쪽 궁전을 향해 날아갔다.

그 어깨에서는 단원 1호가 [여기는 어디? 엘도라도?]라고 적힌 팻말을 손에 든 채 "드디어 전설의 고대지하도시를 발견했습니다냥~!"이라고 떠들어대고 있었다.

겉모습은 동쪽과 거의 같았지만 서쪽 궁전은 지하에도 지상과 비슷한 숫자의 방들이 펼쳐져 있었다. 서쪽 지구에는 근접 계열 스켈레톤이 주로 출현하는데, 이번에도 역시 정원에 발을 들이기 무섭게 덤벼들었다. 하지만 페가수스의 적수가 아니라는 점에는 변함이 없었다.

"이거 확실히 한몫 잡기에는 더없이 좋은 장소로구나."

또다시 좀도둑처럼 마동석을 회수해 나가는 단원 1호를 바라보며 미라는 문득 중얼거렸다. 동쪽에서 서쪽으로 이동하던 중에 지상을 내려다보니, 모험가 그룹의 모습이 생각했던 것보다 자주 눈에 들어왔다. 이 4층에는 스켈레톤밖에 출현하지 않는 데다 마동석이라는 확정 드롭 아이템까지 있다. 특히 마동석의 용도는 술구 말고도 마도공학이며 마동식 모험가 용품 등, 과거에 비해 크게 늘었다.

스켈레톤에 대한 대책을 세우기는 쉽고 안정적인 가치를 지닌 마동석도 손에 넣을 수 있다. 이 때문에 4층은 지금도 좋은 사냥터로 인기가 있는 모양이었다.

대체 이건 돈으로 환금하면 얼마나 될까. 그런 생각을 하며 단원 1호에게 건네받은 마동석을 본 채 의기양양한 미소를 짓고 있던 미라는 간신히 본래의 목적을 생각해내고 서쪽 궁전을 공략하기 시작했다.

서쪽은, 해넘이. 지하에 있는 횟불을 모두 꺼야 수정구슬이 있는 홀로 가는 문이 열린다.

미라는 조금 전과 마찬가지로 성큼성큼 앞으로 나아가며 지하에 밝혀진 횟불을 소화의 무형술로 꺼나갔다. 그런 가운데 페가수스는 스켈레톤을 물리치고 단원 1호는 마동석을 회수해 나가서, 시간이 걸리기는 했지만, 공략 자체는 순조롭게 진행되었다.

끝으로 미라는 황혼의 그릇지기를 쓰러뜨리고 홀에 있는 그릇의 불을 끈 후, 최상층에 위치한 수정구슬에 손을 대서 어렵지 않게 두 번째 문자를 입수했다.

"여기까지는 준비운동 같은 것이었지……."

세 번째 문자를 입수하는 데 문제가 되는 것은 난이도가 아니라 매우 품이 많이 든다는 것이다. 미라는 다음 공략에 관해 생각하며 북쪽 궁전으로 향했다.

"어째 사람이 많구먼."

북쪽 궁전 앞에 도착한 미라는 그곳에 모여 있는 여러 모험가 그룹을 둘러보며 무슨 일일까, 하고 중얼거렸다. 한 남자가 그런 미라에게 다가왔다.

"너도 미궁 공략 중이니? 혼자야? 재미있는 구성인 것 같기는 하지만…… 실력은 확실한 것 같네."

남자는 페가수스와 단원 1호를 번갈아 본 후, 미라의 손바닥에 떠오른 두 개의 문자와 왼팔에 찬 팔찌를 확인하고서 문제없겠다는 듯 미소를 지었다. 그에 반해 어떤 상황인지 전혀 모르는 미라는 이게 무슨 난리냐고 물었다.

"아아, 이건 말이지──."

남자는 쓴웃음을 지은 채 답했다. 지금부터 그룹별로 나뉘어서 다 같이 미궁을 공략할 것이라고.

북쪽 궁전은 지상과 지하를 합치면 지금까지 거친 궁전을 합친 것의 세 배는 되는 넓이를 자랑했다. 아닌 게 아니라 어지간한 던전을 능가할 정도로 넓었다.

그렇기에 공략에는 한나절이 걸리지만, 그것은 기본적으로 혼자서 공략할 생각이었던 미라의 경우에나 해당하는 이야기였다. 동료가 있으면 그만큼 시간을 단축할 수 있는 것이다.

"과연. 그럼 이 몸도 참가하도록 하지."

남자는 여러 그룹으로 이루어진 '얼라이언스'를 통솔하는 리더였다. 이 인원이면 한나절이 걸릴 일을 두세 시간이면 끝낼 수 있을지도 모른다. 미라는 마침 잘 됐다는 생각에 냉큼 동참하겠다고 나섰다.

"물론 환영하겠어. 나는 트라이드야. 잘 부탁해."

"이 몸은 미라다. 이쪽이야말로 잘 부탁하마."

미라와 트라이드는 서로 자기소개를 하고 악수를 나누었다. 지금부터 작전 회의를 하려던 참이었다는 그의 말에 미라는 그 회의에 참가하기로 했다.

트라이드가 미라의 참가 사실을 일동에게 알리자 전체적인 반응은 좋았다. 다만 여성들 중 몇몇은 은근히 질투가 섞인 눈빛으로 미라를 쳐다보았다. 아무래도 트라이드는 여성들에게 상당히 인기가 있는 모양이다. 그와 대조적으로 극히 일부의 남성들은 진심으로 미라를 반기는 듯한 표정이었다.

6

이곳을 백 번 이상 공략했다는 리더 트라이드의 말은 거짓이 아닌지, 매우 익숙한 솜씨로 작전 회의를 진행했다. 게다가 어지간한 질문에는 곧장 답해주었고, 그 모든 답이 이치에 맞았다.

이번 공략에 참가하는 그룹은 열 팀이다. 각 그룹의 인원은 네 명에서 여섯 명으로 제각각이었지만 그중 절반이 조자의 팔찌를 지니고 있으니 전력이 부족하지는 않을 것이다. 참고로 얼라이언스의 리더인 트라이드는 A랭크라고 한다.

작전 내용은 매우 간단해서 이해하기 쉬웠다.

우선 북쪽 궁전의 수정구슬이 있는 최상층의 문을 열려면 두 개의 특수한 문을 지난 곳에 있는 그릇에 불을 붙일 필요가 있다. 그리고 그 특수한 문은 동쪽, 서쪽과 마찬가지로 횃불을 이용해서 열게 되어 있다.

문제는 그 숫자인데, 광대한 궁전 내부에 백 개는 설치되어 있었다. 이것 모두에 불을 붙이면 첫 번째 문이 열린다.

이어서 문 안쪽에 있는 방의 횃불을 켜면 첫 번째 문이 닫히지 않게 된다. 그러고 나면 이번에는 백 개의 횃불을 모두 끈다. 모두 다 끄면 두 번째 문이 열리게 되어 있다. 이 두 번째 문의 안쪽에는 그릇지기가 다섯 마리 있다. 이것을 쓰러뜨리면 나오는 '그릇지기의 핵'이라는 것을 마찬가지로 다섯 개의 그릇에 각각 넣는다. 그러면 비로소 최상층의 문이 열려서 수정구슬을 통해 세 번째 문자를 입수할 수 있게끔 되어 있었다.

　인해전술이라도 사용하지 않으면 실로 해제하기가 번거로운 장치였다. 숫자로 밀어붙이는 것은 미라의 특기이기는 했지만 문제는 불이었다. 장소가 장소인 만큼 멀리 떨어져야 하는지라 다크나이트를 소환해서는 홰를 찾아내서 불을 붙이고 다니라는 상세한 지시를 내릴 수가 없다. 다크나이트가 할 수 있는 일은 기껏해야 적을 쓰러뜨리는 정도뿐인 데다 애초에 불을 붙일 수단 자체가 다크나이트에게는 전무했다.

　무형술 등도 있는지라 미라에게는 필요가 없었지만 디누아르 상회에서 착화용 상품을 구입해두기는 했다. 하지만 하나뿐인 데다 잘 사용할 수는 있을지 의심스러웠다.

　발키리 일곱 자매를 소환한다는 방법도 있기는 했다. 그녀들도 불을 붙일 수단은 없었지만 그 문제는 착화용 상품을 건네주면 해결된다. 이렇게 하면 혼자일 때의 두 배의 효율로 공략할 수 있다. 어쩌면 알피나라면 빠른 검격으로 불꽃을 발생시킨다는 달인 같은 기술을 가지고 있을지도 모른다. 그렇다면 효율은 세 배로 뛰어오른다. 더불어 화염의 정령 샐러맨더도 제법 똑똑하니 자매 중 누군가와 동행시키면 네 배. 지혜롭고 마법을 다룰 줄 아는 현수(賢獸), 올빼미인 구구와이즈도 충분히 임무를 해낼 수 있을 터다. 그러니 효율은 다섯 배까지 올릴 수 있다.

　그밖에도 방법은 많겠지만, 게임이었던 시절의 소환술은 그렇게까지 탄력적인 운용이 불가능했다. 하지만 모두가 명확한 의지를 가지고 있는 지금이라면 이와 같은 인해전술도 분명 가능할 것이다. 이것이 당초에 미라가 생각했던 북쪽 궁전 공략법이었다.

하지만 이만한 수의 모험가가 모여 있으니 저들에게 맡기는 편이 빠를 것이다.

공략에 참가하는 모험가들의 면면을 둘러보던 미라는 과거에 레이드 던전을 공략하던 때를 추억하며 트라이드의 설명에 귀를 기울였다.

횃불을 켤 때 효율적인 루트며 스켈레톤이 출현하는 위치와 그 종류, 주의점 등. 상세한 설명이 끝난 후에는 그룹별로 담당 장소를 분배했다.

지상 부분과 지하 부분. 그리고 최단 루트상에 출현하는 스켈레톤의 종류에 대응하기 위한 그룹. 이를테면 마법 타입의 스켈레톤이 많은 곳에는 원격 공격 사용자가 있는 그룹을 배치하는 식이었다. 트라이드는 그러한 부분을 염두에 두고 매우 익숙하게 멤버들을 배치해 나갔다. 그것은 궁전에 관한 지식이 다소 있는 미라가 보아도 납득이 갈 만한 조치들이었다.

"그래서 미라 씨 말인데, 우리 그룹과 같이 그릇지기와의 전투를 맡아주겠어? 나 말고도 A랭크가 있어주면 든든할 것 같거든."

작전회의를 하며 그룹을 어떻게 배치할지 정하기 위해 전원의 전력에 대해 이야기했었다. 그때 미라는 소환술사이며 A랭크라고 말해 모든 이로부터 놀라움으로 가득한 시선을 받았지만 그것은 이미 지난 일이다.

"음. 상관없지. 이 몸 혼자서도 충분할 정도니 말이야!"

따라서 미라는 있는 대로 자신만만하게 말해 보였다. 4층의 난이도는 그래 봐야 D랭크 정도밖에 되지 않아서 미라에게는 확실히 쉽다고 할 수 있었다.

"그거 믿음직한 걸. 그러면 믿고 맡겨버릴까. ……라고 말하고 싶지만 이곳의 그릇지기는 상당히 만만치 않은 상대거든. 부족한 실력이지만 나도 열심히 도울게."

미라의 말을 들은 트라이드는 농담이라도 하듯 웃었다. 4층의 그릇지기는 마지막 궁전의 보스인 탓인지 C랭크에 상당하는 실력을 지녔다. 심지어 그런 게 다섯 마리나 있다. 트라이드의 말대로 상급 모험가라도 방심할 수 없는 상대였지만, 실제로 미라의 실력은 그들을 까마득히 능가하는지라 딱히 농담으로 한 소리가 아니었다.

'흠……. 이 기회에 소환술이 얼마나 근사한지를 똑똑히 알게 해주어야겠군!'

트라이드의 그룹은 A랭크인 트라이드에 B랭크 세 명이 편제되어, 전체적인 랭크가 상당히 높았다. 미라는 소환술을 선전하기에는 좋은 기회일 것 같다는 생각을 하며, 트라이드의 농담을 듣고 웃는 자들 사이에서 옅은 미소를 짓고 있었다.

북쪽 궁전에 들어감과 동시에 각 그룹이 담당 구획을 향해 전진하기 시작했다. 미라와 트라이드 일행은 그들을 배웅하고는 궁전의 입구에서 최상층의 바로 아래에 위치한, 특수한 문으로 봉인된 방을 향해 걸어 나갔다.

모두가 B랭크 이상으로 편성된 그룹답게 도중에 등장한 마물은 트라이드의 동료들이 무난하게 처리해 나가서, 미라가 활약할 기회가 없었다. 하지만 그릇지기와의 전투 때 본때를 보여주리라고 결심한 미라는, 속으로 보스는 모두 자신이 처리할 테니 지금 실컷 날뛰어두라는 생각을 했다. 작전을 세울 때도 미라와 트라이드가 주축이 되고 그 밖의 멤버들이 시간 벌이를 하고 돌아다니자는 식으로 이야기를 해두었다. 정확히는 미라가 아니라 미라의 옆에서 떨어질 줄을 모르는 페가수스를 염두에 두고 한 이야기였지만.

"그나저나 참, 재미있군그래. 이러한 것도 있었다니."

딱히 할 일이 없는 미라는 상자 형태의 도구 두 개를 손 안에서 놀리고 있었다. 그 도구는 작전 회의 중에 트라이드가 각 그룹에 나눠준 것으로 멀리 떨어져 있어도 최소한의 연락을 취할 수 있는 물건이었다.

"대규모 공략을 할 때나 이곳처럼 분산해서 장치를 해제해 나갈 필요가 있을 때는 꼭 필요하거든."

트라이드는 미라의 말에 그렇게 답하더니 미라가 손에 든 상자 중 하나를 둘째손가락만으로 간단하게 조작해 보였다. 그러자 또하나의 상자가 진동을 하듯 떨리더니 그 표면에 적색, 청색, 황색 점이 여러 개 떠올랐다.

참고로 미라가 지금 들고 있는 상자는 실행 중인 작전과는 상관이 없는 예비품이었다. 그리고 한쪽이 메인, 나머지 한쪽이 서브였다. 특징은 메인에서 발신된 신호는 서브로 전달되고, 서브에서 발신한 신호는 메인에게만 전달된다는 점이다.

"이렇게 배열하면 '북쪽 궁전'이라고 읽을 수 있어. 뭐, 일부 모험가들만 사용하는 특수한 사용법이지만."

"오호라. 이런 것이 필요할 때도 있나 보군."

세 가지 색의 배열로 말을 전달하게 되어 있어, 모스 신호와 같은 통신수단처럼 사용할 수 있는 모양이었다.

하지만 이번 작전에서 주고받을 신호는 더욱 간단했다. 우선 각 그룹이 횃불을 모두 밝히는 데 성공하면 첫 번째 문이 열리게 된다. 그러면 문 앞에서 대기하고 있을 미라 일행이 그대로 방에 들어가서 홰에 불을 붙일 것이다.

그때 연락을 취하는 거다. 트라이드가 지닌 메인으로 첫 번째 문을 돌파했다는 신호를 송신하면, 그것을 받은 각 그룹이 이번에는 횃불을 끄기 시작하는 것이다.

불을 전부 끈 후에는 그릇지기와의 전투가 기다리고 있다. 미라 일행이 싸우는 동안 다른 그룹들은 수정구슬이 있는 최상층의 문 앞으로 오게 되어 있다. 좌우간 공략 시간을 단축하는 데 특화된 작전이었다.

또한, 비상사태가 발생할 경우, 서브에서 메인으로 연락을 하도록 전해두었다. 사전에 트라이드가 각 그룹의 색 패턴을 정해둔 덕분에 연락이 오면 어느 그룹이 비상사태인지 바로 알 수 있다. 구획별로 그룹을 분배해둔 덕에 장소도 간단히 알아낼 수 있는 것이다. 빈틈없이 대비가 된 것을 통해 트라이드가 이런 일에 상당히 익숙하다는 사실을 알 수 있었다.

'여러모로 궁리를 했군. 하지만 생각해 보면 현실에서는 이게

당연한 일이지. 지금 생각해 보니 채팅 기능은 충분히 반칙이었던 것 같군그래.'

단순한 신호만 보낼 수 있는 두 개의 상자. 그것을 잘 이용해서 연락을 취하는 모험가들. 미라는 진지한 얼굴로 상자를 바라보며 게임이었던 시절을 돌이켜 보았다.

아직 이 세계가 게임이었을 때. 거리와 무관하게 대화를 할 수 있는 채팅이라는 시스템이 있었다. 타이밍을 맞추거나 잡담을 나누거나, 이번처럼 복잡한 장치를 해제하는 등, 실시간으로 연락을 취할 수 있는 시스템이. 지금도 그것이 살아있었다면 북쪽 궁전을 공략하며 솔로몬과 바보 같은 이야기를 즐기는 것도 가능했을 것이다.

그런 생각을 하면서도 미라는 채팅이 있었다면 여러모로 추가 부탁을 받았을 것 같다며 쓴웃음을 지었다.

그렇게 담소를 나누며 이동하던 도중.

"어이쿠, 또야?"

트라이드는 문득 멈춰 서더니 미라 일행을 감싸려 하며 희미하게 무언가가 삐걱대는 듯한 소리가 들리는 주변을 확인했다.

그렇다. 또다시 지진이 일어난 것이다. 심지어 그것은 디누아르 상회에 있을 때 느꼈던 것보다 한층 더 크게 느껴졌다.

"듣자 하니 1년 정도 전부터 이렇게 간헐적으로 지진이 일어나고 있다더군."

미라가 그렇게 말하자 지진이 일어나지 않을까 걱정하고 있었다는 식으로 받아들였는지, 트라이드는 이 지진에 의한 피해는 하나도 발생하지 않았으니 걱정할 것 없다고 답했다.

"아래층으로 갈수록 진동이 심해져서 스프를 먹을 때는 조심할 필요가 있지만 말야."

트라이드는 장난스럽게 말하고서 약간의 화상은 피해라 할 수 없다고 말을 바꾸더니, 그땐 정말 뜨거웠다며 쓴웃음을 지어 보였다.

아무래도 아래층으로 갈수록 지진이 강해지는 모양이다. 모험가들 사이에서는 정확히는 모르겠지만 7층의 어느 구역이 원인이 되고 있는 것이 아닐까 하는 소문이 돌고 있다고 한다. 하지만 그것을 확인한 자는커녕 그곳까지 찾아갈 정신 나간 이는 없어서 여전히 수수께끼로 남아 있다고 트라이드는 말했다.

지진이 일어나고서 얼마쯤 지나, 첫 번째 문 앞에 도착한 미라 일행은 문이 열리기를 기다리는 동안 그릇지기와의 전투에 관해 이야기하기 시작했다.

"미라 씨에게는 그냥 한 마리를 맡겨도 되겠지?"

출현하는 그릇지기는 다섯 마리. 트라이드의 그룹에 미라를 더하면 딱 다섯 명이다. 트라이드가 세운 작전은 한 사람당 적을 하나씩 상대하자는 것이었다. 그리고 A랭크인 트라이드와 미라는 적극적으로 공격해서 최대한 신속하게 적을 격파하고 B랭크인 세 사람 중 누군가에게 가세한다. 그렇게 착실하게 다섯 마리의 그릇지기를 쓰러뜨리는 것이다. 지금까지는 트라이드가 두 마리를 동시에 상대했던 모양이지만, 이번에는 같은 A랭크인 미라가 있는 탓인지 약간 기뻐 보였다.

미라는 그런 트라이드에게 또다시 자신만만하게 말해 보였다.

"뭣하면 전부 다 맡겨도 상관없다만?"

"응응, 그것참 믿음직한걸. 하지만 동료들이 있으니 무모한 짓은 안 해도 돼."

역시나 가벼운 농담쯤으로 생각하는지 트라이드는 온화하게 웃으며 답했다.

하지만 안 된다고는 하지 않았다. 그 부분만 확실하게 확인한 미라는 소환술사들로 붐비는 소환술의 탑의 미래를 상상하며 의기양양한 미소를 지었다.

"오, 문제없이 진행되고 있나보네."

상의가 끝난 후, 잡담을 나누며 기다리다 보니 첫 번째 문이 열렸다. 문이라기보다는 성문에 가까운 그것이 소리를 내며 열리는 모습은 상당히 박력이 있어서 무의식중에 긴장이 되었으나 아직 적은 없었다. 좌우 벽에 설치된 홰만이 있었다. 하지만 그 홰의 숫자는 벽 한 면에 오십 개나 되었다.

"좋아, 나뉘어서 켜도록 하자."

트라이드는 말 떨어지기 무섭게 곧장 벽으로 달려가서 홰에 불을 붙이기 시작했다. 다른 세 사람도 마찬가지로 작업을 개시했다. 그 모습을 본 순간, 어떠한 생각이 미라의 머릿속에 떠올랐다.

"드디어 이걸 써볼 때가 왔군……!"

트라이드 일행이 불을 붙이는 데 쓰고 있는 도구. 그것과 같은 것을 가지고 있던 미라는 벽에 설치된 홰 쪽으로 몸을 돌리자마자 희색이 가득한 얼굴로 그것을 끄집어냈다. 디누아르 상회에서 구입한 모험가 용품 중 하나인, '마동식 착화기 프티 크림슨'을.

프티 크림슨은 어쩐지 총화기와 비슷한 형상을 띠고 있었다. 모처럼 구입한 도구니 시험해보고 싶어진 미라는 그 총구처럼 생긴 부분으로 홰를 겨누고서 방아쇠를 당겼다. 그러자 생각했던 것보다 커다란 불이 피어났다.

"호오. 이거 제법 괜찮은 물건이로군!"

미라는 잠시 놀랐지만 여차하면 마물을 상대할 때 견제하는 용도로도 쓸 수 있을 듯한 화력을 보고 과연 모험가 용품이라며 미소를 지었다.

그 후 미라는 차례로 홰에 불을 붙여 나갔다. 미라에게는 무형술을 쓰면 그만인 작업이었지만 철컥하고 방아쇠를 당기면 화악 하고 불이 나가는 것이 재미있는 모양이다. 미라는 경쾌하게 연신 트리거를 당겨댔다.

"이걸로 끝인 것 같구나."

마지막 홰에 불을 붙인 미라는 총잡이라도 된 것처럼 총구처럼 생긴 부분 끝에 입김을 불었다.

"또 얼마간 대기해야겠네."

모든 홰에 불이 켜졌음을 확인한 트라이드는 상자형 도구를 꺼내서 다른 그룹들에게 완료 신호를 보냈다. 이로써 공략은 반환점에 접어들었다. 이번에는 백 개의 홰를 끄는 작업이 시작될 차례다. 그것이 끝나면 드디어 북쪽 궁전의 보스인 백야의 그릇지기와의 싸움이 시작된다.

각자 전투 준비를 하기 시작한 가운데 미라는 페가수스에게 기대어 편히 쉬고 있었다. 그리고 페가수스로 말하자면 실로 기쁜 듯이 날개를 살랑살랑 흔들고 있었다. 곧 보스전이 시작되건만 그 부근만 긴장감이랄 것을 찾아볼 수가 없었다.

"미라 씨는 준비 안 해도 되겠어? D랭크 구역이라고는 해도 큰 상대니 방심은 금물이라고."

보스전을 앞에 두고 있음에도 긴장한 낌새가 없는, 해이하게 보이기까지 하는 미라의 모습이 신경 쓰였는지 트라이드는 준비운동을 하며 미라에게 그렇게 물었다.

"걱정할 것 없다. 방심 같은 것 안 했으니."

가벼운 투로 그렇게 답한 미라는 "뭐어, 잠시 후를 기대하거라"라고 중얼거리고서 살며시 입꼬리를 끌어올렸다.

"그래? 알겠어. 하지만 문제가 생기면 바로 말해줘."

트라이드는 수가 적은 탓에 소환술사가 어떤 식으로 싸우는지 잘 알지 못했다. 하지만 강자의 풍격이 느껴지는 페가수스의 모습을 보고는 납득한 듯 고개를 끄덕였다. 전선에서는 페가수스가 싸울 테니 술사인 미라는 느긋하게 쉬고 있는 게 좋을지도 모른다고 생각하며.

그러는 트라이드는 오는 길만 해도 장검을 쥐고 있었지만 지금은 창으로 장비를 교체한 상태다. 아무래도 그가 가장 잘 다루는 무기는 창이었는지 준비운동임에도 불구하고 창놀림이 화려하고 힘찼다. 보기만 해도 실력이 남들보다 출중하다는 것을 알 수 있을 정도였다.

"훌륭하군그래. 헌데 궁금해서 그런다만, 그대는 이명이라는 것을 가지고 있느냐?"

"이명? 뭐어, 글쎄. 어느샌가 '홍련윤무(紅蓮輪舞)'라는 이명이 붙기는 했던데."

트라이드는 계속해서 몸을 움직이며 약간 쑥스러운 투로 답했다. 그 말을 들은 미라는 "호오. 멋지구먼"이라고 말하고서 더욱 의기양양한 미소를 지었다. 이명 보유자라면 지명도도 높을 테니, 소환술의 위력을 보여줄 상대로는 더없이 좋겠다고 생각한 것이다.

그 후, 미라는 속으로 독자적인 작전을 세우는 동시에 때때로 트라이드 일행과 대화를 나누기도 하면서 문이 열리기를 기다렸다.

그리고 첫 번째 문이 열리고서 30분 정도가 경과했을 즈음. 두 번째 문이 커다란 소리를 내며 열렸다.

"자아, 바짝 긴장들 하라고."

가장 먼저 자리에서 일어난 트라이드는 긴급용 약 등을 신중하게 재확인하고서 문을 향해 걸어 나갔다. 트라이드의 동료들도 마찬가지로 재확인을 하고서 그 뒤를 따랐다.

"자아, 뭐든 임팩트가 중요한 법이지. 페가수스여, 첫 공격은 그대에게 맡기마."

미라는 페가수스에게 그렇게 속삭이고서 트라이드 일행의 뒤를 쫓았다. 그리고 다섯 개의 커다란 그릇이 늘어선 방에 발을 들였다.

　방의 중앙에는 다섯 마리의 커다란 스켈레톤, 백야의 그릇지기가 늘어서 있었다. 그 다섯 마리는 지금까지 상대했던 그릇지기와는 달리 각각 무기를 들고 있었다. 대검, 창, 도끼, 해머, 그리고 검과 방패. 백야의 그릇지기의 움직임은 가진 무기에 따라 크게 달라졌다.

　하지만 어떻게 대처할 지는 이미 작전 회의로 이야기를 해두었다. 트라이드의 동료들은 작전대로 궁합이 좋은 상대와 맞설 것이다.

　A랭크인 미라와 트라이드는 다섯 마리 중 첫 번째와 두 번째로 강한 그릇지기와 싸우기로 했다.

　"그럼 미라 씨, 그쪽은 맡길게. 만약 무슨 일이 생기면 바로 불러줘."

　트라이드는 그렇게 말하더니 검과 방패를 든 가장 강한 그릇지기 쪽으로 몸을 돌렸다.

　"음, 맡겨만 두거라!"

　미라는 전투가 시작되기를 기다렸다는 듯 의기양양한 미소를 지은 채, 창을 든 그릇지기와 마주했다. 그와 동시에 방 이곳저곳을 훑어보며 소환술 부흥을 위한 준비를 해나갔다.

　"그럼 전투 개시!"

　각자가 담당한 그릇지기 앞에 도착한 것을 확인한 트라이드는 호령을 내림과 동시에 달려나갔다. 동료들도 일제히 땅을 박차고 그릇지기에게 육박했다.

트라이드 일행이 접근하자 다섯 마리의 그릇지기들도 움직이기 시작했다. 손에 든 무기를 겨누어 덤벼드는 자들을 요격할 자세를 취한 것이다. 하지만 창을 든 그릇지기는 혼자서 무기를 겨눈 채 걸음을 떼었다. 덤벼드는 자가 없어서 스스로 접근하고 있는 것이다. 마찬가지로 자신을 향해 걸어오는 미라를 향해.

몇 초 후, 트라이드 일행이 그릇지기들과 격돌했다. 사전에 치고 빠지기 전술을 쓰기로 이야기가 되어 있었다. 그릇지기는 거대한 체구에 걸맞은 중량을 지니고 있어서 랭크 차이가 나더라도 그들이 내지르는 일격의 위력은 얕잡아볼 수 없다. 만에 하나라도 그것을 맞지 않기 위한, 신중을 기하는 데 중점을 둔 작전이다.

그리고 트라이드 일행은 작전에 따라 익숙한 움직임으로 그릇지기들에게 일격을 먹이고 나서 그대로 스쳐 지나가 거리를 벌렸다.

미라가 행동에 나선 것은 그때였다.

"가라, 페가수스. 데우스 볼티지다!"

미라는 모든 이가 들을 수 있도록 목소리를 높여 페가수스에게 지시를 내렸다. 그러자 페가수스가 역시나 자신의 존재를 과시라도 하듯 큰소리로 히힝 울어 답하는가 싶더니 직후, 눈부신 전광(電光)이 날개를 감쌌다.

순간, 굉음과 함께 번개가 내리쳐 창을 든 그릇지기가 그 빛 속에서 사라졌다.

천둥소리가 울려 퍼지는 방 안에 달그락, 하는 작은 소리가 울렸다. 그릇지기의 핵이 바닥에 떨어지는 소리였다. 그리고 현재는 그 이외의 모든 소리가 사라진 상태였다. 너무도 장렬한 광경을 목격한 트라이드 일행이 전투 중이라는 것도 잊고 창을 든 그릇지기가 있었던 곳 주변을 멍하니 바라본 채 서 있었기 때문이다.

미라는 근접전을 펼치는 도중에 굉음을 일으키면 그 소리에 놀라 빈틈이 생기지 않을까 싶어서 거리가 벌어진 순간을 노리고 있었다. 하지만 아무래도 거기까지 생각할 필요는 없었던 모양이다.

트라이드 일행에게는 명백한 빈틈이 생겨나 있었지만 조금 전의 일격은 위협적이라 판단했는지, 나머지 네 마리의 그릇지기가 경계심을 드러내며 페가수스에게 시선을 돌렸기 때문이다.'이거 잘 됐구나.'

모든 이의 시선이 자신들에게 집중되었음을 확인한 미라는 지금부터가 진짜라는 듯 미소를 지은 채 소환술을 발동했다.

"이쪽은 끝났다. 작전대로 가세토록 하마!"

담당 그릇지기를 타도하고 나면 전투 중인 다른 멤버를 지원하는 것 역시 작전의 일환이다. 미라는 그에 따라 신이 나서 멤버 전원의 전투에 가세했다.

미리 준비해 두었던 무수히 많은 소환지점에서 다크나이트들이 차례로 모습을 드러내더니, 어느샌가 그 숫자가 오십을 넘겼다. 군세를 만들어내려면 선술사의 기능인 '선주안(仙呪眼)'으로 자연계에 존재하는 마나를 흡수할 필요가 있었지만, 소대 규모 정도라면 미라 본인의 마나만으로도 충분히 재현할 수 있었다.

"이 기사는……?! 이게, 소환술이라고?!"

그것은 완전한 숫자에 의한 폭력이었다. 그릇지기 정도의 상대는 한 마리로도 충분히 처치할 수 있었지만, 이번 소환은 퍼포먼스라는 목적을 겸하고 있었다. 소환된 다크나이트는 그야말로 검은 파도가 되어 그릇지기에게 육박했다. 그리고 그릇지기들의 저항을 무력화하고 그들에게 몰매질을 하기 시작했다.

일반적인 모험가들이라도 신중하게 싸우기만 하면 그릇지기는 그리 겁낼 만한 상대가 아니다. 하지만 다크나이트는 그렇게 신중하게 싸우는 것이 바보 같이 느껴질 정도로, 일방적으로 그릇지기들을 유린했다.

까마득히 높은 경지에 이른 듯한 압도적인 힘. 그것을 목격한 트라이드 일행은 허탈한 웃음을 띤 채 검은 파도에 휩쓸려 사라져 가는 그릇지기들의 모습을 멍하니 지켜보았다.

"뭐어, 이게 바로 소환술의 위력이다!"

불과 십 초 전후 동안 벌어진 일이었다. 다크나이트가 송환되어 고요해진 방에는 그릇지기의 핵 다섯 개만이 나뒹굴고 있었다.

"굉장한데, 미라 씨?! 소환술이 이렇게 강력한 거였구나!"

그릇지기의 핵을 하나 집어 들며 트라이드는 진심으로 놀란 듯 말했다. 그 말을 들은 미라는 의기양양하게 가슴을 편 채 "암, 그렇고말고"라고 답했다. 트라이드의 동료들도 "깜짝이야"라느니 "좋은 구경했어"라는 소리를 하며 웃었다.

아무래도 소환술이 얼마나 강한지 이해한 모양이다. 그들은 매우 감탄한 듯 소환술사에 대한 인식이 크게 바뀌었다고 말했다.

'음. 이로써 소환술의 지위 향상이라는 목표에 한 걸음 더 가까워졌구나.'

트라이드 일행의 반응에 미라는 또렷한 달성감을 느끼며 그릇 지기의 핵을 그릇에 던져 넣었다. 그리고 모든 그릇에 핵이 담기자 위쪽에서 크고도 둔탁한 소리가 울리기 시작했다. 장치가 해제된 소리다.

"좋아, 이로써 공략이 끝났군."

"그래. 어서 가보자."

미라 일행은 의기양양한 발걸음으로 위층으로 향했다. 하지만 이때, 미라는 알지 못했다. 트라이드 일행의 머릿속에 싹튼 소환술에 대한 기준이 소환술사 중에서도 최강인 아홉 현자가 되어버렸다는 사실을.

그 결과, 향후 그들은 다른 소환사들을 만날 때마다 그 기준에 못 미친다며 실망하게 되는데, 미라가 그 사실을 알아채게 되는 것은 한참 뒤의 일이다.

"이야아, 정말 깜짝 놀랐어. 미라 씨의 소환술은 정말 굉장했다고."

북쪽 궁전 최상층에 위치한 수정구슬 앞에서 얼라이언스의 모든 멤버들이 무사히 세 번째 문자를 손에 넣고 최상층에서 돌아가던 도중. 어지간히도 충격적이었는지 트라이드는 계속 잔뜩 들뜬 투로 실제로 목격한 소환술의 힘을 절찬했다. 그것은 미라의 예상을 한참 웃도는 성과였다.

"그래, 알겠어. 저기 있는 페가수스를 봤을 때부터 실력이 상당할 거라는 건 알았다니깐."

그런 트라이드의 희생양이 된 남자는 엄청 귀찮다는 표정을 짓고 있었다. 그의 이름은 비즈. B랭크이기는 하지만 A랭크에 가까운 능력을 갖춘 실력자다. 페가수스가 대단한 힘을 지녔다는 것을 처음부터 알고 있었다고 하는 것으로 미루어 안목이 탁월한 듯했다. 그렇기에 더욱 트라이드가 목격담을 늘어놓을 대상으로 붙잡고 놓아주지 않는 것이라 할 수 있었지만.

"그렇다니까. 엄청난 번개였어. 하지만 나는 진면목이 발휘된 건 그 직후라고 생각해."

"다크나이트를 동시 소환한 것 말이지? 몇 번이나 얘기했잖아."

트라이드는 표현과 시점을 바꾸어 가며 쉼 없이 이야기했다. 그리고 비즈는 표현과 시점은 다르지만 같은 내용의 이야기를 몇 번이나 들어야만 했다. 처음에 들었을 때는 정말이지 감탄한 눈치였지만, 두 번 세 번 반복되니 반응이 약해졌다. 반응이 약해지자 트라이드는 더욱 정색을 하고 말했다. 그러한 일이 반복되었다.

'이만하면 충분한데 말이지…….'

미라는 이래서는 반대로 소환술에 대한 평판이 떨어지지 않을까 걱정이 되기 시작했다. 그럼에도 트라이드는 말을 멈추지 않았고 끝내는 그 광경을 보고 인생관이 바뀌었다는 말까지 하기 시작했다. 그러던 그때.

"글쎄 알았다니까. 수적 우세를 점하면 그것만으로 싸움이 유리해지기 마련이지. 하지만 그게 가능한 건 딱히 소환술뿐만이 아니라고."

결국 인내심이 바닥났는지 비즈가 대항하기라도 하듯 그런 말을 시작으로 반격에 나섰다.

"애초에 일주일 전이었던가? 나도 엄청난 사령술사를 만났었다고."

그는 그렇게 운을 떼더니, 말에 힘을 실어 그때 보았던 광경에 관해 말하기 시작했다.

그것은 2층에서 있었던 일이라고 한다. 도보로 다섯 개의 문자를 다 모으고 대신전으로 향하던 때였다. 대신전까지 최단 거리로 가는 길 한복판에 많은 수의 마물들이 모여 있었다는 모양이다.

아무리 F랭크에 상당하는 마물뿐이라고는 하나 숫자가 많으면 그것만으로 위협적이니 B랭크에 상응하는 실력이 있다 해도 섣불리 손을 대서는 안 된다. 그렇게 생각한 비즈는 몸을 숨긴 채 상황을 살핀 후, 신중하게 우회로를 찾으려 했다고 한다.

그 직후. 어디선가 무수히 많은 골렘이 밀려들어 마물의 무리를 눈 깜짝할 새에 일소하고 말았다는 것이다.

"아마 그건 청소 담당 같은 역할이었을 거야. 그 후에 바이콘 ── 아니, 정확히 말하자면 바이콘의 뼈에 탄 남자가 나타나서 말끔해진 그 길을 유유히 걸어갔어. 나는 보기만 해도 몸이 떨리더라. 그건 정말 엄청난 사령술사였어."

당시의 긴장감이 떠올랐는지 비즈는 긴박한 얼굴로 몸을 부르르 떨었다. 그 긴장감이 전해졌는지 이야기를 듣던 멤버들도 무의식중에 숨을 죽였다.

술법 체계 중 하나로 헤아려지는 사령술은 그 특성상 어두운 인상을 풍기기 마련이다. 때문에 굉장하다는 감정보다 공포심이 앞서는 듯했다.

하지만 그 이야기에 몹시 흥미가 동한 이가 한 명 있었다.

"좀 전에 바이콘이라 했지? 혹 그 바이콘은, 오른쪽 뿔이 부러져 있지 않더냐?"

정말 터무니없는 사령술사도 다 있구만. 일동이 그렇게 수군거리는 가운데 미라는 비즈에게 달려가 그렇게 물었다. 그러자 비즈는 약간 놀란 듯한 표정을 짓더니 고개를 끄덕여 답했다.

"어떻게 알았어? 혹시 아는 사이야?"

그 답변을 들은 순간, 미라의 예상은 확신으로 바뀌었다. 그 사령술사는 분명 소울하울일 것이다.

"이 근처에 왔다는 소문을 들어서 말이다. 그나저나 그래, 역시 이곳에 와 있었나."

오른쪽 뿔이 부러진 바이콘. 과거에 소울하울과 함께 마전화(魔轉化) 바이콘을 토벌한 적이 있었다. 그때 오른쪽 뿔이 부러졌었는데, 소울하울은 그 모습이 몹시 마음에 들었는지 사령술의 촉매로 획득했었다.

참고로 마전화란 환수나 성수와 같은 고위의 존재가 마물로 타락한 상태를 말한다. 그리고 그 중 대다수가 여러 명의 전력이 필요한 강력한 괴물이다. 만날 기회도 흔치 않은 데다 그리 쉽게 사령술의 촉매로 삼을 수 있는 존재도 아니다. 그렇기에 확신할 수 있었다.

소울하울이 올 가능성이 있었던 고대지하도시. 그곳에서 심상치 않은 실력을 지닌 사령술사가 있었다는 목격 증언이 나온 데다, 그 인물은 미라가 아는 특징을 지닌 바이콘을 타고 있었다고 한다.

비즈가 본 그는 소울하울 본인일 확률이 매우 높다.

"엄청난 녀석은 역시 엄청난 녀석과 인연이 있는 모양이군."

비즈는 어쩐지 감탄한 투로 중얼거리더니, 그 이야기를 듣고도 미라의 소환술에는 못 미칠 것이라 말하는 트라이드를 쳐다본 채 "내 옆에 있는 건 이런 녀석인데 말이지"라고 말하며 한숨을 내쉬었다.

별다른 문제 없이 북쪽 신전을 나서자 밤 일곱 시가 지나 있었다. 얼라이언스는 해산되었지만 대부분은 5층이 목적지인 그룹인 탓에 서로서로 길동무 삼아 이동을 하기 시작했다. 다소 시간은 걸리지만 대신전까지 가서 그곳에서 야영을 할 생각 같았다.

"잘 가거라. 조심해서 다니고."

"그래, 미라 씨도 조심해."

소울하울을 쫓기 위해 다소 길을 서두를 필요가 있는 미라는 페가수스에 올라탄 채 간단하게 인사를 주고받은 후 트라이드 일행과 헤어져 한발 먼저 대신전으로 향했다.

그러던 도중이었다.

"음……? 무슨 소리지?"

무의식중에 그렇게 중얼거린 미라는 놀란 눈으로 주변을 둘러보았다. 페가수스는 그런 미라의 행동에 반응하여 속도를 늦추더니 경계심 어린 눈으로 주변을 살폈다.

『……──.』

"역시 들리는군. 이 목소리는 무엇이지?"

그것은 속삭이는 목소리보다도 작은, 기척이라는 표현에 가까운 목소리였다. 무슨 말인지 알아들을 수도, 출처도 알 수가 없었다. 하지만 미라는 그 목소리를 똑똑히 들었다.

누구의 목소리인지, 뭐라 말하고 있는 것인지, 전혀 알 수가 없었지만 미라는 내버려 둬서는 안 된다고 직감했다. 어째서 그렇게 생각했는지는 본인도 알 수가 없는, 신기한 감각이었다.

"페가수스여. 저 근처를 빙 돌 듯 날아주겠느냐."

미라는 목소리가 들려온 것 같은 방향을 가리키며 그렇게 지시를 내렸다. 페가수스가 그 지시에 따라 지정한 지점을 천천히 선회하는 가운데, 미라는 하얀 폐허가 된 저택이며 궁전의 터가 반듯하게 늘어선 광경을 차분히 관찰했다.

두 바퀴 정도 돌고는 다음 지점으로, 다시 두 바퀴 돌고는 다음 지점으로 옮기기를 다섯 번 반복했을 즈음.

『……——.』

4층의 제법 구석진 곳에 온 참에 또다시 같은 목소리가 들려왔다.

"음?! ……저쪽인가!"

무슨 말인지까지는 알아들을 수 없었지만 이번에는 그 목소리를 포착하는 데 성공했다. 그렇게 반사적으로 시선을 날린 곳에는 한 채의 커다란 저택이 세워져 있었다.

"저건……. 무엇이지? 어째 위화감이 든다만."

미라가 바라본 저택은 특별할 것이 없는, 지극히 심플하고도 튼튼하며 번듯한 구조의 석조 건물이었다. 하지만 보면 볼수록 뭔가가 다른 듯 느껴졌다. 이 위화감의 정체는 대체 무엇일까.

저택의 정면에 내려선 미라는 천천히 그 저택으로 다가가 한 바퀴를 빙 돌며 관찰해 보았다. 그러고서 안쪽도 조사해 보고자 문으로 손을 뻗은 순간.

"그렇군! 어째서 한눈에 알아보지 못한 것인지 원……."

그제야 위화감의 정체를 알아챈 미라는 그대로 문에 손을 댄 채 눈앞에 있는 저택을 슬그머니 올려다보았다.

우선 그 저택이 폐허 속에 있는 것 자체가 부자연스러웠다. 비교해 보면 한눈에 알 수 있을 정도로 차이가 났다. 다른 저택이며 궁전들은 대부분의 창문과 문이 썩어 문드러진 상태다. 하지만 눈앞에 있는 저택은 모든 것이 다 건재했다. 약간 먼지가 쌓이기는 하지만 창문은 때 한 점 묻지 않았고, 문에는 세세한 장식까지 또렷하게 남아 있다.

명백하게 누군가가 관리하고 있는 것으로 보이는 부분이 저택 곳곳에 보였다.

"설마 누가 이런 곳에서 살고 있는 겐가?"

마물이 출현하는 장소라 저택이 있어도 긴장의 끈을 놓을 수가 없을 텐데. 그럼에도 이런 곳에 사는 정신 나간 자가 있는 것일까. 그런 생각이 들기는 했지만, 미라는 탑에 있는 학자들이라면 그러고도 남을 것이란 생각에 쓴웃음을 지은 채 저택의 뒤편에 위치한 창문으로 안을 들여다보았다.

"사람은…… 없는 것 같군. 인기척은커녕 생활감도 전혀 안 느꺼지는구먼······."

창문으로 본 방에서는 사람의 모습을 찾을 수 없는 것은 물론이고, 말 그대로 아무것도 없었다. 사람이 살고 있다면 자그마한 흔적이라도 남아 있을 터다. 아니면 광적으로 깔끔한 것을 좋아하는 사람이 살고 있는 것일까.

대충 창문을 들여다보고 다니던 미라는 어딜 보아도 생활감이란 것을 찾아볼 수 없다는 사실을 재확인했다. 바로 그때.

『······──.』

또다시 그 신비한 목소리가 미라의 귀에 들려왔다.

"어디냐. 어디 있는 게야?"

그 목소리는 분명 저택 안에서 들려오고 있었다. 하지만 미라가 불러도 아무도 대답하지 않아, 그저 정적만이 일대를 감싸고 있었다.

"꾸물대다 무슨 일이 생겨서는 안 되니······."

누군가가 살고 있을지도 모른다는 생각에 주저하던 미라는 이제 조사할 방법은 하나밖에 없다고 생각을 고치고 정면으로 돌아들어 문에 손을 가져다 댔다.

"잠겨 있지는 않은 겐가."

천천히 힘을 주자 문은 부드럽게 열렸다. 미라는 작은 목소리로 "실례합니다~"라고 말하며 그곳에 발을 들였다.

우선은 넓은 현관이 미라를 맞이했다. 커다란 계단과 높은 천장, 긴 복도. 밤이 되어도 4층은 밝아서 그 빛이 창문으로 들이쳐 구석구석까지 잘 보였다.

저택 안은 다소 꾀죄죄하기는 했지만 그래도 사람이 살기에는 문제가 없는 환경이 유지되어 있었다. 하지만 밖에서 봤던 바대로 가구 같은 것이 하나도 없어서 생활감이랄 것이 전혀 느껴지지 않았다. 그러나 더러워진 정도로 보아 오래 방치되어 있었다고 보기에도 어려울 듯했다.

혹시 누군가가 정기적으로 청소를 하고 있는 걸까. 이유는 전혀 모르겠지만 그런 기특한 사람이 있을 지도 모른다. 그런 생각을 한 참에 미라는 또다시 그 신비한 목소리를 들었다.

"이쪽이로군!"

그래도 가까워지기는 한 것인지 확실한 방향을 알아낸 미라는 현관 계단을 뛰어 올라가서 저택 안쪽으로 걸어 들어갔다. 페가수스는 경계를 늦추지 않은 채 그런 미라의 뒤를 쫓아갔다.

목소리가 이끄는 대로 나아가 도착한 곳은 저택에서 가장 전망이 좋은 최상층의 방이었다.

"이건, 설마……."

그 방의 창문 아래. 희미한 빛 속에서 무언가가 옅은 빛을 내뿜고 있었다. 손을 대면 사라져 버릴 것만 같이 약한 그 빛은, 한 번도 본 적이 없는 종류의 것이었다.

하지만 미라는 직감적으로 그것이 무엇인지를 이해하고는 약간 당황했다. 확실히 흐름상 있을 수 없는 일은 아닐 터다.

『이보게, 정령왕. 보고 있을 테지? 이 몸이 보기에, 이것은 인공 정령인 듯한데, 어떻게 생각하는가?』

미라가 마음속으로 묻자 곧장 답변이 돌아왔다.

『그래, 맞다』라고.

인간이 만들어 오랫동안 소중하게 사용한 물건에는 인공 정령이 깃든다. 과거 이곳에 살던 이가 이 저택을 어지간히도 아낀 모양이라고 정령왕은 말했다. 그리고 저택이 썩어 문드러지지 않고 남은 것도 이 정령의 힘 덕분이라고 말을 이었다.

『허나 상당히 쇠약해진 상태군. 곧 한계를 맞이할 테지. 미라 공이 들은 목소리는 이 정령의 마지막 외침이었을지도 모르겠어.』

『허어, 그러했던 겐가…….』

인공 정령에게는 의지가 없지만 인간의 마음에 반응한다는 성질을 지녔다. 분명 이 전망이 좋은 방은 저택을 소중히 여겼던 주인이 좋아했던 곳이리라. 이곳에서 마지막 순간을 맞이할 셈인지 이 저택의 정령은 그 자리에서 조금씩 광채를 잃어가고 있었다.

『정령왕이여. 이 정령을 도울 수단은 없는가?』

안타까운 마음에 미라는 작은 등불을 바람으로부터 보호하기라도 하듯 정령을 두 손으로 감쌌다. 그리고 이 저택의 정령을 도울 수 있는 방법이 없는지 정령왕에게 물었다

『미라 공이라면 분명 그렇게 말할 줄 알았지.』

미라의 속은 훤히 안다는 듯한, 그러면서도 매우 따스한 감정이 담긴 정령왕의 목소리가 미라의 마음속에 울렸다. 그와 동시에 미라의 온몸에 정령왕의 가호 문양이 떠올랐다.

『이미 준비는 되었다. 미라 공, 그때와 같다. 그 정령과 계약하도록. 계약과 가호를 통해 정령력을 나누어줄 터이니. 그리하면 살 수 있을 것이야.』

『과연. 알겠네!』

미라는 곧장 대답하고는 당장에라도 사라질 듯한 이 저택의 정령에게 살며시 손을 가져다 대고서 '계약의 각인'을 사용했다.

순간, 정령왕의 가호 문양이 번쩍이더니 정령력이 미라의 몸을 통해 이 저택의 정령에게 흘러들었다. 그리고 계약의 빛이 한층 더 커져서 흘러넘치더니 순식간에 미라의 오른손에 집속되었다.

"성공, 한 것 같군."

이윽고 계약의 빛은 사라진 후, 미라는 이 저택의 정령이 자신의 안에 깃들었음을 또렷하게 느꼈다.

불과 물, 그리고 워즈랑베르와 같은 자연계를 관장하는 원초정령과는 달리 인공정령은 계약 후, 계약자 본인에게 깃들게 된다. 미라는 은근히 느껴지는 인연이 하나 늘어난 것을 확인하고는 이 저택의 정령을 구해냈다는 사실에 안도했다.

『미라 공의 다정함에 감사한다. 소중하게 키워줬으면 좋겠군.』

『고맙다는 말은 이 몸이 해야지. 이 가호의 힘이 없었다면 구해 낼 수 없었을 터이니.』

정신이 들어보니 가호 문양은 이미 사라진 상태였다. 미라는 자신의 팔을 바라본 채, 그 문양을 빛나게 하는 것을 의식적으로 할 수 있다면 멋질 텐데 따위의 생각을 하고는 새로 생긴 인연을 다시금 느끼며 살며시 미소를 지었다.

그런 미라의 표정을 보고 무언가를 느낀 것인지, 페가수스는 자신이 첫 번째라는 듯이 미라의 가슴께에 뺨을 부비며 어필을 해왔다.

8

"어디, 이왕 이렇게 되었으니. 오늘은 이곳에서 하루 묵도록 할까."

현재 시각은 밤 열 시. 배도 상당히 고팠던 지라 미라는 가볍게 실내를 둘러보다가 지금 있는 저택의 방에서 하루 묵어가기로 했다. 주변에 마물이 출현할 때도 있는 지점이었지만 보초는 얼마든지 소환할 수 있는 데다 우수해서 위험하지는 않았다. 또한 저택 정령이 있었던 덕분인지 벌레도 보이지 않아, 겉으로 보기에는 실로 위생적인 환경이었다.

분명 대신전보다는 쾌적하게 쉴 수 있을 것이다. 미라가 그런 생각을 한 순간.

갑자기 모든 창문이 요란한 소리를 내며 깨져 나갔다.

"뭣이?! 무슨 일이냐?!"

마치 호러 영화에서 나오는 폴터 가이스트 현상 같았다. 갑작스러운 일에 놀란 미라는 아랑곳 않고 이변은 계속해서 일어났다. 둔탁한 소리와 함께 저택 전체에 균열이 간 것이다.

미라와 페가수스는 주변을 경계했다. 그러던 중, 눈앞에 저택의 일부가 허물어져 뚝 떨어졌다. 그리고 그것을 계기로 저택의 붕괴가 시작되었다.

"이거 안 되겠군!"

위험을 감지한 미라는 스파이라도 되는 양 깨진 창문을 통해 밖으로 뛰쳐나갔고 페가수스 역시 따로 지시하지 않았음에도 그 뒤를 따랐다.

그 직후. 저택은 굉음을 내며 주변에 널린 것과 같은 폐허가 되었다.

"아슬아슬했구먼……."

미라는 몸을 돌려 뭉게뭉게 먼지가 피어오르는 폐허를 보며 안도의 한숨을 내쉬었다. 페가수스 역시 그런 미라에게 떨어지는 먼지를 날개로 떨쳐내며 안도의 한숨을 내쉬었다.

또한 이 일에 관해 정령왕에게 물어보니 저택은 정령의 힘으로 간신히 형태를 유지하고 있는 상태였기에 그것이 미라에게 옮겨간 순간부터 이렇게 될 운명이었다고 말했다.

미라는 미리 말 좀 해주지 그랬냐며 투덜댔다.

"그나저나, 이러면 다시 돌아가는 수밖에 없겠군."

오늘은 이 저택에서 쉴 생각으로 가득했던 미라는 역시 대신전으로 가는 수밖에 없나 싶어서 한숨을 내쉬었다. 현재 위치에서 페가수스를 타고 날아가면 대략 한 시간 남짓이 걸릴 것이다. 그리 오래 걸리는 것은 아니지만 밤 열 시를 지난 상태에서 한 시간을 날아가야 한다니…… 생각만 해도 지긋지긋했다.

그럼에도 별수 없다고 생각하며 페가수스의 등에 올라탄 순간, 미라는 현재 있는 장소가 생각보다 넓다는 사실을 알아챘다.

현재 있는 장소는 저택의 정원이다. 황폐해지기는 했지만 그곳은 저택을 한 채 더 지을 수 있을 정도로 넓었다.

"나중에 여유가 생기면 천천히 시험해보려 했지만, 이렇게까지 적절한 조건이 갖춰진 이상은 시험을 해보는 수밖에 없겠구면."

잔뜩 들뜬 어린애 같은 미소를 지은 채 미라는 페가수스의 등에서 뛰어내렸다. 그리고 내일 또 부탁하겠다는 말로 치하한 후, 송환했다.

이 저택의 정령과는 성공적으로 계약을 맺었다. 다시 말해서 소환이 가능해졌다는 뜻이다.

저택정령의 소환. 그것은 저택 소환을 가능케 하는 것임을, 미라는 계약을 한순간 깨달았다. 당장에라도 시험해보고 싶었지만 그때는 충분히 쉴 만한 저택이 있었다.

그렇다면 굳이 괜한 수고를 할 필요는 없다. 즐거운 일은 나중으로 미뤄두자. 그렇게 생각했건만 믿었던 저택은 이제 잔해더미가 되었다. 또한 저택이라는 것을 소환하는 데 있어 가장 큰 문제라 할 수 있는 것은 부지였는데, 찾아다니고 말고 할 것도 없이 눈앞에 적절한 공터가 펼쳐져 있었다.

이렇게까지 조건이 갖춰졌는데 시험해보지 않을 수는 없는 노릇이다. 미라는 곧장 저택정령을 소환하기 위한 준비에 들어갔다.

'중급 정도 되는 것 같은데…… 이거 터무니없이 많은 마나가 소비되는군그래. 아들——아이젠파르드에 필적할 정도라니…… 정말이지 기대되는구면!'

처음 사용하는 소환술이라 미라는 머릿속에 떠오르는 정보들을 정리하며 신중하게 술식을 구축해 나갔다. 그리고 그러던 도중 무구정령인 다크나이트, 홀리나이트와는 다소 공정이 다르다는 사실을 알아챘다.

소환술의 발동에 필요한 공정은 소환지점의 지정과 소환술의 선택, 마나 소비, 그리고 소환 후 지시다. 하지만 저택정령은 마지막의 지시 부분이 없고 마나 소비 전에 규모라는 항목이 존재했다.

참고로 이 규모라는 항목은 아직 손을 댈 수가 없었다. 그런 탓에 미라는 소환지점을 정원 중앙으로 설정하고 규모를 고정치 그대로 둔 채 그 이외의 것들을 구축해 나갔다.

그리고 드디어 소환술을 발동했다.

【소환술 : 저택정령——마이홈】

정원 중앙에 마법진이 떠오르더니 소비된 막대한 양의 마나가 집속되어, 빛 속에 하나의 저택을 형성해 나갔다.

"오오…… 이것이, 저택정령……. 이 몸의 새로운 소환술인가!"

미라는 빛 속에서 나타난 저택을, 귀족의 저택과 비교해도 뒤지지 않을 외관을 지녔던 저택정령을 바라본 채 흥분한 투로 외쳤다. 그렇게 들뜬 채로 달려가던 도중, 얼굴에서 표정이란 것이 사라졌다.

"오두막이 아니냐!"

눈부신 빛이 잦아들어 마이홈의 전모가 드러난 그 순간. 미라는 더 참지 못하고 또다시 외치고 말았다. 커다란 정원에 오도카니 나타난 것은 조립식 건물 크기 정도의 저택이었다. 하지만 겉모습만은 실로 번듯했다. 수십 개가 늘어서면 분명 귀족의 그것에 비교해도 손색이 없을 저택이 될 정도로. 하지만 지금은 일부를 잘라낸 듯한 오두막으로밖에 보이지 않았다.

'흠…… 그러한 것인가. 규모 항목은 이 때문에 있었던 것이로군.'

얼핏 보면 호화로운 저택과는 거리가 멀었다. 하지만 쉬기에는 충분한 크기였다.

막 계약한 정령은 말하자면 레벨이 1인 상태다. 분명 성장시키면 정말로 근사한 저택이 될 것이다. 그렇게 믿으며 미라는 오두막에 어울리지 않을 정도로 번듯한 문을 열었다.

"호오……. 과연, 이렇게 되어 있는 겐가."

단정한 원룸 형태의, 매우 차분한 분위기의 방이었다.

"넓지는 않지만 뭐어, 쉬는 데는 문제가 없을 것 같군!"

나무무늬가 선명한 기둥과 바닥. 그리고 하얗게 칠해진 벽과 천장. 커다란 창문으로는 밖이 내다보이는 데다 빛도 쏟아져 들어왔다.

미라는 한복판에 드러누워 저택의 쾌적함을 실감했다. 그리고 '과연 저택정령이로군. 요전에 디누아르 상회에서 발견한 텐트보다 쾌적해'라는 생각을 하며 당시의 패배감에서 벗어나 미소를 지었다.

현재 있는 곳은 지하 던전이니 별문제는 없었지만 언젠가 밖에서 노숙을 할 때, 언제 어디서든 소환할 수 있으며 비바람을 막을 수 있는 저택정령은 왜건보다 편리할 듯했다. 미라는 그렇게 확신했다.

"근사한 만남이었어. 뭐어, 문제는 이 살풍경한 분위기인데 말이지."

미라는 상체를 벌떡 일으켜 방을 둘러보며 중얼거렸다. 소환한 것은 저택정령이라 그곳에는 저택만이 있었다. 다시 말해서 가구와 같은 것은 전혀 없고 두 평 남짓한 공간은 입주 전 건물처럼 휑했다. 있는 것이라고는 생색이라도 내듯 자리한 부엌 정도였다. 분위기상 사용인이 자취를 하기 위한 공간처럼도 보였다. 다시 말해서 레벨1은 사용인의 방이라는 뜻이리라.

하지만 그럼에도 번듯한 저택의 일부라는 점에는 변함이 없는데다 어디서든 소환할 수 있다는 점을 생각하면 충분히 반칙급이라 할 수 있었다.

"이거 디누아르 상회에서 이것저것 사 모으는 게 기대되는구나."

미라는 처음에 잔뜩 기대했다가 낙담했을 때를 제외하면 별다른 불평을 하지 않았다. 오히려 앞으로 어디까지 성장할지가 벌써부터 기대되는 눈치였다.

특제 침낭을 방구석에 놓자 어쩐지 막 이사를 온 방 같은 분위기가 나서 미라는 만족스러운 미소를 지었다.

"음……. 문인가?"

일단 식사 준비라도 하고자 일어난 순간, 미라는 현관문이 아닌 다른 문이 방의 구석에 있다는 사실을 알아챘다. 심지어 두 개나 있었다. 그 문은 의도적으로 그렇게 한 것인지, 벽과 같은 흰색으로 칠해져 있어서 눈에 띄지 않았다.

흥미가 동한 미라는 우선 왼쪽 문을 열어보았다. 그러자 그곳에는 오래된 형식의 변기가 있었다.

"허면, 혹시."

구조상 화장실 옆에 있을 만한 것은 비교적 뻔하다. 그런 기대를 가슴에 품은 채 또 하나의 문을 연 미라는 그것을 보고 고개를 갸웃했다.

그곳이 바닥 구석에 구멍이 뚫려있을 뿐인, 아담하고 하얀 석재로 된 작은 방이었기 때문이다.

분명 욕실일 거다, 욕조에 몸을 담글 수 있을지도 모른다. 그런 생각을 했던지라 미라는 처음에 그 방이 무엇을 위한 방인지 알아보지 못했다. 하지만 천장을 올려다보고 바로 알아챘다. 이곳이 샤워실이라는 사실을.

'흠. 욕조는 아직 이르다는 것이로군.'

욕조는 없고 샤워기만 있는 것이다. 하지만 생각하기에 따라서는 호사스러운 환경이라 할 수 있었다. 레벨1인 시점에서도 이만한 설비가 갖춰져 있건만, 저택정령이 완전히 성장하면 대체 얼마나 으리으리한 저택이 될까.

미라는 더욱 커진 기대를 가슴에 품은 채, 이왕 들어온 김에 입고 있는 옷들을 벗어 던지고 알몸이 되었다.

"어디 보자, 뜨거운 물은 어떻게 해야 나오려나……."

즉흥적인 생각으로 샤워실에 돌입한 것까지는 좋았으나 미라는 정작 중요한 것들을 알 수가 없어서 멀거니 서 있었다. 그럴싸한 레버는 있었지만 아무리 비틀어도 반응이 없었기 때문이다.

그런 미라에게 정령왕이 말을 붙여왔다. 저택의 정령은 말하자면 그릇으로서의 역할밖에 하지 못하며, 비치된 설비 역시 형태만 존재할 뿐 기본적으로 이용할 수는 없다고.

"끄응……. 다시 말해서 샤워기는 못 쓴다는 건가……."

미라는 풀이 죽어서 레버를 만지작거리며 중얼거렸다. 그러자 또다시 정령왕의 목소리가 들려왔다. 놀랍게도 쓸 수 있게 하는 방법이 있다는 것이다.

어떤 방법이냐고 묻자 정령왕은 가호의 힘을 사용하면 된다고 답했다.

『나의 가호의 힘은 연결하는 힘이다. 나의 권속들끼리라면 일시적으로 정령력을 융합시킬 수가 있지. 그 샤워기를 쓰려면 미라 공이 계약한 물의 정령과 저택의 정령을 나의 가호를 통해 연결하도록. 거기에 화염 정령까지 연결하면 차가운 물을 뜨거운 물로 바꿀 수도 있을 테지. 이는 나의 권속들에게도 좋은 단련이 될 테니, 마음껏 사용해주게.』

정령왕의 가호의 진정한 힘. 정령 링크. 아무래도 미라의 몸이 가호에 어느 정도 적응이 되어 그것을 이용할 수 있게 된 모양이었다. 나아가 정령왕의 이야기에 의하면, 가호를 의식한 채 소환하면 자잘한 부분은 정령과 가호가 조정해준다고 한다.

다만 설비를 이용하는 데는 그에 상응하는 마나가 필요하다고 한다. 물을 끝없이 사용할 수 있는 것은 아닌 것이다. 그럼에도 정령의 힘을 사용하는 것이라 무형술로 물을 만드는 것보다는 훨씬 효율적이라는 모양이다.

"오호, 그거 멋지군!"

대충 설명을 들은 미라는 곧바로 그렇게 말하며 환희했다. 마나의 소비량은 마력에 특화된 미라에게 그리 큰 부담이 되지 않는다. 하물며 마나로 각 설비를 사용할 수 있다니, 미라에게는 듣던 중 반가운 이야기였다.

이렇게 미라는 곧장 소환술을 행사해서 저택의 정령에 물의 정령과 불의 정령을 연결시켰다.

『한 번에 성공시키다니 놀랍군. 일찍이 이 힘을 자유자재로 다뤘던 포세시아도 처음에는 상당히 고생을 했었는데 말이지.』

정령왕에게 배운 대로 절차를 밟은 미라는 어렵지 않게 정령들을 연결하는 데 성공했다. 그 작업을 처음부터 끝까지 관찰하고 있던 정령왕은 감탄한 듯했다.

미라와 마찬가지로 정령왕의 가호를 지녔던, 과거의 영웅왕 포세시아. 그녀가 고생했던 단계를 미라는 쉽사리 뛰어넘은 모양이었다.

정령과의 친화성이 특히 높은 소환술사이기 때문인지. 미라는 특히나 가호와 상성이 좋은 듯했다.

애초에 이 정령 링크라는 기술은 강한 유대관계가 있어야만 성공할 수 있다. 그런 것을 미라는 한 번에 성공시켰다. 다시 말해서 그만큼 정령들에게 사랑받고 있다는 뜻이다. 그 사실을 새삼 실감한 정령왕은 레버를 돌리며 일희일우(一喜一憂)하는 미라를 보고 기쁜 듯 미소 지었다.

그런 과정을 거쳐 샤워기에서는 뜨거운 물이 콸콸 나오게 되었다. 미라는 레버를 돌리자 쏟아지는 따뜻한 물의 온기를 몸으로 느끼며 기분 좋은 샤워 타임을 만끽했다. 참고로 몸을 씻고 머리를 감는 데 쓴 비누류는 지금까지 묵은 여관에 있었던 서비스 목욕용품이었다. 남은 양으로 미루어 보름 정도는 매일 개운하게 씻을 수 있을 듯했다.

"샤워밖에 못 하긴 해도 역시 뜨거운 물로 씻을 수 있다는 것은 좋구나아."

몹시 만족한 미라는 샤워실에서 나와 커다란 가방을 끄집어냈다. 그리고 그곳에서 목욕 타월과 팬티를 꺼내 가볍게 몸단장을 했다.

"앞으로 신세 좀 지마."

미라는 근처에 있던 벽에 가만히 손을 대고서 저택정령에게 말하듯 그렇게 중얼거렸다. 아주 희미하게 실내의 공기가 상쾌해졌다. 저택정령이 미라의 말에 답한 것인지 보다 편안하게 느껴지는 그 감각에 미라는 고마운 마음을 담아 "잘 부탁하마"라고 말하고서 화장실의 문을 열었다.

'그나저나 연결하는 힘이라……. 이 밖의 일에도 응용할 수 있을 것 같군.'

이상하게도 마음이 차분해지는 화장실 안에서 볼일을 보며 멍하니 그런 생각을 하기 시작한 미라는, 넘쳐나는 구상에 의기양양한 미소를 지어 보였다.

샤워와 화장실에서 볼일을 마치고 몸도 마음도 개운해진 미라는 완전히 자취방에 있는 듯한 기분으로 팬티 한 장만 걸친 채 저녁 식사 준비를 하기 시작했다. 모처럼 쓸 수 있게 되었으니 부엌에서 작업을 해보자는 생각이 들었기 때문이다.

"오늘 메뉴는 무엇으로 할까."

미라는 많은 식재료를 그곳에 늘어놓고 무엇을 만들 수 있을지, 무엇이 먹고 싶은지를 생각했다.

채소, 고기, 생선을 순서대로 바라보며 얼마간 고민한 끝에 메뉴를 결정한 미라는 곧장 조리에 착수했다.

정령 링크의 은혜 덕분에 부엌에 비치된 수도꼭지를 틀자 물이 나왔다. 조정하기에 따라서는 뜨거운 물도 나왔다.

수도꼭지에서 물이 나온다. 일반적인 생활에서는 당연한 일이지만, 현재는 이 수준까지 재현하려면 많은 노력이 필요했다.

일반적인 생활과는 동떨어진 던전 밑에서 평소와 그리 다르지 않은 환경을 만든 미라는 지금이 상당히 윤택한 상태임을 자각했다. 설령 디누아르 상회의 상품을 마음껏 이용할 수 있다 해도 이만큼 쾌적한 환경을 만들기란 불가능할 것이다.

휴식에 적합한 공간이란 벽이 있고 지붕이 있는—— 말하자면 자신, 자신들만 있을 수 있는 공간을 말할 것이다. 그리고 그것은 평범한 생활공간에 가까울수록 바람직하다.

그런 공간의 대표적인 예가 바로 집이다. 하지만 그렇다고 집을 가지고 다닐 수는 없는 일이다. 그렇기에 자금에 여유가 있는 현역 모험가라도 최대한 집의 거주성을 재현한 텐트를 쓰는 것이 고작이었다. 하지만 그래서는 진짜 집을 능가할 수 없다.

하지만 미라는 이번 계약으로 그것을 완전히 재현하고 말았다.

넓지는 않지만 저택정령 안은 집이 지닌 특유의 안심감으로 가득했다.

'던전이라는 사실을 잊어버릴 것만 같군그래.'

마치 은의 연탑에 있는 자신의 방에 있는 듯한 기분이다. 식재료의 밑준비를 마친 미라는 가볍게 실내를 둘러보고는, 문득 가슴 속에 솟구친 감정에 무의식적으로 미소를 지었다. 그리고 잠시 후, 대담하게 입꼬리를 치올렸다.

고급스러운 텐트는 상대도 안 되는, 최고의 환경이 눈앞에 있다. 그렇게 생각하자 텐트에 의존하는 수밖에 없는 모험가들의 모험 환경을 훌쩍 뛰어넘은 듯한 기분이 들었기 때문이다.

'그건 그것대로 캠프를 하는 것 같은 기분을 즐길 수 있어 좋겠지만. 혹독한 환경에서도 쾌적하게 지낼 수 있는 이 상황도 나쁘지 않구나!'

미라는 다소 우월감에 젖어 불에 올려둔 냄비에 식재료들을 집어넣기 시작했다. 이날 메뉴는 방어 전골이었다. 또한 방어는 이미 손질이 된 것을 구입한지라 요리가 서툰 미라라도 한입 크기로 썰기가 수월했다.

그 후, 조미료로 간을 하며 30분 정도를 끓이자 방어 전골이 완성되었다.

"음. 이건 가게에서 팔아도 될 수준이구나!"

먹음직스럽게 전골을 먹으며 미라는 그 완성도에 감격하여 그런 소리를 내뱉었다. 허기, 그리고 상황. 이 특별한 향신료가 평범한 방어 전골의 수준을 끌어올리고 있다는 사실을 미라는 알지 못했다.

좋게 말하자면 모든 식재료가 조화를 이룬 맛. 나쁘게 말하자면 그냥 잡탕.

하지만 맛있게 먹을 수 있다면 그로 충분하다. 미라는 만면의 미소를 띤 채 방어 전골을 먹어치우고는 자알 먹었다, 하고 그 자리에 벌렁 드러누웠다.

기분 좋을 정도로 차가운 바닥에 팬티 한 장 차림으로 드러누워 있던 미라는 창밖에 펼쳐진 고대지하도시 4층의 경치를 바라보다 벌떡 일어났다.

"흠. 슬슬 오고 있군그래."

창밖에 펼쳐진 폐허 도시 곳곳에서 스켈레톤의 모습이 보였다. 저택정령이 눈에 띄어서인지, 아니면 미라의 존재에 이끌려온 것인지 마물들이 모여들고 있었다.

하지만 그 정도 일에 동요할 미라가 아니었다. 밖으로 나가 간단하게 주변을 확인한 후, 미라는 저택정령을 지키기 위한 홀리나이트 하나와 다가오는 마물을 섬멸하기 위한 다크나이트를 둘 소환했다.

홀리나이트는 저택정령 근처에서 경계. 다크나이트는 곧장 스켈레톤들을 물리치기 시작했다.

"이거 아침이 되자마자 단원 1호를 불러야겠구먼."

스켈레톤들이 다가오는 족족 칼을 맞고 티끌이 되었다. 그리고 그 자리에는 마동석만 남았다. 이대로 가면 아침에 일어났을 즈음에는 상당한 숫자의 마동석이 흩어져 있을 것이다.

"현실이 되었기에 가능한 방치 사냥인 셈이로군."

벌써 다섯 개나 떨어져 있는 마동석을 보며 미라는 의기양양하게 웃었다.

숫자를 봐서 팔다가 고급 모험가 용품을 사는 데 써도 괜찮겠다. 식재료를 더욱 충실하게 갖추는 것도 나쁘지 않겠다.

'신체 강화 장비품을 모으는 것도 괜찮겠구나.'

원래 소지하고 있었던 신체 강화 액세서리류는 신입 소환술사를 육성하기 위해 클레오스에게 줬지만, 미라는 그것이 없어도 충분한 실력을 지녔다. 그 때문에 이 사안은 뒤로 미뤄두고 있었다.

하지만 강하면 강할수록 좋다는 것이 미라의 기본적인 신조였던지라, 슬슬 여유가 생기기 시작했으니 정련기술을 써서 그러한 액세서리들을 만들어볼까 하는 생각이 들기 시작했다.

따로 놓고 보면 효과가 약한 부가기능도 정련을 거듭하면 일품이라 할 정도의 성능으로 탈바꿈하기 마련이다.

"이거 기대되기 시작하는구나."

새로운 목표를 세우자 설레기 시작한 가슴을 안고 실내로 돌아온 미라는 마동석의 시세는 어느 정도 될까, 따위의 생각을 하며 취침 준비를 하기 시작했다.

9

"우선은 빨리 소울하울부터 붙잡아야겠군."

팬티 한 장 차림으로 취침 준비를 마친 미라는 침낭에 들어가며 본래의 목적도 잊어서는 안 된다는 듯 중얼거리고서 눈을 감았다.

하지만 몇 초, 몇십 초가 지나 다시 눈을 떴다.

'밝아서 도무지 잘 수가 없군그래.'

지금까지는 그다지 신경이 쓰이지 않았지만, 밤낮없이 밝은 고대지하도시 4층의 빛이 저택정령의 안으로 들이치고 있었다.

미라는 잘 때는 불을 끄는 타입이었던지라 벌떡 일어나 무슨 좋은 방법이 없을까 하고 창문을 쳐다보았다.

"커튼이 있으면 좋았을 터인데."

빛을 가리는 데는 역시 커튼이다. 하지만 그것은 인테리어의 영역으로 분류되는 것이라 그릇일 뿐인 정령저택에는 비치되어 있지 않았다.

'흐음~. 어떻게 해야 창문을 막을 수 있을까.'

적당히 타월 같은 것을 커튼 대신 써볼까. 미라가 그런 생각을 한 순간. 그것이 마치 미라의 뜻에 답하듯 움직였다.

"오오, 깜깜하군그래!"

덧창이었다. 아무래도 창문에 비치되어 있었던 모양이다. 창문 자체를 덮는 것이기 때문에 커튼보다 차광률이 높아서, 지금까지 밝았던 것이 믿기지 않을 정도로 실내가 깜깜해졌다. 그야말로 바닥조차 보이지 않을 정도로.

'다크나이트와 마찬가지로 저택정령에게도 지시를 내릴 수 있는 겐가? 우수하기도 하군그래.'

미라는 그 한 번으로 대충 감을 잡았다. 의식적으로 덧창을 열게 한 후, 빛이 들이치는 동안 침낭으로 들어가 다시 한번 닫도록 지시를 내렸다. 그러자 의도한 대로 창문이 닫혀, 이상적인 취침 환경이 갖춰졌다.

'그나저나 생각해 보니 그렇구나. 지금은 특수한 상황이라 이렇게 해결했다지만, 본래 밤은 어둡기 마련이고 보통은 밝게 하기 위해 궁리를 해야 할 터인데.'

밤에 잘 때는 보통 깜깜하기 마련이다. 현재 있는 고대지하도시는 특수한 경우다. 이곳 이외에서 저택정령을 소환해 묵을 때는 오히려 빛이 필요할 것이다.

그러나 무형술로 조명을 띄우면 문제는 없다고 할 수 있었다. 하지만 그건 뭔가 아닌 것 같다고 미라는 생각했다.

"저택에 맞는 조명 기구가 있었으면 좋겠군."

마음이 놓이는 공간을 조성하는 데 가장 중요한 것은 역시 분위기다. 밝게 빛나는 빛의 구슬이 둥둥 떠있는 공간보다는 세련된 조명이 은은하게 실내를 밝히고 있는 편이 마음 편할 것이다.

"그 외에도 가구 같은 것을 들여 꾸몄으면 좋겠구먼."

은의 연탑에 있는 자신의 방을 떠올리며 미라는 문득 중얼거렸다.

지금은 그릇뿐인 저택이라, 말하자면 살풍경한 상태다. 하지만 저택이라는 말을 들었을 때 떠오르는 이미지에는 그 생활을 지탱하는 가구와 기품이 느껴지는 인테리어 등이 포함되어 있기 마련이다.

　저택정령에서 쓸 만한 테이블이며 의자 등을 사오도록 할까. 미라가 그런 생각을 한 순간이었다.

　또다시 정령왕의 목소리가 들려왔다. 그렇다면 가구나 인테리어의 인공정령을 찾아서 계약하면 그만이라고.

　『인공정령은 인간의 애착에 따라 깃들기 마련. 이 넓은 세계에는 소중히 쓰인 끝에 정령이 깃들기에 이른 가구들도 있지. 그것을 찾아내 계약하여 나의 가호의 힘으로 연결하면, 분명 저택 안도 충실해질 것이야.』

　정령왕의 그 말에 미라는 흥분해서 대꾸했다.

　『오호…… 가구의 인공정령이라. 그러한 방법이 있었군. 이거 멋지군그래!』

　조명이 필요하면 조명의 정령와 계약한다. 테이블이 필요하면 테이블의 정령과 계약한다. 그렇게 해나감으로써 지금은 텅 비어 있는 저택을 진짜 저택처럼 만들어 가면 된다는 것이다.

　가구류의 인공정령 찾기. 어쩐지 가슴 설레는 육성 요소의 존재를 알자마자 보람이 있겠다고 생각한 미라는 커다란 괘종시계의 정령이 있으면 좋겠다는 생각을 하며, 이상적인 완성형을 그리다가 잠들었다.

고대지하도시 4층에서 하룻밤을 보낸 미라는 눈을 뜸과 동시에 꼬물대며 현재 시각을 확인했다.

시간은 아침 아홉 시쯤. 상당히 푹, 그리고 쾌적하게 잔 탓에 몸 상태는 매우 좋았다.

깜깜한 실내를 둘러보던 미라는 밤에 있었던 일이 떠올라 저택의 정령에게 지시해서 덧창을 열게 했다. 그러자 빛이 들이쳐서 실내가 훤해졌다.

"흠. 좋은 아침이로군."

고대문명의 초기술의 효과인지 어떤지는 모르겠지만, 쏟아진 빛에서는 태양빛과 비슷한 온기가 느껴졌다.

그 빛에 눈을 적응시키듯 멍하니 있던 미라는, 얼마쯤 지나 꾸역꾸역 일어나 아침 준비를 하기 시작했다.

우선은 화장실. 이어서 유일하게 몸에 걸치고 있던 팬티를 벗고 샤워실로 향했다. 따끈한 물을 뒤집어써서 몸과 마음을 각성시킨 미라는 아침식사 준비에 착수했다.

저택정령이 지닌, 내 집 같은 편안한 분위기 때문인지 결국 미라는 옷도 입지 않고 팬티 한 장 차림으로 계속 돌아다녔다.

"이왕 먹는 거, 아침 식사는 세련되게 먹고 싶다만."

귀족이 살 것 같은 저택에서 먹는 것이니 아침 식사도 거기에 맞추자. 어젯밤 메뉴는 실로 서민적이었지만 미라에게도 나름대로 생각이 있는지, 부엌에 식재료를 늘어놓고서 그럴싸한 것을 고르기 시작했다.

가장 먼저 고른 것은 식빵이었다. 이어서 베이컨 구이와 스크

램블드에그, 과일과 홍차를 준비했다. 인상과 편견을 우선시한 결과, 귀족다우면서도 일반적인 아침식사가 되었다. 다만 팬티 차림으로 바닥에 앉아 식사를 한 탓에 누군가가 보았다면 몹시도 궁상맞은 식사 풍경이라고 생각했을 것이다.

하지만 세세한 문제는 둘째 치고 아침 식사를 마친 미라는 잽싸게 정리를 끝낸 후, 이번에는 모험을 재개하기 위한 준비에 착수했다.

아직 익숙지 않은 위쪽 속옷을 입고는 그제야 옷을 챙겨 입었다. 그리고 옷매무새를 다듬으며 문득 생각했다.

'전신거울의 정령도 어딘가에 있으려나.'

자고로 신사란 차림새를 단정히 해야 하는 법이다. 어디선가 보았던 이상적인 인물이 그렇게 말하기도 했거니와 이래저래 거울은 꼭 필요했다.

이제는 신사가 아니라 숙녀로서의 행동거지를 몸에 익혀야 할 듯했지만 미라에게는 그럴 생각이 전혀 없었다. 동경은 언제까지고 변하질 않아서, 미라는 중후하고도 멋들어진 자신의 이상형을 계속해서 추구할 따름이었다.

그렇게 출발 준비도 마친 미라는 저택을 나서서 다시 한번 뒤를 돌아보았다. 지금은 튼튼해 보일 뿐인 오두막이다. 하지만 언젠가는 귀족 저택에 필적하는 크기로 성장할 것이다.

참고로 이러한 인공정령을 성장시키는 방법은 그 용도에 맞게 활용하는 것이라고 정령왕은 말했다. 요컨대 저택의 경우에는 그곳에서 생활해야 하는 것이다.

빨리 성장한 모습을 보고 싶은 미라는 앞으로 매일 잠은 저택 정령에서 자기로 결정했다. 그 후, 오늘밤도 잘 부탁한다고 말하고서 송환했다.

"어이쿠……. 깜박했구나."

저택이 사라지고 시야가 탁 트인 순간, 미라는 이제야 생각이 났다는 듯 중얼거렸다. 미라의 눈앞에는 어젯밤에 호위를 위해 배치해 두었던 다크나이트와 홀리나이트. 그리고 황폐해진 정원 이곳저곳에 흩어진 무수히 많은 마동석들이 있었다.

"이거 예상했던 것 이상의 성과로구나."

세어볼 엄두도 나지 않을 정도로 많은 양의 마동석을 본 미라는 놀람과 동시에 씨익 웃었다. 이거 생각했던 것보다 돈이 되겠구나, 싶었던 것이다.

"슈퍼냥, 등장입니다냥~!"

미라는 예정대로 회수 담당으로 캐트시, 단원 1호를 소환했다. 이번에는 빨간색과 파란색으로 된 전신 타이츠에 망토를 두르고 등장했다. 손에 든 팻말에는 [총알보다 빠르고, 힘은 고양이보다 강하다. 하지만 비싸지 않나요? 아뇨, 공짜로 달려갑니다. 그것이 바로 정의의 슈퍼냥]*이라는, 지금까지 본 것 중 가장 긴 문장이 적혀 있었다.

하지만 미라는 그에 관해서는 전혀 언급하지 않고 마동석을 회수하라는 명령을 내렸다.

"세계의 위기! 자아, 슈퍼냥 출동입니다냥!"

---

*'총알보다 빠르고 힘은 기관차보다 세며 높은 건물도 단숨에 뛰어넘는다'는 애니메이션판 〈슈퍼맨〉의 캐치 프레이즈.

기운이 넘치는 단원 1호는 유유히 망토를 휘날리며 도움닫기를 해서 하늘로 날아올랐다. 그리고 당연하게도 중력에 이끌려 땅에 떨어지고는, 아무 일도 없었다는 듯이 마동석을 줍기 시작했다. 단원 1호는 이상한 부분에 집착하는 면이 있었다. 분명 날지 못한다는 것을 알면서도 출동 장면을 재현하려 했던 것이리라.

대체 어디서 이런 지식을 얻고 있는 것인지. 그것만은 약간 궁금하다는 생각을 하며 미라도 마동석을 모으기 시작했다.

"굉장합니다냥. 233개나 있었습니다냥!"

하나도 남김없이 주워 모으니 마동석이 산더미처럼 쌓였다. 잡일은 자신에게 맡기라는 듯 개수를 모두 헤아린 단원 1호는 팻말을 든 채 춤을 추기 시작했다. 빙글빙글 돌고 있어서 잘 보이지 않았지만, 그 팻말에는 세면서 남긴 듯한 메모가 남아 있었다. [잔뜩 + 잔뜩 + 그럭저럭=]이라고.

정말로 맞기는 한 걸까. 다소 의문이 남기는 했지만 보아하니 확실히 이백 개는 넘을 듯했다.

"흠. 생각했던 것 이상의 성과로구나."

마동석을 아이템박스에 수납한 미라는 "오늘밤은 진수성찬입니다냥~"이라고 말하며 소란을 떠는, 제 역할을 다한 단원 1호를 냉큼 송환했다. 단원 1호가 빛에 휩싸여 사라지는 가운데 "정의의 히어로는 소리 없이 사라질 뿐입니다냥!"이라는, 어쩐지 씩씩하면서도 쓸쓸한 듯한 목소리가 울려 퍼졌다.

"어디 보자…… 분명 당시의 시세는 최소 오백 리프였지."

당시. 다시 말해서 게임이었던 시절의 마동석 시세는 아무리 크기가 작아도 오백 리프는 했더랬다.

술식무구며 영약, 비약, 장비 강화 등등. 마동석은 온갖 생산 활동에 필요한, 이래저래 수요가 많은 아이템이다.

더불어 현재, 모험가 용품 중 '마동식'이라는 이름이 붙은 도구들은 모두 마동통을 주된 동력원으로 하고 있다. 그리고 마동통은 마동석을 가공하여 만든다. 다시 말해서 당시보다 수요가 더욱 늘었을 것이란 뜻이다.

'매입 시세를 미리 알아봐 둘 걸 그랬구먼.'

무구류나 약 따위의 판매 가격은 조사해뒀지만, 매입 가격에 관해서는 전혀 생각한 적이 없었다. 하지만 당시보다 값이 떨어지지는 않았을 것이다. 그렇게 생각한 미라는 크기에 상관없이 단순히 개수만으로 최저 가격을 계산해 보았다.

'오백 리프가 이백 개니 십만 정도인가. 이거, 짭짤하구먼.'

그렇게 결론을 내린 순간부터 미라의 입에서는 히죽히죽 음흉한 미소가 지워질 줄을 몰랐다. 하지만 그럴 만도 했다. 저택에서 느긋하게 자기만 했는데 십만을 벌었으니. 현자라 불리고는 있어도 금전 감각은 여전히 서민의 그것이다. 따라서 이 돈벌이의 압도적인 효율에 홀려버리는 것도 아주 납득이 가지 않는 일은 아니었다.

'최하층에 가면 훨씬 커다란 마동석이 나올 터. 그렇다면 자기만 해도 삼십만, 아니, 사십만도 꿈은 아닐지도 모르겠군!'

미라는 실로 속물적인 꿈을 꾸며 오늘 밤은 더욱 마물들이 빈

번하게 출몰하는, 북적이는 장소에서 휴식하기로 결심하고 의기 양양하게 페가수스를 소환했다.

"오늘도 잘 부탁하마!"

미라가 어쩐지 평소보다 기분이 좋아 보였지만, 미라를 무척 좋아하는 페가수스는 그 모습을 보고 자신도 기뻐져서 큰 소리로 울었다.

경쾌한 몸놀림으로 미라가 페가수스의 등에 올라타자, 그것을 확인한 페가수스가 힘껏 날개를 펼쳤다. 그리고 지금의 감정이 고스란히 드러나는, 기쁨으로 가득한 날갯짓으로 하늘을 향해 날아올랐다.

가장 먼저 향한 곳은 5층으로 가는 입구인 대신전이었다. 페가수스를 타면 한 시간도 되지 않아 도착할 거다.

"역시 나라고 해야 할지, 북적북적하구나."

눈 아래 보이는 폐허 도시의 곳곳에 스켈레톤을 상대하는 모험가 그룹의 모습이 보였다. 소문으로 들었던 대로 역시 고대지하 도시에는 상당한 수의 모험가가 출입하는 모양이었다.

더욱 자세히 보니 각 그룹은 지나치게 멀지 않은, 그렇다고 너무 가깝지도 않은 지점을 진지로 삼고 있다는 것을 알 수 있었다.

귀동냥으로 들은 이야기지만 이러한 배치로 전투를 펼치면 유인한 마물이 다른 그룹으로 흘러드는 것을 방지하는 동시에 상부상조할 수 있다는 모양이다.

간이 얼라이언스라고 해야 할까. 보다 안전하게, 그리고 그룹으로서의 벌이도 확보하는, 몇 년 전부터 유행하기 시작한 사냥 방법이라는 듯했다.

"과연 저들은 하루 동안 얼마나 벌까."

자는 동안 마동석을 이백 개 획득했다는 실적에 약간의 우월감을 느끼며 미라는 여유롭게 주변을 바라보고 있었다. 바로 그때, 많은 수의 스켈레톤이 우글거리고 있는 광장이 미라의 눈에 들어왔다.

"오오, 이곳은 '화장터' 근처였나."

그것을 본 미라는 무의식중에 중얼거렸다. 화장터라는 것은 과거에 플레이어들 사이에서 사용됐던 통칭이었다. 그 이유는 매우 단순했다.

그다지 넓지 않은, 그저 커다랗고 하얀 돌이 놓여있을 뿐인 광장. 그럼에도 어째서인지 스켈레톤들은 그리로 모여드는 성질이 있었다.

스켈레톤 등을 비롯한 불사 계열 마물은 산 자에게 이끌리는 성질이 있다. 나아가 살고자 발버둥치는 자, 다시 말해서 빈사 상태의 사람에게 더욱 잘 끌렸다.

세계관 설정을 파고드는 것을 좋아하는 플레이어들은 당시, 불사 계열 마물은 생명을 증오하는 것이 아니라 동경하는 것이리라고 말했다. 광장에는 분명 생명에 관계된 엄청난 무언가가 잠들어 있는 것이리라고.

하지만 결국은 아무것도 발견되지 않아 수수께끼로 남았다. 그 플레이어는 하얀 돌이 가장 수상하다며 눈여겨보고 있었던 모양이지만, 아무리 조사해도 아무것도 나오지 않아 그대로 조사가 끝났다.

가능한 수단을 총동원했음에도 알아내지 못했으니 분명 아무것도 없을 거다. 분명 단순히, 광장으로 모여드는 습성이 있는 것뿐이리라. 연구하기를 좋아하는 플레이어들은 누구 할 것 없이 그렇게 판단을 내리고는 다른 수수께끼를 찾아 그곳을 떠나갔다.

그 후에는 우글대는 스켈레톤을 범위 계열 마술로 일소할 수 있어서 매우 효율적으로 돈벌이를 할 수 있는 장소로 정착되기 시작했다. 그 때문에 '화장터'라 불렸던 것이다.

'실은 천사의 결계가 쳐져 있다거나, 뭐 그렇지는 않으려나?'

천사의 결계에는, 인간은 인식조차 할 수 없게 하는 효과가 있다는 이야기를 천사 본인에게 들은 미라는 그런 생각을 하며 장난스럽게 웃었다. 만약 그것이 진실이라 해도 천사가 결계를 쳐서까지 숨기고 있는 것이라면 함부로 손대지 않는 것이 제일일 것이다.

"그나저나 참, 많이도 쌓였군그래……."

조금씩이지만 시간이 지날수록 화장터에는 스켈레톤의 숫자가 늘어갔다. 그 숫자는 이미 오십을 넘겼다. 미라의 힘이라면 십 초 안에 일소할 수 있을 양이다. 단 십 초면 마동석이 오십 개다. 적은 노력으로 가능한 짭짤한 돈벌이였지만 미라는 미련을 버리고 화장터를 뒤로 한 채 날아갔다.

미라가 가장 매력적이라 생각하는 돈은, 노동 없이 얻어지는 것이었다. 아무 거리낌 없이 팍팍 쓸 수 있는, 하늘에서 뚝 떨어진 돈이야말로 최고로 매력적이며, 그것을 얻을 수단이 있으니 노동이 수반되는 작은 돈벌이는 아무래도 좋다고 생각한 것이다. 신사가 아닌 글러먹은 인간의 사고방식이었다.

"오, 사냥을 하러 왔나보군."

도중에 보니 모험가 그룹이 대신전으로 이어진 길에서 똑바로 다가오는 모습이 보였다. 탱커 역할을 할 전사 한 명에 나머지는 모두 술사로 편제되어 있었다.

'버닝 소울에 플레임 윈드, 액트 레드, 이블 블레이즈. 화염 강화 계열로 도배를 한 장비구먼.'

화장터에 있는 스켈레톤의 숫자도 마침 적당해졌다. 아무래도 화장터는 지금도 인기인 모양이다.

루미나리아를 따라온 적도 있었더랬지. 그런 추억을 들추어내며 장례 행렬을 배웅한 미라는, 당시의 유행이 지금도 이어지고 있다는 사실 앞에서 아주 약간 감상에 젖어 미소를 지었다.

대신전 깊은 곳. 손을 내밀자 모은 문자가 손바닥에 떠오르고 문이 열렸다. 그곳을 지나 길고 긴 계단을 내려간 끝에 미라는 고대지하도시 5층에 도착했다.

"이곳도, 성가셨더랬지……."

현재 지점은 5층의 북쪽에 있는 절벽 중턱. 그곳에서 보이는 광경 앞에 선 미라는 무심결에 쓴웃음을 지었다.

5층은 4층과 달리 수천에 이르는 거대한 탑들이 시야가 가득하도록 이어져 있었다. 시점을 바꿔서 보면 난립한 탑들은 넓은 천장을 받치는 기둥 같기도 해서, 그 광경은 몹시도 무거운 압박감으로 가득했다. 하지만 그런 동시에 압도적인 박력과 엄숙한 분위기가 감돌고 있기도 했다. 바닥은 물론이고 천장도 까마득하기만 한 공간은 마치 신화 속 무대처럼 이질적인 느낌을 주었다.

그럼에도 출현하는 마물은 역시나 스켈레톤 계열뿐이라 꺼림칙함을 더욱 부추겼다.

5층 입구에 선 미라의 눈앞에는 거대한 계단이 한참 아래까지 이어져 있었다. 정규 루트는 이 계단으로 내려가는 것이지만 미라와는 당연히 상관이 없는 이야기였다.

"또 부탁 좀 하마."

미라는 페가수스에 올라타 5층으로 뛰쳐나갔다. 행선지는 북서쪽에 있는, 다른 탑들에 비해 다소 가느다란 탑이다.

공중에서 보는 5층의 밑바닥은 탁한 물처럼 깜깜했고, 천장은 희끄무레하게 보였다. 심지어 여기저기에 솟아난 무수히 많은 탑들에서는 다른 탑으로 이어진 통로가 그야말로 거미집처럼 둘러쳐져 있어 직선 궤도로의 비행을 불가능하게 하여 속도가 3할 정도 감소했다. 자주 방향을 틀어야 해서 페가수스는 미라를 떨어뜨리지 않도록 최대한 조심조심 날았다.

그렇게 수십 분을 날았을 즈음. 목적한 탑 앞에 내려선 미라는 일단 페가수스를 송환하고 나서 어제와 마찬가지로 다크나이트를 둘 소환했다.

'한 번 클리어하면 지름길이 개통되는 특전이라도 따라붙으면 좋을 것을…….'

미라는 불만을 있는 대로 표정에 드러내며 탑 안으로 발을 들였다.

고대지하도시 5층. 이곳에서도 역시나 다음 층으로 내려가려면 문자를 모을 필요가 있었다. 심지어 복잡하게 엉킨 탑의 미로를 지나야만 하는지라 페가수스라는 우위성이 반감된다.

필요한 문자의 수는 세 개. 북서, 북동, 남쪽에 있는 탑으로 들어가 내부를 지나, 통로를 통해 다른 탑으로 진입하는 일을 반복해야 비로소 문자를 입수할 수 있는 수정의 방에 도달할 수 있다.

참고로 이 세 개의 탑 이외의 입구로 들어가면 수정의 방에는 결코 도달할 수 없게 되어 있다. 그리고 탑을 연결하는 통로도 관형으로 되어 있어서 길을 질러갈 수가 없다. 벽에 구멍을 뚫는다는 방법도 제안되었지만, 수정의 방과 이어진 탑과 통로만은 무슨 짓을 해도 부술 수가 없었다는 역사가 있었다.

요컨대 정석대로 공략하는 방법밖에 없었다. 그런 탓에 미라는 저녁까지는 6층에 도착했으면 좋겠다, 정도의 생각으로 전진했다.

탑 안은 군데군데 도깨비불 같은 불빛이 떠올라 있어서 그다지 어둡지 않았다. 하지만 그런 만큼 채광을 위한 창문이나 틈새가 전무한 데다 통로의 폭도 3미터 남짓이라 시종일관 지독한 폐쇄감이 느껴졌다. 거기에 엎친 데 덮친 격으로 스켈레톤까지 들어 몹시도 악질적인 던전이라 할 수밖에 없었다.

『이보게, 정령왕이여. 이 탑은 어째서 파괴할 수 없는 겐가.』

『이건 겉보기에는 석조 건물로 보이지만, 이제는 제조법이 잊혀진 합금이다. 분명 아르고레스트 합금이라는 이름이었던가.』

앞장선 다크나이트의 일격으로 모든 스켈레톤이 분쇄되어 가는 가운데, 미라는 널브러진 마동석을 주우며 심심풀이를 겸해 조금 전부터 정령왕과 담소를 나누고 있었다.

『호오, 과연. 그러한 것이었나.』

무심하게 물으면 지금까지 베일에 싸여있던 사안에 대한 답이 돌아왔다. 곰곰이 생각해 보니 터무니없는 반칙 같았지만 그런 정령왕이라도 모르는 것은 있었다. 때문에 다른 아홉 현자들은 지금 어디에 있을까, 라는 질문에는 유익한 질문을 얻을 수 없었다.

『이 고대지하도시라는 것은 언제부터 있었던 걸까.』

『정확하지는 않지만 이 대륙에 신대부터 전해오는 전승에도 이곳에 대한 기술이 없을 정도니, 상당히 오래되었겠지.』

『전승이라. 그럼에도 여태 건재하다니. 과연 고대기술이로군.』

신대는 정신이 아득해지도록 먼 과거를 말한다. 미라는 의아하다는 눈으로 계속해서 주변을 밝히고 있는 불빛을 바라보며 멍하니 대꾸했다.

그밖에도 미라는 여러 가지를 물었는데, 답변의 질은 그때그때 달랐다. 알고는 있지만 사정이 있어서 감추는 것인지 어떤지는 알 수 없지만, 정령왕에게서 얻어낸 지식은 잡학으로 분류될 법한 것들이 대부분이었다. 하지만 그러한 잡학들이 의외로 재미있어서 이야기를 하다 보니 탑의 공략이 제법 진행되어, 어느샌가 수정의 방에 도착하고 말았다.

"흠, 두 시간 남짓 걸렸나."

첫 번째 문자를 입수한 미라는 메뉴에서 현재 시각을 확인했다. 지금은 오후 세 시 전. 저녁까지는 무리일 것 같다는 생각이 들어 오늘 안에 공략하기를 포기하기로 하며 미라는 방의 한구석에 위치한 마법진에 들어갔다.

올 때는 힘들었지만 나가는 것은 편했다. 마법진이 빛나고서 얼마쯤 지나자 미라는 처음에 들어왔던 탑의 입구로 전송되어 있었다.

『헌데 정령왕이여. 이 전송 마법진이라는 것은 어떤 원리로 되어 있는 겐가.』

만약 이 기술을 응용할 수 있다면 얼마나 편리할까. 그런 생각으로 물은 것이기는 했지만 미라는 이에 관한 답변을 기대하지 않았다. 정령왕은 기본적으로 이러한 특별한 기술이며 지식에 관해 알려주지 않았기 때문이다.

하지만 어찌 된 일인지 이번에는 그렇지 않았다. 정령왕은 시공을 관장하는 신의 힘을 이용한 특별한 마법진이라고 답해주었다.

『뭐라…… 시공의 신?!』

신이라는 최상위 존재가 관여하고 있다는 사실에 놀란 미라는 흥분한 투로 계속해서 질문을 날렸다. 하지만 정령왕은 역시나 자세히 가르쳐주지 않고 적당히 얼버무렸다. 본래는 금지된 기술이라는 사실 말고는.

전이는 시공을 조작함으로써 가능해지지만 애초에 시공을 조작하는 것은 신에게만 허락된 기술로, 인간이 어찌할 수 있는 것이 아니라는 것이다. 그럼에도 다룰 수 있는 것은 마법진에 특별한 계약이 되어 있기 때문이라는 모양이었다.

그 계약의 내용은 한정. 지금처럼 탑의 위에서 입구까지, 같은 식으로 행선지를 한정하면 가능하다고 한다.

『엄청난 행운이 필요한 일이기는 하나, 시공의 신과 만나면 미라 공도 허가를 신청해 보도록. 그때는 나도 신을 설득하는 데 힘을 보태도록 하지.』

정령왕은 어쩐지 농담을 하는 투이기는 했지만 반쯤은 진심이 담긴 목소리로 말하며 웃었다.

『그것도 나쁘지 않겠군……. 참으로 기대되는군그래!』

신을 만나는 것은 얼마나 천문학적인 확률이 필요한 일일까. 아니, 애초에 그러한 일이 일어날 수는 있을까. 그런 생각을 하면서도 미라는 신에게 비견되는 정령왕과 이렇게 이야기를 하고 있으니 약간은 가능성이 있을지도 모른다는 생각이 들어 다소 흥분했다.

'뭐든 물어보고 볼 일이구나!'

전이라는 새로운 희망에 들뜬 채로 페가수스를 소환한 미라는 다음 탑을 향해 날아올랐다. 기분이 좋아 보이는 미라를 보자 페가수스도 덩달아 기분이 좋아진 듯 보였다.

그 후, 정령왕과 잡담을 나누며 두 번째와 세 번째 문자도 손에 넣은 미라는 주변에 스켈레톤이 다수 출몰하는 광장까지 와 있었다. 현재 시각은 밤 아홉 시 즈음. 5층을 공략하는 데는 이래저래 하루가 걸렸다. 미라는 지친 얼굴로 광장 한복판에 저택정령을 소환했다.

"오늘은, 여기까지구나."

미라는 힘들어 죽겠다는 듯 중얼거리며 파수꾼 역할을 할 다크나이트 둘과 홀리나이트를 연달아 소환하고서 다음 날 아침을 기대하며 저택정령의 문을 열었다.

살벌한 폐허에 무척이나 평온해 보이는 거주공간이 생겼다. 미라는 자신의 집에 돌아오기라도 한 것처럼 편안한 마음으로 옷을 벗어 던지고는 따뜻한 물로 개운하게 샤워를 했다.

"오, 벌써 시작했구먼."

샤워 시간이 끝난 후, 창문으로 밖을 내다보니 다크나이트가 다가오는 스켈레톤들을 모조리 베어 넘기고 있었다. 미라는 그 모습을 바라보며 오백, 천, 천오백, 이천…… 그런 식으로 돈 계산을 하며 씨익 웃었다. 이대로 가면 내일은 이십만을 넘길 것 같다.

"그야말로 스켈레톤 호이호이*로구나. 멋대로 돈이 덤비니 원."

노력하지 않고도 거금을 얻을 수 있다. 이거 제대로 한몫 잡겠다고 확신한 미라는 곧 찾아올 더위에 대비해 마동식 냉방장치를 살까 생각했다. 하지만 그때 문득 생각이 났다. 저택정령이라면 정령의 힘으로 온도 조절도 어떻게든 할 수 있지 않을까.

결과적으로 그것은 가능했다. 이미 연결되어 있는 화염의 정령의 힘을 조작하자 실내 온도가 뜻대로 상승했다. 그리고 새로이 연결한 냉기의 정령의 힘으로 실내 온도를 내릴 수도 있게 되었다. 또한 놀랍게도 얼음을 만들거나 식재료를 차게 할 수도 있었다.

"캬아~! 이거 정말 죽이는구나!"

최적의 타이밍이라 할 타이밍은 지나가고 말았지만, 샤워를 마치고서 시원한 과실주까지 한 잔 들이켠 미라는 진심으로 상쾌한 목소리로 그렇게 말했다.

쾌적한 실내 온도와 부족한 것 없이 말끔히 정돈된 생활환경, 그리고 최고의 한 잔. 이번에도 역시 팬티 한 장 차림으로 방 한복판에 드러누운 미라는 잠시 임무가 있다는 사실일랑 잊고 만족스러운 지금의 상황에 취하기로 했다.

"그때는 평범하다고 생각했지만, 지금 생각해 보니 상당히 호사스러운 일이었군그래……."

미라는 무심결에 중얼거렸다. 처음부터 그러한 환경에서 태어나서 생활하다 보면, 그것이 얼마나 복에 겨운 상황인지 모르는

---

*본래는 가볍게 누군가를 부르거나 주의를 끌 때 쓰는 말이지만 RPG게임 등에서는 'ㅇㅇ호이호이'와 같은 식으로 무언가를 유인하는 아이템의 이름으로 쓰이기도 함

일도 드물지 않다.

태어난 세계와 비슷한 환경이 갖춰졌기 때문인지, 미라는 문득 당시의 생활이 떠올라 현재의 환경에 감사하며 저녁 식사 준비를 하기 시작했다.

『호오, 이세계에서 왔다는 말인가.』

"그렇다고 할 수 있지. 게임이었던 세계가 현실이 되어서 얼마나 놀랐는지 원."

저녁 식사 후, 다시 정령왕과 잡담을 하던 미라는 상당히 술에 취해서, 술기운에 자신이 이 세계를 무대로 한 아크 어스 온라인이라는 게임의 플레이어였다는 사실을 말하고 말았다.

"헌데, 그다지 안 놀라는구먼."

게임이 실제로. 공상이 현실로. 이 세계에 존재하는 정령왕에게도 그 이야기는 상당히 충격적일 텐데, 정령왕의 목소리는 여전히 차분하기만 했다. 미라는 그 사실이 약간 불만스러웠다.

『포세시아도 그러한 이야기를 했던 것 같아서 말이지. 분명 이세계에서 왔다고 했던 것 같군.』

"뭣, 이라고……?"

일찍이 세계를 구했다는 영웅왕 포세시아. 그녀 역시 이세계인이었다는 정령왕의 말에 거꾸로 놀란 미라는 그에 관해 상세히 물어댔다. 하지만 결과적으로 정령왕은 거의 모든 질문에 애매하게만 답했다.

하지만 두 가지를 알아내기는 했다. 하나는 이세계인이라는 존재가 머나먼 과거에서 현재에 이르기까지 그럭저럭 출현했었다는 사실이었다.

또 하나는 포세시아에 관한 것으로, 그녀는 각별히 친한 동료들로부터 '유이나'라 불렸다고 한다.

'어찌 된 일이야……. 다시 말해서, 지금보다 한참 전에도 플레이어가 있었다는 겐가? 아니면 이 몸과는 달리 먼 과거로 날아간 플레이어가 있는 건가……? 아니, 플레이어라고 단정 지을 수는 없지. 정말로 이 몸들과는 다른 이세계에서 왔을 가능성도…….'

이세계인이라고 해서 플레이어일 것이라는 보장은 없다. 정말 다른 세계에서 왔을 가능성도 있다. 완전히 판타지스러운 이 세계라면 어떤 이세계인이든 받아들일 수 있을 것이다. 말 그대로 뭐든 다 가능한 세계라고도 볼 수 있으니.

어쩌면 그런 '설정'을 꾸며내서 퍼뜨리고 다녔을 가능성도 있다. 하지만 그런 식으로 생각을 하자면 끝이 없다.

어찌 되었건 실제로 이 세계가 현실이 되었고 이세계인인 플레이어 출신자들이 대량으로 유입된 현재로서는, 포세시아도 어떠한 이세계에서 온 사람이라 생각해도 문제는 없을 듯했다.

"그자들이 원래 있던 이세계에 관해 또 뭐라고 하던가?"

뜻하지 않게 영웅왕의 진실을 알게 된 미라는 때는 지금이라는 듯 질문을 이어갔다. 그것은 정체를 밝혀주려는 의도에서가 아니라, 절반 이상이 호기심 때문이었다. 같은 세계 출신이건, 전혀 다른 이세계 출신이건, 유명인의 사정이 궁금한 것은 어찌 보면 사람의 본성이라 할 수 있었다.

『흐음~ 그녀들은 그에 관해 말한 적이 없어서 자세히는 모르겠다. 미안하군.』

"아니, 상관없네. 억지를 부려서 미안하구먼."

아무래도 포세시아에 관한 정보는 이 이상 없는 모양이다. 아닌 게 아니라 정령왕과 포세시아의 인연은 그리 길게 이어지지 않았다는 듯했다. 강대한 적을 쓰러뜨리기 위해 힘을 주기로 한 것은 시기적으로 포세시아가 활약했던 시대의 최종국면이었다. 다시 말해서 정령왕은 모두가 인정하는 영웅이 되기 직전부터의 포세시아밖에 모르는 셈이다. 그 이전에 관해서는 오히려 남겨진 자료며 전승 등을 조사하는 편이 빠를 것도 같았다.

『그나저나 미라 공도 이세계인이었다니. 신기한 인연도 다 있군.』

머나먼 옛날 일이 생각났는지, 영웅왕은 감회에 젖어 중얼거렸다. 미라는 "그렇군그래"라고 중얼거리더니 자신과의 인연은 오래 갈 것 같다며 웃었다.

이렇게 영웅왕 포세시아에 큰 관심이 생긴 미라는 조만간 문헌이라도 뒤져볼까 생각하며 저녁을 마치고 잠자리에 들었다.

고대지하도시 5층에서 맞이한 아침. 식사를 끝내고 준비를 마친 미라는 기대로 가득한 표정으로 정령저택을 나섰다.

"이거 웃음이 그치질 않는구나!"

그것을 본 순간, 미라는 입꼬리를 치올린 채 씨익, 악랄한 미소를 지어 보였다. 주변에 어제의 그것을 까마득히 능가하는 숫자의 마동석이 나뒹굴고 있었기 때문이다.

밤이 되면 불사 계열 마물의 활동이 활발해진다. 그에 반해 모험가들은 잠이 든다. 사냥당하지 않고 숫자를 불리며 이동 범위를 넓혀나가던 스켈레톤들은 그대로 미라의 생명력에 이끌려 광장에 모여들었다. 그런 그들을 이곳에서 기다리고 있던 다크나이트가 쓸어버린 결과가 바로 이 대량의 마동석이었다.

심지어 한 층 더 내려와 마물이 더욱 강해진 덕분에 마동석도 한층 더 커졌다. 모두 매각하면 단순하게 계산해도 자는 동안 벌렸다는 것이 믿기지 않을 정도의 금액이 될 것이다.

참고로 일반적인 모험가들은 이러한 장소에서 노숙을 할 때 디누아르 상회 등에서 취급하고 있는 마동식 결계 장비를 이용한다. 그것들에는 기척을 차단하고 은폐하는 등, 불사 계열의 생명 감지 능력을 방해하는 효과가 있었다. 완전히 감춰지는 것은 아닌지라 최소한의 불침번은 필요하지만 그래도 계속 긴장 상태를 유지하지 않아도 되어서 필수품 취급을 받고 있는 듯했다. 앞으로도 사용될 일은 없을 듯하지만 일단 미라도 구입은 해둔 물건 중 하나였다.

대충 주변을 둘러보고 만족한 미라는 곧장 단원 1호를 소환하여 마동석을 회수하기 시작했다.

숫자가 하도 많아 시간이 걸리기는 했지만 다크나이트 등에게 최대한 한곳에서 쓰러뜨리도록 지시를 내려둔 덕분에 그렇게까지 수고스럽지는 않았다. 그리고 홀리나이트가 타워실드로 불도저처럼 마동석을 모아 나가기도 해서 작업은 10분도 지나지 않아 끝났다.

그리고 고대하던 집계 시간이 찾아왔다. 어제와 마찬가지로 단원 1호가 대충 헤아려본 마동석의 개수는 다 합쳐서 삼백사십이 개였다.

"별다른 수고도 하지 않고 떼돈 벌었구나. 돈은 많으면 많을수록 좋지, 암!"

미라가 신이 나서 마동석을 아이템박스에 수납해 나갔다. 마음만 먹으면 수백만, 수천만을 벌어들일 실력을 지니기는 했지만 지금 벌어들인 것은 용돈 정도에 불과했다. 하지만 미라는 현재, 편하게 벌어들이는 자잘한 돈의 매력에 푹 빠져 있었다. 뿌리에 밴 서민 정신은 바뀌려야 바뀌기 어려운 모양이다.

"오늘이야말로 진수성찬입니다냥~!"

단원 1호가 많은 양의 전리품에 기뻐하며 방방 뛰어다녔다. 미라는 그런 단원 1호에게 생선토막을 하나 건네주고서 송환했다. 송환의 빛 속에서 목소리가 들려왔다. "코발트 킹 투나입니다냥! 진수성찬입니다냥~!"

생선토막 하나를 두고 진수성찬이라니. 아무래도 단원 1호 역시 미라와 마찬가지로 서민 정신이 몸에 밴 모양이다.

　마동석 회수를 끝내고 정리까지 마친 미라는 페가수스를 타고 대신전으로 향했다. 그리고 난립한 탑들 사이를 지나 30분 남짓을 날아간 끝에 목적지에 도착했다.

　대신전 안에는 아직 몇몇 모험가 그룹이 남아 있었다. 5층의 난이도는 상급으로 분류되는 C랭크였고, 보아하니 확실히 그곳에 있는 모험가들은 상당한 실력일 것으로 예상되는 분위기를 내뿜고 있었다. 특히 무구가 명백하게 달랐다. 모든 이들이 당연하다는 듯 고급 미스릴 은제 무구를 걸치고 있었으며 어떤 이는 정령 무구까지 소유하고 있었다.

　그런 모험가들의 시선이 혼자서 훌쩍 나타난 미라에게 집중되었다. 흥미롭다는 빛이 반 이상 섞인 시선이었다. C랭크 던전에 소녀가, 그것도 숨이 막힐 정도의 미소녀가 혼자서 왔으니 무의식중에 눈길이 갈 만도 했다.

　"이봐라, 묻고 싶은 게 있다만 시간 좀 내주겠느냐?" 미라는 그런 모험가들 중 가장 인원수가 많은 그룹에게 다가가서 그렇게 말을 붙였다.

　"왜 그러니?"

　그곳의 리더로 보이는 남자가 흥미롭다는 얼굴로 답했다. 동시에 다른 그룹들도 미라가 신경 쓰이는지 갑자기 주변이 조용해졌다.

"오른쪽 뿔이 부러진 바이콘의 뼈를 탄 수상쩍은 사령술사를 보지 못했느냐?"

목격 증언이 한 번은 있었으니 어쩌면 그밖에도 본 사람이 있지 않을까 싶었던 것이다. 전에 들었던 증언에 따르면 그는 일주일 정도 전에 2층에서 목격되었다. 만약 새로운 증언이 나온다면 소울하울의 진행 속도를 가늠할 수 있을지도 모른다.

이 던전은 터무니없이 넓은 탓에 총 공략 시간 중 이동이 차지하는 비율이 매우 높았다. 실력과 상관없이 시간이 걸리는 것이다. 증언에 의하면 소울하울은 바이콘을 타고 이동 중이라고 한다. 육로에는 복잡하게 뒤엉킨 길이며 이런저런 장해물들이 산더미처럼 많다. 소울하울이 사역할 정도니 바이콘도 상당한 기동력을 지녔겠지만, 그렇다 해도 지형을 무시하고 날아다니는 페가수스만은 못할 것이다. 다시 말해서 도중에 소울하울을 따라잡을 수도 있을지 모른다는 뜻이다.

"으음~ 미안하지만 본 적이 없는데."

남자는 기억을 되짚어 보듯 팔짱을 끼더니 잠시 후 고개를 가로저으며 답했다. 그의 동료들도 저마다 기억해내 보려 해주었지만 역시나 기억에 없는 모양이었다.

"흠, 그러하냐⋯⋯. 회의 중에 방해를 해서 미안하구나."

미라는 사람이 이렇게 많으니 그중 한 명 정도는 보았을지 모른다고 생각했지만, 애초에 그룹으로 행동하고 있으니 대부분 같은 것을 보았을 것이다. 하지만 미라는 낙담하지 않았다. 이왕 이렇게 된 거, 탐문 대상을 늘려보자는 생각에 다른 그룹에게도 묻고 돌아다녔다.

두 번째 그룹도 본 적이 없다고 한다. 그럼 다음으로 넘어가자며 걸음을 뗀 순간이었다.

"저기, 있잖아. 아마도 나, 그 사람 본 것 같아."

한 남자가 미라에게 말을 붙였다. 아무래도 미라가 질문을 하고 다니는 것을 들은 모양이다. 고개를 돌려보니 경장비 차림의 남자가 살며시 손을 흔들고 있었다.

"오오, 정말이냐?! 언제, 몇 층에서 보았지?"

미라는 곧장 달려가서 기대 섞인 눈으로 남자를 올려다보았다. 그러자 남자는 당황한 듯 얼굴을 붉히더니 이내 어흠, 하고 표정을 가다듬고 폼을 잡듯 미소를 지으며 답했다.

"뒤에서 봐서 머리를 직접 확인하지는 못한 탓에 바이콘인지 어떤지는 모르겠지만 말야. 말처럼 생긴 뼈를 탄 사람이라면 봤어. 사흘 전에 여기, 5층에서."

남자가 그렇게 말하자 그의 동료로 보이는 자들도 저마다 "멀어서 잘 안 보였어" "어쩐지 으스스해 보이던데"라고 말을 보탰다.

듣자하니 모습을 보인 것은 잠시뿐이라 자세히는 못 봤다고 한다. 하지만 뭔가의 뼈 같은 것을 타고 있었다는 것은 분명하다는 모양이다. 상황으로 미루어 소울하울일 가능성이 높을 것이다.

"흠…… 사흘 전이라."

생각했던 것보다 상당히 차이가 줄어들었다는 사실에 미라는 문득 의아해졌다. 일주일 정도 전에 목격된 것이 2층. 그리고 사흘 전에 목격된 것이 5층. 고대지하도시는 본래 7층에 도달하기까지 한 달이 걸리는 던전으로, 일반적인 모험가들이 보기에 그 진행 속도는 충분히 빠르다고 할 수 있었다.

하지만 소울하울은 그 이상의 속도로 공략하고 있는 미라와 동급이다. 하늘길이 아닌 육로를 쓰고 있다는 이유만으로 이렇게까지 차이가 난다는 말인가. 미라는 고대지하도시의 광대함에 새삼 전율하며 페가수스의 고마움을 다시금 실감했다. 그리고 '소환술의 승리로군'이라 생각하며 우쭐하는 것도 잊지 않았다.

목격 증언으로 미루어 공략 전에는 틀림없이 따라잡을 수 있을 것이라고 확신한 미라는 "정보를 제공해줘서 고맙다"라고 말하고서 남자에게 답례로 적당히 고른 회복약을 건네주었다. 위험과 맞서는 것이 일인 모험가에게는 많으면 많을수록 좋은 물건일 것이라 생각한 것이다.

'자아, 기다려라, 소울하울!'

목표 달성이 가시권에 들어와 기분이 좋아진 미라는 그대로 대신전을 지나 6층을 향해 달려나갔다. 친구와의 재회를 앞둔 미라의 가슴에 기대감이 조금씩 퍼지기 시작했다.

그렇게 미라가 상쾌하게 떠나간 대신전. 그곳에서 소소한 소동이 일어났다.

발단이 된 것은 미라가 건네준 약이었다. 일전에 아는 연금술사에게 대량의 약을 발주한 적이 있었다. 최대 규모의 레이드전에 대비하기 위한 발주였는데, 그러기 전에 이 세계로 와버리는 바람에 미라는 전투 때 소비하려 했던 약품류를 고스란히 가지고 있었다. 이번에 건네준 것은 그중 하나인데, 과연 최대 규모 레이드전을 위해 준비한 물건답게 그것 하나만으로도 지금은 수십만의 값어치는 있는 약이었던 것이다.

사소한 목격 증언으로 얻은 보상치고는 지나치게 파격적인 물건이라 남자는 동료들의 부러움과 다른 그룹의 질투를 동시에 사게 되었다. 받은 본인은 본인대로 놀란 나머지 정말로 받아도 될지 얼마간 고뇌에 빠졌다.

고대지하도시 6층. 5층의 절반으로 면적이 줄어든 그곳은 이쪽 끝에서 저쪽 끝까지, 바닥에서 천장까지가 전혀 보이지 않을 정도로 높이 솟은 건조물들로 가득했다.

5층에 있던 탑도 상당히 밀도가 높았지만 6층과는 비교도 되지 않았다. 상자처럼 생긴 무수히 많은 건축물이 넓고 높이, 그리고 무수히 많이 뒤엉켜 하나의 성처럼 존재하고 있는 것이다.

구분된 방, 좁은 통로, 홀, 연결통로, 높은 천장, 계단, 언덕길. 이 모든 것들이 불규칙적으로 이어져 이 복잡한 도시를 형성하고 있었다. 더불어 그런 도시 전체에 굵직한 케이블이며 금속 파이프가 둘러쳐져 있어서 판타지보다는 현실에 가깝게 보였다.

'그나저나 구룡성이라니, 이름도 잘 붙였군…….'

당시 플레이어들은 이 6층을 본 순간, 과거 실제로 있었던 슬럼가인 구룡성채 같다고 표현했었다. 미라 역시 과거의 자료로 남아 있는 영상을 보고 비슷하다고 느꼈는데, 지금도 그 감상은 변하지 않았다. 신기하게도 그곳은 태고의 도시임에도 아직 생활감이 남아 있었다. 얼핏 보면 불규칙적으로 쌓아올린 나무 블록처럼 불안정하다. 그럼에도 의문의 금속이 듬뿍 쓰인 건조물은 튼튼해서 무너질 낌새가 없었다. 그런 것이 몇 중으로 포개어져 있는 가운데, 어떠한 곳은 불안한 발판 같은 것으로 이어져 있었다. 한 걸음만 좁은 길로 들어서면 무수히 많은 갈림길이 있다.

이러한 광경이 6층 공간 전체를 가득 메우고 있었다. 고대지하도시는 한 층 내려갈 때마다 면적이 절반이 된다는 특징을 지닌지라, 이 6층은 지금까지 거쳐 온 층에 비해 그나마 좁은 편이다. 하지만 구조가 이러한 탓에 합계 바닥 면적은 3층에 필적할 정도였다. 게다가 출현하는 마물의 수준은 B랭크에 상당한다. 때문에 고대지하유적에서 가장 성가신 층으로 여겨졌다.

"어쨌든 전진하도록 할까."

이곳 역시 7층으로 가는 문을 열기 위해 문자를 세 개 모을 필요가 있다. 그것은 상층, 중층, 하층에 있는 작은 신전의 수정의 방에서 얻을 수 있다. 하지만 플레이어들 사이에서 지구장의 방이라 불렸던 그곳에 들어가려면 그를 위한 문자가 추가로 필요해서 성가심을 가중시켰다.

통과하는 데 며칠이나 걸릴지 멍하니 생각하며 미라는 앞뒤에 다크나이트를 소환한 채 걸음을 옮겼다. 페가수스는 이번에 쉬게 해주기로 했다. 6층은 모든 것들이 복잡하게 뒤엉켜 있다. 사람 한 명이 겨우 지날 정도의 통로가 무사히 많기도 하거니와 천장도 낮다. 그런 탓에 이곳에서는 하늘을 날 수가 없어 페가수스의 이점이 통하지 않기 때문이다.

"어디 보자……. 어느 쪽이었더라."

대체 이 도시가 생겨날 즈음에는 어떠한 기술이 사용된 것일까. 군데군데 밝혀진 빛은 도시의 밀도는 문제가 아니라는 듯 전체를 밝게 비추고 있었다. 그런 탓에 실제적인 구조에 비해 압박감은 덜해서, 오히려 모험심이 자극되어 약간 기분이 들뜨는 사람도 있을 것 같은 장소였다.

그리고 오랜만에 6층을 찾아 그 모험심이 자극된 이가 여기에도 한 명 있었다. 정규 루트를 똑똑히 기억하고 있으니 괜찮을 것이라며 자신만만해하던 미라였다.

사실 이 6층은 아직 가동 중인 설비가 몇 개 있었는데, 그곳에서는 귀한 풀과 꽃, 나무 같은 것들이 재배되고 있었다. 심지어 아직 발견되지 않은, 숨겨진 시설이 여럿 남아 있다는 소문도 돌아서 난이도가 높음에도 불구하고 그것들을 찾는 모험가들의 모습이 그럭저럭 보였다.

도중에 엇갈린 모험가가 입에 담은 소문을 들은 미라는, 그 소문과 소문의 진실을 좇는 모험가의 모습에 감화되고 만 것이다.

"분명, 이리로 가면……. 아니, 이쪽, 이었던가?"

당시의 기억을 더듬어 연결 복도를 어슬렁거리던 미라는 천장이 높은 탑의 2층에서 고개를 내밀며 중얼거렸다.

'저것이 처음에 지났던 곳이로군. 그리고 저쪽으로 빠졌으니…….'

탑의 천장은 높지만 그렇게 넓지는 않았다. 5미터 정도 앞에 있는 연결 복도를 얼마간 쳐다보던 미라는 이내 정규 루트를 기억해냈다.

"이렇게 돼서, 저쪽으로……. 다시 말해서…… 오오, 위쪽인가!"

그제야 미라는 현재 위치가 어디쯤인지를 알아냈다. 현재 있는 장소가 정규 루트의 바로 아래라는 것을 알아채자마자 그대로 연결 복도에서 몸을 내밀었다. 그리고 '공활보'로 허공을 박차고 위쪽 연결 복도로 뛰어든 그 순간.

"어이쿠?!"

착지할 예정이었던 장소에 스켈레톤이 어슬렁거리고 있어서 미라는 들춰진 스커트는 신경도 쓰지 않고 반사적으로 날아차기를 박아 넣었다.

빠른 속도로 기습적으로 날아든 탓인지 스켈레톤은 보기 좋게 날아갔다. 하지만 과연 B랭크 구역의 마물이라 해야 할지, 비실비실한 술사의 체술로 분쇄할 수 있을 리는 만무해서 지체 없이 일어났다. 하지만 결국 B랭크 구역의 마물은 최강의 소환술사라는 칭호를 지닌 미라의 적수가 되지 못했다. 스켈레톤은 어디선가 나타난 흑검에 의해 눈 깜짝할 새 티끌이 되어 버렸다.

"오오……. 깜짝 놀랐구먼. 반사적으로 발이 나가버렸어."

스켈레톤을 보고 기분 나쁘다고 느끼는 것은 분명 만국 공통일 것이다. 그런 기분 나쁜 것이 느닷없이 눈앞에 나타나면 누구든 놀랄 수밖에 없으리라.

뭐어, 소울하울은 예외겠지만. 미라는 그런 생각을 하며 마동석을 주은 후, 조금 전 있었던 일을 돌이켜 보았다. 그리고 문득 자신의 두 다리를 쳐다보며 "생각해 보니 발차기도 괜찮군그래"

라고 중얼거렸다.

지금까지 미라는 근접전에서 두 손밖에 사용하지 않았다. 그리고 이것은 덤블프였던 시절부터 이어져 온 버릇 같은 것이다.

미라는 겉모습을 중시해서 당시에는 로브만을 입고 다녔다. 그리고 최종 장비인 현자의 로브를 비롯한 모든 로브는 기장이 길었다. 때문에 발이 걸리는 경우도 있어 발기술을 사용하기 어려웠고, 결과적으로 주먹으로의 타격이 메인이 되어 지금에 이른 것이다.

하지만 미라는 뒤늦게 알아챘다. 기장이 짧고 발을 자유롭게 움직일 수 있는 미니스커트 차림이라면 발기술도 마음껏 쓸 수 있지 않을까.

미라는 아래쪽 연결 복도에 두고 온 다크나이트를 송환한 후, 옆에 재소환하고서 발차기의 시험대로 삼았다.

지금까지 써본 적은 없지만 미라는 선술의 현자, 메이린에게 기초적인 단련 차원에서 최소한의 품새를 배우기는 했다. 동작만이라면 그럭저럭 봐 줄 만한 수준의 발차기를 쓸 수 있는 미라는 지금까지 봉인해온 발기술을 마음껏 써보았다.

참고로 미라의 발차기로 말하자면, 움직임은 날카로우나 체격과 근력이 부족해서 위력은 주먹보다 조금 나은 수준이라 실험대인 다크나이트는 눈곱만큼도 대미지를 받지 않았다.

하지만 위력은 선술로 벌충할 수 있다. 간단하게나마 발기술 연습을 마친 미라는 근접전에서 취할 수 있는 선택지가 늘었다는 사실에 기뻐하며 나중에 제대로 복습을 하기로 결심하고서 걸음을 떼었다. 이때, 만약 미라가 객관적으로 자신을 볼 수 있었다면, 조금이라도 여자로서의 감성이 있었다면, 그도 아니면 하다 못해 누군가가 근처에 있기라도 했다면 알아챌 수 있었을지도 모른다. 미니스커트로 발차기를 내지르면 팬티가 어떻게 되는지를.

결과적으로 미라는 알아채지 못한 상태로, 혹은 신경도 쓰지 않고 발기술의 봉인이 해제되었다는 사실만 인식한 채 어쩐지 자신만만한 얼굴로 성큼성큼 앞으로 나아갔다.

"신발에 철판을 심는 것도 정석적인 방법 중 하나지."

날아차기로 선제공격해서 적이 경직된 순간, 다크나이트로 숨통을 끊는다. 도중에 이 작전을 몇 번인가 반복 실행한 미라는 날아차기의 대미지가 낮은 것을 장비 탓으로 돌리고는 개선 방법을 모색했다. 참고로 신발에 철판을 심을 경우, 발차기의 위력은 오르지만 기동력이 현저하게 떨어진다. 애초에 완력이 약한 것이 원인인지라 무거운 신발은 족쇄밖에 되지 않는다. 따라서 가장 좋은 해결책은 요전에 미라가 생각했던 대로 근력 강화 정련 장비 제작을 진행하는 것이다. 훗날 미라도 그 사실을 떠올리게 되지만, 지금은 전투의 폭이 넓어졌다는 사실로 들뜬 탓에 알아채려면 한참은 걸릴 듯했다.

6층의 상층부. 커다란 건조물 안에서 대형 스켈레톤을 물리친 미라는 우선 수정의 방의 문을 여는 열쇠가 되는 문자를 입수하는 데 성공했다.

"상당히 익숙해진 듯한 기분이 드는군그래."

미라는 6층 공략을 진행하며 발기술 연습을 계속하고 있었다. 몇 번인가 거리 계산을 잘못하는 바람에 정강이로 있는 힘껏 스켈레톤을 걷어차서 눈물이 그렁그렁해져 비명을 지르기도 했지만 지금은 실패도 거의 안 하게 되었다. 중간부터 대미지가 아니라 다리 후리기 등을 통한 견제를 중심으로 한 전투방식으로 전환한 것이 효과를 거둔 듯했다. 위력이 없어도 타격 장소만 잘 고르면 통한다. 심지어 적은 관절이 훤히 드러난 인간 형태의 스켈레톤이다. 미라에게는 최고의 훈련 상대라 할 수 있었다.

"하지만 오늘은 여기까지 하도록 할까……."

마음이 들떠서 훈련에 몰입한 나머지, 미라는 미묘하게 고관절을 삐끗하고 말았다. 그 탓에 다소 어색한 걸음걸이로 수정의 방으로 향했다.

가는 도중에는 미라가 굳이 손을 쓰지 않아도 될 정도로 다크 나이트가 분투했다. 마동석을 주우며 그 뒤를 따르던 미라는 끈질기게 발차기와 선술의 조합에 관해 생각하고 있었다.

'분명 메이린 녀석은 날아차기로 이것저것 폭쇄시켰더랬지. 그건 대체, 어찌한 것이었는지 원.'

미라의 격투기 스승이라 할 수 있는 메이린. 다종다양한 그녀의 기술 중에는 당연히 발을 사용하는 것도 많았다. 나아가 선술을 융합한 기술도 무수히 많았다. 하지만 다리를 쓰기 불편하기도 한 데다 시간도 부족하다는 이유로 미라가 배운 기술은 손을 쓰는 것들뿐이었다. 때문에 지금의 미라가 발기술에 관해 아는 것은 단련을 위한 기초 지식과 숱하게 구경했던 메이린의 기술뿐이었다.

'선술 자체는 그럭저럭 습득했었으니 그것을 응용하면 될 터인데.'

관심이 모험에서 전투에 관한 것으로 옮겨간 미라는 생각을 하면서도 샛길로 빠지지 않고 정규 루트를 따라 공략을 진행해 나갔다.

좁은 길을 지나 계단을 올라서 방을 가로질러 작은 다리를 건넌다. 그리고 아래층이 내다보이는 회랑을 통과해 커다란 길을 직진하자, 막다른 길에 작은 신전이 있는 공간이 보였다.

"오오, 도착했군."

기습이라도 하듯 위층에서 뛰어내린 스켈레톤이 다크나이트의 신속한 반응으로 땅에 발이 닿기도 전에 티끌로 변하는 가운데, 미라는 기발한 모양새의 신전을 바라보았다.

신전은 말끔한 구체의 형태를 띠고 있었다. 심지어 금속으로 만들어져 있는지 표면은 매우 매끄럽고 거울처럼 빛났다. 그런 구체가 땅에 박힌 모양새로 그곳에 있었다.

"몇 번을 보아도 위화감이 엄청나군그래."

마구잡이로 쌓은 나무토막 같은 도시에 보옥(寶玉) 같은 신전. 과거 이곳에 살았던 자들의 신앙심이 그만큼 깊었다는 뜻일까. 미라는 명백하게 특별한 분위기를 자아내는 신전을 앞에 두고 그런 생각을 하면서도 그 구체에 하나뿐인 구멍을 통해 안으로 들어갔다.

"제단 옆 계단으로 올라가야 했더랬지."

수정의 방의 위치를 떠올리며 미라는 예배당에서 직진했다.

외관에 비해 신전 내부는 실로 그럴싸한 구조로 되어 있었다. 우선 입구 정면에는 예배당이 자리했다. 낡아졌어도 번듯한 조각이 새겨진 기둥이 늘어선 가운데, 안쪽에는 신상들이 벽을 가득 메우고 있었다. 그 신상들은 모두 다 표정이 달랐지만 공통적으로 악마 같으면서도 천사 같기도 한, 다정한 모습을 띠고 있었다.

미라의 역사 마니아 친구의 말에 의하면, 현재 대륙에서는 삼신교가 주류이지만 과거에는 종족과 지방에 따라 많은 신들을 모셨다고 한다. 그 친구는 고대지하도시에서 숭배했던 신들은 그러한 신들의 조상격이라고도 했다.

신들에게도 역사가 있다. 가까이서 보니 더욱 압권인, 벽을 가득 메운 신상들을 바라본 채 그런 생각을 하며 미라는 옆에 난 좁은 계단을 올랐다.

12

"후우……. 이제, 겨우 하나가 끝났군."

구체 신전 최상층. 그곳에 있는 수정의 방의 문을 열고 중앙에 있는 수정에 손을 가져다 대자 이곳으로 오기 위한 열쇠가 되었던 문자가 최심부를 열기 위한 첫 번째 문자로 변화했다. 이것이 6층 공략의 특징이었다. 열쇠가 되는 문자가 대신전을 여는 문자로 변화하기에 세 개의 문자를 모으려면 열쇠가 되는 문자를 얻을 수 있는 장소와 신전 전체를 돌아다닐 필요가 있었다. 심지어 다음 층으로 이어진 문은 지금까지와 달리 한 사람씩만 지나갈 수 있는 구조로 되어 있다. 그 때문에 세 개의 문자를 모은 자에게 편승한다는 수단이 이곳에서는 통하지 않았다.

이렇듯 훨씬 많은 품이 드는 수순만 보아도 7층에 대한 경비가 상당히 엄중하다는 사실을 알 수 있었다.

무엇보다도 그것만으로 공략에 걸리는 시간이 늘어난다. 우선 복잡하게 뒤엉킨 6층에서는 기동력이 별 도움이 되지 않는다. 더불어 너무도 불규칙적으로 위치한 거리는 방향감각을 어지럽혀 길을 헤매기 일쑤고, 정규 루트를 기억한다 해도 수시로 현재 위치를 확인할 필요가 있었다.

그런 탓에 오전부터 공략을 시작했음에도 첫 번째 문자를 손에 넣고 보니 이미 밤 여덟 시가 되어 있었다. 중간에 모험심이 자극되어 돌아다니고, 특훈을 시작하는 일도 있었지만 애초에 열쇠가 되는 문자의 입수와 그에 대응하는 수정의 방에 도착하기까지의 시간을 합치면 아무리 서둘러도 최소한 여섯 시간은 걸리는 것이 이 층의 특징이었다.

평범한 모험가 그룹 등은 하나의 문자를 입수하는 데 사흘은 걸린다고 한다. 때문에 샛길로 새는 일이 많았던 미라의 공략 속도도 빠른 편이라 할 수 있었다. 모두 다 선술 기능 등을 최대로 활용한 덕분이다. 하지만 그 결과, 미라의 체력은 바닥을 드러내고 있었다.

"아아…… 다리가 다 뻣뻣하군……. 더는 못 걸어."

새하얀 수정의 방구석에서 벽에 등을 기댄 채 주저앉은 미라는 걷느라 피로가 쌓인 두 다리를 주물러 풀며 깊은 한숨을 내쉬었다. 페가수스를 의지할 수 없는 것에 따른 영향이 고스란히 나타난 것이다.

'허나 불과 하루 만에 첫 번째 문자를 입수했으니, 오늘은 이만하면 충분하지.'

이 6층은 가장 까다롭다고 여겨지는 곳답게 일반적인 모험가들은 공략에 2주 정도가 걸리는 장소였다.

그 원인은 우선 대부분이 그룹으로 행동해서 미라처럼 선술사의 기능 등을 전면적으로 활용하여 이동할 수가 없다는 것이다. 더불어 거의 모든 적을 다크나이트에게 맡길 수 있는 미라와는 달리, 무수히 많은 스켈레톤과의 전투로 체력이 많이 소모되는 탓에 착실하게 전진하려면 정기적으로 휴식을 취할 필요가 있다. 그러한 요소들이 쌓이고 쌓여 2주가 걸리는 것이다.

'처음 왔을 때는 분명 일주일 정도 걸렸던가. 꽤나 강해졌구면.'

과거 이곳을 처음 찾았을 때의 일을 미라는 가만히 돌이켜 보았다.

육체적인 피로감이나 식량 걱정이 없는 데다 로그아웃하면 얼마든 안전하게 쉴 수 있었던 게임 시절과 현실이 된 현재는 달랐다. 미라는 피곤하다 못해 아플 지경인 두 다리를 주무르면서도 어째서인지 그것을 즐겁다고 느끼고 있는 자신을 발견하고는 미소를 지었다.

구체 신전에는 마물들이 다가오지 않는다. 따라서 하룻밤을 보낼 휴식 지점으로도 유용한 장소였다.

"조금만 더 참고 움직여야겠군."

하지만 미라는 녹초가 된 몸에 채찍질을 해서 일어나, 수정의 방을 나서서 그대로 걸어 구체 신전을 뒤로 했다.

가만히 둘러보니 신전은 그럭저럭 넓은 부지에 세워져 있었다. 그렇게 신전 주변을 빙 돌아본 미라는 적절하게 넓은 신전 뒤편에 눈독을 들였다.

"오늘은 여기가 좋겠어."

미라는 신전 뒤편에 저택정령을 소환했다. 가능하면 스켈레톤이 잔뜩 출현하는 광장에서 방치 사냥을 하고 싶었지만 유감스럽게도 밀도가 높은 6층에는 저택정령을 소환할 만큼 넓은 부지가 적었다. 면적에 여유가 있는 장소는 상당히 외곽까지 나가야 하거나 이곳처럼 특별한 장소뿐이었다.

하지만 가장 중요한 것은 저택정령을 최대한 활용해서 정령의 성장을 촉진시키는 것이다. 방치 사냥을 하지 못한다 해도 저택정령을 소환할 수 있는 공터만 있으면 문제될 것이 없다.

"역시 참으로 마음이 편하구나."

만약을 위해 다크나이트를 보초 대신 밖에 배치하고서 저택 정령에 들어간 미라는 집에 돌아온 것처럼 안도의 한숨을 내쉬었다. 저택정령의 힘은 매우 신기했다. 안과 밖의 모습이 전혀 다름에도 불구하고 그 공간은 자신의 방에 있을 때와 같은 평온함으로 가득했다.

미라는 그런 감각에 거스르지 않고 냉큼 옷을 벗어 던지고 알몸이 되더니, 그대로 샤워실에 털썩 주저앉아 온몸에 뜨거운 물을 뒤집어쓰기 시작했다.

"아아…… 살 것 같구나아."

결국 지칠 대로 지친 미라는 몸에서 완전히 힘을 뺀 채 하염없이 뜨거운 물을 맞고 있었다.

약간 오랫동안 샤워를 한 미라는 역시나 팬티 한 장 차림으로 방 끄트머리에 깐 침낭에 드러누웠다.

"마사지 의자의 정령 같은 것은 없으려나."

미라는 그런 소릴 중얼거리며 몸이 식기 전에 오늘 혹사한 두 다리를 잘 주물러주었다. 현실에서도 무술가인 메이린이 하고 안 하고에 따라 큰 차이가 난다고 알려주었기 때문이다.

그렇게 배운 대로 마사지를 마친 미라는 느지막한 저녁 식사를

만들기 시작했다. 이날 든든히 먹고 싶은 기분이었던 미라는 두
꺼운 고기에 소금과 후추로 간을 해서 구워 나갔다. 그와 동시에
함께 먹을 샐러드와 빵을 준비했다.

"이거 끝내주는구먼."

고기가 구워질수록 좋은 소리는 물론이고 향긋한 냄새가 감돌
았다. 미라는 꼬르륵 소리를 내는 배를 움켜쥔 채, 적당히 샐러드
를 집어 먹으며 고기가 다 구워지기를 목이 빠져라 기다렸다.

그러고서 얼마쯤 지나, 준비한 샐러드를 다 먹었을 즈음 고기
가 알맞게 구워졌다.

"참으로 사치스럽구나!"

곧바로 고기에 덤벼든 미라는 쫄깃한 식감과 풍요로운 고기맛
에 환한 미소를 지었다. 그리고 절반 정도 먹은 참에 남은 고기를
빵에 얹고, 프라이팬에 남은 기름에 조미료를 곁들여 만든 특제
미라 소스를 끼얹어서 치즈와 빵으로 위를 덮었다.

"한 번은 해보고 싶었단 말이지. 스테이크 버거!"

미라는 꿈이 이루어졌다는 듯 만면의 미소를 띤 채 스테이크 버
거를 베어 물었다.

"마이써!"

이렇게 충실한 저녁 식사를 만끽한 미라는 정리를 마친 후, '기
능대전'을 읽으며 꾸벅꾸벅 졸다 잠들었다.

고대지하도시 6층, 두 번째 날 아침.

"흠…… 젊음이란 멋지구나."

마사지를 한 보람이 있다고 해야 할지, 활력 넘치는 몸 덕분이라 해야 할지. 여덟 시가 되기 전에 잠에서 깬 미라는 늘어지게 기지개를 켜며 어제 느꼈던 피로감이 싹 가셨다는 사실에 놀랐다. 하지만 자리에서 일어나 시험 삼아 방을 한 바퀴 돌아보니 허벅지와 장딴지가 은근히 아프다는 사실을 알아챘다.

"근육통이 다음날 바로 오다니……. 이것도 젊다는 증거이려나."

나이를 먹으면 근육통이 늦게 온다. 사실인지 어떤지는 모르겠지만 그런 이야기를 들은 적이 있는 미라는 새삼 두 다리에 퍼지는 뻐근함이야말로 젊음의 증거라는 생각을 했다.

다소 뻐근하기는 하지만 움직이는 데 지장을 줄 정도는 아니었다. 과일 중심의 아침 식사를 마치고 오늘 안에 두 번째 문자를 입수할 작정으로 저택정령을 송환했다. 그리고 약간의 기대를 담아 주변을 둘러보고서 "뭐어, 그러하겠지"라고 중얼거렸다.

역시 신전 주변은 안전권인 모양이다. 마동석은 물론이고 마물이 다가온 듯한 흔적조차 보이지 않았다.

6층은 B랭크에 상당하는 마물이 출현하는 장소다. 지금까지처럼 마동석을 백 개, 이백 개씩 모을 수 있다면 상당히 큰돈이 될 것이다. 그렇게 생각했던 미라는 다소 아쉬워하며 오늘의 목표를 달성하기 위해 길을 나섰다.

이날은 근육통이 있기도 해서 발기술 훈련은 자제하고 상층에서 중층으로 내려가기로 했다. 그렇게 출발하고서 몇 시간이 지나, 정오를 약간 넘겼을 즈음. 중층을 코앞에 둔 곳에서 미라는 정규 루트에서 살짝 벗어났다.

"오오, 열렸군, 열렸어. 대풍(大豐)이로구나!"

회랑에서 뛰쳐나가 '공활보'로 하늘을 달려서 도착한 곳. 대체 과거에 어떻게 해서 왔는지 기억이 나지 않았지만, 아무 곳과도 이어져 있지 않은 가느다란 통로를 지나자 녹음이 넘치는 방이 펼쳐져 있었다. 그렇다. 이곳이 바로 지금도 가동 중인 시설 중 하나였다.

풀숲이 무성한, 자그마한 극장 정도의 방 한가운데에는 한 그루의 거목이 우뚝 서 있고, 활짝 펼쳐진 나뭇가지 끝에 붉고 둥그런 열매가 셀 수 없이 열려 있었다. 그것은 지보의 적주(赤珠)라 불리는 사대 과실 중 하나인, '퀸 오브 하트'의 원종으로 알려진 이름 없는 과실이었다.

그것을 보니 또다시 역사 마니아 친구가 떠올랐다. 게임이었던 시절, 그는 말했다. 지금으로부터 먼 과거, 이 이름 없는 과실을 발견해 가지고 돌아온 모험가가 있었다고. 그리고 그것을 태양 아래에서 키워, 품종 개량을 계속한 농가가 있었다고. 그 결과가 궁극의 과실, 퀸 오브 하트라고.

이름 없는 과실의 효과는 간단한 상태 이상 회복과 일정 시간 동안 마나 회복량을 상승시켜주는 것이다. 몇 개를 나눠 받은 미라의 '언젠가 정말로 맛보고 싶다'는 말에 둘이서 웃음을 주고받았던 당시의 일이 떠올랐다.

단말로 불러낼 수 있는 프렌드 리스트에는 그 역사 마니아 친구의 이름도 흰색으로 표시되어 있었다. 다시 말해 이 세계의 어딘가에 그 역시 살아있다는 뜻이다.

"그 녀석은 벌써 이것을 먹어보았으려나."

미라는 붉은 열매 하나를 따서는, 약간 그립다는 눈으로 그것을 바라본 채 문득 중얼거렸다. 그리고 대충 흘려들었건만 의외로 기억이 나는구나, 싶어서 쓴웃음을 지었다.

"으음~! 시구나!"

그렇게 이름 없는 과실을 입에 머금은 순간, 미라는 있는 대로 입술을 오므린 채 눈살을 찌푸리고 몸부림을 쳤다.

그 과실의 크기는 손바닥만 했고, 과육은 복숭아와 비슷한 식감이었다. 그리고 맛은 벌꿀에 절인 레몬에 가까웠다. 하지만 그 달콤함과 신맛의 균형은 맛있다고 느낄 수 있는 기준에서 크게 벗어나 있었다. 마치 농축된 레몬즙에 벌꿀을 아주 조금 섞은 듯한, 희석해서 마시도록 된 음료의 원액을 한층 더 농축해서 입에 머금은 듯한, 그런 맛이었다.

"과연 원종이로군. 실로 야성미 넘치는 맛이야."

약간 눈물이 그렁그렁해져서 한 입을 더 베어 문 미라는 그 강렬한 신맛에 "크으~!" 하고 괴로워하면서도 미소를 지었다. 그 모습은 마치 도수가 높은 술을 들이켜는 할아버지 같았다.

몹시 강렬하면서도 중독성이 있는 듯한 맛이다. 재미가 들린 미라는 솔로몬과 루미나리아에게 선물로 주자는 생각에 히죽히죽 웃으며 과실 몇 개를 따서 그곳을 뒤로했다.

샛길에서 정규 루트로 돌아온 미라는 그 후, 순조롭게 공략을 진행했다. 나타나는 스켈레톤을 닥치는 대로 물리치고, 문득 생각났다는 듯 가동 중인 시설에 들러서는 보기 드문 과실을 몇 종류 채취했다. 이렇게 중층에 도착하고서 네 시간 남짓 만에 수정의 방을 열기 위한 열쇠 문자를 입수했다. 그대로 중층 구체 신전으로 향해 두 번째 문자를 입수하고 나니 이미 밤 아홉 시가 지나 있었다.

"뭐어, 예정대로로군."

오늘도 하루 만에 문자 하나를 입수했다. 미라는 구체 신전 뒤편에 소환한 정령저택에서 편히 쉬며 내일 계획을 세웠다.

6층 공략 세 번째 날은 하층에서 세 번째 문자를 입수하는 것이 목표다. 그리고 가능하면 다음 층으로 가기 위한 입구인 대신전 근처로 가고 싶었다.

"이 악질적인 구조는 대체 누가 생각해낸 겐지."

열쇠 문자가 있는 건물과 그에 대응하는 구체 신전의 장소는 북쪽과 남쪽, 동쪽과 서쪽 같은 식으로 정반대되는 방향에 위치했다. 심지어 열쇠 문자는 전에 얻은 문자에 덮어써지게끔 되어 있어서 먼저 열쇠 문자만 모아서 진행하는 방법을 쓸 수도 없다. 그 때문에 7층에 가려면 각 문자를 얻기 위해 복잡하게 뒤엉킨 긴 길을 걸어가야만 하는 것이다.

내일에 대비해 든든히 저녁 식사를 한 미라는 '기능대전'을 읽으며 느긋하게 휴식을 취했다.

13

고대지하도시 6층, 사흘째 아침. 준비를 마친 미라는 곧장 공략을 개시했다. 우선은 중층에서 하층으로 내려가기 위해 이동했다.

복잡하게 뒤엉킨 6층은 어디로 내려가느냐에 따라서도 목적한 장소로 가기 위한 루트가 바뀐다. 그리고 악질적이게도 구체 신전 근처에서 하층으로 내려가면 열쇠 문자가 있는 건물까지 크게 우회해야만 하는 구조로 되어 있었다.

다만 내려가는 장소에 따라서는 크게 우회하는 것보다 이동 거리가 짧아지기도 했다. 이러한 것들을 모두 감안하여 도출해낸 최단 루트가 미라가 걷고 있는 정규 루트였다.

미라는 이 정규 루트를 도출해낸 유지들에게 속으로 감사하며 순조롭게 길을 걸어 나아갔다.

참고로 이 정규 루트는 종류가 여럿이었다. 착실하게 전진하는 루트와 다소 시간이 걸리더라도 되도록 마물을 회피하게끔 되어 있는 루트, 가동 중인 시설을 경유하는 루트, 그리고 천장이 높은 건물이나 회랑 등에서 다른 통로로 질러가는 시간 단축 특화 루트 등이 바로 그것이다. 미라가 현재 가고 있는 것은 시간 단축 특화 루트였다.

"흠. 배가 고프구먼. 우선 이곳에서 휴식하도록 할까."

중층에서 하층으로 내려가 몇 시간이 지났을 즈음. 오후 두 시경. 드디어 열쇠 문자를 입수한 미라는 그 자리에 주저앉아 빵과 치즈를 꺼냈다. 열쇠 문자가 있는 건물은 마물이 출현하지 않는 안전지대라 적절한 휴게소라 할 수 있었다.

'그 무렵에는 이곳에서 로그아웃해서 식사를 하러 갔더랬지.'

어쩐지 그립다는 표정으로 그런 생각을 하며 간단한 식사를 취했다. 그리고 곁들여 먹을 요량으로 구입한 치즈의 맛이 실로 농후해서 깜짝 놀랐다. 동시에 이건 쟁여둘 필요가 있겠다고 마음속 메모장에 적기도 했다.

점심 식사를 마친 미라는 다시 공략을 재개했다. 하층의 구체 신전이 있는 장소까지는 복잡하게 뒤엉킨 길을 지나야 해서 아무리 서둘러도 네 시간은 걸린다. 그런 여정을 절반 정도 소화했을 즈음.

"음? 이 느낌은……."

다크나이트가 쓰러뜨린 마물에서 나온 마동석을 뿌듯한 얼굴로 줍던 미라는 문득 누군가의 목소리…… 아니, 기척을 감지했다. 그것은 요전에 그 저택의 정령을 발견했을 때의 감각과 비슷했다.

"무어, 내버려 둘 수는 없겠군."

어쩌면 이 근처에도 약해진 정령이 있을지도 모른다. 그렇게 생각한 미라는 망설임 없이 정규 루트에서 벗어나 감각만을 의지하여 주변을 찾기 시작했다.

회랑을 한 바퀴 돌아 좁은 길로 들어가, 작은 주거 공간을 하나 하나 들여다보았다. 기척은 매우 애매해서 이 근처라는 것을 알 수 있을 정도인 탓에 수색도 주먹구구식으로 하는 수밖에 없었다.

상점가처럼 건물이 늘어선 길에, 올라가 보니 길이 막혀 있고, 내려가 보니 텅 빈 폐가로 이어진 계단이 나오고, 나선형으로 이어진 언덕길과 그것을 따라 마구잡이로 높이 쌓아올린 건조물까지. 정규 루트로 가서는 볼 수가 없는, 신기하면서도 이상한 광경이 차례로 나타났다.

미라는 그런 광경 속에서 멈춰 서서 주변의 기척에 집중했다. 애매해서 가닥조차 잡을 수가 없어 다시 이동하여 집중하기를 몇 번인가 반복했을 즈음.

"이런 곳에 생겨나 있었나."

그곳에 발을 들인 순간, 귀를 찢을 듯 사나운 포효가 울려 퍼졌다.

나선형 언덕길을 끝까지 내려가 좁다란 통로를 통과하자 하층에서도 밑바닥에 해당하는 그곳에 길이가 50미터 정도 될 법한, 아무것도 없는 공간이 펼쳐져 있었다. 기척을 더듬어 그곳에 도착한 미라는 마치 홀에 갇혀 있는 것처럼 보이는 스컬 드래곤과 조우했다.

스컬 드래곤은 6층의 중간 보스 같은 존재로, 6층 어딘가에 낮은 확률로 출현하는 보기 드문 마물이다. 그 힘은 A랭크 모험가 그룹과 맞먹는다. B랭크인 6층에서는 상당히 버거운 상대다. 더불어 드롭 아이템은 매우 커다란 마동석뿐이다. 6층에서 입수할 수 있는 마동석 30개 분량은 되는 희소품이지만 스컬 드래곤을 상대하기보다는 스켈레톤 30마리와 싸우는 편이 수고도 적게 들고 피해도 최소한으로 줄일 수 있다. 심지어 몸집이 크다 보니 출현하는 장소가 정해져 있어서 구석진, 아무것도 없는 홀에 있는 경우가 많다. 그런 조건 탓에 이렇게 방치되어 있는 경우가 대부분인, 매우 딱한 마물로 유명했다.

'흐음……. 지금은 우선적으로 처리해야 할 일이 따로 있는데…….'

스컬 드래곤은 강적이지만 그것은 일반적인 모험가들에게나 해당하는 일이다. 마침 자잘한 돈벌이에 재미를 붙인 미라의 눈에는 마동석 30개로밖에 보이지 않았다. 하지만 지금은 자잘한 돈이나 임무보다, 약해진 정령일지도 모르는 존재가 더 걱정이었다.

"하다못해 방향만이라도 알 수 있으면 좋으련만……."

위협을 하듯 연신 포효하는 스컬 드래곤에게 등을 돌린 채 좁은 길로 되돌아간 미라는 천천히 눈을 감고서 주변에서 느껴지는 기척에 의식을 집중했다. 또한 정령왕에게 물어보니 가호에 더욱 적응이 되면 희미한 기척의 위치를 정확히 특정할 수 있게끔 될 것이라는 모양이었다. 하지만 지금은 그러기가 쉽지 않았다. 정령왕도 미라를 통해서만 주변을 인식할 수 있어서 미라가 정확히 감지하지 못하는 것은 기본적으로 알 수가 없다는 듯했다. 따라서 자신의 힘으로 발견할 필요가 있었다.

"──…….."

처음에 느꼈을 때보다 거리가 가까워졌다는 것은 확실하다. 애매했던 기척에 또렷한 윤곽이 생긴 것처럼 느껴졌다.

"———......!"

더욱더 의식을 집중시켰다. 어디에 있는 것인지, 방향까지는 아직 모르겠다. 하지만 지금까지 느낀 것 중 가장 또렷하게 느껴졌다. 선명한 이미지가 떠오르고 정령의 윤곽이 어렴풋이 보였던 것이다. 아무래도 원초정령인 것 같다. 인간 같은 형태가 보인다. 하지만 표정까지는, 희미해서 잘 보이지 않았다.

"어디냐……. 어디 있는 게야."

보아하니 약해진 것은 아닌 모양이다. 미라는 그 사실에 안심하기는 했지만 정령의 모습이 어쩐지 쓸쓸해 보여서 무심결에 말을 붙이듯 중얼거렸다.

"———......웅!"

바로 그때. 정령도 미라의 기척을 느낀 것인지, 아니면 미라의 목소리가 들린 것인지 문득 고개를 들고 희미한 얼굴로 미라를 바라보았다. 그 순간, 미라는 정령과의 사이에 작은 인연의 끈이 생겼음을 느꼈다. 그 인연의 끈을 더듬으면 장소를 알 수 있을지도 모른다. 그렇게 생각하며 의식을 인연의 끈 쪽으로 돌린 순간.

"———......가오———웅!"

"에에잇, 시끄럽다!"

미라는 멀리서 울려대는 스컬 드래곤의 포효에 대항하듯 소리쳤다.

포효 소리가 번번이 집중력을 흐트러뜨렸다. 조금만 더 집중하면 정령의 위치를 알아냈을 텐데 스컬 드래곤이 계속해서 강렬하게 자기주장을 해댔다. 그것이 미라의 적개심에 불을 붙였다.

정령을 찾는 것을 일단 중단한 미라는 그것을 방해한 표적을 말소하기 위해 움직였다.

다시 홀로 돌아가 보니 스컬 드래곤이 유일한 출입구인 좁은 길을 노려보고 있었다. 그리고 미라가 그곳에서 모습을 다시 드러내자 기다렸다는 듯 격렬하게 포효를 내질렀다.

'울분이라도 쌓였던 겐가.'

위협이라도 하듯 미라를 바라보는 스컬 드래곤의 공허한 두 눈구멍에는 분노의 불꽃처럼 붉은빛이 깃들어 있었다. 한 번 얼굴을 보이기만 하고 돌아가 버린 미라의 태도에 화가 난 것인지, 아니면 한곳에 갇힌 자신의 처지에 분노한 것인지. 그도 아니면 그렇게 보이는 것뿐인지. 진상은 알 수 없지만, 어찌 되었건 미라가 돌아오자 그제야 연신 터뜨리던 포효를 그치고 조용히 노려보기 시작했다.

"뭐어, 모처럼의 기회니 실험대가 되어 주어야겠다."

키메라 클로젠과의 전투가 끝나고 지금까지 이만큼 커다란 적과는 전투를 치른 적이 없다. 그런 탓에 미라는 이것저것 생각해 낸 신기술을 변변히 실전에 투입해 보지도 못했다. 그러던 중에 스컬 드래곤이 자기주장을 해온 것이다. 실로 적절한 상대라 할 수 있었다.

드래곤이라는 이름에 걸맞게 그 체구는 10미터도 더 되었다. 미라는 진지하게 마주한 채 잽싸게 주변을 훑어보았다. 그러한 눈짓은 소환지점의 설치를 의미했다.

'어디, 이 덩치를 상대로 얼마나 대미지를 줄 수 있을지…… 기

대되는구나!'

그 작업도 익숙해져서 미라는 눈 깜짝할 새에 백을 넘는 소환 지점을 허공에 설치했다. 군세 소환에 비하면 10분의 1정도 밖에 안 되는 숫자다. 하지만 군세 소환은 애초에 선술 기능과의 합체 기술이라 할 수 있는 특수한 소환술이다. 10분의 1 정도라고는 해도 이곳에서 다크나이트나 홀리나이트를 소환하면 아무리 미라라도 거의 바닥이 드러날 정도로 마나를 소비하게 될 것이다.

하지만 소비를 억제한 부분 소환이라면 어떨까.

수상쩍은 미소를 지은 채 서 있는 미라의 모습에 조바심이 났는지 스컬 드래곤은 짐승처럼 으르렁거리더니 맹렬하게 돌진해 왔다. 이빨과 발톱도 강력한 무기이기는 하지만 그 몸통 자체도 충분한 파괴력을 지니고 있었다.

미라의 신체 능력 자체는 겉모습에 상응하는 정도밖에 안 되는지라 직격하면 무사하지 못할 것이다.

하지만 미라는 스컬 드래곤을 능가하는 상대와 셀 수 없이 많은 전투를 치러온지라, 그러한 공격을 정통으로 맞을 리가 없었다. 간단한 몸놀림만으로 그것을 피한 미라는 이번에는 이쪽 차례라는 듯 눈을 반짝이며 외쳤다.

"그럼, 받아 보거라!"

다음 순간, 허공에 백 개에 이르는 마법진이 떠올랐다. 그리고 그곳에서 흑검을 번쩍 치켜든 다크나이트의 팔만 모습을 드러냈다.

스컬 드래곤이 벽에 충돌하여 홀을 뒤흔들었다. 그 직후, 자세를 채 바로잡지도 못한 거대한 몸뚱이를 향해 다크나이트들이 팔을 내리쳤다.

당연히 팔만 내리친 것이 아니다. 그것은 너무나도 무자비한 투척이었다. 백을 넘는 흑검이 다크나이트의 손에서 창처럼 뻗어 나간 것이다.

약간의 시간차를 두고 투척된 흑검들은 마치 기관총의 탄환처럼 쏟아져 포효에 지지 않을 정도의 굉음을 울리며 착탄했다.

"……생각했던 것보다 훨씬 장관이로군."

그것은 너무도 강렬한 광경이었다. 소환하고서 몇 초가 지나자 다크나이트의 팔과 흑검은 흔적도 없이 소멸했다. 하지만 그것들이 남긴 흔적은 선명하게 남았다. 미라는 불과 몇 초 만에 용의 뼈에서 잔해로 돌변한 스컬 드래곤을 본 채 쓴웃음을 지었다.

스컬 드래곤은 A랭크 모험가 그룹에 상당하는 전력을 지녔다. 미라 정도의 실력자라면 고전은 않겠지만 정면으로 싸우면 다크나이트 여섯이 덤벼들어도 처치하는 데 5분은 걸릴 상대다. 그런 것이 이번에는 몇 초 만에 끝났다.

부분 소환은 본 소환에 드는 것의 10분의 1정도의 마나로 행사할 수 있다. 다시 말해서 다크나이트 열 마리 분량의 마나로 스컬 드래곤을 순식간에 죽일 만큼의 화력을 낼 수 있는 셈이다.

"이거 상당히 쓸만하구나!"

스컬 드래곤의 잔해는 티끌이 되어 사라져갔다. 미라는 그곳에 남겨진 커다란 마동석을 주으며 예상을 웃도는 결과에 득의양양한 미소를 지었다.

사전에 무수히 많은 소환 지점을 설치한다는 준비 과정이 필요하기는 해도 수만 번 이상 반복해온 작업인 탓에 그다지 번거롭지는 않았다. 게다가 동시 소환은 미라가 가장 자신 있는 기술이다. 그런 탓에 흑검의 비는 그 위력에 반해 발동까지 그다지 시간이 걸리지 않았다. 이 정도면 공격수단으로서 상당한 성능을 지니고 있다 할 수 있으리라.

"다음에 쓸 때까지 멋진 이름이라도 지어둬야겠군그래!"

생각했던 것 이상의 위력에 기분이 좋아진 미라는 마음속 메모장에 그렇게 새로운 할 일의 항목을 추가해 넣었다.

어찌 되었건 집중을 방해하던 포효는 사라졌다. 이제 마음 놓고 수색을 할 수 있겠다는 생각에 미라는 커다란 홀 한복판에 서서 다시금 의식을 집중하여 어딘가에 있는 정령의 기척을 찾았다.

이번에는 정신 사납게 하는 요소가 하나도 없어 아주 깊숙이 집중한 덕분에, 정령과의 인연의 끈을 좀 전보다 훨씬 강력하게 느낄 수가 있었다.

거리의 문제일까. 미라의 머릿속에 떠오른 정령의 모습은 역시나 애매하고 표정은 흐릿해 보였지만, 연결하는 힘을 통해 부르자 확실하게 반응해 보였다. 힘없는 동작으로 고개를 들어 미라의 목소리가 들려온 쪽을 쳐다본 것이다.

'기다려라. 이 몸이 반드시 발견해 줄 터이니.'

그렇게 정령을 부르며 미라는 더욱 깊이 집중했다. 조용히, 천천히 인연의 끈을 잡아당겼다.

'좋아좋아, 저쪽이로군.'

그렇게 집중하고서 20분 남짓이 지났을 즈음. 드디어 미라는 방향을 파악할 수 있을 정도로 인연의 끈을 강하게 만드는 데 성공했다. 남은 문제는 고저차와 거리인데, 이렇게까지 강하게 느낄 수 있게 되었으니 조금만 더 부르면 답을 해줄 듯했다.

미라가 정령을 느낀 것처럼 정령 역시 인연의 끈을 통해 미라를 느끼고 있다. 머지않아 정령이 미라의 부름에 답했다.

"이럴 수가……!"

그 답을 들은 미라는 엉겁결에 탄성을 자아냈다. 그리고 그대로 달려가서 홀의 막다른 길에 위치한 커다랗고 하얀 벽을 올려다보았다.

"이 건너편에 있는 겐가…….."

그렇다. 강하게 이어진 인연의 끈을 통해 판명된 정령의 위치는 스컬 드래곤이 있었던 홀 안쪽의, 하얗게 빛이 바랜 벽으로 가로막힌 건너편이었던 것이다.

"이거, 성가시게 됐구나."

미라는 하얀 벽을 콕콕 찔러 보며 눈살을 찌푸렸다.

그 하얀 벽에 문이나 구멍 같은 것은 전혀 보이지 않았다. 다시 말해서 건너편으로 가려면 다른 루트로 갈 필요가 있다는 뜻이다. 하지만 현재 미라가 있는 장소는 정규 루트에서 크게 벗어난 6층의 구석진 곳이다. 이 건너편으로 갈 수 있는 루트를 알 리가 없었다.

게다가. 이 복잡하게 뒤엉킨 6층 중 일부 하층과 상층은 하층에서 내려가거나 하층에서 올라가야만 진입할 수 있는 구획까지 있었다.

정령이 있는 곳이 그러한 장소일 경우, 그곳에 가려면 상당히 시간이 걸릴 것이다. 그러는 동안 임무의 목적인 소울하울이 용건을 마치고 또 다른 곳으로 가버리면 그야말로 헛수고만 한 셈이 된다.

그렇다고 미라가 정령을 내버려 두는 짓을 할 수 있을 리가 없었다.

"구멍이라도 뚫려있으면 좋으련만."

미라는 조금 전보다 조금 거칠게 하얀 벽을 쿡쿡 찔러 보았다. 6층의 건조물이며 벽 등은 대부분이 5층의 탑과 마찬가지로 파괴할 수 없는 소재로 되어 있었다. 최심부에 가까운 만큼 아르고레스트 합금이라는 것을 듬뿍 사용한 것이리라.

"허나 이 앞에 공간이 더 있었을 줄이야."

애초에 이 벽 너머에 공간이 있었다는 사실이 더 놀라웠다.

미라는 모종의 비밀 통로용 스위치 같은 것이라도 있지 않을까 싶어서, 지푸라기라도 잡는 심정으로 하얀 벽을 꾹꾹 누르며 중얼거렸다. 나선형 언덕길을 끝까지 내려온 끝에 자리한 이 장소는 하층에서도 최하층이라 할 수 있었다. 그런 홀 안쪽에 또 다른 공간이 있다니 참으로 신기한 일도 다 있다는 생각을 하던 중에 어떠한 생각이 미라의 머리를 스쳤다. 다른 루트가 있다 해도 이 홀과 같은 깊이로 이어진 길이 과연 있을까.

'오히려 아무것도 없는 이 공간에 비밀이 숨겨져 있지 않을까.'

다소 낙관적인 생각이기는 했지만 이토록 의미심장한 장소에 아무것도 없다는 것이 의심스러워졌다. 스컬 드래곤이 출현할 뿐인 장소로 알려진 막다른 길. 그것은 진실을 숨기기 위한 연막이었던 것이 아닐까.

미라는 문득 과거에 유지들이 작성했던 6층의 지도를 머릿속에 그려보았다. 지금은 부유대륙과 함께 사라지고 말았지만 거기에는 인상 깊은 특징이 있었다. 다름이 아니라 이 공간이 나선형 통로 끝에 위치한 탓에 유독 깊숙한 곳에 있다는 사실이었다.

안쪽에 공간이 있다는 사실을 알고 나니, 이 공간에 아무 것도 없다는 것이 오히려 이상해 보인다. 그렇게 생각한 미라는 곧장 하얀 벽을 살피기 시작했다.

영화나 만화 등에 곧잘 등장하는, 누를 수 있는 부분이나 무언가를 끼울 수 있을 듯한 홈 같은 것은 없는지. 하얀 벽 중간에 손을 댄 채 일단 왼편을 조사하고, 이어서 오른편을 조사하던 그때.

『미라 공. 다시 한번 조금 전 손댔던 곳에 다시 손을 대주겠나.』

정령왕의 목소리가 미라의 머릿속에 울렸다.

『오오! 알겠네. 이 근처, 였던가?』

다급한 순간에 들려온 정령왕의 목소리가 무척이나 듬직하게 느껴졌다. 정령왕이 무엇을 하려는 것인지는 아직 알 수 없다. 하지만 미라는 순순히 시키는 대로 좀 전에 손댔던 부분에 손을 가져가 보았다.

그러자 손등에 정령왕의 가호 문양이 떠올랐다. 미라는 직감적으로 정령왕이 가호를 통해 하얀 벽을 분석하고 있는 것임을 깨달았다.

그로부터 몇 초, 몇십 초가 흘렀을 즈음, 분석이 끝났는지 가호 문양이 서서히 사라졌다.

『정령왕이여. 뭔가 알아냈는가?』

미라가 기대 섞인 투로 묻자 잠시 침묵이 흐르더니 『이거 놀랍군』이라는 정령왕의 목소리가 들려왔다.

미라가 무슨 일이냐고 묻자 정령왕은, 이 장소가 과거 고대 인종이라 불렸던 자들의 발상지라고 운을 떼더니 그렇게 생각한 이유를 말했다.

우선 눈앞에 있는 하얀 벽은 파괴하는 것이 불가능에 가까운 아르고레스트 합금제가 분명하다고 한다. 하지만 그중 일부—— 좀 전에 손을 대달라고 말한 부분만이 전혀 다른 물질로 형성되어 있다는 모양이었다.

『다른 물질이라? 전혀 구분이 안 가는군…….』

미라는 그 부분과 다른 부분을 다시금 눈에 힘을 주어 확인해 보았지만 감촉은 물론이고 겉모습까지 조금도 차이가 없는 것 같아, 못 알아챌 만도 했다며 쓴웃음을 지었다.

『해서, 이것은 무엇으로 되어 있는가?』

미라는 하얀 벽을 응시하며 어쩐지 기대로 가득한 목소리로 물었다. 그러자 그런 미라의 태도에 기분이 좋아졌는지 정령왕은 약간 자신만만하게 답했다. 『그것은, 신령정석(神靈晶石)이다.』라고.

『뭣이라고? 그것은 분명 오니를 봉인했던 관에 쓰였던 물건 아닌가? 그렇다면 혹시, 이것도…….』

신령정석. 그것은 신의 힘으로 만들어낸 물질로, 키메라 클로젠을 만들어낸 원흉이었던 오니가 봉인되어 있었던 관도 이 신령정석으로 만들어져 있었던 것이 기억에 새로웠다.

혹시 이 벽 너머에 오니가 봉인되어 있는 것일까. 그런 생각이 미라의 뇌리를 스쳤다.

『아니, 그건 괜찮다. 관이 있는 장소는 지금도 기억하니. 이 근처에는 없어. 그보다 신령정석 말인데. 이것이 이곳에 있다는 것은 신이 간섭할 만한 무언가가 이 앞에 숨겨져 있다는 뜻이다.』

신이란 인간들을 지켜보는 존재로, 어지간한 일이 아닌 이상은 세계에 간섭하지 않는다고 한다. 그런 신의 힘으로 만들어진 신령정석이 눈앞에 있다. 이곳에 심상치 않은 것이 있다는 증거였다.

『해서 정령왕이여. 이것을 여는 건 가능한 겐가?』

대체 무엇을 봉인했던 것일까. 혹시 이 앞에 있는 정령이 바로 그 봉인된 존재인 걸까. 신이 간섭할 정도의 일이니 무엇이 있을지 짐작도 되지 않았다. 하지만 미라는 정령왕에게 그렇게 물었다. 가호의 힘이 이 앞에 있는 정령은 해롭지 않다고 말해주고 있었기 때문이다. 그렇다면 그런 정령을 이런 영문 모를 곳에 내버려 둘 수는 없는 일이라고 미라는 생각했다.

『……그래, 약간 시간은 걸리겠지만 문제없다. 허나 미라 공. 정말로 괜찮겠나? 무엇이 있을지 모르는데.』

짧은 침묵이 흐른 후, 정령왕의 목소리가 들려왔다. 그 목소리에는 미라에 대한 걱정이 묻어 있었다. 미라는 그의 말에 답했다. 정령을 내버려 둘 수는 없다고.

'하지만 혹시나 모를 일이니…….'

미라는 본인의 실력에 그럭저럭 자신이 있었다. 하지만 당연히 이 세계에는 온 힘을 다해도 감당할 수 없는 상대가 있다는 사실 역시 충분히 알고 있다. 그런 것이 이 앞에 있다면 전투를 하는 것은 무모한 일이다. 하지만 포기할 수는 없다. 태세를 정비하고 대책을 강구해서라도 구출해낼 것이다.

『정령왕이여. 내부의 상황이 좋지 않다면 다시 봉인할 필요가 있을 걸세. 다시 바로 닫을 수 있게끔 열 수 있다면, 그렇게 해주었으면 하네만……..』

미라는 최선의 방책을 생각한 결과, 신령정석을 부수는 것이 아니라 다시 마개로 사용할 수 있게끔 떼어낼 수는 없겠느냐고 말을 바꾸었다.

『신령정석은 마나로 변환해 버리는 것이 가장 빠른 처리법이지만. 미라 공의 말에도 일리가 있군. 알겠다. 해보지.』

정령왕은 그렇게 말하더니 미라에게 다시 한번 신령정석으로 된 벽에 손을 대라고 말했다. 미라가 그 말에 따라 하얀 벽에 손을 대자 이번에는 온몸에 정령왕의 가호 문양이 떠올라 강하게 빛나기 시작했다.

정령왕의 힘이 미라의 온몸에 퍼지더니 그 손을 통해 신령정석으로 흘러들었다. 우선은 분석을 하고 있는 모양이었다. 관을 처리할 때와는 달리 제작할 때 관여하지 않은 탓에 꼼꼼히 조사할 필요가 있다고 한다.

10분이 지나고 20분이 지났다. 아무리 정령왕이라도 신에서 비롯된 물질을 분석하기란 그리 쉽지가 않은 모양이었다. 가호 문양을 통해 정령왕이 전에 없이 집중하고 있다는 것이 느껴졌다.

그렇게 30분이 지났을 즈음. 문득 가호 문양이 유달리 밝게 빛나더니 눈앞에 자리한 하얀 벽에 놀랍게도 사람 한 명이 지날 수 있을 정도의 터널이 생겼다.

"오오, 그야말로 비밀통로 같군그래!"

아르고레스트 합금으로 된 하얀 벽. 그곳의 일부에 있었던 신령정석이 사라지자 안쪽으로 이어진 긴 터널이 나타났다. 구멍이 뻥 뚫린 것 같은 상태다.

참고로 여러모로 시행착오를 거듭한 결과, 신령정석은 어찌어찌 물리적인 물질에서 영적인 물질로 변환할 수 있었다고 한다. 이렇게 하면 여차할 때 다시 반전시켜 터널을 막을 수 있다고 정령왕은 의기양양한 투로 말했다.

물리적인 물질에서 영적인 물질로. 본래는 불가능할 터인 그것을, 신령정석의 특성을 이용함으로써—— 라고 하는 정령왕의 자세한 해설을 미라는 대충 흘려들었다. 어쨌든 다시 막을 수 있다는 그 사실만 확인한 후, 터널 안으로 발을 들였다.

"흠. 막다른 길인가?"

『그런 것 같군.』

터널을 똑바로 10미터 정도 나아가자 길이 끊겨 있었다. 중간에 샛길 같은 것도 없는 외길이어서 길을 잘못 들었을 리도 없다. 하지만 막상 들어와 보니 막다른 길이었다.

그러나 이토록 수상한 장소가 여기서 끝일 리가 없다. 분명 숨겨진 무언가가 있을 거다. 그런 확신을 가진 채 미라는 정면에 보이는 하얀 벽에 달라붙었다.

『정령왕이여. 이 벽은 어떤가.』

미라는 어딘가에 비밀문의 스위치 같은 것이 없나 살피며 그렇게 물었다. 혹시 이번에도 신령정석으로 막혀 있는 것은 아니냐고.

『이건 평범한 아르고레스트 합금이군. 딱히 수상쩍은 부분은 ——.』

미라가 벽을 누르거나 두들기거나 하는 가운데, 그 손을 통해 느낀 바를 그대로 답하던 정령왕은 하던 말을 순간적으로 멈추고 『미라 공, 방금 그 부분이다』라고 날카롭게 말했다.

『방금 그 부분이면…… 이 부분을 말하는 겐가?』

미라는 기다렸다는 듯이 지적한 부분에 손을 가져다 대었다.

『그래, 거기다. 틀림없어.』

정령왕이 그렇게 답함과 동시에 미라의 온몸에 가호 문양이 떠올랐다. 그러자 놀랍게도 막다른길이었던 벽에 작은 구멍이 뚫렸다.

미라의 허리 정도 높이에 직경 20센티미터 정도의 구멍이 뚫렸다. 안을 들여다보니 안쪽에 레버 같은 것이 보였다.

'어쩐지 인디아나 존스라도 된 듯한 기분이구먼!'

미라는 예전에 보았던 오래된 영화를 떠올리며 망설임 없이 그 구멍에 오른손을 집어넣었다. 그리고 레버를 잡고 몸쪽으로 쭉 잡아당겼다. 직후, 돌벽이 조용히 옆으로 미끄러지더니 다른 통로가 모습을 드러냈다.

"생각했던 대로로군!"

『이것 참, 신중하게도 만들었군.』

　미라는 의기양양하게 가슴을 폈고 정령왕은 어쩐지 감탄한 투로 중얼거렸다. 이렇게 장치를 간파하는 데 성공한 미라와 정령왕은 의기양양하게 통로 안쪽으로 들어갔다.

〈14〉

통로 중간에 숨겨진 샛길, 바닥에 위치한 비밀 계단 등, 그밖에도 교묘하게 은폐된 통로를 간파해 나가기를 한 시간 정도 거듭한 끝에, 미라는 드디어 그곳에 도착했다.

"허어, 놀랍구면……."

『이것 참, 별난 광경이군.』

마지막 문은 밀어도 당겨도 꿈쩍도 하지 않았다. 하지만 그 문의 손잡이를 잡고 옆으로 밀자 마치 낙원 같은 광경이 눈앞에 펼쳐져 있었다.

흐드러지게 피어난 꽃들은 모두 다 빛의 입자를 두르고 있었고 무성하게 자라난 풀은 꽃에 질 새라 화려한 색을 뿜내고 있어서 극채색 융단을 깔아둔 것만 같았다. 그리고 파릇파릇한 잎이 돋아난 나무들의 줄기는 금빛 은빛으로 빛났는데, 개중에서도 중앙에 우뚝 선 거목은 순백색 꽃을 피워 방 전체를 밝게 비추고 있었다.

누구든 한눈에 알 수 있을 것이다. 너무도 엄숙하고도 성스러운 분위기로 가득한 그곳은 신목이 있던 신자의 숲을 능가하는, 신비로운 신성함으로 가득한 성역이라는 사실을.

그 분위기에 약간 기가 죽기는 했지만, 호기심에 등을 떠밀린 미라는 그곳에 발을 들였다. 그와 동시에 발이 반쯤 꺼질 정도로 폭신폭신한 지면의 감촉에 놀랐다. 이게 무엇인가, 하고 미라는 지면을 확인해 보았다. 하지만 무엇인지 모르겠다는 사실만을 확인하게 될 뿐이었다. 발치에 펼쳐진 지면은 정령왕조차도 본 적이 없는 흙이라느니 돌이라느니 하는 개념을 초월한 의문의 물질로 되어 있었다.

『세상은 참으로 넓군.』

나아가 울창하게 자라나 빛을 내뿜는 식물들 역시 오랜 세월을 살아온 정령왕이 모르는 것들이라는 모양이었다. 예상치 못한 첫 체험에 정령왕도 다소 흥분한 눈치였다.

이곳은 동화 속이나 꿈속의 동산일까. 반쯤 진심으로 그런 생각을 하며 미라는 당초의 목적대로 이곳에 있을 것으로 예상되는 정령을 찾기 시작했다.

극채색을 띤 밀림에 들어선 미라는 정령과의 인연의 끈을 통해 확실히 거리가 가까워지고 있음을 느끼며 안으로 안으로 망설임 없이 들어갔다.

그렇게 풀숲을 헤치고 10분 정도 직진했을 즈음.

덤불을 지나자 나타난 약간 트인 장소. 그곳에 덩굴이며 풀로 뒤덮인 커다란 덩어리가 자리해 있었다.

"무엇이지, 이건……?"

정령의 반응은 너무도 이질적으로 보이는 그 덩어리 안에서 느껴졌다.

이 덩어리의 정체는 무엇일까. 어째서 정령의 반응이 이 안에서 느껴지는 것일까. 무엇이 되었건 정령과 만나려면 그것을 해명해야만 한다. 미라는 경계심을 고취시킨 채 신중하게 다가갔다.

그 덩어리가 움직일 낌새는 없는 가운데 바로 옆까지 다가간 미라는, 그 덩어리를 꼼꼼히 살펴보며 주변을 한 바퀴 돌았다.

우선 크기는 폭이 10미터 정도, 높이가 6미터 정도 되었다.

전체상을 파악한 후, 덩굴과 식물로 뒤덮인 내부를 조사하기로 한 미라는, 극채색으로 빛나는 풀과 꽃을 헤쳐나갔다. 식물들은 생각 외로 질겨서 뜯어낼 수가 없었던지라 미라는 갈라진 빈틈으로 몸을 쑤셔 넣어 덩어리 안으로 들어갔다.

"과연, 그런 것이었나……."

1미터 정도 되는 두터운 식물 외장 속에서 미라가 본 것은, 하얗고 매끄러운 벽과 검은 나무로 된 문이었다. 그것을 염두에 두고서 다시금 전체상을 떠올려 보니 그 덩어리가 무엇인지 자연스럽게 알 수 있었다.

그렇다. 그 덩어리는 시간의 경과로 인해 자연스럽게 덩굴과 식물에 파묻힌 집이었던 것이다.

"흐음…… 꿈쩍도 안 하는군."

덩굴과 풀이 두껍게 쌓여있는 탓에 아무리 문을 열려 해도 그것들에 걸려 움직이지 않았다. 문을 열기는커녕 미라 자신도 덩굴에 끼어서 뜻대로 움직이기가 어려운 상황이다.

흠, 이거 어쩐다. 극채색의 덩어리가 된 집에는 출입이 가능할 듯한 다른 곳이 전혀 보이지 않았다. 하지만 그 안에서는 분명 정령의 기척이 느껴졌다. 대체 어떻게 하면 좋을까.

미라는 이래저래 고민한 끝에 아무 생각 없이 문을 두드려 보았다. 그러자 놀랍게도 안에서 "누구신가요?"라는 대답이 들려왔다.

"아~ 그 뭣이냐. 이 몸은 미라라고 하는 소환술사다. 근처에서 정령의 기적이 느껴져서, 신경이 쓰여 와 본 참이다."

던전 깊숙한 곳에 있는, 신의 힘으로 봉인된 방. 이러한 장소에 있음에도 너무도 평범한 대응이라 약간 당황스럽기는 했지만 미라는 솔직하게 답했다.

"그럼 당신이 좀 전에 제게 말을 걸어준 분이시군요!"

문 건너편에서 기쁜 듯한 목소리가 들려왔다. 역시 미라가 인연의 끈을 통해 느낀 상대는 이 문 너머에 있는 자가 맞는 모양이다. 미라는 기운찬 목소리에 다소 안도했다.

그 직후. 문 주변을 뒤덮었던 덩굴이며 풀들이 갑자기 움직이기 시작해 눈 깜짝할 새에 좌우로 갈라지더니 양옆으로 물러났다.

"손님이 온 게 얼마만인지. 자아 미라 씨, 들어오세요."

그러한 말과 함께 문이 천천히 열리더니 실내에서 향긋한 꽃내음이 흘러나왔다. 극채색으로 가득한 성역으로 변한 이 홀에서 나는 것보다 짙은, 그러면서도 안심감이 느껴지는 신기한 향기였다.

미라는 안내에 따라 문턱을 넘었다. 그리고 실내에 펼쳐진 광경을 보고 무심결에 탄성을 흘렸다.

"이거, 참으로 훌륭하구먼……."

집 자체는 지극히 평범한 석조 건물이다. 하지만 내부는 중앙에 위치한 테이블 주변을 제외하고는 화원이 되어 있었다. 게다가 밖에서 본 것처럼 극채색이라 할 정도로 색이 잡다하게 섞여 있지 않았다. 그곳에 있는 모든 것들은 명확하게 구분되어서 감탄스러울 정도의 질서와 통일성을 띠고 있었다.

"마음에 들었다니 기쁘네요."

그렇게 말하며 미라에게 미소를 던지는 정령은 그 화원조차 비교가 되지 않을 정도로 아름다웠다.

"어~ 음, 초대해주어 고맙네."

미라는 그 아름다움에 넋이 나가 말문이 막히고 말았지만 간신히 인사말을 입에 담았다.

"식물을 관장하는 시조정령인 마텔이에요. 잘 부탁드려요."

미라의 인사를 받은 정령은 살며시 고개를 숙여 답하더니 그렇게 자기소개를 하며 다정하게 웃어 보였다.

"호오, 식물을 관장하는 정령이라. 만나서 영광이군."

꽃의 정령이나 나무의 정령과는 만나본 적이 있었지만 마텔은 그들의 총칭인 식물을 관장한다고 말했다. 장소가 장소인 만큼 상위의 존재이리라고는 예상했지만 최상위 존재 중 하나라는 사실에 새삼 놀랐다.

하지만 놀랄 일은 거기서 끝이 아니었다.

"……응? 시조정령? 원초정령과는 다른 겐가?"

사람이 만들어낸 것에 깃드는 정령이 인공정령이라 불리는 것처럼, 자연계를 관장하는 정령은 원초정령이라 불린다. 하지만 마텔은 좀 전에 자신을 시조정령이라고 소개했다. 혹시 원초정령이라는 것은 인간들 사이에서만 통하는 호칭이었던 것일까.

미라가 그런 의문을 품은 순간이었다.

『미라 공이 아는 바대로, 식물을 관장하는 자도 원초정령이기는 하다. 따라서 의문을 느낄 만도 하지.』

그런 말이 미라의 머릿속에 울리더니 온몸에 정령왕의 가호 문양이 떠올라 밝게 빛났다. 그러더니 놀랍게도 바로 옆에 인간과 비슷한 크기의 정령왕의 허상이 출현했다.

"요전에도 그랬지만 갑작스럽게도 나타나는군……."

"뭐어, 이것저것 설명을 할 테니 용서하시게."

가호를 통해 불쑥 나타난 정령왕을 보고 미라가 어이가 없다는 투로 중얼거리자, 정령왕은 뻔뻔하게도 웃어넘겼다. 그렇게 제멋대로인 정령왕을 보며 쓴웃음을 짓기는 했지만 미라는 그다지 기분이 나쁘지 않았다. 생각했던 것보다 편안한 이야기 상대이기도 했거니와 정령왕이 지닌 압도적인 지식은 향후의 모험에 큰 도움이 될 게 틀림없었기 때문이다.

"오랜만이로군, 마텔이여. 미라 공을 통해 느낀 기척으로 혹시나 싶었다만, 역시 너였나. 다시 만나 기쁘구나."

다시 몸을 돌린 정령왕은 어쩐지 안심한 듯한 태도로 마텔에게 말을 붙였다.

"오랜만이네요, 심 님. 기척은 느꼈지만 설마 이런 식으로 다시 한번 만나 뵙게 될 줄은 몰랐어요."

그 말에 그렇게 대답한 마텔 역시 재회를 기뻐하듯 미소 짓고 있었다. 심 님이라는 것은 분명 정령왕 심비오상크티우스의 애칭일 것이다. 그를 통해 두 사람이 얼마나 친밀한지를 알 수 있었다.

'흠…… 아무래도 평범한 재회는 아닌 모양이군.'

정령왕은 다시 만나 기쁘다고 말했다. 마텔 역시 다시 한 번 만나 뵙게 될 줄은 몰랐다고 말했다. 다시 말해서 양쪽 모두 다시는 못 만날 줄 알았다는 뜻이리라. 봉인되어 있던 이 장소도 그렇고, 대체 어떤 사정이 있었던 것일는지. 그런 생각을 하며 미라는 정령왕과 마텔의 재회를 지켜보았다.

"심 님이라. 그리 불리는 것도 오랜만이구나."

"어머, 다른 분들은 이제 심 님이라고 부르지 않나요?"

"음. 그냥 왕이라고 부르는 녀석이며 심비왕이라 부르는 녀석도 있지. 그리고 굳이 풀네임을 부르는 자도 있고."

"어머나, 그 무렵에 비해 많이도 변했네요."

"그렇군, 많이도 변했어――."

쌓인 이야기가 많았는지 정령왕과 마텔은 즐거운 듯 대화를 나누기 시작했다. 미라는 그런 두 사람의 대화를 들으며 정령들이 말하는 그 무렵이란 대체 얼마나 오래된 과거일까, 따위의 생각을 멍하니 하고 있었다.

"어이쿠, 반가운 나머지 너무 오래 이야기를 하고 말았군. 미안하게 되었다. 시조정령에 관해 이야기 중이었지."

얼마쯤 지나, 문득 생각이 났다는 듯 정령왕이 돌아보며 말했다.

"오랜만의 재회 아닌가? 이 몸은 신경 쓸 것 없네만."

분명 수백 년, 혹은 수천 년 만의 재회일 것이다. 오랜 세월의 간극을 메우듯 대화를 나누는 두 사람에게서 약간 떨어진 곳에 앉아 있던 미라는 티타임이라도 된 양 먹고 있던 쿠키를 올 시즌 오레와 함께 삼키며 말했다. 알아서 거의 제집에 온 것처럼 편히 쉬고 있었다.

"이렇게 있는 곳을 안 것만으로 족하다. 게다가 최근에는 이렇게 미라 공을 상대로 지혜 주머니 노릇을 하는 것이 즐겁거든."

정령왕은 누가 봐도 안도한 빛이 역력한 얼굴로 그렇게 말하더니 쾌활하게 웃어 보였다.

미라도 뭐라는 게야, 라고 말하고서 웃자, 마텔 역시 두 사람의 관계를 지켜보듯 서서 미소를 짓고 있었다.

원초정령과 시조정령의 차이. 정령왕의 해설에 따르면 그것은 비슷해 보여도 전혀 다른 것이라고 한다.

우선 마텔처럼 식물을 관장하는 원초정령은 세계에 어느 정도 존재한다. 이들은 정령계에서도 최상위층에 위치했으며, 그 아래 꽃과 풀, 나무와 같은 식물에 속한 원초정령이 늘어서는 구도로 되어 있다는 모양이다.

시조정령이라는 것은 그러한 모든 식물계 정령들의 원점이 되는 원초정령을 뜻한다고 정령왕은 말했다. 다시 말해 세계에서 처음 생겨난 식물을 관장하는 정령이라는 뜻이다. 나아가 모든 수목의 조상인 고펠 나무는 마텔이 만들어낸 것이라고도 했다.

식물의 원점, 전 세계에 존재하는 식물들의 어머니. 그것이 식물의 시조정령 마텔이라는 모양이다.

"허어…… 놀랍구먼."

신화에 필적할 듯한 너무도 장대한 이야기에 미라는 정령왕, 마텔과의 거리가 한참 멀어진 듯한 기분이 들었다. 하지만 마음의 거리는 생각하기에 따라 어떻게든 되기 마련이다.

정령왕은 자신이 말한 지식에 미라가 놀라는 모습을 보고 기뻐했다. 마텔 역시 최상위 중에서도 꼭대기에 위치한 존재라는 소개에 다소 우쭐한 포즈를 지어 보였다.

터무니없이 기나긴 시간을 정령들에게도 모두 마음이 있고 감정이 있으며 성격이 있다. 그것은 사람과 다름이 없는 요소다.

정령왕이니 시조정령이니 하는 거창한 존재임에도 어쩐지 인간미 넘치는 두 사람을 보고 있자니 미라는 뭐라 형용하기 어려운 친근감이 느껴져서 다시 거리가 가까워진 듯 느껴졌다.

"차이는 이뿐만이 아니지."

정령왕은 놀라는 미라의 모습을 실컷 즐기고 난 후, 그렇게 말을 이었다. 그리고 마텔에게 보여주라는 듯 눈짓을 했다.

"심 님은 여전하시네요."

아무래도 정령왕은 옛날부터 사람을 놀라게 하는 것을 좋아한 모양이다. 마텔은 어쩐지 들뜬 듯 보이는 정령왕의 모습에 못 이겨 미소를 지으며 미라 앞에 섰다. 어이없는 투로 여전하다고 비난하기는 했지만 마텔 역시 비슷한 성격인지 놀라게 해주고 말겠다는 생각으로 가득한 표정을 짓고 있었다. 아무래도 그녀는 감정이 바로 얼굴로 드러나는 성격인 모양이다.

미라 역시 어디 한 번 놀라게 해보라는 듯 두 사람 앞에 섰다.

"간식이라면 과일도 있답니다. 미라 씨가 좋아하는 과일은 뭔가요?"

마텔은 미라가 손에 든 쿠키를 본 채 그렇게 말했다. 그리고 그 말을 들은 미라는 마텔이 무엇을 하려는 것인지를 알 것 같았다.

'오호라. 식물의 시조정령답게, 이 몸이 좋아한다고 말한 과일을 휙 하고 만들어 보일 심산이로군. 흠흠, 어쩌려는 것인지는 알겠다. 절대로 놀라지 않을 것이야!'

"좋아하는 과일이라……. 글쎄, 아리스파리우스에 갔을 때 먹었던 순백도는 정말 맛있었지."

소울하울의 단서를 찾아 찾았던 아리스파리우스 성국. 그곳의 특산물인 순백도. 역 도시의 고급 여관에서 먹었던 과일 세트 중에서도 특히나 인상적이었던 것이 이 순백도였다.

미라는 자아, 어디 솜씨 좀 보실까, 하고 마음의 대비를 했다. 그러자 덩굴 한 줄기가 그런 미라의 앞으로 스륵스륵 뻗어오더니 하얗고 예쁜 꽃을 피웠다.

"순백도라고요? 그건 제 자신작이랍니다. 마음에 드셨다니 기쁘네요."

마텔은 미라의 말에 미소를 지어 보였다. 그 순간, 하얀 꽃이 지더니 그 부분이 쑥쑥 부풀어 올라 눈 깜짝할 새에 순백도가 되었다.

"자아, 드셔보세요."

마텔의 말과 함께 순백도가 덩굴에서 뚝 떨어졌다. 실로 신비로운 광경이었다. 하지만 처음부터 예상하고 있었던 미라는 표정 하나 바꾸지 않고 순백도를 받아들었다.

'생각했던 대로로군. 이 정도로는 안 놀란다!'

"그럼 먹도록 하지."

미라는 평정심을 유지한 채 그렇게 말하고서 순백도의 껍질을 손톱으로 벗기려 했다. 그러자 마텔이 "얇게 했으니 껍질을 벗기지 않아도 먹을 수 있을 거예요"라고 덧붙여 말했다.

"호, 호오. 그러했나. 그럼."

과연, 과연 식물의 시조정령. 껍질을 얇게 하는 일쯤 아무 것도 아니라 이건가. 미라는 그런 생각을 하며 껍질째로 순백도를 깨물었다.

"맛있군! 무어냐, 이게!"

깨묾과 동시에 풍부한 향이 입안에 퍼지더니 과육의 달콤한 맛이 홍수처럼 밀려들었다. 아리스파리우스에서 미라가 먹었던 순백도는 고급 여관에서 제공한 만큼, 엄선된 일급품이었다. 하지만 방금 먹은 순백도는 그때의 감동마저 한순간에 기억의 저편으로 잊힐 정도의, 그야말로 지고의 맛이요, 식욕을 충족시키는 쾌락의 절정이라 할 수 있었다.

상당한 물건이 나오리라고 짐작을 하고 있었음에도 불구하고 미라는 반사적으로 탄성을 지름과 동시에 황홀한 표정을 짓고 말았다.

"시조정령, 설마 이 정도일 줄이야······."

정신없이 순백도를 먹어치운 미라는 손가락에 묻은 즙까지 핥으며, 어쩐지 의기양양해 보이는 정령왕과 마텔을 노려보았다.

"우후후. 기뻐해 주시니 기쁘네요. 기쁘니 바라시는 게 있다면 준비해 드릴게요. 그밖에도 먹고 싶은 과실이 있나요? 물론 또 순백도라고 해도 괜찮고요."

그 말은 마치 음란한 꿈속에서의 유혹처럼 미라의 귓가를 울렸다. 그 쾌락에 가까운 행복의 과실을 한 번 더 먹을 수 있다는. 혹은 다른 과실, 다시 말해서 다른 쾌락을 맛볼 수 있다는 감미로운 유혹.

"그래…… 그렇다면——."

'——아니, 아직이다. 아직 지지 않았다!'

미라는 엉겁결에 시키는 대로 순백도를 하나 더 달라고 하기 직전에 말을 그쳤다. 압도적인 행복감에 사로잡혔음에도 거기에 수반된 패배감이 간신히 미라를 냉정한 상태로 돌려놓은 것이다.

그리고 냉정하게 조금 전의 대결을 분석했다.

'순백도……. 이것이 최대의 패인(敗因)일 테지.'

마텔은 순백도를 보고 자신작이라고 말했다. 다시 말해서 최강 클래스의 카드라는 뜻이다. 과연, 확실히 그리 말할 만하군. 인간의 상식을 초월한 존재인 정령들의 시조와 정면승부를 해서는 이길 수 있을 리가 없음을 미라는 깨달았다.

아무래도 1차전에서의 패배는 상대가 유리한 무대에서 싸운 것이 원인이었던 것 같다. 하지만 이번에는 다르다. 이번에는 이쪽이 유리한 무대로 끌어낼 차례다.

맹위를 휘두르는 대자연과 지혜를 짜내어 맞서는 것이 바로 인간의 존재 방식이다. 그렇게 해서 인간은 이 혹독하고도 아름다운 세계에서 살아남아 온 것이다. 그런 생각을 하고서 멋대로 유열에 젖은 미라는 새로운 카드를 제시했다.

"그렇다면 이번에는 퀸 오브 하트를 먹어보도록 할까!"

퀸 오브 하트. 수십, 수백 회 거듭된 품종 개량의 극치라 불리는 그것은 인간의 노력과 역사의 결정이라 할 수 있는 주옥과도 같은 과실이다. 말하자면 인간의 지혜가 자연을 따라잡았다는 증거라 할 수 있다. 그런, 실로 그럴싸한 생각을 하며 미라는 자기 도취에 빠진 투로 말했다.

놀라게 할 생각으로 가득한 두 사람에게 무의미하게 저항하는, 고집쟁이의 작전은 과연 통할 것인가. 하지만 2차전이 시작된 직후, 잠시 침묵이 흘렀다.

"퀸 오브 하트가 뭐죠?"

잠시 후, 마텔이 고개를 갸웃하며 말했다. 이어서 정령왕도 "처음 듣는 이름이군"하고 입을 열었다.

바깥세상과 기본적으로 인연이 없는. 바꿔 말하자면 극도의 방구석 폐인인 정령왕과 마텔이, 애초에 인간이 품종 개량을 해서 멋대로 이름을 붙인 과일의 이름을 알 리가 없었던 것이다.

퀸 오브 하트란 대체 어떤 과일인가. 두 사람이 그렇게 물었지만 미라 본인도 이름밖에 들은 적이 없어서 대답할 방도가 없었다.

예상치 못한 상황 탓에 이대로 시합이 무효화될 뻔했지만 미라의 수중에는 수확해둔 퀸 오브 하트의 원종에 해당하는 과일이 있었다.

승부는 이제 시작되었을 뿐이다.

"퀸 오브 히트란 이 과실을 토대로 농부들이 열심히 품종 개량을 거듭하여 도달한, 땀과 눈물의 결정체네!"

미라는 아이템박스에서 붉고 둥글둥글한 이름 없는 과실을 여봐란듯이 꺼내 보였다.

원종. 다시 말해서 야생의 과일을. 그리고 퀸 오브 하트의 원종은 그 상태로는 도저히 먹을 만한 것이라 말하기 어려웠다. 그런 것이 지금은 사대 과실(果實) 중 하나로 꼽힐 정도의 전혀 다른 과일로 거듭났다. 다소 맛을 손보는 정도로는 어림도 없을 것이라고 미라는 생각했다.

"어머나, 이걸 토대로 개량을 하다니 그 사람, 정말로 애를 많이 썼겠네요."

이름 없는 과실을 보자마자 마텔은 약간 놀란 표정을 지었다. 아무래도 농부의 노력의 성과에 감탄한 듯했다. 그러한 모습에 미라는 농부와 아는 사이도 아니면서 살짝 의기양양한 표정을 지었다. 하지만 정령왕의 입에서 비보(悲報)가 흘러나왔다.

"그것은 전에 마텔이 벌칙 게임용으로 만든 것이로군. 지금도 생생하게 기억나. 그 맛은 지독했지. 정말 지독했어. 그것을 개량하다니, 참으로 기특한 자도 다 있군."

지독하게 달고 지독하게 시큼한 맛이 떠올랐는지 정령왕은 눈살을 찌푸리며 말했다. 아무래도 원종인 이 과실을 먹어본 적이 있는 듯했다. 심지어 듣자 하니 벌칙 게임을 위해 만든 것이라는 모양이다.

"어머, 지독한 맛이었다니 섭섭하네요. 새벽의 요정님들은 잠기운을 쫓는 데 좋다며 좋아하셨는데요."

지독한 맛이었다는 말을 반복하는 정령왕을 보며 마텔은 자신만만하게 미소 지었다. 분명 그녀는 어떤 식으로든, 미력하게나마 누군가에게 도움이 된다면 그로 족하다고 여기는 것이리라.

정령왕과 마텔이 그런 대화를 나누는 동안, 미라는 우연히 밝혀진 사실 앞에서 떨떠름해 하고 있었다.

사대 과실 중 하나이자 품종 개량의 극치인 퀸 오브 하트의 토대가 된 과실이 실은 정령들의 벌칙 게임용이었다니. 참으로 참담한 사실이었다.

하지만 결과적으로는 사대 과실 중 하나가 되었다. 역사가 품종 개량의 성공을 증명해주고 있다. 미라는 벌칙 게임용이었다는 사실을 살며시 가슴속에 묻어두기로 하고서, 아직 먹어보지 못한 퀸 오브 하트의 맛을 상상했다.

그런 미라의 앞에 한 줄기 덩굴이 불쑥 뻗어왔다.

"이런 식이면, 될까요?"

마텔이 그렇게 말하자 덩굴 끄트머리에 붉은 과실이 열리더니 테이블에 똑 떨어졌다. 그것을 미라가 집어 들자 마텔은 어쩐지 도발적인 미소를 지어 보였다. 겉모습은 변함이 없었지만 태도로 미루어 품종 개량을 한 모양이다.

"그럼, 먹어보도록 할까."

이러쿵저러쿵 생각만 해봐야 달라질 건 없다. 그 지독한 맛이 어떻게 변화했는지 시험해주겠다는 생각으로, 미라는 곧장 그 과일을 입으로 가져갔다. 그리고 한 번 깨문 순간, 미라는 마텔이 의도한 바와 같은 표정을 짓고 말았나.

"오오…… 이토록 감미로울 수가!"

그 과육은 마치 젤리처럼 입안에서 녹아버렸고, 넘칠 듯한 과즙이 입안에서 터졌다. 깔끔하고도 적절한 신맛이 코를 자극하고 녹아버릴 듯 단맛이 입안에 퍼졌다.

그것은 지금까지 먹었던 과일 중에서도 타의 추종을 불허할 정도로 완성된 맛이었다. 인간이 정한 사대 과실이 시시하게 느껴질 정도로 빼어난 단맛. 과실이 도달한 궁극의 도달점. 미라는 그것이 현재 손에 있는 붉은 과실이라는 사실을 깨달음과 동시에, 그것과 만나게 해 준 행운에 감사했다.

"마음에 드신 모양이네요."

미라는 말없이 한입, 또 한입 집중해서 맛을 보았다. 마텔은 그런 미라의 모습을 보고 기쁜 듯 미소 지었다. 정령왕은 그 옆에서 약간 부럽다는 눈으로 미라가 손에 든 과실을 바라보고 있었다. 벌칙 게임으로 먹었던 그 지독한 맛의 과실이 어떻게 거듭났는지 궁금한 모양이다.

"매우 놀랐네. 이 몸의 완패야."

과실을 다 먹어치운 미라는 그렇게 말해 패배를 인정했다.

과연 시조정령이다. 품종 개량조차도 숨을 쉬듯 자연스럽게 할 수 있는 모양이다. 그리고 완성된 그것의 맛은, 분명 농부가 수십 년, 혹은 수백 년을 들여 개량한 것을 손쉽게 초월할 것이다. 아직 퀸 오브 하트를 먹어본 적은 없지만 아무리 시간을 들여도 이 과실에는 미치지 못하리라. 미라는 그 사실을 통감했다. 그렇게 생각할 정도로 붉은 과실의 맛은 충격적이었다.

미라는 정령왕과 마텔의 꿍꿍이대로 놀라고 말았구먼, 하고 웃으며 마시다 만 올 시즌 오레를 집어 들었다. 그때, 문득 정령왕이 말했다. "무언가, 이제 막 시작되었을 뿐인 것을."

"뭣, 이라고?"

마텔의 압도적인 힘은 충분히 보았다고 생각했던 미라는 정령왕의 그 말에 깜짝 놀랐다. 이제 막 시작됐을 뿐. 그렇다면 진짜로 힘을 발휘하면 어떻게 된다는 것일까. 맛의 정점에 오른 지고의 과실. 품종 개량의 극에 달한 범접하기 어려운 정점. 그 이상이 있다니. 미라가 그런 생각을 하는 동안, 마텔은 미라가 손에 든 것에 주목하고 있었다.

"그 음료는, 우유에 네 종류의 과일을 섞은 거군요. 그리고, 꽃의 꿀을 넣은 건가요?"

미라의 손에 있는 올 시즌 오레는, 사계절을 대표하는 과일을 절묘하게 블랜드한 것을 우유에 가미하여 벌꿀로 맛을 가다듬은 일품이다. 그러한 이야기는 한마디도 하지 않았음에도 불구하고 잠시 코끝을 가져간 것만으로 마텔은 거기에 사용된 과일까지 정확히 맞혀 보였다.

'과연. 아무리 섞었다고는 해도 식물이라면 희미한 향을 통해 판별을 해낼 수 있다는 게로군. 하지만 그 정도 일은 일류 요리사들도 할 수 있다고 하니, 이번에는 안 놀란다.'

한 번은 패배를 인정했으나 그것은 첫 번째 싸움에 한정된 일일뿐이다. 어쩐지 의미심장한 정령왕의 발언으로 시작된 두 번째 싸움은 쉽지 않을 것 같다는 생각이 들어 미라는 잔뜩 경계했다. 마텔은 그런 미라를 보고 "아직 배가 덜 차셨나요?"라고 물었다.

"음, 얼마든 더 먹을 수 있고말고!"

마텔이 만들어낸 과실은 모두 다 최고였다. 미라는 승패는 둘째 치고 식욕에 몸을 맡겨 곧장 답했다. 하지만 그렇게 답한 것은 한순간뿐이고, 곧장 절대로 놀라주지 않겠다며 쓸데없는 저항의 의지를 내비치었다.

그런 미라의 앞으로 또다시 덩굴이 뻗어오더니 과실 하나를 남겨두고 물러났다. 하얀 타원형 과실이었다.

"자, 드셔보세요."

마텔이 빙긋 웃으며 말했다. 그것을 새로운 도전으로 받아들인 미라는 각오를 단단히 다지고 하얀 과실을 깨물었다.

"허어, 이럴 수가?! 이 맛은……!"

순간, 미라의 입 안에 하나하나가 또렷하게 구분되는 사계절이 펼쳐졌다. 부드러운 단맛에 상큼한 신맛. 그리고 압도적이면서도 모든 것이 조화를 이룬 향. 그 하얀 과실에는 올 시즌 오레에 사용된 딸기와 버찌, 자두와 사과의 요소가 모두 담겨 있었다. 그뿐만이 아니라 우유의 감칠맛과 벌꿀의 달콤함까지 재현되어 있었다.

다시 말해서 하얀 과실은 올 시즌 오레의 맛 그 자체였다.

"놀란 모양이군. 그것이 마텔이 지닌 진정한 힘이다."

"마음에 드셨나요?"

정령왕은 의기양양한 얼굴이었고 마텔은 어쩐지 우쭐한 표정을 짓고 있었다. 맛 자체는 익숙한 올 시즌 오레 그 자체라 감동은 하지 않았지만, 그 맛과 같은 과실을 냉큼 만들어냈다는 사실에 미라는 지금까지 중 가장 큰 충격을 받았다.

"이 정도일 줄이야. 아니, 그렇기에 시조인 것이로군."

미라는 마텔의 진정한 힘을 이해하고는 거기에 숨겨진 가능성에 전율했다.

올 시즌 오레와 같은 맛의 과일이 원래부터 존재했던 것이 아니다. 이 하얀 과실은 지금 이 자리에서 마텔이 새로이 만들어낸 신종이라는 점이 중요한 것이다.

하지만 그 힘은 현재, 미라를 놀라게 하는 일에 쓰이고 있었다. 그리고 시조정령까지도 수하로 둔 정령왕은 의도한 대로 놀란 미라를 본 채, 드디어 미라가 처음에 했던 질문인 시조정령과 원초정령의 차이에 관해 자세한 설명을 하기 시작했다.

식물의 시조정령인 마텔. 그 직하에 식물의 원초정령들이 있다.

식물의 원초정령은 이름대로 모든 식물들을 자유자재로 만들어낼 수 있다고 한다. 하지만 그것은 세계에 있는 기존의 식물에 국한된 이야기다. 그리고 마텔이 처음으로 만들어낸 궁극 품질의 순백도는 진화의 힘을 이용한 결과물이다. 또한, 다음으로 만들어낸 붉은 과실은 변화의 힘을 이용한 것이다. 양쪽 모두 기존의 식물을 조정한 것으로, 이는 식물의 원초정령이 지닌 특징적인 힘이라 할 수 있었다.

그에 반해 신종을 만들어내는 창조의 힘은 시조정령인 마텔만이 지녔다. 정령왕은 이것이 유일하고도 결정적인 차이라고 단언하여 설명을 마쳤다.

"역시 신종을 창조한 것이었나. 엄청난 힘이로군."

만약 이 힘을 사용해서 번식력이 무척 높은, 인간들을 손쉽게 사망에 이르게 하는 독소를 내뱉는 식물을 만들어내면 어떻게 될까. 그것은 다시 말해서, 마텔이 마음만 먹으면 세계가 멸망할 수 있다는 것을 의미했다. 시조정령의 힘이라는 것은 그야말로 신에 뒤지지 않을 정도로 엄청난 것이었다.

"우후후, 굉장하죠?"

하지만 그런 힘을 지닌 마텔 본인은 결코 그런 당치도 않은 생각은 할 수 있을 것 같지가 않은 평화로운 얼굴로 가슴을 펴고 있었다. 실로 득의양양한 표정이었다.

"음, 이러한 곳에서 이토록 굉장한 체험을 할 수 있을 줄은 몰랐고말고."

햇님처럼 미소 짓는 마텔을 바라보며 미라는 솔직하게 대답했다. 그리고 동시에 문득 뇌리에 떠오른 질문을 입에 담았다. 어째서 이토록 굉장한 정령이 이러한 장소에 갇혀 있는 것이냐고.

미라는 지금의 분위기로는 상상도 되지 않았지만, 알고 보면 과거에 터무니없는 사고라도 저질렀던 것은 아닐까, 라는 생각을 했다. 장난이 지나쳐서 갇히고 만 존재에 관한 이야기는 흔하니 말이다.

"그렇군. 그것은 나도 궁금했었다. 정령 궁전에서 나갈 수 없게 되고서부터, 세상의 흐름과 소원해진 탓에 어째서 네가 이러한 곳에 있는지 짐작도 안 되는구나."

놀랍게도 정령왕도 그렇게 말해 미라의 질문에 편승했다.

머나먼 옛날, 오니족과의 전쟁 중 금기를 어긴 반동 때문인지 힘의 제어가 불안정해진 탓에 현재의 정령왕은 정령 궁전에서 나갈 수가 없는 상태다. 정령 궁전이라고 불리기는 하지만 본질적으로는 격리실에 가까워서 시조정령이라 해도 가까이 갈 수가 없는 먼 곳이다.

그런 탓에 과거 함께 있었던 동료의 최근 동향에 관해서는 정령왕도 모른다는 모양이다. 하지만 현재는 가호를 통해 미라와 이어짐으로써 미라가 계약한 정령들과도 교류가 가능해져서, 그것을 통해 이런저런 정보를 모으고 있다고 한다.

그런 정령왕이 마텔과 마지막으로 만난 것은 영웅왕 포세시아가 활약했던 시대—— 마물들의 왕과 인류가 싸우던 시절이었다. 정령왕의 힘을 빌리기 위해 인류는 지혜를 모아 불안정한 힘을 제어하기 위한 장치를 개발했다. 정령왕은 결전 기간 동안 지상에 현현하여 포세시아에게 가호를 내리고 진두지휘도 맡았다. 마텔 역시 인류를 구하기 위해 그 힘을 마음껏 발휘하였다고 한다.

그렇게 전쟁은 인류의 승리로 끝났다. 그와 동시에 정령왕의 힘을 제어하던 장치가 결국 한계에 달해 폭주하고 말았다고 한다. 그것을 그때 마침 옆에 있던 포세시아가 간신히 억제했다. 하지만 장치는 더 이상 쓸 수가 없었다. 그런 탓에 정령왕은 포세시아를 제외한, 함께 힘써준 권속들에게 인사도 하지 못하고 정령 궁전으로 돌아오게 된 것이다.

"포세시아 씨에게 사정은 들었지만, 그때는 마지막에 심 님을 만나지 못한 걸 다들 아주 아쉬워했어요. 물론 저도요."

정령왕은 역시나 정령들의 마음의 지주이기도 했던 모양이다. 고난을 넘어 승리를 거머쥐었으니 칭찬을 들을 수 있으리라 생각했건만 폭주 사고가 일어났으니, 상심이 얼마나 컸을지 짐작도 되지 않았다.

"그때는 너무도 상황이 급박해서 말이다. 용서해다오."

어쩐지 연기를 하는 것 같기는 했지만 마텔이 고개를 확 돌려 부루퉁한 투로 말하자 정령왕은 그렇게 말하며 쓴웃음을 지어 보였다. 그러자 마텔은 다정한 미소를 지은 채 "네, 용서할게요"라고 말하며 다시 고개를 돌렸다.

"으음, 우선 첫 번째 착각을 지적해야겠네요. 저는 갇혀 있는 게 아니에요."

마텔은 잘 타이르는 투로 그렇게 말했다. 마텔의 말에 의하면 신령정석으로 몇 중에 걸쳐 봉인된 통로는 밖으로 내보내지 않기 위한 것이 아니라, 외부로부터 이 장소를 지키기 위한 것이라고 한다.

"허어, 그러했던 겐가. 꽤나 쓸쓸해 보이기에 착각을 했군그래."

멀리서 희미하게 느낀 마텔의 기척은 매우 쓸쓸하게 느껴져서, 미라는 정황상 갇혀 있는 것이리라고 지레짐작을 하고 말았다. 하지만 아무래도 그녀는 자신의 의지로 이곳에 있는 모양이었다.

"헷갈리게 해서 미안해요. 희미하게 심 님의 기척이 느껴져서 나도 모르게 그렇게 생각하고 만 걸지도 몰라요."

그러나 자신의 의지로 이곳에 있는 것과 쓸쓸한지 아닌지는 별개의 문제다. 수줍은 미소를 띤 채 기쁜 듯 그리 말하는 마텔의 모습에 미라는 이곳에 오길 잘했다고 진심으로 생각했다.

"그래서 마텔이여. 어째서 너는 이곳에 머무르고 있는 것이지?"

어쩐지 속마음을 얼버무리는 듯한 태도로 정령왕은 이야기를 다시 본론으로 돌려놓았다. 그러자 마텔은 웃으며 "그런 면도 변함이 없으시군요"라고 말하더니 이곳에는 지켜야 할 것이 있다고 답했다.

'시조정령이라는 터무니없는 존재가 지키는 것이라. 어째 보물 냄새가 나는구나!'

마텔의 그 한 마디에 미라의 마음속에 갑자기 속물적인 감정이 솟구쳤다. 하지만 그것도 어떻게 보면 별 수 없는 일이다. 던전 깊숙한 곳에 있는, 신이 감춰둔 방. 그곳에 있던 최상위 중에서도 최상위 존재라 할 수 있는 시조정령. 그런 시조정령이 지키고 있다고 하는 것. 누구라도 기대를 할 수밖에 없는 조합이었다. 판타지 마니아라면 더더욱.

"지켜야 할 것이라. ……그럴 만한 것은 보이지 않는다만."

정령왕은 주변을 둘러보며 그렇게 중얼거렸다. 넓은 공간 안에서도 여러 겹이나 되는 덩굴과 식물들로 뒤덮여 있었던 집 한 채. 보물을 감추는 데에는 이만한 곳이 없을 듯했지만 유감스럽게도 그럴싸한 물건은 보이지 않았다.

"후후, 그렇게 간단히 찾을 수 있을 것 같나요?"

정령왕의 말을 들은 마텔은 매우 기쁜 듯이 가슴을 편 채 말했다. 듣자 하니 아무래도 이 집 주변에 자라난 풀이며 나무에는 탐색 계열 술식의 힘까지 교란하는 성질이 있다는 모양이다. 그래서인지 둘러본 것만으로 간단히 찾을 수 있도록 숨기지는 않았다고 마텔은 자신만만하게 말했다.

"철저하군그래. 그래야 찾아내는 보람이 있고말고!"

신종을 만들어내는 시조정령의 힘을 최대한 발휘하여 감춘 보물이라는 말에 미라는 더더욱 흥분해서 멋대로 방안을 뒤지기 시작했다. 그에 이어 정령왕 역시 자신만만한 마텔에게 대항하기라도 하듯 방을 뒤졌다.

"과연 그런 곳에 있을까요?"

분주하게 돌아다니는 두 사람의 모습을 즐거운 듯, 그리고 기쁜 듯 지켜보며 마텔은 도전적인 말로 두 사람을 부추겼다.

"……해서, 무엇을 지키고 있는 것이냐?"

십여 분을 찾아다녔음에도 단서조차 찾지 못한 정령왕은, 결국 보물을 감춘 본인에게 묻는다는 폭거에 나섰다. 참고로 미라는 다른 방을 탐색 중이다.

"어머, 이제 안 찾으셔도 되겠어요?"

마텔이 어쩐지 의기양양한 표정을 지어보였다. 답을 묻는다는 것은 곧 패배 선언이나 다름없다. 그것은 정령왕이 마텔에게 굴복했다는 사실을 뜻하기도 했다.

"현재 상태로는 네 힘을 당해낼 수가 없구나."

정령왕은 다소 부루퉁한 투로 그렇게 답했다. 현재 상태란 미라의 가호를 통해 현현하고 있는 상태를 말하는 것이다. 정령왕의 지각 능력은 미라에게 기반한 것이었고, 제아무리 미라라 해도 시조정령의 능력에는 크게 못 미치기 때문이다.

"어머, 심 님. 지금 핑계 대는 건가요?"

"사실이 그렇다는 것이지. 하지만 미라 공은 더더욱 성장할 거다. 그야말로 포세시아를 능가할 정도로 말이야. 나는 알 수 있다. 간파할 수 있게 되는 것도 시간문제일걸."

마텔이 씨익 웃으며 말하자 정령왕은 확신 어린 얼굴로 되받아쳤다. 미라는 모르고 있지만, 미라에 대한 정령왕의 평가는 상당히 높은 모양이었다.

"심 님이 그렇게까지 말씀하시다니. 미라 씨는 정말로 장래가 유망한 분인가 보네요."

"그래. 게다가 미라 공과 이어진 권속들에게 들은 바가 있거든. 그녀가 얼마나 우리를 사랑하고 있는지를 말이야."

정령과 인간의 관계. 그중에서도 가장 중요한 것이 인연이다. 사랑 역시 그중 하나다. 미라는 다른 방에서 절찬 가택 수색 중이지만, 정령왕은 모습이 보이지 않아도 또렷하게 느껴지는 인연의 끈을 더듬어 미라가 있는 방향으로 고개를 돌리며 부드럽게 미소 지어 보였다.

"그래요, 멋지네요."

정령왕은 지금까지 정령 궁전에서 한 발짝도 나올 수가 없었다. 하지만 지금은 다르다. 미라 덕분에 상당히 세계가 넓어진 모양이었다. 마텔은 정령왕의 과거 모습과 현재의 모습을 견주어보며 안도한 듯 눈웃음을 지었다.

"왜, 불렀는가?"

미라가 그런 두 사람 앞에 불쑥 고개를 내밀었다. 다른 방까지 들릴 정도의 목소리는 아니었지만 무언가를 느낀 모양이다. 이 역시 강한 인연 때문일까. 그런 생각이 머리를 스치는 가운데, 정령왕과 마텔은 꽃과 풀을 덕지덕지 붙이고 있는 미라의 모습을 보고 무심결에 미소를 짓고 말았다.

〈16〉

"허어…… 모두 다 전설급이 아닌가……."

영웅이 사용했다고 하는 무구에 고대의 기술로 만들어졌다는 술구, 나아가 만병을 치유한다고 알려진 영약이 쌓여있는 것을 본 미라는 넋이 나가 중얼거렸다.

풀과 꽃으로 뒤덮인 바닥 아래. 그곳에 자리한 비밀 계단을 따라 쭉 내려가자 나온 방에는 눈이 휘둥그레질 정도의 보물들이 늘어서 있었다. 그것은 한밑천을 잡는 정도가 아니라, 대대손손 놀고먹고도 거스름돈이 남을 듯한, 나라 한두 개는 만들 수 있지 않을까 싶을 정도의 재보(財寶)였다.

그런 재보 앞에 선 미라는 두 눈을 속물적으로 빛내며 돌격하여 물색을 시작했다. '아이템화'의 무형술을 걸면 그 부차적인 효과로 아이템의 이름을 '조사'할 수 있게 된다. 미라는 그것을 이용하여 재보를 하나하나 확인하며 흥분에 몸을 떨었다.

그럴 만도 할 것이다. 일찍이 미라가 아홉 현자의 일원으로 영화를 누렸던 게임 시절. 그 시절에조차 구경도 하지 못한 최상급의 희소품들이 그곳에 잔뜩 모여 있었기 때문이다. 모두 다 소유자가 과연 있기나 할까 싶을 정도의, 극도로 레어한 물건들이었다. 심지어 마텔에게 "모처럼 오셨으니 어느 것이든 하나 가져가세요"라는 말을 들은 뒤라 더더욱 들뜰 만도 했다. 참고로 성능쪽은 마텔이 자세히 설명해주었다.

"오오, 검이로군. 성검, 마검류는 보물 중에서도 단골메뉴라 할 수 있지."

무심결에 중얼거린 미라의 손에는 한 자루의 검이 쥐어져 있었다. 그 검의 이름은 '허무의 회귀검'. 마텔의 설명에 의하면 속성을 띤 힘을 베어 무(無)로 돌려놓는, 대(對)속성 무구의 결정판이라고 한다. 마수가 내쏘는 마법이나 용의 브레스, 온갖 술식들은 물론이고 대자연의 천재지변조차도 단칼에 무로 돌려놓는, 파격적인 힘을 지닌 검이다.

'솔로몬 녀석에게 보여주면 떼를 쓰며 갖고 싶다고 할 테지.'

솔로몬이 애용하고 있는 것은 여섯 종류의 속성검이었다. '허무의 회귀검'은 그 상극이라 할 수 있었지만 그것은 표현을 바꾸면 '허무'라는 속성을 지닌 검이라는 뜻이기도 했다. '허무' 속성은 최상급 마물과 고대용 등이 행사하기도 했는데, 그것을 지닌 검인 것이다. 심지어 성능은 과히 파격적이다. 솔로몬이 탐내지 않을 리가 없다.

'허나 유감이지만 포기해다오.'

가지고 돌아가도 되는 것은 하나뿐이다. 이만한 보물 앞에서 선물로 줄 물건을 고를 바보가 어디 있다는 말인가. 그렇게 생각한 미라는 오로지 사리사욕을 채우기 위한 물색을 이어갔다. 또한, 물건에 따라서는 시험해보아도 된다는 마텔의 허락을 받았다. 그 결과, 더더욱 보물 고르기에 힘이 실렸다.

다음으로 미라가 집어든 것은 하나의 술구였다. '용맥영기(龍脈靈器)'라는 이름이 붙은 그것은 하루 동안 많은 양의 마나를 비축

해둘 수 있는 물건이다. 그리고 언제든 그 마나를 꺼내서 소모된 자신의 마나를 충당할 수 있다. 말하자면 재충전 시간은 길지만 몇 번이든 사용할 수 있는 특대 마나 포션 같은 것으로, 술사라면 누구나 군침을 흘릴 술구일 것이다.

하지만 윤택한 마나 회복용 아이템을 소지한 미라에게는 약간 부족한 성능이었다. 원래 있던 장소에 돌려놓고 다시 다음 것으로 손을 뻗어 나갔다.

술식의 위력을 대폭 상승시켜주는 지팡이며 산조차도 베어낼 수 있다는 대형 도끼, 쏜 화살이 반드시 적에게 명중하게끔 된 영궁, 아무리 튼튼한 결계라 해도 꿰뚫을 수 있는 마창, 몸의 무게를 자유자재로 바꿀 수 있는 단검, 마에 절대적인 힘을 지닌 파마의 특대검 등. 무기만 보아도 이곳에 있는 것들은 무시무시하도록 강력한 것들 투성이였다.

그리고 방어구 역시 터무니없는 것들이 잔뜩 있었다. 모든 능력치를 비약적으로 상승시켜주는 전신갑주에 전방위를 멀리까지 지각할 수 있게 해주는 투구, 마나소비를 대폭 경감시켜주는 술사용 로브, 물리 공격의 관통력을 반전시켜 반사하는 대형 방패, 힘이 약한 자라도 엄청난 중량의 무기를 한 손으로 가뿐히 휘두르게 해주는 건틀릿, 모든 속성에 강한 내성을 획득하게 해주는 서클릿, 그리고 하늘을 날 수 있게 해주는 신발 등. 방어구 역시 감탄사가 절로 나올 정도의 희귀품으로 가득했다.

"뭘 골라야 할지 고민이구먼."

이런 기회는 흔치 않다. 어떤 것을 고르건 후회가 남지 않도록 미라는 호기심이 부추기는 대로, 닥치는 대로 성능을 확인해 나갔다.

술구 중에는 회복 효과가 있는 영수(靈水)가 마르지 않는 그릇이며 하루에 한 번 마물을 일격으로 처치할 수 있는 섬광을 내쏘는 보옥, 모든 상태 이상을 무효화하는 팔찌, 물속에서도 호흡할 수 있게 해주는 목걸이 등, 다종다양한 성능을 가진 물건들이 넘쳐났다.

그런 수많은 보물들을 살피던 가운데, 반지 하나가 문득 미라의 시선을 끌었다.

"이것은 무엇이지? 이상하게도 마음이 끌리는데……."

겉모습만 보면 상당히 소박하게 만들어진 반지였다. 탁한 은빛을 띠고 있으며 보석 같은 것도 붙어 있지 않은, 표면에 기하학적인 문양이 새겨져 있을 뿐인 반지. 어쩐지 이곳과는 어울리지 않는 것 같았다. 하지만 그렇기에 눈에 띈 것인지도 모른다. 미라는 그 반지를 향해 손을 뻗었다.

"역시 겉으로만 봐서는, 모르겠군."

이곳에 있는 이상, 상당한 힘을 지녔으리라는 것은 분명하다. 집어 들어 '아이템화'의 무형술을 걸어본 결과, 그것의 이름이 '공절(空絕)의 반지'라는 것을 알 수 있었다.

"그걸 찾아내다니……. 역시 미라 씨와는 인연이 있는 걸까요?"

어떠한 효과가 있느냐고 물으려던 순간, 마텔이 먼저 기쁜 듯한 목소리로 그렇게 말했다. 그리고 '공절의 반지'란 어떠한 물건인지를 알려주었다.

공절의 반지. 그것은 일시적으로 공간을 왜곡시켜 절대 방어의 장벽을 만들어내는 술구라고 한다. 그 원리는 공간의 연속성을 단절하는 것으로, 그로 인한 방어 장벽은 신의 일격이라 해도 막아낼 정도라고 한다.

"하지만 그 술구는 강력한 만큼, 사용자의 마나를 대량으로 소비하기도 해요."

술구에는 크게 나누어 내장된 마나를 이용하는 것과 사용자의 마나를 이용하는 것이 있다. 또한, 대기 중의 마나를 흡수하는 타입의 술구는 대부분이 전설급에 속한다.

공절의 반지는 대체 얼마나 많은 마나를 소비할까.

"시험해보지 그래요?" 마텔이 그렇게 말하기에 미라는 공절의 반지를 손가락에 끼워 사용해 보았다. 마나를 주입하기만 하면 돼서 사용법은 간단했다. 지금까지 몇 번이나 반복해온, 가장 익숙한 방법이다.

"오호…… 이것은!"

공절의 반지가 발동함과 동시에 최대치의 절반에 가까운 마나가 몽땅 소비되어 미라는 깜짝 놀랐다. 마텔의 말대로 터무니없이 연비가 나빴다. 그리고 방대한 마나를 소비한 대가로 얇은 막 같은 것이 미라의 주변을 뒤덮었다.

그것은 언뜻 보기에 몹시도 미덥지 못한 인상을 풍기는 장벽이었다. 하지만 곧바로 그것이 터무니없이 강력한 것임을 알 수 있었다. 장벽 너머에서 마텔이 아무리 튼튼한 결계라도 꿰뚫을 수 있는 창으로 그 막을 쿡쿡 찌르기 시작했기 때문이다. 심지어 그

것이 즐거워 보였는지 정령왕까지 근처에 있던 검을 집어 들고 장벽을 때리기 시작했다.

"굉장해요, 미라 씨. 이렇게까지 완벽하게 발동시키다니!"

"확실히 이것 참 굉장하군. 이렇게 두들겨도 꿈쩍도 않다니."

마텔의 말에 의하면 공절의 반지는 상당히 사용자를 가리는 물건이라는 모양이었다. 가장 큰 문제는 미라조차도 절반이 소비됐을 정도의 사용 마나량이다. 그리고 또 하나의 문제가 바로 반지와의 상성이라고 한다.

"잘은 모르겠지만 확실히 이건 굉장한 것 같군."

정령왕과 마텔은 제법 본격적으로 막을 두들기고 있었다. 하지만 장벽은 꿈쩍도 안 했다. 게다가 미라가 움직이면 장벽도 그에 맞춰서 움직였다. 이러한 물건은 이동에 제한이 걸리는 일이 많은데 이 반지는 예외인 모양이다. 연비가 좋지 않다는 점만 빼면 파격적인 방어 성능이었다.

"아무 말도 안 했는데 그 반지를 알아보시기에 상성이 좋을 줄은 알았지만, 이 정도라니 놀랍네요."

대충 이만하면 됐다고 생각했는지 마텔은 창을 내려놓고 진심으로 감탄했다는 투로 장벽에 손을 대었다.

듣자하니 공절의 반지의 효과는 공간을 왜곡하는 힘에 의한 것이라, 눈앞에 있다는 것을 의식하고 보지 않으면 평범한 사람은 인식조차 못 하는 모양이었다. 하지만 상성이 좋은 자는 예외인 데다, 그 상성에 따라 성능에 큰 차이가 나타나는 일도 있다고 한다.

"과연 미라 공이군. 나의 권속과는 매우 인연이 있는 모양이야."

이만하면 됐다고 생각했는지 아니면 질린 것인지, 정령왕은 기쁜 듯 웃으며 말했다. 권속. 다시 말해 정령과 인연이 있는 것과 이것에 어떠한 관계가 있는 것일까. 궁금해진 미라는 단도직입적으로 그렇게 물어보았다.

"그 반지에는 이공간을 관장하는 시조정령의 힘이 깃들어있다."

정령왕은 약간 쓸쓸한 투로 그렇게 답했다. 그러자 그런 정령왕의 말을 받아 마텔이 "그 반지는 그의 미련이기도 해요……"라고 말했다.

이공간의 시조정령의 이름은 리즈레인. 두 사람의 말에 의하면 일찍이 리즈레인은 어떠한 일을 계기로 인간족 여성과 사랑에 빠졌다고 한다. 하지만 그 여성은 삼신 중 하나를 섬기는 무녀로 연애가 금지되어 있었다. 그 때문에 그는 그녀의 친구로 가끔씩 얼굴을 비추어서는 시답잖은 이야기를 나누는 것만으로 만족했었다고 한다.

하지만 그렇게 작은 행복을 만끽하던 어느 날. 리즈레인이 여성을 찾아가자 늘 그녀를 호위하던 여기사가 앞을 막아섰다고 한다. 더 이상 만나지 말라면서.

대체 그게 무슨 소리냐고 묻자 여기사는 답했다. 그녀가 당신을 사랑하고 말았다고.

리즈레인은 그 말을 들은 순간, 기뻐했다. 하지만 무녀에게는 연애가 금지되어 있다. 그것이 법도다. 하지만 그것은 인간이 만든 규율이라 정령인 리즈레인에게는 그리 큰 장해물이 아니었다. 그러나 정령계에도 규율은 있었다. 함부로 인간의 관습을 어겨서는 안 된다는 규율이.

그로부터 몇 년 후. 리즈레인은 그녀에 대한 감정을 끊기 위해 거리를 두었다. 바로 그때였다. '마물을 다스리는 신'을 자칭하는 자가 나타난 것은.

포세시아가 활약했던 시대보다 먼 과거에 대전(大戰)이 있었다. 인류가 세운 나라는 혼란에 빠졌고 그 여파는 정령들에게도 미치기 시작했다.

당시의 마물은 지금과 거의 비슷한 존재였지만 신기하게도 마물을 다스리는 신이 이끈 것들은 그것들과는 비교도 되지 않을 정도로 강력한 데다, 모습도 전혀 달랐다고 정령왕은 과거를 돌이켜보며 말했다. 마텔도 그때는 마치 땅에서 솟아나거나 어딘가 다른 곳에서 보내져 온 것처럼 수많은 신종(新種)들이 갑작스럽게 나타났었다고 말을 보탰다.

그러한 상황이었던 탓에 인간과 정령은 손에 손을 잡고 마물을 다스리는 신에게 맞섰다. 그때, 정령들의 힘은 세계를 지키는 데 있어 특히나 중요시되어 각국으로 퍼져 나갔다. 그런 탓에 방비가 허술해진 정령계는 절대적인 힘을 지닌 시조정령들이 맡게 되었다. 상황이 하도 절박하여 리즈레인과 마텔도 참전했었다고 한다.

이때 리즈레인은 그녀가 있는 마을의 안부가 궁금했는지, 무척 불안해 보였다고 마텔은 말했다. 미련을 끊기 위해 멀리하고 보지 않으려 했지만, 생생하기만 한 추억은 그의 마음을 괴롭게 했다. 보기만 해도 그 괴로움이 느껴질 정도로 그의 사랑은 뜨겁고 애절했다.

하지만 좋지 않은 일은 그럴 때 일어나는 법이다. 미증유의 천재지변이 각지에서 발생했다고 한다. 정령들이 진력했음에도 불구하고 쉽게 막을 수가 없었던 그것은 마물을 다스리는 신의 특수한 힘에 의한 것이었다고 한다.

대전은 그 후, 간신히 인류와 정령들이 승리를 거둠으로써 막을 내렸다.

하지만 막대한 피해를 가져온 천재지변은 그녀가 있던 마을에도 피해를 끼쳐서, 마을은 괴멸했다는 정보가 종전 후에 리즈레인에게 전해졌다.

전후 처리가 이루어지는 가운데, 가장 먼저 그곳으로 달려간 리즈레인은 신전 깊숙한 곳에서 자신을 보호하던 여기사와 함께 죽어있는 그녀의 시신을 발견했다고 한다.

만약 규율을 무시하고 마음을 전했다면. 만약 강제로라도 그녀를 데리고 나왔다면. 만약 연인이, 부부가 되었다면.

하다못해 함께 있었다면.

분명 이토록 슬프지는 않았을 것이다.

끊으려 했던 미련은 비련(悲戀)으로 바뀌었고 결코 낫지 않을 상처가 되어 리즈레인의 마음에 새겨졌다.

그 후 얼마쯤 지나, 그는 기나긴 잠에 빠졌다. 그가 잠든 자리에는, 하나의 반지가 남겨져 있었다고 한다. 정령계에 있는 특별한 돌로 만들어진 그것은 만약 그녀에게 고백한다면, 이라는 애틋한 마음이 담긴 그의 소소한 꿈이자 후회이자 미련의 결정체였다.

그리고 리즈레인의 깊은 슬픔을 모두 받아낸 그 반지에는 그 마음을 이룰 수 있도록 삼라만상, 모든 재앙으로부터 소유자를 지키는 절대방어의 힘이 깃들게 되었다고 한다.

"그날 이후, 그는 지금까지 잠들어 있어요. 그래서인지 어떤지는 모르겠지만 그 반지도, 가끔 저도 찾지 못할 정도로 존재가 희박해지죠. 하지만 미라 씨는 그걸 찾아줬어요. 신기하기도 하지."

이야기를 마친 마텔은 반지가 끼워진 미라의 손을 다정하게 쓰다듬으며 감회가 깊다는 듯 살며시 미소를 지었다.

"미라 공. 그것으로 하는 것이 어떤가. 그 반지는 리즈레인의 화신이라 해도 과언이 아닐 정도로 강력한 힘을 지녔다. 상성도 흠잡을 데가 없는 데다 미라 공이라면 마음껏 힘을 끌어낼 수 있을 터. 감히 추천하도록 하지."

정령왕은 미라를 똑바로 바라본 채 실로 진지한 얼굴로 공절의 반지를 추천했다.

"그래요, 그게 좋을 것 같아요. 어때요?"

그리고 마텔 역시 정령왕의 말에 동의하여 기대감이 담긴 눈으로 미라를 본 채 미소를 던져왔다.

"어허 이것 참, 꽤나 적극적으로 추천을 하는군그래."

어째서인지 마텔과 정령왕은 적극적으로 반지를 권했다. 그 진의가 무엇인지는 알 수 없었다. 하지만 반지에 얽힌 경위를 알고 나니 어쩐지 받기가 껄끄러워서 미라는 일단 반지를 뺐다.

"어머, 마음에 안 드나요?"

"마나의 소비량이 많다는 결점이 있지만, 잘만 사용하면 결사의 일격조차도 마나 소비만으로 무효화할 수 있다는 이점도 있다. 여차할 때를 위해 가지고 있어도 손해 볼 일은 없을 텐데."

정령왕과 마텔이 계속해서 권해왔다. 과연 그 진의는 무엇일까.

"확실히 그렇기는 하네만, 여기에는 리즈레인이라는 자의 마음이 담겨 있다지 않았나? 그러한 물건을 일면식도 없는 이 몸이 사용하려니, 마음이 영 불편해서 말이네."

그 반지는 리즈레인이 사랑했던 무녀에게 선물하기 위해 만들어진 것이다. 그것을 상관도 없는 이가 멋대로 사용하는 것은 좀 그렇지 않나. 미라는 그렇게 생각한 것이다.

하지만 정령왕과 마텔의 생각은 다른 듯했다.

"소중한 것을 지키고 싶다. 그것이 반지를 통해 느낀 그 녀석의 바람이다. 그리고 그 바람은 반지를 이곳에 묵혀두고만 있어서는 결코 이루어지지 않겠지."

"이 반지와의 상성은 그의 바람 그 자체라고 할 수 있어요. 분명 미라 씨가 지키고 싶은 것을, 그도 지키고 싶다고 생각한 걸 거예요. 가능하면 함께 있게 해주시면 안 될까요?"

소중한 사람을 지키지 못했던 리즈레인의 원통함. 하지만 그 마음은 두 번 다시는 같은 슬픔을 만들지 않기 위해 이 반지에 깃들었다. 그토록 괴로워했음에도 누군가가 무사하기를 바라는 다정한 바람이 담긴 것이다.

공절의 반지는 이별에서 생겨난 슬픔의 결정인 동시에 두 번 다시 잃지 않겠다는 결의의 증표이기도 한 것이다.

"한 가지 더 자백하자면, 미라 공이 그것을 사용해주면 그 반지에 마음을 담은 리즈레인이 눈을 뜰지도 모른다는, 그런 희망도 품고 있다. 부디 사용해주지 않겠나?"

"그래요. 그럴 가능성도 있어요. 어때요, 미라 씨? 그를 돕는다고 생각해주면 안 될까요? 네?"

정령왕과 마텔은 이제 권유가 아니라 애원을 하기 시작했다. 그런 두 사람의 태도에 미라는 즉시 답해 보였다.

"음, 그래, 알겠네. 그런 사정이라면 이 반지는 이 몸이 가져가도록 하지."

다른 이도 아닌 정령왕과 마텔의 부탁이 아닌가. 그리고 리즈레인의 바람을 이루어주기 위해 미라는 흔쾌히 승낙하고 공절의 반지를 다시 끼웠다. 사실 이 반지의 성능은 이곳에 있는 다른 전설급 아이템과 같거나 그 이상이었다. 또한, 상성도 최고로 좋으니 남은 문제는 마나를 대량으로 소비한다는 결점뿐이다. 하지만 그것도 마나에 중점을 두고 단련한 미라의 윤택한 마나량과 그 회복 속도라면 치명적이라 할 정도는 아니다. 잘만 사용하면 충분히 실용적인 최강의 방어 수단이 될 수 있다. 이는 미라에게도 큰 이점이라 할 수 있었다.

하지만 선물은 거기에서 끝이 아니었다. 미라가 흔쾌히 승낙해준 것이 기뻤는지, 마텔이 그 자리에서 만들어낸 신종 식물을 가공해서 목걸이를 만들어준 것이다.

"자, 미라 씨. 이건 제 감사의 마음을 담은 선물이에요."

마텔은 환한 미소를 띤 채 그렇게 말하며 미라의 목에 손을 둘러, 투명하리만치 맑은 녹색을 띤 목걸이를 걸어주었다. 덩굴을 짜서 만든 그것은 미라의 가슴께를 차분한 색으로 치장해주었다.

그리고 마텔의 말에 의하면 이 목걸이에는 미약한 열을 양식 삼아 대기 중에서 마나를 흡수하는 성질이 있다는 모양이다. 그 열은 체온 정도면 충분하며 흡수한 마나는 피부를 통해 미라의 체내로 흡수된다고 한다. 다시 말해서 마나 회복을 촉진하는 효과가 있다는 것이다.

"이러면 더 쓰기 쉬울 테니, 이때다 싶을 때 써줘요."

"오오, 이렇게 고마울 때가!"

마나 회복량 상승. 반지는 둘째 치고 술사에게는 매우 반가운 특성이었다. 미라는 생각지 못한 선물에 기뻐했고, 마텔 역시 새로운 희망이 생겼다는 생각에 미소 지었다.

17

"헌데 마물을 다스리는 신이라고 했지? 좀 전의 이야기에 나온 그것이 쬐끔 신경 쓰이는데, 자세히 알려줄 수 있겠나?"

목걸이의 효과로 마나 회복 속도는 확실히 올랐다. 그 효과를 실감하며 미라는 문득 궁금했던 점을 물었다. 마물을 다스리는 신은 당시 알려졌던 마물과 비교도 되지 않을 정도로 강력한 데다 처음 보는 마물들을 이끌었다고 한다. 미라는 리즈레인의 이야기 속에 은근슬쩍 등장했던 그것이 삼신국 방위전을 초월하는 이상사태였을지도 모른다고 생각했다.

"그러고 보니 그것은 대체 무엇이었지?"

"그러게요. 지금 다시 생각해 봐도 이상한 점이 한가득이에요."

정령왕과 마텔은 미라의 질문에 답하기 위해 당시의 일을 돌이켜보더니, 그런 말로 운을 떼고서 본인들이 아는 바를 알려주었다.

우선 마물을 다스리는 신은 정말로 정체를 알 수가 없는 존재였다고 한다. 겉은 어둠을 굳혀놓은 듯했고, 인간과 같은 모습을 하고 있었다는 듯했다. 마치 그림자만 분리된 것 같은 모습의 그것이 강력한 마물을 이끌고 특수한 힘을 써서 천재지변을 일으켰다는 모양이다.

정령왕과 인류의 영웅들은 수많은 마물들을 물리치고 그의 곁에 도착했다. 그리고 결전을 치르게 되었는데, 마물을 다스리는 신은 영웅 중 한 명이 내지른 일격에 어이없이 쓰러졌다고 한다. 정령왕은 오히려 그 앞까지 가는 것이 더 힘들었다고 말했다.

결과적으로 사령탑을 잃은 마물들은 오합지졸이나 다름없어져서 사태는 신속하게 수습되었다는 모양이다.

"뭐라고 해야 할지, 내 생각에 마물을 다스리는 신은 이미 빈사 상태였던 것 같다. 느껴진 마나의 파동도 빈약했고 말이야. 다시 생각해 보니 처음 느끼는 것 같은 파동이었다는 게 신경 쓰이는군. 인간이 되었건 마물이 되었건 마나의 성질 자체는 비슷하기 마련이건만, 그 녀석 자신과 그 녀석이 이끌었던 마물들은 전혀 다른 성질을 띠고 있었다."

"저도 느꼈어요. 그건…… 그래요, 마치 다른 세계에서 온 것 같은…… 그런 느낌마저 들었죠."

정령왕과 마텔은 그러한 말로 이야기를 매듭지었다. 그 내용을 통해 좌우간 마물을 다스리는 신이라는 것이 명백하게 이질적인 존재였다는 사실을 알 수 있었다. 또한, 그 목적 등은 전혀 밝혀진 바가 없다고 정령왕은 덧붙여 말했다.

"참으로, 요상한 일이로군……."

마물을 다스리는 신의 정체는 대체 무엇이었을까. 그리고 그자가 이끌었던 이형의 마물들은 대체 무엇이었을까. 산 증인이기도 한 마텔이 말하는 다른 세계에서 온 것 같다는 말 역시, 다른 세계에서 온 미라로서는 매우 신경이 쓰였다.

하지만 그것을 해명할 방도는 현재 존재하지 않았다.

의문은 깊어질 따름이었지만 미라는 혼자서 생각해 봐야 달라질 것은 없다고 냉큼 포기하고서 정신없이 새로 손에 넣은 반지의 사용감을 확인했다.

"과연 마텔 공이 지키고 있던 보물답군!"

미라는 절대 방어의 전개 속도며 유효범위, 그리고 장해물과 그밖에 전개 범위 안에 무언가가 있을 경우 등의 반응을 확인하며 그 성능에 감탄했다.

전개 속도는 순식간이라 할 만큼 빨랐다. 전개 범위 안에 무언가가 있을 경우에는 장벽 자체가 변형되었다. 그리고 리즈레인의 마음이 강하게 반영된 결과인지, 무기 등을 물리치는 힘이 작용하고 있는 듯했다.

미라가 그러한 것들을 확인하던 그때.

"헌데 마텔이여, 이것뿐은 아닐 테지?"

"어머, 역시 심 님은 못 속이겠네요."

두 사람은 강력한 술구를 입수하여 들뜬 미라는 내버려 둔 채 그렇게 말을 나누었다. 무엇이 이것뿐이 아닌 것인지, 무엇을 얼버무리고 있었던 것인지. 미라가 다소 늦게 무슨 일인가 하고 고개를 돌리자 마텔은 미라를 바라본 채 잠시 생각한 후, "심 님의 가호가 있으니, 아주 관계가 없지는 않네요"라고 의미심장하게 중얼거리더니 결심을 굳힌 듯 진실을 이야기하기 시작했다.

이곳에 있는 재보는 미끼이고, 실은 더욱 중대한 것을 이곳에서 지키고 있었노라고.

"그러할 테지. 시조정령인 너를 파수꾼으로 두기에는, 이곳에 있는 것들의 가치가 턱없이 낮으니. 해서, 진짜로 지키고 있는 것은 무엇이냐?"

아무래도 정령왕은 처음부터 이 재보가 인간의 눈을 속이기 위한 것이라는 사실을 알았던 모양이다. 이곳에 있는 재보들은 시조정령을 경비 대신 세울 정도로 값지지 않다는 것이다. 과연 시조정령이 지킬 만한 재보라며 감동까지 했던 미라는 정령왕의 그 말을 듣자마자 애초부터 그럴 줄 알았다는 듯 가슴을 활짝 펴 보였다. 하지만 그런 식으로 얼버무리려 한들 정령왕과 마텔에게 통할 리가 없어서, 오히려 뜨뜻미지근한 시선만이 되돌아왔다.

제대로 속아 넘어간 미라는 확실히 이 정도면 누구나 속겠다며 감탄한 동시에, 최근에 비슷한 장치에 관한 이야기를 들은 적이 있다는 생각을 했다.

그것은 바로 고대신전 네뷸러폴리스의 지하에 있었다는 재보에 관한 이야기였다. 정규 루트에서 무수히 많은 비밀문을 찾아 나아가야 비로소 도달할 수 있는 방에 있던 재보. 하지만 그 안쪽에는 의문의 공간이 펼쳐져 있었다. 솔로몬은 그 공간이야말로 정말 감추려는 것이고, 재보는 진짜로 감추고 싶은 것을 가리기 위한 미끼였을 것이라고 추측했다.

이 장소 역시 아무래도 비슷한 구조로 되어 있는 모양이다. 던전 깊숙한 곳에 교묘하게 감춰진 길 끝. 시조정령이라는 최상위 정령이 지키고 있던 재보. 미라뿐 아니라 모험가라면 누구나 이 재보야말로 진정한 보물이라 생각할 것이다.

이번에는 이곳에서 파수꾼 노릇을 하고 있던 시조정령 마텔을 잘 아는 자가 있었기에 속지 않을 수 있었다.

하지만 이만한 재보가 있음에도 시조정령이라는 존재가 지킬 만큼 가치 있는 물건은 아니라면, 마텔이 정말로 지키고 있던 것은 무엇일까.

'혹시…… 신기인가?! 아티팩트인가?! 검, 창, 도끼, 활, 망치, 방패, 지팡이, 투구의 신기나 아티팩트가 봉인되어 있거나 한 겐가?!'

전설급을 능가하는 보물은 신의 힘 그 자체가 깃든 신기나 인간의 소망을 성취시키는 힘을 지녔다는 아티팩트 정도밖에 없다. 대체 얼마나 대단한 보물인지 한 번이라도 좋으니 보고 싶다는 생각에 미라의 가슴에는 기대감이 차오르기 시작했다.

"제가 정말로 지키고 있던 건, 신의 그릇이에요. 그것도 이 근방에서 가장 유명한 셋의 그릇이죠."

마텔이 그렇게 말한 순간, 미라는 더욱 흥분했다. 하지만 그후, 문득 위화감을 느꼈다. 신의 그릇이라는 말을 들은 미라는 신기(神器)라고 해석했는데, 이어진 말이 영 이해가 되지 않았기 때문이다.

가장 유명한 셋의 그릇. 과연 신기를 두고 그런 식으로 표현할까? 미라가 그런 생각으로 의아해하고 있는 동안 진실이 밝혀지기 시작했다.

"신의 그릇이라……. 그건 설마……?" 뭔가 짚이는 바가 있는지 정령왕은 놀란 표정으로 물었다. 그리고 그 놀란 표정은 미라로 하여금 신의 그릇이라는 것이 신기를 뜻하는 것이 아님을 확신케 했다.

"네, 말 그대로의 의미예요. 신이 다시 이 세상에 현현할 때 필요한 그릇. 그중에서도 이 대륙과 가장 인연이 깊은 세 신의 그릇이 이곳에 잠들어 있죠."

"……과연. 그렇다면 납득이 가는군."

마텔의 설명을 알아들었는지 정령왕은 납득한 듯 고개를 끄덕였다. 그리고 미라로 말하자면 너무도 비약적인 이야기에 넋이 나가 있기는 했지만, 의미만은 대충 파악을 했다.

신의 강림. 그것을 위해 필요한 그릇. 판타지스러운 이야기에서는 흔한 설정이다. 하지만 흔한 설정이기에 그것이 지닌 중요성 역시 납득이 되었다.

이 대륙과 가장 인연이 깊은 세 신이라 하면 삼신뿐이다. 그리고 삼신은 수많은 신들 중에서도 최상위의 신격을 지녔다. 그런 신이 현세에 강림하기 위한 그릇이라면 확실히 신기나 아티팩트 같은 것은 비교도 되지 않을 정도로 중요할 것이다. 아닌 게 아니라 시조 정령이 지키고 있는 것도 납득이 갈 정도다.

마텔의 말에 의하면 그 신의 그릇은 현재 있는 집의 밖에 위치한 거목의 줄기에 숨겨져 있다고 한다. 그리고 만약 인류가 멸망의 위기에 처하게 되면, 그때 사람들의 지주가 되어 궁지에서 구원하기 위해, 그리고 멸망을 피하기 위해 그릇을 사용하여 삼신이 강림할 것이라고 한다.

또한, 정령왕의 말에 의하면 삼신은 정령들과 마찬가지로 인류에게 특히 무른 성격이라는 모양이다.

"아, 말 안 해도 알겠지만, 이 일은 비밀이에요."

그것은 국가기밀 따위보다 훨씬 중대한, 말하자면 세계 기밀 같은 것이었다. 하지만 그토록 중대한 일임에도 불구하고 마텔은 입가에 둘째손가락을 가져다 대며 약간 장난스럽게 미소를 지어 보였다. 정령왕이 인정한 미라를 믿는 것인지, 미라가 이 일에 관해 퍼뜨리고 다닐 사람이 아니라는 것은 안다는 태도였다.

"음, 물론이고말고."

미라 역시 그 중대성은 충분히 이해했다. 그렇기에 당연하다는 듯 곧장 답했다. 신의 그릇이 존재한다. 그것은 다시 말해서 인간들이 숭배하는 삼신이 현세에 강림할 가능성이 있다는 뜻이다. 만약 이 사실을 삼신교의 교회에 속한 자가 알게 된다면 온 대륙이 발칵 뒤집힐 소동이 벌어질 것이다. 그리고 경우에 따라서는 그릇을 삼신국에 모시자는 이야기로 번질 수도 있다. 하지만 그것은 최악의 경우라 할 수 있었다.

막상 인류의 존망을 건 싸움이 시작되었는데 그릇의 위치가 특정된 상태일 경우, 그것은 적대 세력에게는 절호의 표적이 될 수 있기 때문이다.

삼신의 강림이라는 인류 측의 비장의 수. 그것을 봉하자는 흐름이 생성될 것이 뻔하다. 그리고 인류가 그러한 흐름을 막아낼 수 있으리라는 보장은 없다. 신의 그릇을 잃는 것은 사람들이 마음을 의지할 곳을 잃게 된다는 것과 같은 의미다. 그렇게 되면 인류에게 미래는 없다.

다시 말해서 신의 그릇이 있는지 없는지도 불분명한 현재는 엄중하게 은폐된 이곳에서 시조정령인 마텔이 지키고 있는 것이 가장 안전한 것이다.

"어려운 임무 같군그래……. 심지어 이러한 장소에서 혼자……
외롭지는 않은가?"

마텔은 상당히 긴 세월을 신의 그릇을 수호하느라 써왔을 것이
다. 미라는 그런 마텔의 심정을 헤아려 걱정스러운 투로 중얼거
렸다.

"으음~ 기억도 안 날 만큼 오랜 세월을 보낸 탓인지 그렇게 느
낀 적은 없었어요. 우리처럼 오래된 정령들은 그런 인식이 애매
하거든요."

미라의 말에 마텔은 웃으며 그렇게 답했다. 미라를 필요 이상
으로 걱정시키지 않기 위해서가 아니라 정말로 전혀 신경이 안
쓰인다는 투였다.

그러자 정령왕도 "잠깐 생각을 하다 보면 수백 년이 지나 있는
경우도 흔하니 말이지"라며 마텔의 말을 거들었다.

역시 정령의, 특히 고대 시대부터 유구한 시간을 보내온 정령
은 시간 감각도 상당히 애매한 모양이다. 그런 정령왕의 말에 마
텔도 그 말이 맞다며 맞장구를 쳤다. 아무래도 잠깐 생각을 하다
보니 수백 년이 흘러 있더라는 것은 고참 정령들에게는 정말 흔
한 일인 모양이다.

상당히 느긋한 정령왕과 마텔의 태도에 미라가 어이없어하던
참에 문득 정령왕이 미라를 쳐다보며 즐거운 듯 미소 지었다.

"하지만 미라 공을 만나, 미라 공을 통해 세계를 느낄 수 있게
된 지금은 하루하루 1분 1초가 너무도 즐겁군. 내가 아는 시대와
딴판으로 변한 부분도, 전혀 변하지 않은 부분도 있으니. 정말로

이 세계는 즐거운 일투성이야."

정령왕은 어쩐지 어린애처럼 자랑이라도 하는 듯한 투로, 하지만 아버지처럼 다정한 표정으로 마텔에게 말했다. 미라에게 내린 가호를 통해 느낀 세계, 그리고 계약의 인연을 통해 이어진 미라와 함께 있는 권속들에 관한 이야기를. 특히 권속들의 이야기는 지금의 정령 사정을 자세히 파악하는 데 매우 도움이 되어서, 과거와의 차이점을 알 때마다 무척 놀라울 따름이라며 정령왕은 웃었다.

"그랬나요. 그것 참 멋진 일이네요."

정령왕의 이야기를 들은 마텔은 그렇게 말하며 미소 지었다. 그리고 약간 부럽다는 듯한, 아주 약간 솔직한 표정으로 한 마디를 덧붙였다. 이미 쓸쓸하다는 감정은 애매해진지 오래지만, 미라와 만나고 정령왕과 재회하여 이렇게 이야기를 나누고 있는 지금이라는 시간은 확실히 즐겁다고.

"좋아, 마텔이여. 미라 공과 계약하도록. 내가 허락하마."

무슨 생각을 한 것인지 정령왕이 느닷없이 그런 소리를 했다. "뭣이?!" 미라는 놀랐지만 정령왕과 마텔은 그런 본인을 내버려 둔 채 계속해서 대화를 나누었다.

"계약이요? 그렇게 소중한 인연의 고리에 저 같은 게 끼어도 될까요?"

마텔도 정령왕의 말이 너무 갑작스럽게 느껴졌는지 약간 당황한 눈치였다. 하지만 정령왕은 그 말을 웃어넘겼다.

"그래, 물론이지. 미라 공은 우리 정령들을 소중하게 여겨주거든. 따라서 마텔, 너도 미라 공에게는 내버려 둘 수 없는 존재일 거다."

정령왕이 엄청난 기세로 마텔에게 계약을 권했다. 짧은 시간이기는 했지만 연륜에서 온 통찰력 덕분이라고 해야 할지, 정령왕은 미라의 사소한 태도와 언동을 통해 마텔에 대한 마음을 알아챈 모양이었다. 그리고 예상대로 들어맞아서 쓸쓸하다는 감정이 애매해졌다는 마텔의 말을, 미라는 애매할 뿐 전혀 없지는 않다는 식으로 받아들였다. 계속 이곳에 혼자 남아 있으면 분명 쓸쓸해질 거다. 본인도 알아채지 못하는 쓸쓸함이라는 것도 있기 마련이라고.

그렇게 느낀 미라는 괜한 참견인 줄은 알면서도 어떻게든 마텔을 외톨이로 만들지 않기 위한 수단은 없을까 궁리 중이었다. 바로 그때, 정령왕이 계약을 권하기 시작한 것이다. 그것은 마텔뿐아니라 미라를 향한 말이기도 했을지 모른다.

"미라 공에게는 나의 가호가 있다. 그 효과는 잘 알 테지? 네가 미라 공과 계약하면 그 새로운 인연의 끈을 통해 지금의 세계를 알 수 있을 거다. 그리고 좀 전에도 말하지 않았느냐, 지금 이렇게 대화를 나누고 있는 것이 즐겁다고. 나도 같은 감정을 느꼈다. 모처럼 이렇게 만났으니, 앞으로도 하잘것없는 대화나 나눠보지 않겠나."

정령왕의 가호의 힘은, 연결하는 힘이다. 그 연결한다는 말의 의미는 여러 가지다. 지금 마텔이 미라와 계약할 경우, 그렇게 새로이 이어진 인연의 끈과 가호를 거쳐 마텔 역시 정령왕과 이야기를 할 수 있게 될 테고, 나아가 미라가 현재 계약한 정령들과도 의사소통이 가능해질 것이다.

신의 그릇을 지킨다는 사명 탓에 마텔은 이곳에서 움직일 수가 없다. 하지만 미라와 계약을 하면 움직이지 않고도 세계의 상황을 느낄 수 있게 될 것이다.

'마치 정령 인터넷 같구면.'

그런 생각을 하며 미라는 정령왕이 권유하는 모습을, 숨죽인 채 지켜보았다. 미라로서는 이의를 제기할 이유가 하나도 없었다. 권유가 성공하여 계약하게 되면 마텔의 고독을 덜어준다는 큰 역할을 할 수 있을 테고, 더불어 새 소환술을 습득할 수도 있다. 후자 쪽 욕망이 조금씩 더 커지기 시작하기는 했지만 미라에게는 더없이 좋은 일이었다.

"이렇게까지 적극적인 심 님은 처음 보네요."

마텔이 살짝 놀리는 듯한 투로 말했다. 그에 반해 정령왕은 "그랬던가?" 하고 자기 자신의 발언을 되짚어 보더니 얼마쯤 지나 "아아, 그렇군"이라고 중얼거렸다.

"분명 미라 공이 세계를 넓혀준 덕분일 테지. 나는 지금, 권속들의 존재를 가까이 느낄 수 있었던 그 무렵이, 몹시 그리운 것일지도 몰라."

정령 궁전에서 나올 수 없게 되기 전. 세계에 있었던 정령왕은 공간만 이어져 있어도 모든 권속들을 가까이 느낄 수가 있었다. 아무리 멀리 떨어져 있어도 소중한 가족의 안부를 알 수 있었던 것이다. 서로에게 그보다 마음 든든한 일은 없을 것이다.

그러나 정령 궁전에서는 그 모든 것들이 절망적으로 멀기만 했다. 하지만 현재는, 일부이기는 해도 미라를 통해 소중한 이들의 기척을 가까이 느낄 수 있다. 정령왕은 언외로 그것이 무엇보다도 기쁘다고 말했다. 그리고 마텔에게도 곁에서 자신을 안심하게 해줬으면 한다는 뜻을 담아, 어쩐지 어색하게 웃어 보였다.

"알겠어요. 미라 씨가 괜찮다면 계약하게 해주세요."

소환 계약이란 강한 신뢰로 맺어진 인연의 증표이기도 하지만, 시점을 달리하면 억지로 강한 인연을 맺어버리는 것이라고도 할 수 있었다. 그런 인연을 오늘 만났을 뿐인 이와 맺어도 되는 걸까. 그것이 걱정이었던 마텔은 그 점만 문제없다면 계약하고 싶다며 제안을 해왔다. 정령왕이 이어서 뜻을 확인하듯 미라에게로 몸을 돌렸다.

"오히려 이쪽에서 부탁하고 싶을 정도네!"

문제 같은 것이 있을 리 없다. 이제 막 만난 사이이기는 하지만 미라는 이미 마텔에게 크나큰 친밀감을 느끼고 있었기 때문이다. 그리고 무엇보다도 정령에 대한 미라의 신뢰는 두터웠다.

그렇기에 마텔의 조심스러운 제의를, 미라는 환한 미소를 지은 채 흔쾌히 승낙했다. 시조정령이라는 터무니없는 정령과 계약할 수 있다는 것이 기쁘기도 했지만, 마텔이 외톨이로 남는 쪽을 택하지 않은 것이 더욱 기뻤다.

"그럼 곧장 시작하도록 할까!"

미라는 마텔이 마음을 바꾸기 전에 해치워버리자는 생각에 신이 나서 마텔의 앞으로 달려갔다. 그리고 마텔이 내민 손을 살며시 잡고 소환술사의 기능인 '계약의 각인'을 발동했다.

그러자 놀랍게도 옅은 계약의 빛이 순식간에 부풀어 올라 마텔을 감싸는가 싶더니, 다음 순간 몇 줄기나 되는 빛줄기가 되어 방 안에 퍼져 나갔다.

"흐음……! 과연 시조정령이라 해야 할지, 굉장하구먼."

정령왕의 딸이라는 상크티아와 계약했을 때보다도 격렬한 계약 반응에 미라의 기대가 한층 더 부풀었다.

이어서 막대한 정령력이 맞잡은 두 사람의 손에서 터지듯 흘러나왔다. 눈에 선명하게 보일 정도로 짙은 그 정령력은 계약의 빛에 서서히 녹아들어 빛의 격류와 하나가 되었다. 그리고 계약의 빛과 정령력이 하나가 된 순간, 눈 깜짝할 새에 형형색색의 꽃이 흐드러지게 피어 방 안을 가득 메웠다. 마치 꽃의 홍수가 밀려드는 것 같았다.

미라는 막대한 양의 꽃에 파묻혔다. 그 직후, 넘쳐난 꽃들은 빛의 입자로 변하여 소용돌이치며 마텔과 맞잡은 미라의 손으로 세차게 빨려들기 시작했다.

'오오! 성공한 모양이로군. 소환에 필요한 정보가 흘러들기 시작했어!'

소환 계약이 완료된 순간. 어떠한 원리로 소환이 되는지, 필요한 정보가 머릿속에 떠오르도록 되어 있다. 그것은 마치 잠에서 깨어 잊었던 꿈의 내용이 느닷없이 떠오른 것만 같은 신비한 느낌이다. 하지만 한참 전부터 알고 있었던 것 같은 착각이 일 정도로 선명한 기억이 되어 또렷하게 뇌리에 새겨졌다.

미라는 기대 속에서 그 기억을 의식적으로 떠올렸다.

순간, 첫 번째 놀라움이 미라를 덮쳤다. 새로 습득한【소환술 : 식물의 어머니】가 아이젠파르드보다 한참 위인, 소환진 네 개가 필요한 최상급 소환을 초월한 '초월소환'이라는 미지의 영역으로 분리되어 있었기 때문이다.

'초월소환…… 무어냐, 그게.'

소환술사의 정점에 군림하는 미라조차도 모르는 영역이다. 하지만 새로 떠오른 기억을 통해 그것이 상식을 뛰어넘는 힘이라는 사실을 알 수 있었다. 그리고 열 개의 '로자리오 소환진'을 승화시킨 '아스트라 십계진(十界陣)'이 필요하다는 것도.

'아스트라 십계진이라……. 어떻게 해야 습득할 수 있지……?'

최상급 소환까지만 알았던 미라는 당연히 그보다 상위 존재를 소환할 때 필요한 소환진의 존재도 기능도 몰랐다. 정령왕과 마텔에게 은근슬쩍 물어보았지만 아무래도 두 사람도 자세히는 모르는 모양이었다.

'어떻게든 알아봐야겠군.'

그렇게 결심한 미라는 곧이어 영창문을 확인했다. 지금까지 습득했던 그 어떤 소환보다 길어서, 과연 시조정령이라고 미라는 내심 납득했다. 하지만 미라의 놀라움이 최대 수준에 달한 것은 이어서 소비 마나 항목을 확인했을 때였다.

'어렴풋이는 알았지만, 역시 인간에게는 감당하기 어려운 존재라는 뜻인 모양이군…….'

마텔을 소환하기 위해 필요한 마나는 무려 백만이 넘었다. 이는 마력 특화 수련을 쌓아 윤택한 마나량을 보유한 미라의 최대 마나치의 약 200배에 해당하는, 터무니없이 높은 수치였다.

시조정령은 신의 필적한다는 정령왕의 다음가는 힘을 지녔다. 그것은 인간에게는 과분한 힘이다. 아홉 현자라 불리는 술사의 최고봉에 있는 존재라 해도 한참 부족하여 제대로 행사할 수가 없는, 터무니없는 술식이었다.

'하지만 이 상식을 벗어난 수치는…… 실로 믿음직스럽군그래!'

미라는 놀라면서도 그 너무도 파격적인 마나 소비량에 환희했다. 대부분의 술법에 공통되는 이야기지만 마나의 소비량이 많다는 것은 그만큼 강하다는 뜻이다. 그 아이젠파르드조차도 소비되는 마나량은 이천 정도다. 그에 반해 마텔은 백만을 넘어, 기준 자체가 달랐다. 누구든 그 힘에 기대하지 않을 수 없으리라.

그리고 가장 중요한 것은 미라에게는 그만한 마나를 변통할 방법이 있다는 점이었다. '군세'를 소환하기 위해 필요한 기능인 '선주안'을 이용하면 이론적으로는 소비 마나량이 백만을 넘는다 해도 억지로 변통할 수가 있다.

하지만 '이론적으로'라는 부분이 다소 마음에 걸렸다. '선주안'의 기능은 술식 사용시에 마나를 소비하지 않게 해준다는 것이다. 하지만 그 정확한 효과는 주변의 마나를 자신의 마나처럼 이용할 수 있게 해주는 것이다. 과연 주변에 백만을 넘는 마나가 존재하기는 할지, 그것이 유일한 걱정거리였다.

'아직 소환은 못 하겠지만 일단 비장의 패가 하나 늘어난 셈이라 볼 수 있으니, 고마운 일이지.'

자연계의 광활함과 또렷하게 느껴지는 인연의 끈 앞에서 미라는 기대감을 감출 수 없었다.

　당연한 이야기지만 게임이 아닌, 정말로 목숨이 걸린 이 세계에서는 여차할 때 사용할 수 있는 수단이 많을수록 좋다. 미라가 지금까지 가지고 있던 수단은 압도적 물량 공세였다. 그리고 이번에 추가된 것은 그와 정반대라 할 수 있는, 시조정령이라는 한 명의 압도적인 존재다. 지금은 아직 사용할 수 없지만 언젠가 '아스트라 십계진'을 습득하면 대응할 수 있는 폭이 크게 넓어질 것이다. 미라는 그 사실에 기뻐하는 동시에 감사했다.

18

"무사히 완료된 모양이로군. 어떤가, 마텔이여. 인연의 끈이 느껴지느냐?"

계약의 빛이 잦아들자 실내는 좀 전처럼 차분한 분위기를 되찾았다. 그 광경을 만족스러운 표정으로 지켜보던 정령왕의 목소리가 울렸다.

『……으음, 아아, 찾았어요. 이거군요. 심 님의 기척이, 더 가까워진 것 같아요.』

계약에 의해 미라와 이어진 인연의 끈. 그리고 미라에게 깃든 정령왕의 가호와, 그것이 연결하고 있는 수많은 인연의 끈. 마텔은 천천히 의식을 집중한 끝에 새로이 이어진 그것들을 느낄 수 있게 되었는지 조용히, 부드러운 미소를 짓고 있었다.

『어머어머, 워즈 군도 있었네. 이게 얼마만이람.』

인연의 끈을 확인하던 마텔이 문득 기쁜 듯 그렇게 말했다. 미라는 순간적으로 무슨 소리인가 싶었지만 이내 '아아, 그랬지' 하고 납득했다.

정적의 정령 워즈랑베르. 아무래도 마텔은 정령왕의 가호로 묶인 인연의 끈을 통해 그와 만난 모양이다. 말투로 보아 아는 사이인 듯했다.

『그래, 나도 미라 씨와 계약했어. 그래서 있지, 지금은 심 님이 말했던 인연의 끈을 확인하던 참이었어. 이거 정말 굉장한걸. 설마 워즈 군과도 만날 수 있을 줄은 몰랐어.』

이야기를 하다 보니 흥이 올랐는지, 마텔은 지금까지의 인상과 달리 다소 수다스러워졌다. 심지어 즐겁게 대화에 빠져 있어서 정령왕도 참견을 하지 못하고 난감해하고 있다. 그렇게 찍소리도 못하고 기다리는 정령왕의 모습을 본 미라는 시조정령이 얼마나 굉장한 존재인지를 새삼 실감했다.

『응, 아직 임무 도중이야. 심 님의 힘으로 봉인을 뚫고 들어온 것 같아. 아, 그러고 보니 워즈 군은 상짱을 지키고 있었지? 상짱은 잘 지내?』

『어? 어머, 상짱도 미라 씨와 계약을? 으음……. 아아, 이거구나. 상짱의 인연의 끈도 찾았어.』

『그래, 미라 씨 정말 굉장한걸. 아, 상짱~ 오랜만이야. 잘 지내는 것 같아서 다행이야~.』

『아마 괜찮지 않을까. 일단 한 번 물어볼게.』

마치 전화로 수다를 떠는 여성 사회인처럼 워즈랑베르, 그리고 정령왕의 딸인 상크티아와 대화를 나누던 마텔은 그렇게 말하며 미라에게로 고개를 돌렸다.

"상짱이 아버지가 미라 씨한테 민폐를 끼치고 있지는 않냐고 하는데. 어때, 미라 씨?"

"으음~ 글쎄. 딱히 민폐라고 느낀 적은 없는 것 같군그래. 매우 편리한 지혜 주머니 같다고나 할까."

느닷없이 말을 붙이는 바람에 미라는 자신도 모르게 본심을 입밖에 내고 말았다. 순간, 정령왕이 침울한 말투로 "지혜 주머니……"라고 중얼거리기는 했지만 그 정도로 당황할 사람은 이곳에 없었다.

『괜찮대. 심 님도 미라 씨에게 도움이 되고 있는 모양이고.』

『응응, 맞아. 나도 상짱한테 지지 않도록 열심히 해야겠어.』

『아, 그리고 보니 워즈 군하고 상짱이 있으면 티네도 있다는 뜻이겠지?』

『그래, 그렇겠지? 이게 얼마만이람. ——어머, 이상한 걸. 티네와의 인연의 끈이 안 보여.』

『어, 그래? 계약을 안 했어? 어째서일까?』

『어머~ 물의 정령은 이미 있어서? 그런 경우도 있구나~. 아쉬워라~.』

티네. 그것은 분명 그 장소에 있던 물의 정령을 가리키는 것이리라. 일방통행으로 들리는 마텔의 이야기 소리를 들으며 미라는 그런 생각을 했다.

"언제까지 계속될는지 원."

이야기를 끝낼 낌새가 없는 마텔을 바라보며 미라가 묻자 정령왕은 "수다를 떠느라 신이 난 마텔을 막을 자는 없지"라고 답하더니 두 손을 들어 항복이라는 시늉을 해보였다.

"그러한 자에게 마음껏 이야기할 수 있는 인연의 끈이 생겼다 이건가……. 앞으로 피곤해지겠구먼."

"뭐어, 수천 년 만이니 어쩔 수 없지. 얼마쯤 지나면 조금은 조용해……질 터."

"그래야 할 텐데 말이지."

정령왕이 못 미더운 투로 말했다. 미라는 한창 이야기꽃을 피운 마텔을 멀리서 바라보며 적당한 장소에 앉아 느긋하게 그녀가 돌아오기를 기다렸다.

하지만 고참 시조정령답게 마텔은 아는 정령이 매우 많은 듯했다. 미라가 계약한 정령들 중에도 인연이 있는 정령들이 많은지 어느샌가 인연의 끈을 통해 한 사람 한 사람에게 인사를 하기 시작한 상태였다. 마텔의 수다는 한참은 더 계속될 듯하다.

또한 미라에게도 마텔의 목소리가 들리는 것은 인연의 끈이 생긴 지 얼마 되지 않았기 때문이라고 한다. 조만간 익숙해지면 미라 쪽으로 목소리가 새어나가는 것은 막을 수 있을 것이라는 모양이다.

"미안해. 이야기하는 데 정신이 팔려서. 그나저나 이거, 굉장한걸?"

마텔이 정령들과 이야기를 하기 시작한 지 한 시간 남짓이 지난 후. 겨우 일단락이 된 것인지 마텔이 만족스러운 얼굴로 고개를 돌리더니 즐거운 듯 미소 지었다.

"마음에 든 것 같아 다행이로군."

한참을 기다리기는 했지만 이곳은 얼마든지 시간을 죽일 수 있을 정도로 놀랄 만한 것들이 가득했다. 실내 여기저기에 보이는 신종 식물을 관찰하기만 해도 상당히 즐거운 시간을 보낼 수 있었다. 그렇게 정령왕과 함께 신기한 꽃과 풀들을 구경하다 보니 어느샌가 마텔의 수다가 끝난 모양이었다.

"그나저나 신기한걸. 미라 씨가 조금 전보다 훨씬 가깝게 느껴져. 게다가 어쩐지 마음이 굉장히 따뜻하고 포근해. 이게 인연의 끈으로 이어진 영향일까?"

소환 계약이 맺어진 것과 더불어 정령왕의 가호에 의해 생겨난 특별한 연결고리. 그로 인해 감정 같은 것이 전해지는 것인지, 마텔은 숨김없는 미라의 다정한 마음을 직접적으로 느낀 모양이었다.

"앞으로도 잘 부탁해. 미라 씨."

마텔은 다시 한번 그렇게 말하더니 있는 힘껏 미라를 끌어안았다. 미라의 마음을 느끼고 감격한 것인지, 아니면 역시나 그동안 사람을 보지 못한 것에 따른 반작용인지는 모르겠지만. 얼핏 보면 모녀 관계로 보이는 광경이었지만 이때의 마텔은 어머니처럼 다정한 표정을 짓고 있음에도 어쩐지 어리광을 부리는 어린아이처럼 보였다.

"음, 이쪽이야말로 잘 부탁하마."

달콤한 꽃과 풀의 향내가 코끝을 간질이는 가운데, 품에 안긴 미라는 당황스러운 마음을 다잡고서 답했다.

인간과 정령의 관계. 그 이상형이라 할 수 있는 광경을, 정령왕은 그야말로 아버지 같은 미소를 띤 채 지켜보고 있었다.

"미라 씨가 어머니인 애들도 잔뜩 있네. 다들 활기차고 행복한 것 같았어. 정말로 고마워."

미라가 계약한 정령들 중에는 샐러맨더를 비롯해서 막 태어났을 때부터 돌보고 키워온 정령들도 많았다. 인연의 끈을 통해 그러한 정령들의 이런저런 사정을 파악한 모양인지 마텔은 정말이지 기쁜 미소를 띤 채 그렇게 말했다.

바로 그때. 묵직한 굉음과 함께 주변이 크게 진동했다. 아무래도 또 지진이 일어난 모양인지 몇 번이나, 불규칙적으로 물결이 밀려드는 듯한 땅울림이 발치에서 전해져 왔다.

"또 지진이로군. 최근 들어 잦다고 들었는데 무슨 문제라도 있는 겐가."

지하 깊숙한 곳까지 온 탓인지 지진은 처음과 두 번째로 경험했을 때보다 훨씬 크게 느껴졌다. 미라가 무심하게 원인이 무엇일까, 하고 중얼거린 순간——.

"응, 사실 문제가 좀 있거든."

무심한 미라의 말에 마텔이 뭔가를 아는 듯한 투로 답했다.

"뭣이?"

미라는 진실을 안다는 투의 마텔의 말에 놀라 고개를 돌렸다. 그러자 마텔은 문득 진지한 눈빛으로 미라를 바라보았다. 그것은 품평을 한다기보다는 간절함을 띤 눈이었다.

"미라 씨에게 부탁하고 싶은 게 있는데, 해도 될까?"

시조정령 마텔의 부탁. 터무니없이 어려운 일은 아닐까 하고 미라는 긴장했지만, 이내 진지한 빛을 띤 그녀의 눈을 보고 자세를 바로잡았다.

"이 몸에게? 무엇이지?"

그렇게 되묻자 마텔은 비통한 표정으로 "늑대님을 구해줬으면

해──"라고 운을 떼더니 자세한 설명을 덧붙였다.

그것은 1년 정도 전의 일이었다고 한다. 한 마리의 늑대가 뿔뿔이 흩어진 남동생과 여동생을 찾아 고대지하도시를 찾았다는 모양이다. 짧은 설명으로도 알 수 있듯, 평범한 늑대가 아니라 상당한 지혜와 힘을 지닌 늑대라고 한다.

그 늑대는 남동생과 여동생의 기척과 비슷한 것을 느끼고 이곳을 찾았다는 모양이다. 하지만 얼마쯤 지나 늑대의 몸에 이변이 일어났다.

서서히 이성을 잃기 시작한 것이다.

늑대는 그런 자신의 상태를 알아채고는 마텔을 찾아왔다. 그리고 조금 전에 언급한 경위를 설명한 후, 이성을 완전히 잃기 전에 마텔의 힘으로 봉인해 달라고 부탁했다는 모양이다.

늑대의 힘은 상당히 강력했다. 완전히 이성을 잃는 날에는 얼마나 큰 피해가 나올지 모를 일이다. 그렇게 판단한 마텔은 늑대의 바람대로 이 땅에 봉인했다고 한다.

"하지만 늑대님의 힘을 완전히 억누르는 건 상당히 힘든 일이었어. 그래서 늑대님이 날뛰면 좀 전처럼 지진이 일어나는 거야."

봉인하고서 얼마쯤 지난 후, 늑대는 완전히 이성을 잃어서 날뛰었다가 쉬었다가를 반복할 뿐인 존재가 되었다고 마텔은 말했다.

마텔은 아무렇지도 않은 투로 늑대에 관한 이야기를 했지만, 그것을 들은 미라는 전율했다. 시조정령인 마텔이 봉인했음에도 불구하고 날뛴 것만으로 지진을 일으키는 그 늑대는 대체 어떤 괴물일까 하는 생각이 들었기 때문이다. 하지만 동시에 흥미가

동하기도 했다.

　과연 그 늑대는 영수일까 성수일까. 지금은 이성을 잃은 모양이지만 그렇게 되기 전에는 상당한 현랑(賢狼)이었으리라. 심지어 냉정하게 자신의 기량을 헤아려 피해를 내지 않기 위해 마텔에게 봉인해달라고 부탁했을 정도의 양심까지 지녔다니.

　미라는 생각했다. 소환 계약을 할 수는 없을까.

　하지만 그런 것은 현재의 상황을 해결하고 나서 생각할 문제다. 지금 가장 큰 문제는 그 늑대가 이성을 잃은 상태라는 점이니.

　"해서, 구해달라고 했다만 뭔가 방법은 있는 겐가?"

　우선적으로 생각해야 할 것은 바로 그것이었다. 늑대가 이성을 잃은 원인은 이야기 속에 명확하게 등장하지 않았다. 그것을 확실하게 알기 전에는 구하려야 구할 수가 없기 때문이다.

　그러한 상황에 빠진 원인은 무엇인가. 미라가 생각에 잠기자 마텔은 그에 관해서는 이미 조사를 해두었다고 말했다.

　"일단 대략적인 원인까지는 알아냈어."

　늑대가 이성을 잃은 원인. 그것은 늑대가 느낀 정체불명의 힘이었다고 한다. 자세한 내력까지는 알 수 없었지만 봉인 중인 늑대를 조사해 보니 본래 가지고 있던 힘 말고도 잡다한 것들이 뒤섞인 힘이 잔뜩 섞여든 상태라는 것을 알 수 있었다고 한다. 그리고 더욱 자세히 조사해 보니 그 힘 때문에 이성을 잃었다는 것이 판명되었다는 것이다.

　"그래서 말이지, 그 마구 뒤섞인 것이 이곳의 깊숙한 곳에 있는 모양이야."

마텔의 말에 의하면 늘대의 이성을 앗아간 의문의 힘과 같은 성질을 띤 것이 이곳, 고대지하도시의 아래에서 느껴진다는 모양이었다. 그 정체까지는 모르겠지만 그것이 원인인 것은 틀림없다는 것이다.

"다시 말해서 마텔 공의 부탁은, 지하에 있는 무언가를 제거하거나 하는 것, 이라는 겐가?"

그 원인을 제거하면 늘대를 구해낼 수 있다. 미라는 이야기의 내용을 통해 그렇게 이해했지만 아무래도 마텔의 생각은 약간 다른 듯했다.

"그래주면 고맙겠어. 하지만 지금은 먼저 이쪽을 부탁하고 싶어."

마텔은 그렇게 말하며 새하얀 과실을 미라에게 내밀었다.

그것이 무엇이냐고 미라가 묻자, 놀랍게도 늘대의 안에 섞여든 의문의 힘을 제거하기 위해 조정을 한 열매라는 모양이었다.

"허어…… 과연 대단하군그래."

정확한 상태만 알면 정상으로 돌려놓기 위한 과실을 만들어낼 수 있다. 식물의 시조정령의 잠재력에 새삼 감탄하며 미라는 그것을 받아들었다.

하지만 그때 문득 의문이 떠올랐다. 이러한 과실이 있다면 직접 먹여버리면 그만 아닐까.

"처음에는 그러려고 했거든. 하지만 살짝 일이 복잡해졌어."

미라의 질문에 마텔은 그렇게 답했다.

일이 복잡해졌다. 다시 말해서, 늘대의 상태가 변화한 것이다.

폭주 상태가 된 탓에 본래 가지고 있던 힘이 해방됨과 동시에 의문의 힘까지 뒤섞여, 흉흉한 모습으로 변해버렸다는 것이다.

그 결과, 늑대를 봉인하기 위해 마텔이 특별히 만들어낸 식물의 우리가 그 흉흉한 힘에 침식되어 제어가 불가능해졌다고 한다.

심지어 한 차례 그것을 해제하려 한 탓에 그 흉흉한 힘이 마텔을 적으로 인식하고 말았다는 모양이다.

마텔이 만들어낸 봉인에 늑대가 지닌 힘과 의문의 힘까지 보태져서, 현재는 마텔조차도 다가가면 침식될지도 모르는 상태가 되었다는 것이다. 더불어 처음에 했던 봉인까지 변화해서 미궁이 되어버렸다고 한다. 그것은 눈 깜짝할 새에 성장하여 지금은 3층 규모로 불어나고 말았다는 모양이다.

그런 탓에 현재는 위에서 추가로 봉인을 하여, 어떻게든 이 이상 미궁이 넓어지지 않도록 억제하고 있는 상태라고 한다.

"살짝 복잡해진 정도가 아닌 듯하네만……."

일이 심하게도 꼬였구먼, 이라고 생각하며 미라는 뺨을 씰룩거렸다.

날뛰기만 해도 지진과 같은 땅 울림을 일으키고 시조정령의 봉인을 침식하여 미궁으로 바꿀 정도의 힘을 지닌 자에게 하얀 과실을 먹여야 한다니. 그러다 자신이 먹히는 것이 아닐까 싶어서 미라는 헛웃음을 지었다.

"분명 미라 씨라면 괜찮을 거야!"

마텔은 미라의 걱정은 아랑곳하지 않고 상당히 긍정적으로 말했다. 그리고 미라와 계약으로 이어졌기에 그렇게 확신할 수 있는 것이라고 마텔은 말을 이었다.

　소환 계약이라는 것은 인연으로 서로 엮이는 것을 의미했고, 그것은 한없이 깊고도 강한 인연이 될 가능성을 지니고 있었다. 그렇기에 마텔은 그 인연을 통해 미라의 힘을 느낄 수 있었다. 그리고 느꼈기에 괜찮을 거라 장담할 수 있다고 마텔은 다시금 말했다.

　"확실히 늑대님은 굉장한 힘을 지녔어. 하지만 괜찮아. 밖에서라면 봉인을 강화할 수 있으니까. 미라 씨가 늑대님을 만나면 내가 봉인을 최대 강도로 끌어올릴게. 그렇게 하면 분명, 미라 씨가 약을 먹일 기회를 만들 수 있을 거야."

　정령왕이 인정한 인간이라는 이유도 한 몫 거든 것인지, 미라에 대한 마텔의 신뢰는 두텁기만 했다. 그리고 진정한 사내라면 그런 말을 들은 이상은 군말 없이 받아들이는 것이 인지상정이다.

　"음…… 알겠네, 받아들이도록 하지! 게다가 이런 건, 한 번 해봐야 가능할지 어떨지 알 수 있게 마련이니 말이야!"

　미라가 호쾌하게 답했다. 뭐어, 반지에 목걸이 같은 귀중품을 받은 뒤라 거절하기 어렵다는 생각이 약간 섞여 있기는 했지만.

　마텔은 폭주 중인 늑대를 구해달라고 부탁했다. 그것을 승낙한 미라는 현재, 미궁으로 변한 봉인의 입구에 있었다.

　늑대를 봉인했다는 장소는 마텔이 있던 공간보다 안쪽에 있었다. 침식된 부분을 뒤덮은 표면의 봉인은 거목의 줄기 같았지만, 그 안에는 다른 차원이 펼쳐져 있다. 마치 나무로 된 동굴과 숲이 하나가 된 듯한, 신기하기 그지없는 공간이 되어 있는 것이다. 심지어 봉인이 침식당한 탓인지 모든 것이 말라비틀어져 있어 으스스한 분위기를 증폭시켰다.

　"이것 참…… 들었던바 이상으로, 거시기하군그래……."

　마텔이 말한 늑대님의 힘은 정말로 상당한 모양이다. 미궁이 되었다고는 들었지만 만들어진 지 얼마 되지 않았다는 것이 믿기지 않는 광경에 미라는 약간 식겁했다. 하지만 설령 처음 보는 미궁이라 해도 믿고 기댈 수 있는 동료가 있었다. 미라는 이러한 미궁을 공략할 때 빼놓지 않고 대동하는 그 동료를 소환했다.

　"불속이 되었건 물속이 되었건 미궁 안이 되었건 불러만 주십쇼냥. 믿음직한 캣 시프(thief)란 소생을 뜻하는 말입니다냥!"

　스타일리시하게 빛나는 고양이 눈 모양 소환진. 그곳에서 색적, 자물쇠 따기, 매핑에 함정 해제까지, 로그(rogue)로서의 기능을 완비한 단원 1호가 모습을 드러냈다. 오늘도 당당하게 소환된 탓인지 [잦은 등장으로 얼굴도장 쾅쾅. 인기도 급상승 중]이라고 적힌 팻말을 자신만만하게 든 채 몹시 들떠 있었다. 또한, 그 차림새는 시프나 로그라기보다는 괴도 같았다. 듣자 하니 최근에는 그런 것이 취향인 모양이었다.

그렇게 기세등등하게 등장한 것은 좋았으나 단원 1호는 지금까지의 어쩐지 로망이 넘치는 폐허와는 다른, 오싹한 분위기에 눈이 휘둥그레져서 "이거, 터무니없는 곳에 와버렸습니다냥……" 하고 얼굴을 씰룩거리기 시작했다.

"잘 왔다, 단원 1호여."

미라는 괜히 왔나, 라는 표정인 단원 1호를 단단히 붙잡고서 그대로 미궁 공략에 필요한, 자신이 아는 정보에 관해 설명하기 시작했다.

"참으로 책임이 중대합니다냥! 소생들의 어깨에 늑대님의 미래가 걸려 있습니다냥!"

대충 상황을 파악한 단원 1호는 진지한 표정으로 외쳤다. 평소에는 한없이 까불거리기만 하지만, 단원 1호도 진지해야 할 때는 진지해졌다.

하지만 짊어진 팻말에는 [특상급 과일 무한 리필 만세]라고 적혀 있었다. 그렇다. 임무 달성 보수는 마텔이 만든 특제 과일이었다. 이에 관해서는 마텔 본인의 승낙도 받아두었다.

"그럼, 지금부터 우리는 전인미답(前人未踏)의 미궁에 들어간다. 각오는 되었겠지?!"

"Sir, Yes sir, 입니다냥!"

그렇게 미리 정해둔 대사를 주고받은 후, 미라와 단원 1호는 미궁 안으로 발을 들였다. 참고로 홀리나이트 둘이 앞뒤에서 여차할 때를 대비해 경계 중이었다.

목적지는 늑대가 있는 곳. 하지만 현재는 루트는커녕 내부에 관한 정보가 전혀 없는 상태다. 그 때문에 단원 1호의 탁월한 매핑 능력을 통해 미궁의 내부 구조를 체크하는 것이 1차 목표였다.

생긴 지 얼마 되지 않았음에도 이토록 본격적인 미궁이 되었다니. 미라와 단원 1호는 그렇게 놀라며 신중하게 걸음을 옮겼다. 그렇게 말라비틀어진 숲에 난 구멍으로만 보이는, 뭐라 형용하기 어려운 미궁을 조사하며 루트며 상황 등을 확인해 나갔다.

"냐냐냥……. 불길한 기운이 느껴집니다냥. 저 한가운데입니다냥."

약간 앞이 트인 마른 나무숲. 그 중앙을 노려보며 단원 1호가 경계심 섞인 투로 말했다.

"흠…… 함정이냥── 함정이냐?"

자꾸만 냥냥거리는 바람에 말버릇을 따라 할 뻔하기는 했지만 미라는 신중하게 그 지점을 확인했다. 얼핏 봐서는 다른 곳과 딱히 다를 것이 없어 보였다. 하지만 단원 1호가 아무리 평소에 장난스럽더라도 이런 상황에서의 관찰안은 그럭저럭 믿을 수 있었다. 따라서 그곳에는 경계해야 할 무언가가 있다고 보아도 될 것이다. ……아마, 분명, 틀림없이.

"시험해보겠습니다냥."

단원 1호는 조용히 그렇게 말하더니 펄럭이는 망토 속에서 카드 한 장을 꺼내, 잔뜩 폼을 잡아가며 그것을 중앙을 향해 날카롭게 뿌렸다.

하지만 카드는 중간에 힘을 잃고 팔랑팔랑 떨어졌다. 비거리는 약 2미터 정도밖에 되지 않았다.

"시험해 보겠습니다냥."

단원 1호는 방금 전 실수는 없었던 일인 양, 다시금 카드를 뿌렸다. 그러자 이번에는 다소 빗나가기는 했지만 중앙 근처에 꽂혔다. 그리고 그와 동시에.

"냥?!"

"오오?!"

어디선가 무수히 많은 덩굴이 나타나 카드를 휘감더니 그대로 땅속으로 끌고 들어갔다.

말 그대로 함정이었다. 미라의 눈을 통해 그 광경을 지켜보던 마텔의 말에 의하면, 그것은 봉인의 기능 중 일부라고 한다. 봉인에 접근하려는 자를 강제적으로 쫓아내는 역할을 하던 그것이, 미궁으로 변한 지금은 함정에 쓰이고 있는 듯하다는 것이 마텔의 추측이었다.

'이거 골치 아프게 되었군······.'

그밖에도 함정으로 변한 기능이 있을지도 모른다고 생각한 미라는 마텔에게 그에 관해 자세히 물었다.

결과, 그밖에도 몇 가지가 있다는 사실이 판명되었다. 하지만 모두 다 살상능력은 없고, 입구로 되돌려 보내는 것이 대부분이라고 한다.

마텔의 말에 의하면 미궁에 있는 함정의 위험도는 그렇게 높지 않은 듯했다. 하지만 침식된 지금은 그것들이 어떻게 변화했을지 모른다고도 덧붙여 말했다. 늑대의 힘으로 인해 다른 것으로, 혹은 효과가 더욱 강력해졌을 가능성도 있다는 모양이다.

따라서 신중하게 나아가는 수밖에 없어서 미라와 단원 1호는 한 걸음 한 걸음 주변을 확인하며 안으로 걸음을 옮겼다.

하지만 어떻게 된 일인지, 분명 앞으로 똑바로 전진했음에도 한 시간 정도 걸어 다닌 끝에 도착한 곳은 어쩐지 눈에 익은 장소였다.

"일단 마물은 없는 듯하다만…… 성가시게 됐군그래."

"침입을 허락지 않겠다는 의지가, 매우 강하게 느껴졌습니다냥."

역시 특수한 경위로 발생된 미궁인 탓인지 마물의 모습은 찾아볼 수 없었다. 하지만 문제는 미궁 자체에 있었다. 너무도 복잡하게 얽혀 있기도 하거니와 단원 1호의 말에 의하면 도중에 길 자체가 변화하고 있다는 듯했다. 그 결과, 두 사람은 현재 길을 빙빙 돈 끝에 입구 앞까지 돌아오고 말았다.

"분명, 법칙성이 있다고 했었지."

"겉으로만 봐서는 알 수 없었습니다냥."

마텔에게 들은 봉인의 기능 중에는 길을 헤매게 한 끝에 입구까지 돌려보내는 기능도 있었다. 그리고 그녀의 말에 의하면 거기에는 일정한 법칙성이 있다는 모양이다. 하지만 침식당한 탓인지 지금은 마텔도 그것을 꿰뚫어 볼 수 없는 상태라고 한다. 다시 말해서 본인의 힘으로 그 법칙성을 꿰뚫어 보아야만 하는 것이다.

따라서 그 법칙성을 추리해야만 했지만…… 미라는 말할 것도 없고 단원 1호 역시 두뇌 노동 분야에는 영 소질이 없었다.

"아무래도 완전체 파티로 공략하는 수밖에 없을 것 같군그 래……."

미궁을 공략하는 데는 함정과 장치를 간파하는 직감력과 통찰력이 필요하다. 하지만 개중에는 숨겨진 수수께끼를 해명하기 위한 두뇌가 필요한 경우도 있었다. 특히 퍼즐 같은 장치가 있을 경우, 미라와 단원 1호만으로는 거의 100%의 확률로 손쓸 방도가 없다고 할 수 있다.

이전에 알카이트 학원의 지하에 있는 던전에 들어갔을 때, 우연히 퍼즐의 천재이기도 한 히나타가 있었던 것은 그야말로 행운이었다.

하지만 방법이 없는 것은 아니다. 솔로로 공략하는 일이 많았던 미라는 똑똑한 동료가 없을 때도 좌절하지 않게끔 대응이 가능한 소환술을 습득해두었다.

"냐냥?! 단장님, 설마 그 녀석을 부를 생각입니까냥?!"

날카로운 눈빛으로 미궁 안을 노려보던 단원 1호는 미라의 말에 허둥지둥 고개를 돌렸다.

"음. 이대로 있어봐야 뾰족한 수가 없으니 말이다."

미라와 단원 1호만으로는 공략할 수 없을 것 같은 미궁과 맞닥뜨렸을 때 비장의 수로 소환되는 두뇌 노동 담당. 단원 1호가 날카로운 직감과 경험에 의한 공략이 특기인 데 반해, 깊은 지식과 이론에 의한 공략이 특기인 자. 말 그대로 단원 1호와 쌍벽을 이루는 존재가 있었다.

【소환술 : 쿠 시(Cu Sith)】

술식을 발동함과 동시에 작은 소환진이 떠올랐다. 그리고 시추처럼 생긴 강아지가 그곳에서 불쑥 튀어나오더니 그대로 앞으로 뒹굴 굴렀다.

"오너님? ……오오, 오너님! 오랜만입니다멍."

강아지는 비틀거리며 일어나 옷에 묻은 먼지를 탁탁 털고서 몸을 돌리더니, 미라의 모습을 보고 순간적으로 놀란 표정을 지었다. 하지만 곧장 본인이라는 것을 알아챈 눈치였다. 좌우간 쿠시는 놀라기는 했어도 어쩐지 새침하게 인사를 해 보였다.

행동거지 하나하나가 신사 같은 쿠시는 검은 코트에 모자를 쓴, 마치 탐정을 의식한 듯한 차림새를 하고 있었다. 하지만 겉모습은 강아지 그 자체라 신사라는 느낌보다는 귀엽다는 인상이 압도적으로 강렬했다.

"음, 오랜만이로구나. 멍슨 군."

그 흐뭇한 모습을 본 미라의 입가에 미소가 걸렸다. 그러자 쿠시는 오랜만에 만난 것이 기쁜지 꼬리를 살랑살랑 흔들며 달려왔다. 하지만 그러다가 또다시 넘어졌다. 이 부분도 단원 1호와 정반대라 해야 할까. 두뇌와 마법에 특화되기는 했지만 멍슨은 운동신경이 괴멸적이었다.

하지만 그럼에도 씩씩하게 일어나 달려오는 그 모습은, 그야말로 사랑스러움의 극치라 해도 과언이 아닐 정도였다. 미라는 열심히 달려온 멍슨을 끌어안고서 실컷 귀여워했다. 정말이지 아주 마음껏.

단원 1호는 그런 멍슨을 시샘 어린 눈빛으로 노려보았지만, 그 시선을 알아채는 자는 없었다.

미라는 새로 일행에 합류한 멍슨을 안은 채 미궁에 관한 설명을 겸해 현재 상황을 정리하여 말해주었다. 늑대와 침식된 봉인으로 된 미로에 관해서. 그리고 변화된 마텔의 함정 등에 관해 자세하게.

"우선 루트가 변화하는 함정을 어떻게든 할 필요가 있습니다멍."

미라의 설명을 조용히 듣고 있던 멍슨은 최우선 목표로 아무리 앞으로 가려 해도 제자리걸음을 하게 되는 함정의 무효화를 내걸었다. 다른 함정은 국지적인 것들이지만 이것은 미궁 전체에 영향을 미쳤고, 그렇기에 이 함정의 무효화하거나 규칙성을 해명할 필요가 있다는 것이다.

"그런 건 말 안 해도 안다냥. 문제는 무슨 수로 그렇게 하는가 하는 거다냥."

미라 일행은 미궁 입구 앞에 주저앉아 회의 중이었다. 단원 1호는 그런 미라의 무릎 위에 떡하니 앉아 어이가 없다는 듯 어깨를 으쓱해 보였다. 한 시간이나 조사했으니 그 정도는 여기 있는 누구나 다 아는 사실이라고. 그리고 지금은 그것을 전제로 어떻게 돌파할지를 논의하는 시간이라고 계속해서 지적했다.

"당연히 그에 관한 답은 나와 있다멍."

단원 1호의 도발적인 말에 멍슨 역시 도발적으로 대꾸했다. 심지어 감정적으로 아무렇게나 내뱉은 것이 아니라 확신하는 듯한 말투로.

"그거 기대된다냥. 어디 한 번 말해봐라냥."

멍슨의 말에서 느껴진 자신감에 움찔하기는 했지만 단원 1호는 애써 씩씩하게 되물었다. 그에 반해 멍슨은 "그렇게 재촉 안 해도, 고양이라도 알아들을 수 있도록 설명할거다멍"이라고 답하며 탐스럽게 난 입가의 털을 탐정이라도 되는 양 쓰다듬어 보였다.

"소생의 지능은 흔하디흔한 고양이와는 다르다냥. 굳이 알기 쉽게 할 필요는 없다냥."

"어이쿠, 그러고 보니. 다른 고양이들에 비해 기품이란 것이 안 느껴집니다멍."

그런 말을 주거니 받거니 하는 단원 1호와 멍슨 사이에서는 불꽃이 튈 것만 같았다. 이 모습만 보아도 알 수 있듯, 두 마리는 사이가 나빴다. 척후와 조사 등, 특기 분야가 같으면서도 그 접근법이 다른 탓에 서로 라이벌 의식을 불태우고 있는 듯했다.

"자자, 그쯤해두고 앞으로 가자꾸나. 멍슨 군, 방법을 말해다오."

미라는 익숙한 일이라는 듯 양쪽을 달래며 미궁 깊숙한 곳으로 가기 위한 방법을 물었다. 그러자 멍슨은 꼬리를 살살 흔들며 자신만만한 투로 "그럼 말씀드리겠습니다멍!"이라고 운을 뗐다.

멍슨이 입안한 작전은 그의 능력을 활용한 대담하고도 확실한 방법이었다.

멍슨의 능력. 그것은 냄새를 추적하는 것이다. 하지만 그냥 추적만 하는 것이 아니다. 쿠 시만이 구사할 수 있는 마법을 접목한 특별한 추적 방법을 사용하는 것이다.

그 마법을 사용함으로써 멍슨은 한 번 기억한 냄새라면 어디에 있건 공간적으로 파악할 수 있었다. 심지어 그 냄새가 남은 뒤로 한참이 지났어도 상세하게 해석할 수가 있다.

그리고 지금 현재, 미궁에는 그 안을 한 시간 정도 돌아다닌 미라의 냄새가 남아 있었다. 다시 말해서 마법을 사용해 그것들을 파악하면, 미라 일행이 이동할 때 미궁이 어떤 식으로 변화하는지를 알 수 있다는 것이다.

"미궁은 상당히 크게 변하고 있는 것 같습니다멍. 하지만 그 법칙성은 이미 본인의 손안에 있습니다멍."

놀랍게도 멍슨은 미라의 설명을 듣는 동안 마법을 써서 미궁이 변화하는 법칙성을 해명해 보았다는 모양이다.

미궁은 입구로 돌아온 순간 리셋되었을 것이다. 멍슨은 그런 추리를 입에 담더니 이어서 미궁 내에서 느껴지는 미라의 냄새가 복잡하게, 그리고 드문드문 떨어져 있는 상태라고도 말했다.

"변화한다고 설명하셨는데, 아무래도 루프 계열 함정도 설치되어 있는 것 같습니다멍."

멍슨은 그렇게 자신의 분석 결과에 관해 말하기 시작했다. 그의 말에 의하면 아무래도 미궁을 변화시켜 입구로 돌려보내는 봉인의 효과에, 침식에 의한 루프가 합쳐진 것 같다고 한다. 만약 변화될 뿐이라고 확신하고 법칙성을 간파하고자 열을 올렸다면 길을 찾을 수 없는 미궁을 영영 헤매고 다니게 되었을 것이다.

"오호라…… 루프까지 추가된 상태였나. 과연 대단하구나, 멍슨 군!"

아무래도 이곳은 생각했던 것보다 훨씬 난해한 미궁이 되어 있었던 모양이다. 하지만 멍슨의 탁월한 능력 덕분에 그 돌파구가 열렸다. 미라는 그 우수한 동료에게 감사하며 멍슨을 마구 쓰다듬었다.

"칭찬해주셔서 영광입니다멍."

지금까지 살짝 거드름을 피우며 말하던 멍슨은 미라가 쓰다듬자 기쁜 듯 꼬리를 흔들며 기분 좋다는 소리를 냈다. 멍슨은 지식도 풍부하고 우수한 두뇌를 지녔지만 습성은 강아지의 그것과 다름이 없는 듯했다. 그리고 그렇기에 미라는 멍슨을 계속해서 마구 쓰다듬었다.

또한 그런 광경을 지켜볼 수밖에 없는 단원 1호의 눈에 또다시 분노의 불꽃이 타오르기 시작했지만, 역시나 그 사실을 알아채는 이는 아무도 없었다.

그렇게 미궁의 함정의 전모가 명확하게 밝혀졌다. 하지만 지금은 탁상공론의 영역을 벗어나지 않기에, 멍슨은 이를 확신하기 위한 증명이 필요하다고 말했다. 하지만 그것만 마치면 길을 헤매게 하는 함정을 완전히 공략할 수 있게 될 것이라고 멍슨은 호언장담했다.

멍슨의 설명에는 믿음직한 설득력이 담겨 있었다. 따라서 작전을 개시한 미라 일행, 미궁 탐험대는 마지막 검증을 위해 다시금 미궁에 발을 들여놓았다.

20

쿠 시인 멍슨은 변화하는 미궁의 법칙성을 해명했다고 했다. 하지만 신중한 그는 추리로 도출해낸 결과만으로 만족하지 않고, 그 정확성을 증명하기 위해 미궁을 전진하고 있었다. 경계 요원 역할을 맡은 단원 1호를 선두에 세운 채로.

"거기서 오른쪽입니다멍."

멍슨이 지시를 내리자 단원 1호는 그 반대인 좌측으로 꺾었다. 절대로 시키는 대로 하지 않겠다는 소소한 저항이다. 하지만 멍슨은 그것을 가지고 뭐라 하지 않았다. 그렇다. 단원 1호가 청개구리처럼 굴리라는 것을 내다보고 지시를 내린 것이다.

현재의 목적은 지난번과 다른 루트를 거쳐 다시 한번 입구로 돌아가는 것이다. 그렇게 하면 변화의 법칙성과 루프하는 구간을 완전히 파악할 수 있다. 말하자면 시험지 답 맞추기 같은 행위로, 그것이 멍슨이 말한 증명 작업이었다.

"거기서는 왼쪽입니다멍."

다시 지시를 내리자 단원 1호는 우측으로 진로를 잡았다.

'이런 데도 예정대로 가고 있다니, 신기하기 그지없군…….'

미라는 궁합이 좋은 건지 나쁜 건지 모를, 신기한 관계성에 쓴 웃음을 지은 채 가만히 두 사람의 뒤를 따라갔다.

"이건, 함정입니다냥!"

멍슨만 활약하게 두지 않겠다는 듯 단원 1호가 카드를 뿌렸다.

그러자 아무 것도 없던 곳에서 덩굴이 뻗어 나와 카드를 땅속으로 끌고 들어갔다.

멍슨은 함정이 있다는 것을 알아채지 못했다. 그런 것을 알아채는 건 직감력이 뛰어난 단원 1호의 특기였다.

그렇게 단원 1호와 멍슨의 콤비네이션(?)에 의해 공략이 재개되고서 30분이 지났을 즈음. 전방의 루프 함정이 입구와 이어져 있다는 멍슨의 추리대로, 미라 일행은 입구로 돌아왔다. 그것은 곧 멍슨이 미궁의 변화와 루프 함정의 구간을 완전히 파악했음을 의미했다.

"추리의 증명이 완료되었습니다멍. 이제 이 길을 헤매게 하는 함정을 통과할 수 있습니다멍."

멍슨은 우쭐하지 않고 지극히 냉정한 태도로 그렇게 말했다. 그에 반해 단원 1호는 어째서 반대 방향으로 갔는데 증명 작업이 끝난 건가 싶은지 의아한 얼굴이었다.

어찌 되었건 길을 헤매게 하는 함정을 해명한 덕에 미궁 공략은 큰 진전을 거두었다. 세 번째 공략을 시도한 지 15분 정도가 흘렀을 즈음. 멍슨의 지시에 따라 전진한 결과, 지금까지 거친 길과는 명백하게 분위기가 다른 장소에 도착한 것이다.

"분위기가 꽤나 많이 바뀌었군."

좀 전까지는 나무로 된 동굴과 말라비틀어진 숲 같은 분위기였다. 하지만 눈앞에 보이는 것은 마른 풀숲이 펼쳐진 동굴 같았다.

"냐냥?! 이 앞은 수상쩍은 낌새로 가득합니다냥."

눈에 보인 그대로 표현하자면 시야가 좋아졌을 뿐이라 할 수 있었다. 하지만 단원 1호의 말에 의하면 이 앞에서 또 다른 함정의 냄새가 진하게 난다는 모양이다.

지금까지 지나온 길에는, 길을 변화. 루프시켜 길을 헤메게 하거나 덩굴로 휘감는 함정밖에 없었다. 하지만 이 앞에는 그와 비교도 되지 않을 정도로 많은 종류의 함정이 있을 것이라고 단원 1호는 호언장담했다.

"섣불리 손을 대면 위험하다멍. 신중하게 가라멍."

멍슨은 어떤 함정이 있을지 모르니 조금 전과 같은 태도는 삼가라고 충고했다. 그러자 단원 1호는 의기양양하게 "소생한테 맡기십시오냥!" 하고 말하며 자진해서 선두에 섰다. 그가 등진 팻말에는 [등 뒤를 부탁한다]라고 적혀 있었다.

앞에 펼쳐진 길에는 예상했던 대로 함정들이 잔뜩 깔려 있었다. 그야말로 몇 미터를 걸을 때마다 하나씩은 발견될 정도로 많았다.

"거기입니다냥!"

단원 1호는 퍼즐이나 암호와 같은, 머리를 쓰는 타입의 장치에는 약하다. 하지만 단순한 장치는 눈 감고도 해제할 정도인 데다 숨겨진 것을 찾는 재능도 매우 뛰어났다. 따라서 단원 1호는 가는 길목 곳곳에서 그러한 함정들을 몽땅 간파해 나갔다.

마텔을 통해 사전에 알고 있었다고는 하나 설치된 함정은 그리 간단히 알아챌 수 있는 것이 아니다. 하지만 단원 1호는 손쉽게 그러한 위험들을 배제해 나갔다.

하지만 그런 탓에 우쭐해지고 만 것인지. 굳이 손을 댈 필요가 없는 것에까지 손을 대고 마는 경우도 있었다.

"누오오오오! 이 무슨 냄새란 말이냐! 코가…… 코가……!"

"지옥…… 지옥입니다멍……!"

"실수다입니다냥……!"

얼핏 보면 평범하기 그지없는 녹색 꽃봉오리. 하지만 그것은 가까이 다가가면 하수구 속 오수 같은 액체를 흩뿌리는 함정이었다.

그 액체는 헛구역질이 날 정도로 지독하기 짝이 없는 악취를 내뿜어서, 만약 근거리에서 그것을 뒤집어썼다면 참사를 면하지 못했을 것이다. 하지만 이번에는 단원 1호의 활약 덕분에 그 최악의 사태는 회피할 수 있었다. 원거리에서의 카드 공격으로 함정을 폭발시키는 데 성공했기 때문이다.

다만, 그것은 접근하지만 않으면 해가 없는 함정이었다. 다시 말해서, 우회하는 것이 정답이었던 것이다.

"입으로…… 입으로 숨을 쉬어도 냄새가 나는 것 같구머어언……!"

본래 이 함정은 시조정령 마텔이 만든 봉인의 일부였다. 그런 탓인지 악취 물질의 냄새까지 전설급이었다. 그 때문에 입으로 숨을 쉬면 그만이라는 공략법이 통하지 않아서 미라 일행은 괴로움에 몸부림쳤다. 세상에 퍼진 악취는 정신력까지 깎아내는 듯했다.

"오너……님. 본인은, 이제…….'"

"멍슨 군……! 정신 차리거라, 멍슨 군~!"

냄새에 민감한 개인 탓에 멍슨은 막대한 대미지를 입었다. 미라는 풀썩 쓰러진 멍슨을 끌어안은 채 황급하게 왔던 길로 돌아 갔다. 현재 상태로 전진해 봐야 다른 함정의 먹잇감이 될 뿐일 것이 뻔했기 때문이다.

"으읍――!"

너무도 강렬한 냄새에 속이 다 뒤집히는 것 같은 느낌을 참으며 미라는 달렸다. 냄새가 나지 않는 곳까지.

"후우…… 큰일 날 뻔했군그래…….."

요란하게 구토를 하기 직전에 위기에서 벗어난 미라는 파랗게 질린 얼굴로 오염물질이 있는 통로를 노려보았다. 그 앞으로 전진하려면 저 오염물질을 어떻게든 하는 수밖에 없다. 하지만 생각했던 것보다 영향력이 강해서 지금도 천천히 피해 범위가 확대되고 있었다. 심지어 이곳은 미궁이라는 밀폐된 공간인 탓에 자연스럽게 냄새가 가라앉을 거라 기대하기는 어려웠다. 조만간 이곳도 오염되고 말 것이다.

그러기 전에 오염물질과 결판을 내야만 한다. 하지만 무슨 수로 결판을 낸다는 말인가.

미라는 어쩌면 좋을까 고민에 빠졌다. 그러던 중에 오염물질 제작자의 목소리가 들려왔다.

『미안해, 미라 씨. 많이 힘들지?』

사과를 입에 담는 마텔의 목소리에는 미안한 마음이 가득 담겨 있었다.

"아니, 신이 나서 건드린 이쪽 책임이네."

미라는 쓴웃음을 지은 채 답하며 구석을 흘끔 쳐다보았다. 그곳에서 무릎을 꿇고 있던 단원 1호는 미라의 그 말을 듣자마자 허리를 꼿꼿이 폈다. 그 옆에는 [반성 중]이라고 적힌 팻말이 세워져 있었다. 멍슨의 경고를 들었음에도 불구하고 우쭐해진 것도 모자라 모든 함정을 강제 해제하고 돌아다니다가 사고를 쳤으니 그럴 만도 했다.

어쨌든 이로써 학습은 했을 테니 다음부터는 분명 괜찮을 것이다. 단원 1호는 촐랑거리기는 해도 할 때는 하는 고양이이기에. 미라는 부디 그러기를 바라며 믿기로 했다.

『헌데 물을 것이 있네만, 저걸 어떻게 하는 게 좋겠나?』

어떻게 하면 저 악취 물질을 처리할 수 있을까. 미라는 제작자에게 묻는 게 빠를 것이라 판단했다. 그 판단은 맞아 들어서 마텔은 악취 물질에 대한 대처법을 알려주었다.

마텔의 이야기에 의하면 아무래도 악취 물질이 든 녹색 꽃봉오리가 있는 곳에는 빨간 꽃봉오리도 있다는 모양이다. 악취 물질은 그 빨간 꽃봉오리에 담겨 있는 달콤한 꿀을 뿌리면 변화해서 지독한 악취를 말끔히 흡수하는 물질이 된다고 한다.

다만 그 꿀도 함정의 일환이라 강렬한 환각을 일으키니 주의가 필요하다는 모양이었다.

『과연…….』

대처법은 알아냈다. 하지만 문제는 어떻게 해서 그것을 실행하느냐 하는 것이다. 설명으로 미루어 빨간 꽃봉오리는 현재 악취 물질이 살포된 장소 한복판에 있었다. 다시 말해서 다시 저 악취를 뚫고 들어가야만 하는 것이다.

미라는 시험 삼아 아이템박스에서 약을 꺼내 보았다. 그것은 디누아르 상화에서 구입한 취향약이었다. 냄새의 영향을 억제한다는 효과를 지닌 신통한 물건이다.

하나를 자신에게…… 쓰려다 말고 다른 산 제물을 선택한 미라는 "단원 1호여, 잠깐 이리 오거라"라고 말해, 반성 시간이 끝난 줄 알고 좋아라고 달려온 단원 1호에게 취향약을 건넸다.

처음 사용하기도 하거니와 상대는 시체의 썩은 내마저도 여유롭게 능가하는 전설급 악취 물질이다. 그 효과가 얼마나 통할지는 모르는 노릇이기에 단원 1호를 선택한 것이다.

"자아, 단원 1호여. 명예를 회복할 기회를 주마."

미라는 진실을 가슴 속에 숨긴 채 그럴싸한 말을 늘어놓았다. 실수 한두 번 정도는 성공으로 메꾸면 그만이라고. 그리고 내친김에 마텔에게서 들은 악취 물질의 대처법에 관해서도 설명해주었다.

"소생도 남자입니다냥! 책임은 똑바로 지겠습니다냥!"

멍슨에 대한 대항심 탓에 사고를 저지른 것을 나름대로 반성한 대원 1호는 각오가 되었다는 것을 증명하기라도 하듯 취향약을 먹었다. 그리고 등을 돌린 채 잔뜩 폼을 잡아가며 엄지를 치켜세워 보이더니 악취 물질이 기다리는 길로 들어갔다.

그리고 잠시 후 "지옥입니다냥~!"이라는 비명소리가 들려왔다. 하지만 곧이어 "아직 멀었습니다냥. 약의 효과는 건재합니다냥~!"이라고 악다구니를 치는 소리도 들려왔다.

그런 단원 1호의 영혼이 담긴 목소리가 서서히 멀어져 갔다. 뭐라고 외치면서도 안으로 들어가고 있는 모양이다. 인연의 끈을 통해 상황보고도 해왔다.

아무래도 취향약에는 악취 물질에도 어느 정도는 견딜 수 있을 정도의 효과가 있었던 모양이다. 과연 디누아르 상회 제품이다. 미라는 그렇게 감탄하며 만약을 위해 취향약을 하나 먹어 두었다.

"핫…… 이곳은 어딥니까멍?!"

"오오, 정신이 든 모양이로군."

단원 1호가 명예를 회복하기 위한 여행을 떠나고서 얼마쯤 지났을 때, 멍슨이 눈을 떴다. 멍슨은 미라의 품 안에서 몸을 일으키더니 허둥지둥 주변을 둘러보았다. 그리고 미라의 모습을 보고 안도의 한숨을 내쉰 후 "수고를 끼쳐 죄송합니다멍"이라고 말하며 고개를 푹 숙인 채 사죄의 말을 입에 담았다.

"괜찮다, 괜찮아. 저건 그대에게는 괴로웠을 테니."

개의 코에 저 악취 물질의 냄새는 흉기나 다름없었을 터다. 미라는 위로하듯 멍슨을 쓰다듬었다. 그리고 취향약을 꺼내 만일의 사태에 대비해 먹겠느냐고 물었다.

"사양하겠습니다멍. 본인의 마법을 완벽한 상태로 사용하려면 현재 상태를 유지하는 게 제일입니다멍."

취향약의 효과에 대해 들은 멍슨은 그것을 거절했다. 후각을 제한하는 약을 먹으면 그와 관련된 마법의 효과도 제한된다면서. 이어서 멍슨은 가슴을 편 채 미라를 돕기 위해서라면 어느 정도의 위험은 무릅쓸 수 있다고 말했다.

"음, 그러하냐. 그대만 믿으마, 멍슨 군."

"최선을 다해 노력하겠습니다멍!"

그렇게 단원 1호가 악취 속에서 분투하고 있는 가운데, 미라와 멍슨의 인연은 더더욱 깊고 단단해졌다.

"그런데 오너님. 그 고양이는 어디로 갔습니까멍?"

문득 현재의 상황과 그 원흉이 무엇인지 떠올랐는지 멍슨은 주변을 둘러보더니 넌더리가 난다는 투로 그렇게 말했다.

"아아, 그것은——." 미라는 멍슨이 정신을 차리기 전에 마텔에게 대처법을 들었다는 것과 단원 1호가 그것을 실행하러 갔다고 말했다.

"일이 그렇게 됐습니까멍. 하지만 그 고양이가 순조롭게 전진했다면 곧 신호가 올 겁니다멍."

취향약을 먹었다고는 하나 그 악취 속에 있는 것은 상당히 괴로운 일일 터다. 그 사실을 아는 멍슨은 이러니저러니 해도 단원 1호의 실력은 인정했다. 하지만 그것을 겉으로 드러낼 생각은 눈곱만큼도 없는 모양인지. "하지만 어쩐지 찾아가 보면 달콤한 꿀에 취해 환각을 보고 있을 것 같습니다멍"이라고 말하며 웃었다.

『됐다해냈다입니다냥~!』

그곳을 지난 후의 공략에 관해 멍슨과 얼마간 이야기를 나누던 중. 단원 1호에게서 임무를 달성했다는 보고가 들어왔다. 듣자

하니 녹색 꽃봉오리가 터지면 빨간 꽃봉오리는 숨어버리는 구조
로 되어 있어서, 찾아내느라 상당히 고생을 했다는 모양이었다.

하지만 지독한 악취 탓에 이런저런 감각이 무뎌진 가운데서도
작은 흔적을 통해 그것을 발견해냈노라고, 단원 1호는 잔뜩 들떠
서 말했다.

"아무래도 단원 1호가 해낸 모양이로구나."

미라가 그렇게 말하자 멍슨도 변화가 일어난 것을 알아챘는지
진행 방향으로 달려갔다.

"이것 참 신기합니다멍. 냄새가 마치 환각이었던 것처럼 사라
져 갑니다멍."

본래 냄새란 것은 근원을 제거하더라도 얼마 동안은 남기 마련
이다. 하지만 멍슨은 코를 킁킁거리며 놀란 투로 냄새가 급격하
게 사라져 간다고 말했다.

마텔은 악취 물질에 꿀을 뿌리면 지독한 악취를 흡수하는 물질
로 변화한다고 말했다. 상황상 그러한 화학 작용이 정상적으로
이루어졌음을 알 수 있었다.

이제 악취의 원흉은 없다. 그 사실을 확인한 미라와 멍슨은 드
디어 공략을 재개할 수 있다며 마음을 다잡고 통로 안으로 발을
들였다.

"이거 원…… 징그러운 분위기가 더욱 짙어졌구먼…….'"

단원 1호가 사고를 쳤던 장소까지 돌아온 미라는 그 주변에 벌
어진 참상 앞에서 굳어진 얼굴로 말했다. 녹색 꽃봉오리에서 나

온 악취 물질은 이제 꿀의 효과로 인해 무해한 물질로 바뀌어 있었다. 하지만 그 물질은 어쩐지 번들거리는 데다, 맥동하듯 꿈틀꿈틀 움직이고 있기까지 했다.

얼핏 보면 그것은 독성을 띤 달팽이 같았다. 그런 물체가 여기저기 튀어 있는 것이다. 마텔은 완전히 무해하다고 했지만, 시각이 가져다준 정보는 그 말을 의심하기에 충분한 위력을 지니고 있었다.

"이건, 참으로 신기합니다멍."

말랑말랑하고 꿈틀꿈틀 움직이는 물체. 미라가 그것과 거리를 벌리는 가운데, 멍슨은 용감하게도 그것에 바짝 다가서 있었다. 기분 나쁘게 생기기는 했지만 호기심이 발동한 모양인지, 그는 어디선가 끄집어낸 확대경으로 가장 큰 녀석을 관찰했다. 심지어 근처에 떨어져 있던 나뭇가지로 쿡쿡 찔러보거나 하며 반응까지 살폈다.

"뭐라고 해야 할지…… 좀 거시기하구먼…….."

멍슨의 모습은 어쩐지 공원 모래밭 같은 데 남아 있는 똥을 쿡쿡 찔러보는 어린애 같아 보였다.

일단 악취 물질 문제는 해결됐다. 이로써 악취에 시달리지 않고 함정들을 간파하며 전진할 수 있게 된 것이다.

그리고 이번 사건의 원흉 겸 공로자로 말하자면.

"돈방석입니다냥~! 소생이 드디어 황금향을 발견했습니다냥~!"

멍슨이 말했던 대로 마른 잎 더미에 파묻혀 제대로 환각에 빠져 있었다. 행동거지로 미루어 아무래도 주변에 있는 모든 것들이 황금으로 보이는 모양이다. 그리고 마른 잎이 금화로 보이는지, 손에 잔뜩 쌓아 올린 채 황홀한 표정으로 "이 광채…… 승리의 빛입니다냥"이라는 소리나 중얼거렸다.

"자아…… 남은 문제는 이걸 어떻게 하느냐 하는 것인데."

단원 1호는 미라 일행이 도착했을 때부터 계속 이 모양이었다. 이 환각에서 깨어나게 하는 방법을 마텔에게 묻자 악취물질의 냄새를 맡게 하면 한 방에 해결된다는 답변이 돌아왔다.

하지만 그러려고 다시 그 지독한 악취를 세상에 풀어놓을 수는 없는 일이다. 고민 끝에 관찰을 하느라 정신을 팔린 멍슨을 현실로 다시 불러와서 지혜를 빌리기로 했다.

"그거라면 본인에게 맡겨주십시오멍!"

멍슨은 어쩐지 자신만만한 투로 답했다. 어쩌려고 그러냐고 묻자 그는 새로 습득한 마법을 실험하기에 좋은 기회일 것 같다는 말을 했다.

"이번 것은 강렬했던 만큼, 선명하게 기억합니다멍!"

멍슨의 새로운 마법. 그것은 기억해둔 냄새를 재현하는 것이었다. 심지어 농도며 지속시간 등도 조절이 가능하다는 모양이다.

보통은 흉악한 맹수 등의 냄새를 재현해서 성가신 녀석들이 들러붙지 않게끔 사용하고 있다는 듯했다. 하지만 이번에는 환각에 빠진 자를 각성시킨다는 새로운 시도를 하는 셈이라 멍슨은 약간 즐거워 보였다. 분명 그것은 상대가 단원 1호라는 점과도 상관이 있을 것이다.

"단장님! 보십시오냥! 황금입니다냥, 황금이 산더미처럼 쌓였습니다냥! 냐후~우~!"

　미라와 멍슨이 다가가자 단원 1호는 흔들리는 눈으로 마른잎을 허공에 뿌리며 춤을 추기 시작했다. 또한, 등에 짊어진 팻말에는 아무것도 안 쓰여 있었다.

　"어떠냥? 이게 소생의 실력이다냥."

　한참동안 기쁨을 몸으로 표현한 후, 단원 1호는 두 다리를 교차시키며 작위적인 티가 팍팍 나도록 우아한 걸음걸이로 멍슨에게 다가갔다. 그리고 자신만만하게 붉은 꽃봉오리를 내밀더니 "이 황금으로 된 성배가, 보이냥? 이거야말로 궁극의 보물이다냥"이라고 말하며 웃었다. 그리고 성배…… 아니, 꽃봉오리에 입을 대더니 안에 든 것을 쭉 들이켰다. 아마도 달콤한 꿀이 남아 있던 것이리라.

　그러자 이번에는 단원 1호의 표정이 점차 밝아지기 시작했다.

　"이럴 수가……. 소생이 고양이신이 됐다냥."

　좀 전까지는 황금에 눈이 멀어있더니 이번에는 하늘의 계시를 받은 승려처럼 무릎을 꿇고서 하늘을 올려다보았다.

　붉은 꽃봉오리에 든 꿀에는 강렬한 환각을 불러일으키는 작용이 있다고 마텔은 말했다. 하지만 단원 1호의 상태로 미루어 그 이외의 효과도 있는 듯했다. 알코올은 상대도 안 되는…… 말하자면 위험한 가루에나 있을 법한, 그런 도취 작용이.

　"좋아……. 시작해라, 멍슨 군."

　"알겠습니다입니다멍."

　구하기 위해서라고는 하나 그 지독한 냄새를 다시 맡게 하는 건

좀⋯⋯. 그런 생각에 미라는 다소 마음이 아팠다. 하지만 더 큰 실수를 하기 전에 현실로 되돌려주는 것도 애정이라고 생각을 고치고 명령하자, 멍슨은 일말의 주저함도 없이 그것을 실행에 옮겼다.

멍슨은 단원 1호의 등 뒤로 슬그머니 돌아들어, 뒤에서 범인을 제압할 때처럼 한쪽 손으로 단원 1호를 붙잡고 나머지 한쪽 손으로 단원 1호의 입을 막았다.

순간, 마나가 유동하더니 멍슨의 마법으로 인해 다른 것으로 바뀌어 갔다. 단원 1호가 지옥이라고 표현했던, 그 지독한 냄새로.

"냐부흐으윽?!"

그 효과는 극적이었다. 단원 1호는 비통한 비명을 지르더니 그대로 땅바닥을 구르며 몸부림을 치며 "지옥입니다냥~!"이라고 외쳤다. 그 바람에 세차게 날아간 팻말에는 [여기는 어디, 나는 신]이라는, 정신이 든 건지 안 든 건지 판단이 안 서는, 하지만 평소처럼 의미를 알 수 없는 말이 적혀 있었다.

21

"뭐어, 제정신으로 돌아와 다행이구나."

멍슨의 냄새 재현 마법의 효과는 대단해서 단원 1호는 그 즉시 환각에서 현실로 돌아왔다. 하지만 그로부터 행동이 가능해지기까지는 10분 정도의 시간이 더 필요했다.

"면목없습니다냥."

겨우 정신을 차린 단원 1호는 미안한지 고개를 푹 숙인 채 말했다.

"되었다, 되었어. 원래부터 위험성이 높은 미션이었으니 말이다. 그대는 잘 해주었다."

미라는 그런 단원 1호를 끌어안고서 노고를 치하하듯 머리를 쓰다듬어주었다.

그렇게 완벽한 상태로 돌아온 미라 일행은 다시금 미궁 안을 향해 걸어 나갔다. 도중에 마른 풀숲에 숨겨져 있던 떨어지는 함정이나, 닿은 물건을 끌어당기는 덩굴 등, 함정도 많았지만 단원 1호와 멍슨의 활약 덕분에 무사히 회피하며 나아갔다.

또한 그 함정은 모두 다 걸리면 어떻게 될지를 다이너마이트로 시험해보았다. 결과적으로 모든 함정들은 대상을 입구로 강제 송환하는 것이었고, 미궁의 음산한 분위기와는 달리 생명을 위협하는 함정은 아직까지 보이지 않았다. 분명 마음씨 착한 마텔의 봉인이 함정의 밑바탕이 되었기 때문이리라. 그러한 성질을 통해 침식되었음에도 악의에 완전히 물들지는 않았다는 사실을 알 수 있었다.

다만 그렇다고 완전히 마음을 놓아도 될 정도는 아니었다. 신체적으로 덜 위험한 만큼 정신적인 대미지를 주는 것들이 많았기 때문이다.

좀 전에 보았던 꽃봉오리 함정도 가는 길 곳곳에서 발견되었다. 이 함정은 두 번 다시 피해를 입지 않도록 멀찌감치 떨어져서 우회했다. 하지만 그때마다 단원 1호가 병적인 눈으로 붉은 꽃봉오리를 쳐다보고는 했다. 저것에는 중독성이 있는 것일까. 하지만 그 문제는 분명 시간이 해결해줄 것이다. 미라는 그러기를 바랐다.

"설마…… 이렇게 평범한…… 하지만, 이건…… 지옥이로군!"

"냐하하하하! 안 되겠습니다냥~! 간지럽습니다냥~!"

"본인은, 이 정도 일에 굴하지…… 않습니다, 멍…….'"

미라 일행은 얼마 동안 순조롭게 함정을 회피하며 나아갔다. 하지만 중층을 지나 하층에 들어선 순간, 곧바로 새로운 함정의 먹잇감이 되어 몸부림을 쳤다.

마텔에게 이야기를 듣기는 했다. 하지만 마른 잎이 되어 있어서 알아보지 못한 것이, 바로 이 하층 입구에 위치한 무성한 풀숲이었다.

그 함정은 기어 다니는 무언가가 온몸을 가차 없이 간지럽히는 것만 같은 상태에 빠지는 독성을 띠고 있었다. 선명한 노랑색과 파랑색을 띤 것이 그 독을 지닌 잎이라고 들었지만, 말라비틀어진 지금은 하나같이 갈색을 띠고 있었다. 그 상태가 되어서도 독은 건재하다는 점이 실로 악질적이었다.

실제로 간지러움을 태우는 것이라면 뿌리치면 그만이다. 하지만 이번 것은 독의 효과인지라 무슨 짓을 해도 간지러운 감각에서 달아날 수가 없었다. 심지어 마텔이 제작한 것이라 어지간한 해독약은 먹히지도 않았다.

미라는 꾸물꾸물 땅바닥을 나뒹굴었다. 단원 1호는 큰소리로 웃으며 방방 뛰어다녔다. 멍슨은 수행승처럼 가만히 참고 있었지만 그것도 한계를 넘어섰는지 연신 어깨를 들썩이고 있었다.

그렇게 하층의 세례를 받은 미라 일행은 그로부터 10분 남짓을 괴로움에 몸부림친 끝에야 겨우 해방될 수 있었다. 몸을 다치게 하는 함정이 아니라고는 하나 사람을 쫓아내는 용도로는 충분히 위력적인 함정이라 할 수 있었다.

"간지러움이, 이토록 무서운 감각일 줄이야…… 무섭구나."

"소생, 죽는 줄 알았습니다냥."

"본인은…… 이제…… 습니다냥."

미라 일행은 만신창이가 되어 그 자리에 쓰러졌다. 사람에 따라서는 이곳에서 좌절하는 자도 있을 것이다. 고작 간지럼을 태운 것뿐이라고 생각할지 모르지만 과거에는 고문으로도 사용될 정도였으니 상당한 위력을 지녔음은 말할 것도 없으리라. 알고 그런 것인지 아닌지, 마텔도 참으로 효과적인 함정을 깔아두었다.

하지만 미라는 그것을 당하고도 일어섰다. 떨리는 다리를 붙잡은 채 숨을 고르고서 앞을 바라보았다. 마텔의 부탁을 들어주기 위해, 늑대를 구하기 위해, 그리고 기회가 된다면 소환 계약을 하기 위해.

그러한 의욕에 불타는 미라에 이어 단원 1호와 멍슨도 자리에서 일어났다.

"이 정도는 돼야 공략하는 보람이 있습니다냥."

단원 1호는 그렇게 허세를 부리며 웃어 보였다. 그러고는 확실히 너무 순조로워서 긴장이 풀렸던 것일지도 모른다며 새삼 반성하는 태도를 보이더니 "지금부터는 진짜 제대로 하겠습니다냥!"이라고 말하며 기합을 넣었다.

"냄새는 기억했습니다멍. 이제 두 번 다시는 안 걸립니다멍."

멍슨은 등 뒤에 자리한 무성한 마른잎을 바라보며 자신만만하게 말했다. 그러고는 다시 진행방향으로 몸을 돌려 "이 앞쪽에서 아직 맡은 적이 없는 냄새가 납니다멍"이라고 말해 새로운 함정이 있음을 예고했다.

"좋아, 미궁 탐험대, 출발이다!" "Yes, sir입니다냥!"

"알겠습니다멍!"

미라 일행은 심기일전하여 마음을 다잡기 위해 그렇게 소리치고는, 지금부터는 긴장을 풀지 않겠다는 각오로 봉인의 미궁 하층을 걸어 나아갔다.

침식의 영향이 더욱 짙게 나타난 하층은 지금까지 거쳐 온 곳보다 훨씬 성가신 장소가 되어 있었다. 생기는 한 조각도 남아 있지 않은 숲이 배경이기도 하거니와 지금까지 마주친 적이 없는 함정들이 잔뜩 깔려 있었다. 심지어 개중에는 독자적으로 진화한 것인지 마텔도 모르는 것이며 지금까지 보았던 몇 가지가 융합한 듯한 함정까지 존재했다.

하지만 안 좋은 소식만 있는 것은 아니었다. 깊숙이 들어온 덕인지 드디어 단원 1호가 늑대의 것 같은 기척을 감지해낸 것이다.

"냐냥?! 이 기척은…… 늑대님인가 하는 자의 것이 분명합니다냥."

"오오, 잘했다, 단원 1호여."

지금까지는 무작정 길을 일일이 더듬어 안으로 안으로 들어가기만 했다. 하지만 목적인 늑대가 있는 장소가 명확해짐으로 인해 그 장소로 똑바로 갈 수 있게 된 것이다.

"우선은, 저쪽입니다멍."

길을 헤매게 하는 함정이며 워프와 같은 함정은 모두 멍슨이 그 구조를 밝혀낸 상태다. 기척이 있는 쪽으로 가려면 어떻게 가야 할지. 멍슨은 그것을 재빨리 계산하여 루트를 도출해냈다.

"음, 멋지구나, 멍슨 군이여."

단원 1호와 멍슨은 틈만 나면 으르렁거렸지만 미궁을 공략할 때 이토록 믿음직한 자들은 그리 흔치 않다. 미라는 두 사람을 치하하며 늑대가 있는 심부를 향해 걸어 나갔다.

늑대가 있는 장소까지 가는 길은 이미 안다. 하지만 정답이기에 그 루트에는 접근을 방해하려는 함정이 가득했다.

목숨을 위협할 만한 함정은 아니라지만 성가심에 성가심이 보태지자 실로 흉악한 함정이 완성되고 말았다.

붉은 꽃봉오리뿐인 줄 알았더니 녹색 꽃봉오리의 악취 물질이 융합된 것이 섞여 있거나, 달콤한 꿀이 든 꽃봉오리인 줄 알았더니 온몸이 간질간질해지는 독이 들어있는 등. 단원 1호와 멍슨조차도 속을 정도의 함정까지 나타나기 시작했다.

바로 그 위로 루프하게 되는 떨어지는 함정 같은 것도 있었다. 다크나이트로 시험해 보니 끝도 없이, 계속해서 떨어진 후, 10분쯤이 지나자 입구로 송환되었다. 실컷 농락하고서 출발점으로 되돌려 보낸 것이다. 그 중증 S스러운 함정을 본 미라는, 이것도 분명 융합의 결과물로 생겨난 함정일 것이라고 믿기로 했다.

그런 다종다양한 함정을 단원 1호의 직감과 멍슨의 기지로 극복하고, 때로는 함정에 빠지기도 하며 꾸역꾸역 돌파한 끝에 미라의 미궁탐험대는 드디어 목적지에 도착했다. 늑대가 봉인된 최심부 앞에.

"커다란 늑대라고는 들었지만…… 저건 너무 크지 않으냐!"

봉인의 중심지. 탁 트인 공간 한복판에 목표인 늑대가 있었다. 그리고 그 모습을 본 미라는 경악함과 동시에 납득했다.

커다란 늑대라는 말을 듣고 미라는 평범한 늑대에 비해 조금 큰 정도이겠거니, 생각했었다. 하지만 실제로 보니 그 크기는 상상을 초월했다. 늑대는 한참을 올려다봐야 할 정도로…… 그야말로 몸길이가 30미터는 되지 않을까 싶을 정도로 커다래서, 그곳에 있는 공간의 절반을 가득 메우고 있었다.

그 박력 있는 모습을 보자 날뛸 때마다 지진 같은 땅 울림이 일어난다는 말이 새삼 실감되었다.

하지만 봉인의 일부인지. 지금은 무수히 많은 사슬이 그 커다란 몸을 휘감고 있어서 거의 꼼짝도 못 하고 있는 것처럼 보였다. 가까이 가지만 않으면 그 이빨의 희생양이 될 일은 없을 것이다. 아마도.

"저건 무립니다냥……. 소생, 지려버릴 것 같습니다냥……."

"본인의 사전에는 절대로 손을 대지 말라고 적혀 있습니다멍……."

넘치는 모험심으로 이곳까지 함께 온 단원 1호와 멍슨은 그것을 앞에 두고 완전히 겁을 먹고 꼬리를 말고 말았다. 오는 내내 그렇게 으르렁거리던 둘은 처음으로 의견이 일치했는지, 곧장 후퇴하자는 제안을 해왔다.

"그러고 싶은 마음은 굴뚝같다만, 남자에게는 해내야만 할 때가 있는 법이다."

늑대는 사슬에 묶여 꼼짝도 못 할 것처럼 보였지만 그럼에도 몸을 뒤트는 등의 동작을 취할 때마다 스치기만 해도 멀리 날아가버릴 것만 같은 박력이 느껴졌다. 미라는 입구 구석에 몸을 숨긴 채 그 늑대를 주시했다. 상세 정보를 조사하기 위해서다.

"뭣……이라고……?"

그 결과, 알아낼 수가 없었다. 요전에 천사 티리엘을 조사했을 때와 마찬가지로 식별이 불가능했던 것이다.

플레이어 출신자들이 지닌 감정안(鑑定眼). 그 눈으로 간파할 수 없는 것이 둘 있었다. 하나는 플레이어 출신자. 그리고 나머지 하나는 천사다. 자세하게 말하자면 신의 영역에 가까운 존재라 해야겠지만.

다시 말해서 눈앞에 있는 늑대 역시 그런 부류일 가능성이 높다는 뜻이다.

『정령왕. 저것이 무엇인지, 알겠는가?』

정령왕은 현재, 편리한 지혜 주머니로 활약하고 있었지만 이래 봬도 신에 가까운 존재다. 어쩌면 알지도 모른다는 생각에 미라는 그렇게 물어보았다. 그러자 기대했던 대로 답변이 돌아왔다. 하지만 미라는 그 이름을 들은 순간 더욱 놀랄 수밖에 없었다.

『그래, 본 적이 있군. 봉인의 영향 때문인지 상당히 작아진 것 같기는 하지만, 펜리르일 것이다.』

『뭣이……! 이거, 터무니없는 거물이 등장했군그래…….』

마텔이 늑대님, 늑대님 하고 부르기에 미라는 조금 더 귀여운 늑대를 상상했었다. 하지만 그 정체는 매우 유명한 북구 신화에 등장하는 늑대였다. 미라는 놀란 동시에 공포로 몸을 떨었다.

그것이 신조차도 집어삼키는 신화급 괴물이었기 때문이다. 무서울 만도 했다. 그 이야기를 잘 알기에 더더욱.

하지만 미라는 동시에 설레기도 했다. 만약 이런 거물과 소환 계약을 할 수 있다면 어떨까 싶었던 것이다.

영수가 되었건 성수가 되었건 소환 계약은 가능했다. 신수(神獸) 역시 예외는 아닐 것이다. 그런 불확실하면서도 확고한 자신감을 가슴에 품은 채, 희망으로 가득한 눈으로 펜리르를 쳐다보았다.

그와 동시에 한 가지를 알아챘다. 마텔이 처음 입에 담았던 말의 의미가 무엇인지를. 펜리르는 형제들을 찾아 이곳에 왔다고 했다. 그리고 펜리르의 형제 역시 매우 유명한 존재들이다. 요컨 대 요르문간드와 헬 역시 어딘가에 존재한다는 뜻이리라.

무섭기는 하지만 가슴 설레는 정보라는 생각에 미라는 미소를 지었다.

바로 그때. 놀랍게도 몰래 숨어있었음에도 펜리르와 눈이 딱 마주쳤다.

순간, 미라는 등 뒤에 한기가 흐르는 것 같아 허리를 쭉 폈다. 그 리고 다음 순간, 그 광경을 목격했다. 본능적으로 무언가를 느낀 것인지 펜리르가 그 거대한 몸으로 느닷없이 돌진해온 것이다.

"우오옷?!"

"냐냥?!"

"워웅?!"

그 기세와 박력에 노출된 미라는 잽싸게 단원 1호와 멍슨을 옆 구리에 끼고 '축지'를 구사하여 단숨에 물러났다. 하지만 그렇게 까지 할 필요는 없었다는 사실을 이내 깨달았다.

펜리르를 휘감은 사슬이 삐걱댐과 동시에 묵직한 땅 울림이 일 었다. 아무래도 이것이 지진의 원인이었던 모양이다. 펜리르가 크게 날뛸 때마다 사슬이 당겨져, 그 충격으로 땅이 뒤흔들린 것 이다.

사슬은 어지간히도 튼튼한지, 펜리르가 계속 날뛰려 하고 있음 에도 거의 움직이지를 못했다.

하지만 그러한 상태로도 다른 수단을 쓸 수는 있는지. 날뛰기를 멈춘 직후, 펜리르의 울음소리가 멀리까지 울려 퍼짐과 동시에 어둠이 응축되더니 늑대의 모습으로 바뀌었다.

위험을 예감함과 동시에 미라는 반사적으로 홀리나이트를 소환했다.

"이럴 수가······!"

대형견 정도의 크기라 펜리르에 비하면 그리 크다고 할 수 없었지만 그 민첩성은 상당했다. 그리고 공격성 역시 높아서 홀리나이트가 수세에 몰린 것도 모자라 서서히 장갑이 깎여나가고 있었다.

"펜리르가 만들어낸 만큼, 어중간한 마물과는 차원이 다르군 그래."

그 늑대는 A랭크에 필적할 정도의 강적이었다. 하지만 그 정도는 미라의 적수가 되지 않는다. 홀리나이트가 주의를 끌고 있는 동안 미라는 다크나이트 다섯을 추가로 소환했다.

그 결과, 형세가 단숨에 뒤집혀 다크나이트들이 수적 우세를 앞세워 늑대를 몰매질하듯 제압했다. 하지만 그 직전, 최후의 저항인지 늑대가 내지른 뒷발차기가 보기 좋게 등 뒤에 있던 다크나이트에게 직격했다.

그 위력은 무시무시해서 다크나이트가 눈 깜짝할 새에 날아가서 천장에 격돌할 정도였다.

"아······."

심지어 거기서 끝이 아니었다. 다크나이트가 철퍽, 하고 떨어진 장소는 펜리르의 정면이었다. 그다음 전개는 말로 표현하지 않아도 쉽게 예상할 수 있으리라. 늑대는 처치했으나 다크나이트 하나는 펜리르에게 물려 순식간에 소멸하고 말았다.

"방금 그 연계만은 무슨 수를 써서든 피해야겠군……."

그 광경을 처음부터 끝까지 지켜본 미라는 그렇게 다짐하며 펜리르의 상태를 확인했다. 그때, 다시 한번 포효 소리가 울렸다. 그러자 곧바로 어둠이 퍼져 나가더니, 이번에는 여러 마리의 늑대를 형성하기 시작했다.

"어이쿠, 한꺼번에 저렇게 많이 만들 수도 있었구먼!"

이대로 대책 없이 싸워봐야 소모전만 길어질 뿐이다. 그렇게 판단한 미라는 늑대가 움직이기 전에 재빨리 왔던 길로 달려갔다.

"이건, 전략적 후퇴다냥!"

"그렇다멍. 결코 도망치는 게 아니다멍!"

단원 1호와 멍슨은 그 자리에서 이탈하기로 결정하자마자 갑자기 허세를 부렸다. 자신들이 전투에 맞지 않는다는 사실을 아는 두 마리는 당연히 앞으로의 전투는 전투팀이 맡게 될 것이라고 철썩 같이 믿고 있었다. 하지만 두 마리는 알지 못했다. 앞으로 펼쳐질 작전에서 또다시 임무를 수행하게 되리라는 것을.

22

"녀석들, 포기한 모양입니다냥."

"저 홀을 중점적으로 지키고 있는 것처럼 보입니다멍."

단원 1호와 멍슨은 사이좋게 늘어서서 미궁 안쪽을 슬그머니 들여다보았다. 아무래도 늑대는 이곳까지 쫓아오지 않을 모양이었다.

"흠……. 일단은 안심해도 되겠군."

그 사실을 확인한 미라는 신중을 기해 홀리나이트 몇을 소환해 경비를 맡긴 후, 그대로 정령왕, 마텔과 함께 작전 회의를 했다.

상황만 살피려던 것이 전투로 번지고 말았는데, 그 덕분에 건진 정보도 있었다. 하나는 상대가 펜리르라는 사실. 그리고 또 하나는 어둠으로 늑대를 만들 수 있다는 사실이다.

마텔의 말에 의하면 예상했던 것보다 봉인의 침식이 많이 진행된 것 같다고 한다. 그 탓에 봉인을 일시적으로 강화해도 본체를 약체화하는 것이 한계라 어둠으로 늑대를 만들어내는 능력까지는 억제할 수가 없을 것이라는 모양이었다.

'흐음~. 그렇다면 나름의 전력이 필요하겠군그래.'

늑대는 쓰러뜨릴 수 있지만 도망치기 직전에 보았던 것처럼 여러 마리를 동시에 만들어내면 일이 성가셔진다. 게다가 그것들을 무한히 만들어낼 수 있다면, 본체에는 얼씬도 못 하게 될 것이다. 마나의 양이 많다고는 해도 미라에게도 한계는 있다.

하지만 목적은 토벌하는 것이 아니다. 펜리르에게 흘러들어 그를 폭주시킨, 의문의 힘을 제거하는 일이다. 미라는 그 사실을 염두에 둔 채 정령왕과 마텔의 지혜를 빌려 펜리르 공략 작전을 세워나갔다.

"그럼, 드디어 결전이로군."

작전 회의를 마치고 필요한 전력을 갖춘 미라는 봉인 최심부 앞으로 돌아와 있었다.

"저희 자매는 준비가 끝났습니다."

등 뒤에는 미라가 자랑하는 정예들이 모여 있었다. 알피나를 필두로 한 발키리 일곱 자매와 그녀들이 대장을 맡은 홀리나이트와 다크나이트의 혼합 부대가 바로 그것이었다. 이번에는 군세가 아닌 소대로 운용하기로 한 덕에 더욱 치밀하고 면밀한 전술을 쓸 수가 있었다.

"소생은 좌측으로 갑니다냥."

"본인은 우측입니다멍."

단원 1호와 멍슨이 도열해 있는 미라 부대의 발치에서 기어 나왔다. 전황을 보고하는 역할을 맡은 두 마리는 전장이 될 공간 전체를 내다볼 수 있는 장소를 향해 벽을 타고 이동하기 시작했다.

"이쪽 아니다냥, 저쪽을 봐라입니다냥."

"저쪽이다멍. 저쪽으로 가라멍."

어둠 속에 숨어 늑대의 눈에 띄지 않도록 슬금슬금 전진하면서도 두 마리는 사이좋게 서로를 팔아먹으며 최고의 정찰 위치를 찾아다녔다.

"그대도 잘 부탁한다."

미라의 옆에는 가룸의 모습도 있었다. 상대의 능력에 대한 대책인 동시에 펜리르의 이성을 조금이라도 자극할 수 있지 않을까 하는 생각에서 소환한 것이다.

가룸은 펜리르의 여동생인 헬의 저택에서 파수견 노릇을 했던 과거가 있다. 그런 탓에 펜리르와 면식이 있는지, 시험 삼아 몇 가지를 물어보자 그 능력 중 몇 가지를 알고 있다고 했다. 단원 1호의 통역 덕분에 그 사실을 알게 된 미라가 이번 작전의 참모로 기용한 것이다. 하지만 차원이 너무도 다른 탓인지 상당히 긴장한 눈치였다. 가룸은 미라의 말에 "가우" 하고 답하기는 했지만 꼬리가 바들바들 떨리고 있었다.

또한, 이번엔 아이젠파르드는 투입하지 않기로 했다. 전력적으로는 앞설 수 있겠지만 좌우간 좁은 공간에서 전투를 벌여야 하는지라, 펜리르의 몸이 절반을 차지하고 있는 공간에 비슷한 크기의 아이젠파르드를 투입하면 어떻게 될지는 불을 보듯 뻔했다. 더불어 이번에 필요한 것은 단순한 전투력이 아니라는 이유도 있었다.

"흠…… 경계하고 있군."

최심부를 들여다보니 수십 마리의 늑대가 날카로운 눈으로 주변을 주시하고 있었다. 역시 예정대로 늑대를 어떻게 하기 전에는 펜리르에게 접근하기가 어려울 듯했다.

빈틈없는 경계망으로 보이기는 했지만 그 사이를 누비고 잠입

중인 단원 1호의 멍슨 1호의 솜씨는 과연 대단해서, 느릿하기는
해도 착실하게 목적한 지점으로 향하고 있었다.

그렇게 기다린 끝에 양측에서 보고가 들어왔다. 늑대의 전체
숫자 및 펜리르의 등 뒤에서 작전대상을 확인했다는 보고가.

"등 뒤라. 그렇다면 다소 과감하게 판을 벌여도 문제는 없을 것
같군."

늑대 무리를 물리치고 펜리르에게 가는 길을 여는 것. 그것이
첫 번째 목표다. 미라는 알피나 일행의 앞에 서서 오른손을 들었
다가 내려치며 외쳤다.

"작전개시다~!"

그 호령을 신호로 발키리 자매들과 그녀들이 이끄는 소대가 최
심부로 쳐들어갔다. 그러자 펜리르도 그에 대항하듯 울부짖었다.

직후, 색적 활동 중이던 모든 늑대가 일제히 몸을 돌려 덤벼들
었다.

늑대들은 마치 그림자처럼 땅을 달려 눈 깜짝할 새 접근해 왔
다. 순식간에 전투가 개시되어 늑대가 으르렁거리는 소리와 창과
칼이 맞부딪히는 소리, 그리고 알피나가 지시를 내리는 목소리가
난무했다.

자매들의 실력도 실력이지만 그녀들이 이끌고 있는 무구정령
들 역시 훌륭한 팀워크로 정예 군대와도 같은 힘을 발휘했다. 나
아가 단원 1호와 멍슨의 전황 보고를 토대로 미라가 사령탑 역할
을 함으로써 치밀한 연계를 펼쳐 늑대 무리를 단숨에 포위, 토벌
하기 시작했다.

전투가 시작되고서 10분이 경과했을 즈음, 미라의 군대는 늑대들을 모두 섬멸시켰다. 하지만 펜리르가 만들어낸 늑대를 상대하고 아주 멀쩡할 수는 없어서, 각 부대는 소모되어 있었다.

"장기전으로 이어지면 소모가 크겠군."

미라는 마나를 소비하여 소모된 전력을 회복시켰다. 하지만 그러는 동안 펜리르의 울음소리가 울려 퍼졌다.

예상한 대로 늑대는 추가로 더 생산할 수 있는 모양인지. 응집된 어둠에서 무수히 많은 늑대가 생겨나, 차례로 덤벼들었다.

"뭐어, 예상했던 바이기는 하지. 그렇다면 작전 알파다!"

일동은 상황에 맞춰 대응하기 위해 작전을 몇 개 세워두었다. 생산 가능한 늑대가 저것으로 끝이 아니리라고 예상하고 단기 결전 작전을 택했던 미라는 전투가 한창인 전장 한복판을 거닐었다.

미라의 등 뒤에는 가룸, 양옆에는 성검 상크티아를 든 다크나이트, 그리고 전방에는 알피나의 부대가 전개하여 호위하며 활로를 열어나갔다. 거기에 다른 자매들의 부대가 벽이 되어 늑대 무리를 제압했다.

그렇게 미라는 착실하게 펜리르에게 다가갔다. 하지만 그것을 위협으로 느꼈는지 발키리 부대와 교전 중이던 늑대 중 몇 마리가 어둠에 휩싸여 사라지더니 느닷없이 공중에서 나타나 미라의 사각에서 기습을 해왔다.

하지만 미라에게는 통하지 않았다. 전장 전체를, 천장부터 바닥까지 구석구석 살피고 있는 단원 1호와 멍슨이 있었기 때문이다. 기습은 보고를 받은 가룸이 모두 떨쳐내어 무효화되었다.

그러자 이번에는 말 그대로 그림자가 되어 땅속에서 기습을 해왔다. 한 번에 그림자로 만들 수 있는 숫자에는 한계가 있는지, 세 마리 정도가 발키리 부대의 벽을 뚫고 덤벼들었다.

한 번 그림자에 숨어들면 단원 1호와 멍슨이 눈으로 좇기 어려워서 보고가 늦어졌다. 하지만 가룸이 잽싸게 그것에 반응해 보였다. 펜리르의 능력을 잘 알기도 하거니와 그 힘의 흐름을 다소 알 수 있다는 말이 정말이었던 모양이다. 가룸은 봉인된 지금의 펜리르가 상대라면 어떻게든 대응할 수 있다며 자신을 고무시키듯 불꽃으로 된 꼬리를 마구 휘둘렀다. 그렇게 늑대가 그림자에서 뛰어나온 순간을 정확하게 포착해 통렬한 일격을 먹여 나갔다.

하지만 늑대도 상당히 튼튼해서 가룸이 미처 처치하지 못한 몇 마리가 벌떡 일어났다. 하지만 미라의 양옆을 지키고 있던 다크 나이트가 신중하게 그것들의 숨통을 끊었다.

늑대는 A랭크에 상당하는 실력을 지닌 강적이기는 하지만 단단히 준비를 한 미라의 포진은 그조차도 물리칠 정도로 강력했다. 그렇게 돌발 사태에도 대응이 가능한 진형을 유지한 채 전진한 끝에 미라 일행은 결국 펜리르의 정면에 도착했다.

펜리르는 핏발 선 눈으로 미라를 노려보았다. 한참을 놀려다봐야 할 정도로 거대한 몸에, 몸길이는 무려 30미터 정도. 하지만 가룸의 말에 의하면 이 모습도 봉인으로 인해 줄어든 것이고 원래는 이것의 몇 배는 크다고 한다.

"봉인되어 있다고는 하나…… 이것 참 겁나는구먼……."

펜리르의 몸을 칭칭 동여매 붙들어놓고 있는 사슬이 삐걱대는 소리가 났다. 펜리르가 덤벼들려 할 때마다 일대가 요동쳤다.

봉인과 사슬이 있는 한, 그 이상은 움직이지 못 한다. 마텔에게 설명을 듣기는 했지만 실제로 눈앞에서 보니 공포심이 밀려들었다. 하지만 미라는 자꾸만 움츠러들려 하는 마음을 어찌어찌 고무시켜 펜리르와 마주했다.

'어디 보자, 여기까지는 작전대로 되었지만 문제는 지금부터란 말이지…….'

등 뒤에서 전투를 벌이고 있는 발키리 자매의 부대는 아직 우위를 점하고 있었다. 하지만 피해와 소모가 전혀 없지는 않았다. 예상한 대로 늑대를 무한히 만들어낼 수 있다면 언젠가는 형세가 뒤집힐 것이다. 따라서 그렇게 되기 전에 마텔에게 받은 하얀 과실을 펜리르에게 먹여야만 했다.

하지만 문제는 무슨 수로 먹이느냐다.

'다 합쳐서 열 개……. 우선은 여러모로 시험을 해볼까.'

하얀 과실의 숫자는 총 열 개. 이 중 두 개를 순서에 맞게 먹이면 펜리르가 원래대로 돌아올 것이라고 한다. 다시 말해서 여덟 개는 예비로 쓸 수 있는 셈이다.

미라는 우선 하얀 과실 하나를 든 채 펜리르를 올려다보았다. 펜리르는 잔뜩 화가 나서 사슬을 물어뜯고 으르렁거리며 미라를 노려보았다. 하지만 얼마간 계속 눈싸움을 벌이더니 다시 눈을 번뜩이며 아가리를 쩍 벌려 물어뜯으려고 날뛰기 시작했다.

"자아~ 먹어라~."

무시무시한 박력이었지만 미라는 차분하게 손에 든 과실을 펜리르의 입을 향해 던졌다.

그 순간. 이성을 잃었음에도 불구하고 펜리르가 거절하듯 고개를 돌렸다. 그 몸에 흘러들었다는 의문의 힘이 반응한 것인지. 아니면 하얀 과실이 지닌 효과를 꿰뚫어 본 것인지. 아무래도 간단히는 먹어줄 것 같지 않았다.

"흠…… 역시 무리인가. 그렇다면 다음——."

그리 쉽지 않으리라는 것은 예상한 바였다. 하지만 펜리르는 곧이어 뜻밖의 행동을 취했다.

하얀 과실과 미라를 위협으로 간주했는지 펜리르가 또다시 크게 울부짖자, 지금까지와는 다른 현상이 일어났다.

펜리르에게서 뿜어져 나온 검은 그림자가 늑대들에게 뒤덮는가 싶더니, 그들의 몸이 한층 더 커진 것이다.

『방금 그건 좋지 않군. 펜리르가 그 늑대들에게 힘을 불어넣었다.』

지켜보고 있던 정령왕이 긴장한 목소리로 대체 무슨 일이 있었는지를 설명해 주었다. 지금까지는 펜리르의 그림자에 불과했던 늑대들이 본체의 힘을 지닌 존재로 변모했다고.

"이건…… 주인님, 위험합니다!"

상황이 바뀌자 알피나의 표정이 험악해졌다. 늑대들에게 주입된 힘은 얼마 되지 않았지만 숫자가 많기도 하거니와 다름이 아니라 전설급 존재인 펜리르의 힘이었다. 늑대는 더욱 강력한 적으로 진화했다.

그림자의 어둠이 더욱 짙어지더니 지금까지와는 비교도 되지 않을 정도의 힘이 느껴졌다. 조금 전까지는 발키리 부대가 우세를 점하고 있었건만 지금은 늑대들과 팽팽히 맞서고 있었다.

심지어 늑대들은 아직도 서서히 커지고 있었다. 이대로 가면 10분도 채 되지 않아 미라의 군대는 와해될 것이다. 봉인되어 약체화되었다고는 하나 과연 펜리르였다. 신을 죽였다고 알려진 그 힘은 정말이지 굉장했다.

"그렇다면 이쪽도 전력을 추가 투입하겠다!"

어쩌면 펜리르에게 늑대 이상의 전력이 있을지도 모른다고 생각한 미라는 그 즉시 추가로 소환술을 발동했다.

"구구 분발할게~."

마법을 구사한 유격 활동이 장기인 구구와이즈가 그런 발랄한 목소리로 말하며 나타났다. 그리고 페가수스와 히포그리프드도 뒤이어 나타났다. 지상 부대인 발키리 부대의 움직임을 방해할 우려가 없는 공중 지원군인 동시에 기동력도 겸비한 최고의 팀이었다.

그렇게 추가된 셋은 곧바로 상공에서의 지원 공격에 나섰다. 대형을 이루어 움직이고 있는 지금의 부대에게 진형을 흐트러뜨리지 않고 상대를 교란할 수 있는 공중 지원은 큰 힘이 되었다. 특히 늑대들은 그다지 이성적이지 않아서 그 양동작전은 큰 효과를 거두었다.

"오물은 소독이야~."

대체 어디서 그런 말을 배워온 것인지, 구구와이즈는 늑대들에게 화염을 흩뿌리며 조용히 하늘을 날았다.

페가수스 쪽은 실로 호쾌했다. 강렬한 번개로 늑대들을 꿰어 주의를 끌고는 적들이 뛰어오르면 빙글 몸을 돌려 보기 좋게 뒷 발차기를 먹였다. 아무리 펜리르의 힘을 지닌 늑대라 해도 하늘 을 나는 힘이 없는 이상, 공중으로 뛰어오른 순간 절호의 사냥감 이 될 수밖에 없었다.

히포그리프로 말하자면 앞서 말한 둘과 같은 화려함과는 거리 가 멀어 보였다. 하지만 그 누구나 동경할 법한 스마트한 일 처리 는 마치 과묵한 하수인을 보는 듯했다. 공중에서 색적 활동을 펼 쳐 사각에서 공격하려는 자나, 수적 열세를 틈타 큰 빈틈을 보인 상대를 정확하게 노려서 기습해 나갔다. 심지어 그러한 공격들은 모두 허를 찌르는 모양새로 이루어져서 치명상을 입혔다. 나아가 그렇게 주의를 끌어 결과적으로 지상 부대의 부담을 크게 경감시 켰다.

실로 개인플레이가 눈에 띄는 팀이기는 했지만 그럼에도 효율 적으로 기능하여 공중을 지배해 나갔다. 하지만 늑대의 실력도 보통은 아니라 다시 형세를 뒤집지는 못했다. 그래도 시간을 벌 수는 있을 듯했다.

전장에서는 상황이 어지럽게 바뀌었다. 지상과 하늘의 연계로 잘 막아냈다고 마음을 놓으면 펜리르의 힘에 의한 억척스러운 돌 파로 전선이 무너졌다. 그에 재빨리 대응해도 힘을 해방해서 목 숨 걸고 돌격해 오는 늑대는 어찌할 방도가 없었다.

발키리 부대는 일진일퇴의 공방을 이어가는 것이 고작인 상황이었다.

"정말이지, 지긋지긋하군요……!"

펜리르는 발키리 자매들의 수장인 오딘과 악연 관계였다. 그 영향인지, 그 힘 앞에 선 알피나는 다소 감정적인 상태인 듯했다. 또한, 펜리르 본체도 본능적으로 그것을 알아챈 것인지, 그 번뜩이는 눈으로 미라뿐 아니라 알피나까지 노려보았다.

"허면, 슬슬 수를 써봐야겠구나."

미라가 발키리 부대에게 슬그머니 신호를 보내자 전선이 서서히 허물어지기 시작했다. 그리고 몇 분 후에는 적과 아군이 뒤섞여 대혼전 양상을 띠었다. 그럼에도 전황은 지금과 그리 달라지지 않았다. 발키리 부대는 방어를 중시한 움직임을 취함으로써 늑대의 공격을 버텨내고 있었다. 또한, 공중 팀은 늑대들의 공격이 집중되지 않도록 능숙하게 위치를 옮겨 다녔다.

하지만 혼전 양상이 빚어진 탓에 미라 일행이 있는 곳까지 뚫고 들어오는 늑대도 발생했다. 그러나 그러한 것들은 알피나와 가룸이 제지했다. 그런 가운데 미라는 전장을 훑어보았다.

'저기로구나!'

펜리르가 계속해서 미라와 알피나를 주시하고 있는 그 타이밍에, 대기시켜 두었던 다크나이트 하나에게 지시를 내렸다.

다크나이트는 지시에 따라 미라의 곁을 떠나더니 그대로 난전이 벌어진 전장 한복판으로 돌진했다. 그리고 다른 다크나이트를 물고 늘어지던 늑대에게 성검 상크티아를 통한 통렬한 일격을 박아 넣었다.

완전한 기습이기도 한 데다 성검의 힘까지 보태어져서 늑대에게 치명상을 입히는 데 성공했다. 하지만 다음 순간, 마지막 발버둥으로 늑대가 내지른 뒷발차기가 다크나이트에게 제대로 맞았다.

그 발차기는 방어 자세를 취했던 다크나이트의 성검을 튕겨내는 데 그치지 않고, 그 충격으로 본체를 천장 근처까지 날려버렸다.

다크나이트가 천장에 충돌하더니 땅바닥에 철퍽 떨어졌다. 이번에도 펜리르의 정면에 떨어졌다.

다크나이트는 거의 박살난 몸을 일으켰다. 하지만 본능이 부추긴 것인지 펜리르의 아가리가 그런 다크나이트를 덮쳤다. 아무리 다크나이트라도 펜리르의 일격을 견뎌낼 수는 없어서 수복한계를 초과하여 박살나고 말았다.

"먹었군."

그 순간, 그 광경을 지켜보고 있던 미라는 씨익, 하고 미소를 지었다.

변화는 잠시 후에 찾아왔다. 펜리르에게서 검은 어둠이 맹렬한 기세로 뿜어져 나온 것이다. 그것은 지금까지 포효에 의해 발생되었던 어둠과는 비교도 되지 않을 양이었다. 이만한 양의 어둠이 늑대가 되어, 혹은 힘이 되어 보태졌다면 군대가 와해되고 말고의 문제가 아니었을 것이다. 만약 그렇게 되었더라면 단숨에 늑대의 무리에 삼켜졌으리라는 것을 알 수 있을 정도로 방대한 양이 뿜어져 나왔다.

하지만 그것이 무언가로 변화하는 일은 없었다. 그저 펜리르에게서 나왔을 뿐, 그대로 모두 무산되었다.

"어떠냐, 완벽하지?!"

『성공했네, 미라 씨.』

어둠이 뿜어져 나옴과 동시에 그 몸이 서서히 줄어들어, 펜리르는 좀 전에 비해 다소 작아져 있었다. 그 모습을 본 미라는 의기양양하게 웃었다. 그와 동시에 이대로 하나만 더 먹이면 예정대로 펜리르는 제정신으로 돌아올 것이라는 마텔의 기쁜 듯한 목소리도 들려왔다.

작전대로다. 그렇다. 미라는 다크나이트의 텅 빈 몸속에 하얀 과실을 숨겨두었다. 그리고 처음에 다크나이트가 잡아먹혔던 상황을 다시 한번 재현해서, 이번에는 하얀 과실과 함께 먹게 한 것이다.

그 결과, 하얀 과실의 효과로 펜리르에게 섞여들었던 의문의 힘이 분리되어 그대로 연기처럼 흩어졌다.

그리고 펜리르가 한층 작아진 것이야말로 과실의 효과가 확실하게 나타났다는 명확한 증거였다. 하지만 그럼에도 아직 펜리르를 구해냈다고는 할 수 없었다. 그는 계속해서 미라를 물어뜯을 기세로 마구 날뛰었다.

그때마다 펜리르를 구속한 사슬이 삐걱대고 주변이 요동쳤다. 하지만 미라는 무언가를 노리는 듯한 눈으로 그 사슬을 쳐다보고 있었다.

"그럼, 다음은 저것으로군……."

그렇다. 작전은 아직 끝나지 않았다. 마텔이 만들어낸 하얀 과실. 그것은 본래 하나로 펜리르를 구해낼 만큼의 효과를 지니고 있었다. 하지만 작전을 시작하기 전부터 그것을 두 개 먹일 필요가 있다는 사실을 미라는 알았다. 그 이유는 펜리르 수준의 괴물을 구속하고 있는 저 사슬에 있었다.

가룸이 그 사슬에 자세히 알고 있었다.

글레이프니르. 그것은 펜리르의 힘 중 하나이자 현재 펜리르 자신을 구속하고 있는 사슬의 이름이었다.

포박한 대상의 능력과 특수 효과를 제한하는, 매우 강력한 구속구. 그것이 글레이프니르였는데, 이번에는 그것이 걸림돌이 되었다. 펜리르의 몸속에 든 하얀 과실의 효과까지 제한해 버릴 것이라는 게 가룸의 설명이었다. 본체뿐 아니라 외부에서 유입된 약과 회복, 보조마법과 같은 술식의 효과까지 제한한다는 것이다. 그것이 최강의 구속구로 불리는 글레이프니르의 위력이었다.

사실 하얀 과실의 효과는 완전하다고 볼 수 없어서 펜리르의 이성을 좀먹는 힘을 절반 정도 걷어내는 데 그쳤다. 하지만 그 효과로 인해 상당히 약체화시키는 데에는 성공한 듯했다. 심지어 아주 조금이기는 하지만 펜리르의 눈에 이성적인 빛이 돌아와 있는 것이 보였다. 다만 그것은 지극히 미약한 빛이라 아직 의문의 힘에 저항하기는 무리인 듯 보였다. 그럼에도 시작이 반이라는 말처럼, 희망을 품기에 충분한 성과임에는 분명했다.

23

"알피나여. 부탁하마."

"네, 맡겨주십시오!"

미라가 다음 작전 지시를 내리자 알피나는 검을 들고 뛰쳐나갔다. 그렇게 똑바로 펜리르의 발치를 향해 질주했다. 하지만 이성을 잃은 상태라고는 해도…… 아니, 이성을 잃은 상태이기에 펜리르는 최대한의 힘으로 알피나를 짓뭉개려 들었다.

일직선으로 달려들어 펜리르의 아가리를 종이 한 장 차이로 피한 후, 이어서 떨어진 발톱을 검으로 흘려낸 알피나는 그대로 —— 공격하지 않고 펜리르의 옆구리를 지나쳐 뒤쪽으로 빠져나갔다.

펜리르는 알피나를 쫓으려고 몸을 돌리려 했다. 하지만 사슬이 걸리적거려 그러지 못하고 답답한 듯 날뛰기만 했다.

"주인님, 확인했습니다. 언제든 가능합니다."

알피나의 목적은 펜리르와 싸우는 것이 아니라 그 등 뒤에 있는 것이었다.

펜리르를 약체화하는 1단계 작전은 성공했다. 다음으로 필요한 것은 글레이프니르를 해제하여 하얀 과실의 효과가 최대로 발휘되는 상태로 만드는 것이다.

문제는 이 튼튼한 사슬을 무슨 수로 푸는가 하는 것이다. 다만 그 점에 관해서는 마텔이 조언을 해주었다. 그녀의 말에 의하면 글레이프니르는 펜리르가 가까스로 이성을 유지하고 있을 때 스스로 두른 것이라고 한다.

폭주 후에 스스로 풀지 못하도록 마텔이 만들어낸 반사의 힘을 지닌 나무를 이용했다는 모양이다.

자세히 보니 펜리르의 몸이 조금 줄어든 덕에 그 안쪽에 거목이 솟아 있다는 것을 알 수 있었다. 그리고 그것이야말로 단원 1호와 멍슨이 가장 먼저 확인한 목표 중 하나였다.

현재 펜리르를 구속하고 있는 글레이프니르는 그 거목을 중심으로 유지되고 있는 상태다. 요컨대 알피나의 목적은 그 거목을 쓰러뜨려 글레이프니르를 푸는 것이다.

펜리르를 구하려면 하얀 과실이 최대의 효과를 발휘할 필요가 있다. 그러기 위해서는 글레이프니르를 풀어야만 한다. 하지만 그것은 곧 이성을 잃은 펜리르를 풀어준다는 것을 의미하기도 했다. 이 펜리르 구출 작전의 고비는 이제부터 시작이라 해도 과언이 아닌 것이다.

주변을 흘끔 둘러보니 펜리르의 힘이 약해진 영향인지 그 지배하에 있었던 늑대들의 움직임도 예상한 대로 둔해져 있었다. 그것을 확인한 미라는 단숨에 공세에 나섰다.

【소환기능 : 유원(悠遠)의 인연】

그것은 소환한 동료를 기점으로 아르카나 제약진을 전개하는 기술이다. 이를 사용해 미라는 단원 1호와 멍슨을 기점으로 전장을 에워싸는 모양새로 네 개의 진을 배치했다.

아르카나 제약진에는 로사리오 소환진으로 변화시키는 것 이외의 쓰임새도 있었다. 그것은 바로 소환체를 강화시키는 것이다. 영역을 에워쌈으로써 영역 안에 위치한 모든 동료들이 그 효과를 받을 수 있다.

다만 진을 전개하는 동안 지속해서 마나가 소비되는지라 사용할 타이밍을 판별하는 판단력이 필요했다.

이번에는 그 타이밍이 잘 들어맞은 모양이다. 늑대들이 강화된 후, 발키리 부대는 방어 중심으로 태세를 전환한 채 버티고 있었다. 거기에 공중 지원이 더해진 덕분에 전력을 온전할 수 있었고, 상대가 약체화되기까지 한 데다 제약진에 의한 강화 효과로 단숨에 맹공을 퍼부을 수가 있었던 것이다.

그 결과, 서서히 전황이 뒤집히기 시작했다. 늑대는 한 마리, 두 마리 쓰러져 어둠이 되어 안개처럼 사라졌다.

전황의 변화 속도는 갈수록 빨라져, 일찌감치 토벌을 완료한 차녀와 셋째의 소대가 다른 부대를 지원하고 나섰다. 나아가 구구와이즈와 페가수스, 히포그리프의 분투도 빛을 발했다. 늑대를 모두 토벌하는 것도 시간문제일 것이다.

『마텔 공. 준비는 되었나?』

늑대 쪽은 5분 정도면 결판이 날 듯하다고 판단한 미라는 다음 작전의 중심인 마텔에게 말을 붙였다. 그러자 마텔은 기합이 잔뜩 들어간 목소리로 『응, 언제든 괜찮아!』라고 답했다.

이 자리에 있는 봉인은 침식된 상태지만, 일시적으로라면 강화가 가능하다는 모양이었다. 상대는 펜릴이다. 매우 고차원적인 존재이기도 하거니와 폭주 중이다. 그 힘을 억제할 수 있다는 마텔의 봉인 강화는 이 작전에서 매우 중요한 카드 중 하나였다.

다만 봉인 강화는 그렇게까지 오래 지속되지 않는다고 한다. 그래서 긴급 상황에 도망칠 시간을 벌거나 마지막 총공세 때 사용할 예정이었다. 그리고 이상적인 상황이라 할 수 있는 지금은 마지막 총공세를 위한 봉인 강화를 실행할 수 있을 듯했다.

"6번 부대, 토벌 완료입니다."

"7번 부대도 완료했어요~!"

그런 보고가 들려오는 가운데, 미라는 펜리르가 어떻게 움직일지 주목했다. 하얀 과실의 효과로 인해 그토록 많은 양의 힘이 안개가 되어 사라진 현재, 늑대를 더 만들어 공격해올지 어떨지. 그에 따라 다음 작전의 진형이 달라지기 때문이다.

하지만 그때, 펜리르가 큰소리로 울부짖었다. 역시 늑대를 더 만들어낼 셈인가. 그렇게 생각한 미라 일행은 경계 자세를 취했다. 하지만 하얀 과실의 효과 탓인지 이제는 늑대를 만들어낼 만큼의 어둠의 힘이 남아 있지 않은 모양이다. 그런 탓인지 펜리르는 원망스럽다는 눈으로 미라 일행을 노려볼 따름이었다.

하지만 아직 제1단계가 완수된 것에 불과하다. 진짜 결전은 이제부터 시작이다.

"이제 마지막 단계다. 각자 위치로!"

미라가 지시를 날리자 늑대를 모두 토벌한 발키리 자매들이 다음 작전을 위해 신속하게 움직이기 시작했다. 또한, 만일의 사태에 대비해 다크나이트와 공중전 팀은 경계 태세를 유지한 채 후

방에서 대기 중이었다.

"전원 배치 완료했습니다."

호령을 한지 얼마 되지 않아, 차녀인 엘레티나가 최종 작전 준비가 끝났다는 보고를 했다. 자매들은 펜리르를 에워싸는 모양새로 서 있었다. 그리고 펜리르는 그런 그녀들을 향해 입을 벌렸다가는 사슬의 반동으로 인해 원위치로 돌아오기를 반복했다.

"히에에……."

그때, 크리스티나가 매우 작은 목소리로 비명을 질렀다. 하지만 알피나의 사각에 있었던 덕에 그 모습을 들키지 않을 수 있었다.

"자아, 드디어 시작이로군."

어찌어찌 이 상황을 만드는 데에는 성공했다. 나머지는 마지막 작전이 성공하느냐 마느냐에 걸렸다.

"다들, 준비하라!"

미라가 호령을 하자 자매들은 일제히 임전 태세에 돌입했다. 그리고 미라 역시 어느 쪽으로든 움직일 수 있게끔 자세를 취하고서 작전 개시 신호를 했다.

"지금이다, 알피나!"

미라의 신호를 들은 알피나는 "알겠습니다"라고 답한 후, 글레이프니르를 유지하고 있는 거목 앞에서 참격을 날렸다. 그 날카로운 참격은 일격에 거목을 양단했다.

거목은 큰소리를 내며 쓰러졌다. 그러자 그것을 기점으로 삼고 있던 글레이프니르가 순식간에 녹스는가 싶더니, 이내 산산이 부수어졌다. 이로써 펜리르를 구속하고 있던 족쇄가 완전히 사라져

버렸다.

힘과 능력을 제한하는 글레이프니르. 그 구속에서 해방됨으로 인해 펜리르도 힘이 어느 정도 돌아왔는지 다시금 어둠이 모여들기 시작했다.

하지만 그것을 그대로 행사하게 둘 리가 없었다. 그 즉시 말라비틀어졌던 이 공간에 싱싱한 녹색이 돌아오더니 순식간에 퍼져 나갔다. 그렇다. 마텔의 봉인 강화에 의한 효과였다.

흐드러지게 핀 꽃들이 어둠을 흡수하는 가운데, 펜리르는 본능에 몸을 맡겨 정면에 선 미라를 물어뜯고자 덤벼들었다. 하지만 직후, 무수히 많은 덩굴이 뻗어와 그 몸을 옭아맸다. 그리고 그 순간 자매들이 움직였다. 각자 봉인의 덩굴을 집어 든 채 펜리르에게 달려들어 일제히 묶기 시작한 것이다.

어둠을 흡수하는 꽃과 움직임을 봉하는 덩굴. 이로 인해 펜리르는 일시적이기는 하나 글레이프니르에 구속되었던 때에 가까운 상태로 돌아갔다. 다른 점이 있다면 하얀 과실의 효과를 제한하는 요소가 사라졌다는 것이리라.

"좋아, 성공이다!"

마텔의 봉인과 자매들의 활약으로 인해 펜리르는 다시 속박되었다. 하지만 그 완력은 건재해서 날뛸 때마다 그를 속박한 덩굴이 뜯겨 나갔다. 하지만 차례차례 뻗어온 덩굴과 그것을 적절하게 묶어 나가는 자매들의 노력으로 현재의 상태가 유지되고 있었다.

이제 남은 일은 하얀 과실을 하나 더 먹이는 것뿐이다.

"자아, 이 몸을 먹고 싶을 테지? 입을 벌려 보거라."

미라는 하얀 과실을 손에 들고서 구속되어 땅바닥에 엎드린 펜리르의 입가로 다가갔다. 하지만 역시나 하얀 과실을 경계하고 있는지, 그토록 닥치는 대로 물어뜯으려고 하던 아가리가 지금은 딱 닫혀 있었다.

다시 다크나이트를 대신 세워보아도 물으려 하지 않았다. 어떤 수단을 사용해도 마찬가지였다.

폭주 중임에도 불구하고 그러한 판단력은 살아있는 모양이다.

"이렇게 된 이상, 어쩔 수 없나……."

이대로 가면 마텔의 봉인이 한계에 달하고 만다. 그러나 생각나는 방법을 모조리 시험해보았음에도 실패로 끝났다. 남은 수단은 그다지 사용하고 싶지 않은 것이라 미라는 이런 상황임에도 조금 망설여졌다.

그 방법은 다름이 아니라, 펜리르의 배를 찢고 직접 하얀 과실을 체내에 삽입하는 것이었다. 참고로 콧구멍에 쑤셔 넣는 방법은 이미 실행해보았지만, 결과만 말하자면 실패했다.

목적은 위장에 하얀 과실을 집어넣는 것이다. 그리고 생각했던 것 중 가장 가능성이 높은 것은 역시 펜리르의 몸에 구멍을 내는 방법이었다. 과실을 쑤셔 넣고 나서 아스클레피오스의 힘으로 치유하면 흉터도 남지 않으리라. 하지만 배를 찢으면 상당한 고통이 유발될 것이다.

크나큰 괴로움을 안기게 될지도 모른다. 또한, 그 고통으로 인해 더욱 격렬하게 날뛸 우려도 있다. 하지만 현재 상황에서는 그것이 가장 가능성이 높은 방법이라 할 수 있었다.

"되도록 빠르고 신속하게 끝내마."

이대로 기적적으로 입을 벌려주지는 않을까. 간절하게 그러기를 바라며 미라는 하얀 과실을 든 손으로 아가리 앞을 쓰다듬어 보았다. 하지만 그 덧없는 바람은 원망이 잔뜩 실린 펜리르의 으르렁거리는 소리에 지워지고 말았다.

위장까지 구멍을 뚫어 직접 하얀 과실을 쑤셔 넣는 작전. 그것을 실행하기 위해 알피나가 미라의 옆에 섰다. 그리고 펜리르의 배를 물끄러미 쳐다보더니 위장이 있는 지점을 짐작하여 검을 겨누었다.

"미안하지만 참아다오⋯⋯."

고통을 안겨주기는 싫다. 그런 생각에 침통한 얼굴로 미라가 작전을 실행하려던 바로 그때.

"워우!"

느닷없이 가룸이 울부짖었다. 그것도 한 번이 아니라 두 번, 세 번 연달아서. 가룸은 미라를 보고 있었다. 그리고 괴로워하는 그 얼굴을 보고 있자니 가만히 있을 수가 없었던 것이다.

가룸은 계속해서 울부짖었다. 펜리르의 정면에 서서 필사적으로 뭐라 호소하듯 힘차게 울부짖었다. 나아가 펜리르의 눈을 똑바로 쳐다본 채, 때때로 그 콧등을 두들겨 패며 울었다. 그것은 마치 상대의 감정을 고무시키는 듯하기도, 도발하고 있는 것 같기도 했다.

가룸은 대체 무얼 하고 있는 것일까. 시험 삼아 단원 1호에게 물어보니 가룸은 펜리르의 이성에 호소하고 있는 것 같다는 답이 돌아왔다.

그런 것에 지지 마라. 펜리르라는 존재는 고작 그 정도밖에 안 되는가. 저항해 보여라. 입만 열면 지금의 주인님이 어떻게든 해줄 거다. 가룸은 그러한 내용의 말을 외치고 있다는 모양이다.

분명 가룸 역시 펜리르를 다치게 하고 싶지 않다는 미라의 마음에 동조한 것이리라. 조금 전까지는 폭주 중인 펜리르를 보고 벌벌 떨었지만, 지금은 그랬던 것이 믿기지 않을 정도로 용감하게 맞서고 있었다.

그러자 놀랍게도. 펜리르가 으르렁거리는 소리가 서서히 커졌다. 가룸의 목소리가 정말로 펜리르의 이성을 자극하고 있는 모양이다. 저항하듯 으르렁거릴 때마다 펜리르의 거대한 몸이 흔들리더니, 아가리가 바들바들 떨리기 시작했다.

그렇게 해서 결국, 희미하게 돌아온 이성이 의문의 힘에 거슬러 그 입을 살짝 열게 했다.

"잘했다!"

가룸을 믿고 기다리던 미라는 그 짧은 틈을 놓치지 않고 하얀 과실 몇 개를 한꺼번에 펜리르의 입 사이로 쑤셔 넣었다. 그리고 팔을 빼는 순간, 날카로운 이빨이 그 틈새를 틀어막았다.

"아슬아슬했군그래……."

꿀꺽. 펜리르가 무언가를 삼키는 소리를 내자 미라는 재빨리 거리를 벌려 팔이 무사한지를 확인하고서 안도의 한숨을 내쉬었다.

과연, 하얀 과실의 효과는 나타날까. 일동이 마른침을 삼키며 지켜보는 가운데, 마텔의 봉인이 한계를 맞았다. 펜리르를 구속했던 덩굴은 너덜너덜해지고 녹음으로 가득했던 주변이 점차 말라비틀어졌다.

펜리르를 묶어두고 있던 모든 것들이 사라졌다. 발키리 자매들이 몸을 던져 붙들고 있기는 했지만, 워낙 덩치가 크다 보니 눈깜짝할 새에 떨어져 나갔다.

땅바닥에 묶여있던 펜리르가 결국 모든 구속을 끊고 일어났다. 그 순간 긴장감이 퍼짐과 동시에 알피나를 중심으로 한 자매들이 미라를 보호하듯 늘어섰다.

미라 역시 펜리르의 날카로운 눈빛을 받으면서도 용감하게 새로운 하얀 과실을 집어든 채 동향을 살폈다.

미라 일행과 펜리르의 눈싸움이 시작되었다. 하지만 그 대치 상태는 금방 끝났다. 거대한 몸이 살짝 기울어지는가 싶더니 펜리르가 큰소리로 포효를 한 것이다.

그 포효는 대기를 격렬하게 뒤흔들며 크고 힘차게, 무언가를 떨쳐내려는 듯 울려 퍼졌다. 그와 동시에 펜리르의 몸에서 대량의 어둠이 뿜어져 나왔다. 뿜어져 나온 어둠은 다른 것으로 변하지 않고 허공에 녹듯 사라졌다.

좀 전에 보았던 현상과 같았다. 하얀 과실이 효과를 발휘한 것이다. 그 사실을 증명하듯 마텔의 봉인도 침식에서 점차 해방되었다. 주변은 서서히 산뜻한 녹색을 되찾아, 어느샌가 낙원 같은 광경으로 바뀌어 있었다.

그리고 사건의 중심인 펜리르로 말하자면. 어떻게 된 일인지 그렇게 커다랬던 몸이 어디에도 보이지 않았다.

"고맙다, 숭고한 아이여."

모습은 보이지 않지만 처음 듣는 목소리가 들려오기에 미라는 그리로 시선을 돌렸다.

어쩐지 용맹하고도 웅대하게 들리는 목소리의 주인공은, 바로 미라의 발치에 있었다. 자세히 보니 한 마리의 강아지…… 아니, 새끼 늑대가 있었다.

"이것은…… 설마……."

새끼 늑대라고 표현하기는 했지만, 그것은 겉모습이 주는 인상일 뿐이었다. 크기는 대형견에 버금가서 단원 1호 정도는 한발로 제압할 수 있을 듯했다. 그리고 무엇보다도 정황이 이 새끼 늑대가 펜리르가 틀림없다고 말해주고 있었다.

"흠…… 자세히 보니 아까 보았던 모습이 남아 있는 것도 같고."

매우 귀여운 모습이기는 했지만 미라를 올려다보는 그 눈빛은 날카로워서, 조금 전까지 대치했던 펜리르의 위엄이 느껴졌다. 하지만 무엇보다도 또렷한 이성의 빛이 돌아와 있어서, 그 표정에서는 지금까지와 달리 기품 같은 것이 넘쳐났다.

귀여워지기는 했지만 펜리르가 틀림없다. 미라가 그렇게 확신한 참에 새끼 늑대는 "광기(狂氣)에서 구해주어, 뭐라 감사 인사를 해야 할지 모르겠군" 하고 공손하게 고개 숙여 인사했다. 아무래도 작아진 것이며 힘을 잃은 것은 그리 신경이 쓰이지 않는 모양이다.

"설마 발키리들의 도움을 받을 줄은 몰랐다. 다시금 감사 인사를 하고 싶다."

미라에게 감사인사를 한 펜리르는 이어서 알피나 일행을 본 채 고개를 꾸벅 숙였다. 그에 반해 알피나는 "주인님을 위한 일입니다"라고 할 뿐이었다. 역시나 보통 악연이 아닌지라 거리를 두기로 한 모양이다.

하지만 그런 태도를 취하는 것은 알피나뿐이었다. 다른 자매들로 말하자면 변해버린 펜리르의 모습에 놀라면서도 그 사랑스러움에 반해버린 눈치였다.

"뭐야, 이거. 귀여워……."

"그렇게나 크고 멋있었는데…… 하지만 나쁘진 않네."

"뭐어, 고마운 줄 알면 됐어."

반응은 제각각이었지만 새끼 늑대가 된 펜리르를 쓰다듬거나 안아 올리는 등, 조금 전까지 전투를 벌였던 사이가 맞나 싶을 정도로 친근하게 펜리르를 대했다. 새끼 늑대 모습이 되었다고는 하나 상대는 그 펜리르이거늘, 적응력이 높다고 해야 할지 겁이 없다고 해야 할지. 알피나와 다른 의미에서 여러모로 강한 자매들이었다.

또한 펜리르로 말하자면 자매들의 귀여움을 받는 것 역시 감사 표시의 일환이라고 생각하는 눈치였다. 그래서인지 군소리 없이 그녀들의 귀여움을 받았다.

"침식이 한참 깊은 곳까지 진행되어 있었던 모양이네." 동료들을 송환한 후, 우선 마텔이 사는 집으로 돌아온 미라는 그곳에서 펜리르가 새끼 늑대가 된 원인에 관해 마텔에게 물었다. 방금 한 말이 그에 대한 답이었다.

하얀 과실의 효과로 인해 의문의 힘을 분리하는 데는 성공했다. 하지만 전투로 인해 펜리르의 힘이 행사된 탓에 침식이 가속화된 것이다. 의문의 힘이 펜리르의 본래의 힘에 깊숙이 침투했던 탓에 하얀 과실의 효과로 한꺼번에 떨어져 나간 듯하다는 것이 마텔의 분석 결과였다.

"과연······. 그렇게 된 것이었나."

상태로 미루어 펜리르에게는 전성기였을 때의 1할 정도의 힘밖에 남아 있지 않은 듯했다. 어쩌면 그보다 좋은 방법이 있지 않았을까. 미라는 그런 생각을 하며 펜리르에게 시선을 보냈다.

"미라 공이 가슴 아파할 필요는 없다. 이것은 나의 방심이 초래한 일이니. 게다가 나도 그것이 최선의 방법이었다고 생각한다. 그 궁지에서 벗어날 방법은 그것밖에 없었다."

펜리르는 다소 의기소침해진 미라를 똑바로 바라보며 다시 한번 감사 인사를 했다. 그리고 잃어버린 힘은 단련을 하고 시간이 지나면 얼마든지 되찾을 수 있으니 문제 될 것 없다며 웃어넘겼다.

"무엇보다도 이렇게 다시 자유롭게 움직일 수 있게 된 것이 기쁘군. 이로써 다시 형제들을 찾으러 갈 수 있겠어. 마텔 공과 미라 공 일행 덕분이다."

펜리르는 몸 상태를 확인하듯 가볍게 뛰어 보이더니 자신만만하게 "흠. 힘을 잃었다고는 하나 어지간한 마물과는 문제없이 싸울 수 있겠군"이라고 말했다.

"펜리르 공이 그렇다니 믿도록 하지."

9할의 힘을 잃었다고는 하나 펜릴은 펜릴이다. 그 말은 분명 사실일 것이다. 무엇보다도 본인이 괜찮다는데 이 이상 미안해하는 것은 오히려 실례일 것이다.

그렇게 미라는 펜리르를 무사히 구해냈다는 사실을 새삼 실감하며 기뻐했다.

24

"이번에는 정말로 큰 신세를 졌다. 언젠가 도움이 필요할 때가 생기면, 반드시 힘을 보태도록 하지."

펜리르는 그렇게 감사 인사를 하고서 다시 형제들을 찾기 위한 여행을 떠나겠다고 말하더니 능숙하게 문손잡이를 돌렸다. 그때, 마텔이 갑자기 제지했다.

"으음, 늑대님. 미안하지만 당분간은 내 영역에서 나가지 않는 게 좋을 거야."

"어째서이지?"

느닷없이 외출 금지령이 떨어지는 바람에 펜리르는 의아한 표정으로 고개를 돌렸다. 그러자 마텔이 놀라운 정보를 밝혔다. 아직 사건이 해결된 것은 아니라고.

"왜, 느껴지지 않아? 늑대님의 이성을 빼앗은 불길한 힘이, 아직 주변에 잔뜩 떠돌고 있는 게——."

마텔은 그렇게 운을 떼더니 상세한 이유를 설명하기 시작했다.

펜리르를 좀먹은 의문의 힘은 펜리르의 힘에 이끌려 다가왔다는 것이 마텔의 견해였다.

현재 있는 이 영역은 마텔의 힘으로 보호되고 있기에 의문의 힘의 침입을 막아내고는 있지만, 밖에는 펜리르의 힘을 원하는 그것이 아직 감돌고 있다는 모양이었다.

또한 이번에는 하얀 과실의 효과로 떼어낼 수 있었지만, 뒤집어 생각해 보면 그냥 떼어낸 것에 불과하다. 지금도 감돌고 있는 의문의 힘에 쐬면 또다시 이성을 잃을지도 모른다고 마텔은 말했다.

"상황이 그렇게 되었나……."

의문의 힘. 펜리르는 폭주하기 전부터 그 기척을 느꼈다는 모양이다. 게다가 그 힘의 기척은 동생들의 것과 비슷하다고 한다. 하지만 그 힘의 침식이 시작된 순간 알아챘다고 한다. 비슷하기는 하지만 전혀 다른 것임을.

'어째 일이 요상하게 흘러가는구먼…….'

다른 것이기는 하지만 비슷한 힘. 다시 말해서 요르문간드, 헬의 것과 비슷한 힘을 지닌 누군가가 이 고대지하도시에 있다는 뜻이다. 그 사실을 알아챈 미라는 일이 더욱 커진 것 같다는 생각에 쓴웃음을 지은 채 계속해서 이야기에 귀를 기울였다.

"그러니까 늑대님. 원인을 어떻게 하지 않으면 또 같은 일이 반복될 거야."

마텔은 그렇게 말하며 펜리르를 살며시 끌어안았다. 그러고는 분한 듯 한숨을 내쉬며 "완전히 무효화 할 수 있으면 좋겠지만……" 하고 중얼거렸다.

아무래도 마텔의 힘으로도 의문의 힘의 침식을 영구적으로 막을 수는 없는 모양이다. 현재 있는 장소는 마텔뿐 아니라 삼신의 힘으로 보호되고 있어서 안전하지만 밖으로 나가면 계속 의문의 힘이 따라붙을 것이라고 한다. 펜리르의 힘의 파동을 완전히 기억했을 것이라는 게 그 이유였다.

"그런가……. 그렇다면 별수 없지……."

이번에는 근처에 있던 마텔 덕분에 피해는 억제할 수 있었다. 하지만 다른 장소에서 이성을 잃는 날에는 얼마나 큰 참사가 벌어질지 모를 일이다. 시조정령인 마텔조차도 봉인하여 억누르는 것이 고작이었던 폭주를, 다음에는 누가 막는다는 말인가.

 그렇게 납득한 펜리르는 애가 타는 표정으로 이곳에 남기를 택했다.

 "흐음…… 듣자하니 이 지하도시 아래에 원인이 있는 모양인데. 위로가 될지 어떨지는 모르겠지만…… 이 몸이 가서 확인 보도록 하지."

 이대로 두면 펜리르는 더 이상 형제를 찾으러 돌아다닐 수가 없다. 이성을 되찾기는 했으나 계속 이곳에 갇혀 지내야만 하다니, 그건 너무도 딱한 일이 아닌가. 그렇게 생각한 미라는 자진해서 조사를 해보겠다고 나섰다. 하지만 펜리르를 폭주시킬 정도로 위험한 힘의 발생원이 목표인 셈이니 너무 기대는 하지 말아 달라고, 미라는 미안한 투로 덧붙여 말했다.

 "고맙다, 미라 공. 그 마음만으로 기쁘군. 무리는 하지 않아도 좋아."

 미라의 말에 펜리르는 깊숙이 고개를 숙였다. 이성을 잃고 폭주했던 자신을 구해준 그 용기와 실력을 믿는 것인지, 그 목소리에는 감사하는 마음과 믿음이 담겨 있었다.

 "자아, 생각을 좀 해봤다만 우선 미라 공과 소환 계약을 맺어두는 게 어떤가? 지금은 나의 힘으로 각지의 정령들과 소통을 할 수 있으니. 이 넓은 정보망을 사용하면 귀공의 형제에 관한 정보를 모을 수 있을지도 모르는데."

이야기가 일단락되어 미라가 그 말을 언제 꺼낼까 타이밍을 살피던 바로 그때. 정령왕이 그렇게 지원 사격을 하듯 말을 꺼내주었다. 미라의 꿍꿍이속은 훤히 꿰고 있다는 투였다.

"그래, 그거 좋은 생각인 걸."

이어서 마텔도 거들고 나섰다. 그리고 정령왕과 마텔은 입을 모아 말했다. 소환 계약을 맺어두면 향후 의문의 힘에 관한 문제가 해결되어 자유롭게 움직일 수 있게 되었을 때, 미라와 바로 만나서 정령들이 얻은 정보를 간단히 전달받을 수 있을 것이라고.

"미라 공이 계약을 맺은 권속들은 많다. 분명 앞으로도 어디선가 늘어갈 테지. 아마도 귀공이 혼자서 찾아다니는 것보다는 훨씬 효율적일 터. 그리고 무엇보다도…… 지금은 기척을 느낄 수 없지 않나?"

정령왕은 은근슬쩍 계약을 하도록 부추기며 문득 그렇게 지적했다.

기척을 느낄 수 없다. 그게 무슨 뜻일까 하고 미라가 고개를 갸웃하자 펜리르가 무겁게 고개를 끄덕였다.

"알고 계셨나. 그 말이 맞다."

펜리르는 자백이라도 하듯 그렇게 말했다. 듣자 하니 놀랍게도 지금은 의문의 힘의 기척조차도 느낄 수가 없다는 모양이다. 이곳에서는 침입을 저지하고 있지만, 마텔은 밖에 그것들이 감돌고 있다는 것을 느끼고 있었다. 하지만 펜리르는 그 사실을 알지 못

313

했다.

분명 많은 힘을 잃은 것이 원인일 것이라고 정령왕이 말했다.

다른 것이기는 하나 형제들의 것과 비슷한 힘을 느낄 수 없게 되었다는 것은, 진짜 형제들이 근처에 있어도 알아채지 못할 우려가 지극히 높음을 뜻했다.

펜리르가 예전의 힘을 되찾아 다시 지각할 수 있게 되려면 얼마나 많은 시간이 걸릴지 모를 일이다. 그렇다면 지금은 미라를 경유한 정보망이야말로 펜리르에게 가장 유력한 정보망이라 할 수 있었다.

"그리고 있지, 분명 이곳에서 만난 것도 인연이라고 생각해. 그런 거, 참 멋지지 않아?"

이런저런 이유를 늘어놓기는 했지만 마텔은 그런 운명적인 만남 같은 것을 무척 좋아하는 모양이다. 이곳에서 만난 미라는 소환술사이고 펜리르는 도움이 필요한 상태가 되었다. 이건 분명 계약을 할 운명인 것이라고 마텔은 혼자서 들떠서 말했다.

그리고 미라는 그러한 말들을 덮어놓고 긍정했다.

"그래, 그런 것 같군! 그리고 정령 계열 이외의 정보망도 완비하고 있네. 가루다와 페가수스, 코로포쿠루에 가룸, 캐트 시, 쿠시 같은 동료들도 잔뜩 있지! 게다가 친구 중 임금님도 있어서 권력을 이용한 수색도 가능하네. 어떤가? 조건은 나쁘지 않은 것 같네만."

미라는 정령왕과 마텔이 만들어준 기회에 편승해 때는 지금이라는 듯 어필을 했다.

그 유명한 펜리르와 계약해서, 이런저런 제약이 생기고 만 그를 돕고 싶다. 그런 마음도 분명 있었다. 하지만 소환술사로서 새로운 소환술을 습득하고 싶다는 마음도 그만큼이나 커서, 미라는 기대와 불안감이 뒤섞인 얼굴로 펜리르와 마주했다.

"소환 계약이라……. 이토록 조건이 좋으니, 미라 공이 상대라면 기꺼이 받아들이도록 하지. 하지만, 괜찮겠나? 미라 공의 동료 중에 있는 그 발키리가 나를 경계할 텐데."

이점을 강조한 설득이 먹혀들었는지, 아니면 단순히 신뢰를 얻은 것인지 펜리르는 소환 계약에 긍정적인 반응을 보였다. 하지만 알피나가 약간 마음에 걸리는 모양이다.

모든 발키리를 다스리는 주신 오딘은, 펜리르와는 악연이라 할 수 있는 탓에 알피나도 좋게 여기지는 않는 눈치였다.

순간, 과거 역사 마니아 친구가 했던 말이 미라의 뇌리를 스쳤다. 그는 말했다. 현대의 신화와 영웅담 등이 이 세계에도 반영되어 있기는 하지만 그것들은 모두 까마득히 먼 과거의 일로 완결된 듯하다고.

다시 말해서 이곳에 있는 펜리르는 라그나로크 후에 다시 현현한 존재라는 것이다. 그리고 오딘 역시 마찬가지다. 참으로 신기한 세계였다.

그러나 그러한 과거의 악연 탓에 펜리르 역시 꺼림칙한 눈치였다.

"그렇다면 본인에게 물어보도록 하지!"

펜리르가 저렇게 의욕을 보이는데 이제 와서 계약에 실패할 수는 없다고 생각한 미라는, 설득도 염두에 두고서 알피나를 소환했다.

"소환에 응해 대령했습니다. 저의 주인이시여."

아르카나 소환진에서 씩씩하게 나타난 알피나는 실로 뿌듯한 얼굴로 미라의 앞에 무릎을 꿇었다.

"좀 전에 이어 번거롭게 해서 미안하구나, 알피나여. 그대에게 할 말이 좀 있어서 말이다."

미라는 의욕으로 가득한 얼굴을 한 알피나에게 약간 조심스러운 투로 말을 붙였다. 경우에 따라서는 알피나가 넓은 아량을 베풀어주기를 바라야 할지도 모르는 안건이라, 약간 말을 꺼내기가 거북할 수밖에 없었다.

"할 말씀이란 것이…… 무엇인지요?"

말을 꺼내기 어려워하는 미라를 보고 불안── 아니, 걱정이 되기 시작했는지 알피나는 "제가 할 수 있는 일이라면 무엇이든 말씀해주십시오!"라고 말을 이었다.

"음…… 그것은, 그럼──."

알피나의 힘차고 듬직한 목소리를 들은 미라 역시 똑바로 그녀를 쳐다보며 말했다. 펜리르와 소환 계약을 맺고 싶은데 그래도 되겠느냐고.

"어떤가, 알피나 공. 생각이 복잡하겠지만, 내가 말석(末席)에 앉는 것을 허락해줄 수 있겠나."

펜리르는 짧은 다리로 알피나의 앞으로 다가가더니 엎드려 자세를 취한 채로 말했다.

성의 넘치는 행동이었지만 아무래도 겉모습이 새끼 늑대이다 보니 굳이 말하자면 사랑스럽다는 인상이 더욱 강했다. 그 때문에 미라는 진지한 분위기임에도 불구하고 무심결에 미소를 짓고 말았다.

그런 미라의 표정을 살그머니 살핀 끝에 알피나는 답했다.

"신경이 쓰이지 않는다면 거짓말이 되겠지요. 하지만 주인님을 위해 싸우겠다면, 그는 곧 동지라 할 수 있을 겁니다. 때가 오면 협력하겠노라고 맹세하도록 하지요."

알피나는 그렇게 말하더니 펜리르에게 손을 내밀었다. 화해의 악수를 하자는 뜻이리라.

"감사한다, 알피나 공."

펜리르는 그에 응하듯 알피나의 손을 잡았다. 그것은 과거의 응어리를 떨쳐내고 발키리와 펜리르가 손을 잡은, 어떻게 보면 역사적인 장면이었다. 하지만 그 광경은 개들에게 시키는 것처럼 알피나가 펜리르에게 '손'을 시킨 것으로만 보였다.

미라와 정령왕, 그리고 마텔은 하염없이 흐뭇한 미소를 짓고 있었다.

어찌되었건 이렇게 펜리르와의 계약에 관한 문제는 말끔하게 해소되었다. 남은 일은 실행에 옮기는 것뿐이다.

알피나에게 감사인사를 하고 송환한 후, 미라는 기도하는 심정으로 펜리르와 마주했다.

'자아, 여기서부터가 문제로군. 제발…… 성공해다오!'

소환 계약이라 말하면 간단하게 들릴지 몰라도, 아무하고나 맺을 수 있는가 하면 그렇지도 않았다. 상대의 힘과 술사의 역량, 신뢰성을 비롯한 여러 가지 요소들이 영향을 미친다.

특히 이번에는 상대의 힘이 중요하다. 모르는 사람이 없을 정도로 유명한 펜리르가 상대인 것이다. 미라도 자신의 역량에는 그럭저럭 자신이 있었지만 아무래도 차원이 다른 존재가 상대이다 보니 불안함이 앞서는 모양이었다. 정령왕의 도움을 받을 수 있었던 마텔과의 소환 계약과는 상황이 달랐다.

"그럼, 시작하도록 하지."

불안하기는 하지만 수없이 반복해온 의식이어서 미라는 조금도 실수하지 않고 '계약의 각인'을 펜리르의 이마에 내밀었다.

그러자 그것은 갑자기 터지는가 싶더니 빛의 입자가 되어 흩어지고 말았다.

설마 실패인가. 펜리르 정도의 거물과 계약을 하는 것은 역시 무리였다. 그런 생각이 뇌리를 스친 순간. 미라는 그것을 알아챘다.

놀랍게도 흩어졌던 각인이 빛의 입자 상태로 주변에 떠 있었던 것이다. 심지어 그뿐만이 아니었다. 빛이 입자와 입자를 잇더니 서서히 거대한 각인을 그리기 시작한 것이다.

"허어, 이것은……."

빛은 계속해서 퍼져 나갔다. 플라네타륨을 연상케 하는 광경이 펼쳐진 가운데, 환하게 빛나는 룬 문자가 별자리처럼 떠올랐다. 그것을 본 미라는 무심결에 탄성을 흘렸다. 그리고 정령왕과 마텔은 흥미롭다는 눈으로 그 광경을 지켜보았다.

잠시 후, 계약의 빛이 집속되더니 미라의 손바닥과 펜리르의 이마에 빨려들어 단단한 인연의 끈으로 두 사람을 이었다. 뭐라고 쓰여 있는지는 알 수 없었지만 룬 문자가 순간적으로 미라의 손에 떠올랐다가는 사라졌다.

"오오, 이것이 소환 계약인가. 이렇게 따뜻할 수가. 미라 공이 살며시 쓰다듬어주는 것 같은 느낌이 드는군."

펜리르는 그런 감상을 늘어놓으며 살며시 눈을 감았다. 하지만 다음 순간, 허둥지둥 다시 눈을 둥그렇게 뜰 수밖에 없었다.

"대성공이다~!"

그것은 공기가 뒤흔들릴 정도로 커다란 함성이었다. 그 유명한 펜리르와의 계약에 성공해 소환에 관한 정보가 머릿속으로 흘러들자 미라의 가슴속에 있던 환희의 감정이 대폭발한 것이다.

펜리르 소환은 아이젠파르드와 마찬가지로 로사리오 소환진을 네 개 이용하는 최상급 소환술이었다. 마나 소비량 역시 비슷한 정도라 거의 아이젠파르드와 동급이라 할 수 있을 듯했다.

다시 말해서 쓸 수 있는 소환술에 최강의 카드가 하나 더 추가된 셈이다. 상황에 따라서는 아이젠파르드와 펜리르의 꿈의 협공도 가능할 것이다.

하지만 다른 점도 하나 있었다. 그것은 소환 횟수였는데, 아무래도 펜리르가 지날 수 있는 문을 열려면 계약하면서 습득한 룬을 사용할 필요가 있으며, 미라의 힘으로도 그 룬은 하루에 한 번 생성하는 것이 한계인 듯했다.

그 제한을 고려하면 아이젠파르드를 능가하는 힘을 지녔을 가능성이 있는 소환술이라 할 수 있으리라. 향후 전투에서의 선택지와 수단이 늘어난 셈이다. 요컨대, 미라가 흥분하지 않으려야 그럴 수가 없는 상황이었다.

"펜릴 공. 앞으로 잘 부탁하네!"

미라는 기쁜 나머지 펜리르를 끌어안은 채 있는 힘껏 뺨을 비볐다. 그러자 펜리르도 약간 좋아하는 듯한 눈치였다.

"기뻐해 주니 다행이군. 미력하기는 하나 내 힘이 필요하다면 언제든 부르도록."

그렇게 답한 펜리르는 소환 계약은 처음인 탓에 약간 기대된다고 말하고는 미소를 지었다.

"헌데 마텔 공. 묻고 싶은 것이 있네만——."

펜리르와의 소환 계약이 성공했다는 사실을 한참 기뻐한 후. 미라는 의문의 힘에 관해 마텔에게 물었다.

잊고 있었지만 지금은 소울하울을 쫓아 고대지하도시를 공략하는 중이다. 따라서 이곳의 최하층에 있는 레이드보스와의 전투도 예상되었다. 적은 엄청난 강적이다. 그때 가능하다면 펜리르의 힘을 빌리고 싶었다.

하지만 소환술을 행사하여 이 안전한 장소에서 끌고 나갈 경우, 의문의 힘으로 인한 침식 현상은 발생할까. 미라는 그것이 궁금했던 것이다.

"글쎄에. 그만두는 게 좋을 거야. 멀리 떨어진 곳에서 소환하면 괜찮을 것 같기는 하지만……."

고대지하도시 안에서 소환할 경우, 곧장 의문의 힘에 침식되고 말 것이라고 마텔은 단언했다. 하지만 잠시 생각한 후, 한 마디를 덧붙였다.

　"하지만 방법이 없는 건 아니야. 미라 씨가 연락을 하면 늑대님 한테 하얀 과실을 먹이는 거야. 그 후에 소환하면 효과가 지속되는 동안, 10분 정도는 침식을 견딜 수 있을 거야."

　마텔은 그렇게 해결법을 제시했다. 향후, 기간이 얼마나 길어질지는 모르겠지만 펜리르는 마텔과 함께 살게 되었다. 그리고 마텔은 정령 네트워크를 통해 이야기를 할 수 있다. 때문에 마텔이 말한 방법도 가능하기는 했다.

　"10분이라……. 이거 상황판단을 잘해야겠군!"

　룬 문자 문제로 소환할 수 있는 것은 하루에 한 번뿐이다. 그리고 고대지하도시에서는 10분이라는 제한시간까지 있다. 제약은 많지만 그럼에도 아이젠파르드에 필적하는 펜리르라는 전력의 추가는 상당히 큰 이점이라 할 수 있었다. 확실히 전투를 유리하게 이끌어 나갈 수 있을 터다. 그 10분을 얼마나 효과적으로 활용하는가가 관건이다.

　그렇다면 우선은 펜리르에 관해 자세히 알아야만 한다. 무엇을 할 수 있는지, 어떤 능력이 있는지.

　"펜리르 공. 그대에 관해 이것저것 가르쳐줄 수 있겠나?!"

　"당연하다. 무엇이든 답하도록 하지."

　미라는 얼마 후 펼쳐질 대결전에 대비하기 위해 펜리르에게 바짝 다가가, 호기심도 풀 겸 그에 관해 시시콜콜 꼬치꼬치 질문을 해댔다. 그리고 펜리르 역시 자신의 능력 등에 관해 답해 나갔다.

다만 침식으로 인해 대부분의 힘을 잃은 탓에 실용성이 있는 능력은 그다지 남아 있지 않다는 듯했다. 하지만 그럼에도 과연 펜리르라고 해야 할지. 새끼 늑대임에도 미라의 홀리나이트를 한꺼번에 쉽사리 물리칠 만큼의 힘은 있었다.

'언젠가 본래의 힘을 되찾게 되면, 어떻게 될는지.'

지금은 새끼 늑대 상태이기에 네 개의 소환진으로 소환할 수 있는 것인지도 모른다. 침식되기 전의 힘을 다시 찾으면 초월 소환으로 승격하는 것은 아닐까. 미라는 그러한 어렴풋한 예감 속에서, 펜리르의 현재 역량을 정확히 파악하기 위해 이런저런 것들을 보여 달라고 부탁했다.

25

펜리르가 지금과 같은 새끼 늑대 상태에서 사용할 수 있는 능력과 실력은 대충 파악이 됐다. 그리고 정신이 들어보니 밤이 깊어진 상태였다. 따라서 오늘은 마텔이 사는 집에서 하루를 묵게 됐다.

또한 진짜로 지켜야 할 것이 있는 만큼, 이곳으로 들어올 때 지났던 신령정석의 벽은 모두 정령왕의 힘으로 원상 복구시켰다. 때문에 정령왕과 비슷한 힘이 있지 않고서는 그 누구도 이곳에 들어올 수 없으니 문단속은 완벽했다.

저녁은 마텔이 솜씨를 발휘해 만든 특제 샐러드였다. 드레싱 대신 뿌린 것은 신종 과실의 즙이었는데, 이 역시 놀랄 만큼 맛있었다. 심지어 영양적인 측면은 물론이고 부차적인 효과도 충실해서 며칠 동안은 신체 능력 등이 격상된다는 모양이었다.

미라는 실제로 평소보다 몸이 가벼워진 듯 느껴져서, 이것 참 근사하다며 산더미처럼 쌓인 샐러드를 전부 먹어치웠다. 그리고 당연하다는 듯 배가 불러 꼼짝도 못 하는 상태가 되었다.

"만족스럽구먼~."

미라는 마텔이 준비해준 덩굴풀로 된 침대에 드러누우며 행복하다는 투로 말했다. 과연 시조정령이 만든 채소라고 해야 할지, 샐러드에 쓰인 채소들은 고기를 좋아하는 미라를 만족시킬 정도로 빼어난 일품들이었다.

"채소가 이토록 맛있는 것이었던가."

미라의 옆에 만족스러운 얼굴로 드러누운 자가 또 한 명 있었다. 펜리르였다. 역시나라고 해야 할지 당연하다고 해야 할지, 평소에는 고기만 먹지만 샐러드를 먹고 채소의 맛에 반한 모양이었다.

하지만 이번에 먹은 것은 마텔이 특별히 준비한 채소다. 미라는 이것을 기준으로 삼아서는 안 된다고 슬그머니 충고해주었다.

"흠, 듣고 보니 그렇군. 곰곰이 생각해 보니 전에 먹었을 때는 끔찍했으니 말이야."

펜리르는 그렇게 중얼거리더니 약간 그립다는 듯 미소를 지었다. 그 말을 들은 미라는 펜리르가 끔찍하다고 말할 정도의 채소는 대체 무엇이었을까 궁금해서 물어보았다. "어떤 채소였기에 그러지?"

"글쎄⋯⋯ 짙은 녹색을 띠고 있었다. 헬은 그린 파프리카라고 불렀었지."

펜리르가 기억을 되짚어가며 말하기 시작했다. 듣자 하니 여동생인 헬이 요리에 빠졌던 시기가 있어서 펜리르와 요르문간드는 시식 담당이 되어 이런저런 음식들을 먹을 수밖에 없었다고 한다. 그리고 수많은 요리 중 몇 번인가 등장했던 녹색 채소, 그린 파프리카는 좋아하려야 좋아할 수가 없었노라고 펜리르는 말했다.

"그, 뭐라 표현하기 어려운 쓸쓸한 맛이 영 그렇더군. 헬은 그 안에 고기를 넣거나, 고기와 함께 볶거나 했지만 그 맛이 옅어지지는 않았다."

어지간히도 싫은 모양이다. 펜리르는 그렇게 딱 잘라 말한 후,

"요르문간드는 아무렇지도 않게 먹었다만, 그 녀석은 아무거나 다 먹어서 맛 같은 것은 신경도 안 쓸 테지." 그렇게 말을 이으며 쓴웃음을 지었다.

"펜리르 공과 같이 대단한 이도 편식을 다 하나 보군."

미라는 이야기의 내용과 특징으로 미루어 그린 파프리카라는 것은 아무래도 피망일 것이라고 추측했다. 피망을 싫어하는 펜리르……. 미라는 어쩐지 갑자기 친근감이 들어서 "이 몸도 그것은 질색일세"라고 말해 동의했다. 그리고 두 사람은 고기를 넣는 것보다 햄버그가 좋다며 공감을 주고받았다.

역시 고기다. 많은 대화를 나눈 결과, 미라와 펜리르는 결국 그러한 결론에 도달했다. 하지만 그 말을 간과할 수 없는 자가 곁에 있었다. 그렇다. 식물의 시조정령인 마텔이다.

"둘 다 아직 배가 덜 부른 모양이네. 디저트로 이거라도 들어보겠어?"

어느샌가 곁에 다가와 있던 마텔이 빙긋 웃으며 그렇게 말하더니 추가 분량의 음식을 내밀었다. 그 순간, 잔뜩 신이 나 있었던 미라와 펜리르는 어깨를 움찔 떨며 마텔이 손에 든 것을 바라보았다.

그것은, 짙은 녹색을 띤 채소였다. 말도 못 할 정도로 푸르딩딩한, 굳이 먹지 않아도 씁쓸한 맛이 느껴지는 것만 같은, 튼실한 그린 파프리카였다.

"너무 많이 먹어서, 더 들어가지가 않을 것 같군그래……."

"나도다……. 마음 씀씀이는 기쁘지만, 이 이상은……."

그것을 앞에 둔 두 사람은 슬그머니 시선을 피하며 그런 변명을 입에 담았다. 하지만 그 변명은 마텔에게 통하지 않았다.

"괜찮아. 속이 편해지도록 조정해두었으니까. 오히려 소화가 촉진되니까 속이 개운해질 거야."

두 사람이 이미 배가 부른 상태라는 것을 감안하고 만든 모양이다. 마텔은 어서 먹으라는 듯 그린 파프리카를 들이밀었다.

미라와 펜리르가 어떻게든 도망칠 구멍을 찾으려고 애를 쓰던 중, 무정한 한 마디가 들려왔다.

"그렇게 된 마텔은 막을 수가 없지."

그렇게 말한 것은 유쾌하다는 표정으로 사태를 구경 중인 정령왕이었다.

이거, 도망치기는 글렀구나. 상황을 통해 그렇게 판단한 미라는, 그렇다면 고통을 빨리 끝내기라도 하자는 생각에 그린 파프리카를 받아들고 있는 힘껏 깨물었다.

순간, 미라의 입속에 상큼한 단맛이 퍼져 나갔다.

"맛있어!"

미라는 무심결에 그렇게 외쳤다. 그러자 그 말에 용기를 얻었는지 펜리르도 조심조심 그린 파프리카를 먹었다.

"오오, 이건 맛있군!"

펜리르도 눈이 둥그레져서 이 그린 파프리카는 일품이라며 칭찬했다. 심지어 마텔이 말했던 것처럼 신기하게도 뱃속이 개운해지기까지 했다.

"그렇지, 그렇지?"

두 사람의 반응에 기분이 좋아졌는지, 마텔은 만족스러운 얼굴로 떠나갔다. 그리고 두 사람은 그 뒷모습을 배웅하고서 서로 마주 본 채 쓴웃음을 지었다.

조금 전에 먹었던 그린 파프리카는 감동적일 만큼 맛있었다. 하지만 두 사람은 동시에 같은 생각을 했다. 맛은 있었지만 그렇게나 조정이 됐으니, 저것은 그린 파프리카의 탈을 쓴 다른 무언가라 보아야 할 것이라고.

그 후, 시간은 느긋하게 흘러갔다. 마텔은 내일 아침 식사로 고기는 생각도 나지 않을 정도의 채소를 먹여주겠다며 의욕을 불태우더니 곧바로 신종 창조와 개량에 착수했다.

그런 도중에 정령왕이 때때로 참견을 했다. 좀 더 달콤한 편이 좋겠다느니, 좀 더 씹는 맛이 있는 편이 좋겠다느니, 하는 식으로 자신의 취향을 늘어놓은 것이다. 그리고 그때마다 마텔의 눈총을 받았다.

미라로 말하자면 펜리르와 하잘 것 없는 대화를 즐기고 있었다. 주로 펜리르의 모험담을 들었는데, 과연 전설급 존재답게 스케일이 다른 이야기들이었다.

잠시 후, 최종적으로 저리 가라고 퇴짜를 맞은 정령왕이 거기에 끼었다. 그렇게 대화 나누는 것을 좋아하는 정령왕이 끼자, 어느새가 이야기가 장대하게 부풀어 오르고 말았다.

평범한 잡담으로 시작된 대화는 전설과 신화의 영역으로까지 발전했고, 문득 정신이 들어보니 마텔도 슬그머니 끼어서 집 안이 더욱 떠들썩해졌다. 그렇게 이날 밤은 소란스러우면서도 느긋하게 깊어져 갔다.

마텔의 집에서 하룻밤을 보낸 미라는 준비를 마친 후, 아침 식사로 준비된 샐러드와 과일을 펜리르와 함께 양껏 먹어치웠다. 마텔이 제 실력을 발휘해 만든 채소와 과실은 그야말로 신들의 식물이라 해도 과언이 아닐 정도라서, 미라는 온몸에 기운이 넘쳐나는 것을 실감했다. 펜리르 역시 매우 몸 상태가 좋아 보였다. 그 모습을 본 미라는 나중에 펜리르를 소환하면 마텔의 식사에 의한 능력 부스트 상태가 되어 있지 않을까 하고 남몰래 기대했다.

"이렇게 받아가도 되겠는가?!"

"응, 시행착오를 하면서 잔뜩 만들었으니까 가져가 주면 좋겠어."

출발을 앞두고 마텔에게서 신종 말고도 품종 개량된 채소와 과실들을 대량으로 받았다. 미라는 이만한 일품을 얼마간 더 맛볼수 있다며 기뻐하는 동시에 솔로몬 일행에게 줄 좋은 선물이 생겼다며 빙긋 웃었다. 왕성에 살며 매일 좋은 음식을 먹고 있을 솔로몬에게 한 방 먹여줄 수 있겠다.

전체 중량이 수십 킬로그램은 될 그것들을 냉큼 접수한 미라는, 그것들을 모두 아이템박스에 담기 시작했다. 현실이었다면 이렇게 많은 양의 채소와 과일을 받아봐야 소비할 수가 없어서 난감하기만 했겠지만, 아이템박스가 있으니 아무런 문제도 없다. 아무래도 마텔은 정령왕에게 이에 관한 이야기를 들은 모양이었다. 그래서 정령왕은 선물용으로 일부러 넉넉하게 만들어둔 것이 아니겠느냐고, 나중이 되어서야 조용히 귀띔을 해주었다.

"그럼, 신세가 많았네. 무슨 일이 있으면 날아올 테니, 언제든 연락하게나."

늦은 아침. 마텔의 집을 뒤로 한 미라는 비밀 통로로 가기 위한 출입문 앞에 멈춰 서서 뒤를 돌아보았다. 마텔이 지키고 있는 것은 무섭도록 중대한 것들이다. 지금까지는 무사했지만 여차할 때도 그럴 수 있을까 하는 생각이 들어, 미라의 얼굴에는 근심이 드리웠다.

"응, 알겠어. 마음껏 의지하도록 할게. 그리고 미라 씨도 나를 의지해줬으면 좋겠어."

배웅을 나와 있던 마텔은 다정한 미소를 지은 채 살며시 오른손을 내밀었다. 그러자 놀랍게도 공간에 있는 모든 식물들이 표독스러운 색으로 바뀌고 날카로운 가시를 번뜩이고, 산으로 보이는 액체를 뚝뚝 흘리기 시작했다.

"모험가는 싸우는 일도 많다고 심 님한테 들었어. 나, 꽤 강하거든."

모든 생명을 앗아갈 듯 꿈틀대는 밀림을 등진 채 그렇게 말하는 마텔의 모습은 자신만만해 보이는 동시에 매우…… 끝판왕 같았다.

식물을 관장하는 시조정령 마텔. 실력이 상당할 줄은 알았지만 그녀의 힘은 상상을 까마득히 웃돌 정도로 강대한 듯했다.

"으, 음. 언젠가 소환할 수 있게 되면 비장의 수가 되어 주리라고 믿도록 하지."

맛있는 채소와 과일을 얻어먹은 탓에 깜박하고 있었지만 식물에는 생명을 앗아가는 종류도 있다는 사실을, 미라는 새삼 실감했다. 하지만 동시에 마음만 먹으면 나라 주변을 모두 이러한 식물들로 에워싸서 철벽처럼 보호할 수도 있지 않을까 하는 생각이 들었다.

현자 찾기에 실패하더라도 '아스트라 십계진'을 습득하여 마텔을 소환하는 데 성공하면 방어만은 어떻게 될지도 모른다. 그 광경에는 그러한 가능성이 숨겨져 있었다.

'뭐어, 이 몸의 입으로 말하기는 좀 그렇지만, 정령왕에 시조정령까지 수중에 넣었으니 사기라는 소리를 들어도 할 말이 없을 것 같군그래.'

신에 필적한다는 정령왕에게 가호를 받은 것도 모자라 마음 편히 대화까지 하고 있다. 거기에 정령왕에 버금가는 격을 지닌 시조정령과 소환 계약까지 했다. 심지어 이번에는 그것으로 끝이 아니었다. 그 유명한 펜리르와도 소환 계약을 맺은 것이다. 때문에 미라는 사기라는 소리를 들어도 별수 없다고 납득했다.

"미라 공, 부탁을 하기는 했지만 무리는 말도록. 그리고 필요할 때는 언제든지 부르고."

의문의 힘의 원인 규명. 펜리르 정도의 존재를 좀먹는 힘의 발생원이니 상당한 위험이 따를 우려가 있었다. 펜리르는 안전제일이라고 말한 것과는 달리 어느 정도의 거친 일이라면 맡겨달라며 웃어 보였다.

"음, 알겠네. 조만간 의지할 생각이니 그때 잘 부탁하지."

곰곰이 생각해 보니 꽤나 터무니없는 상황이 되었다며 쓴웃음을 지으면서도 미라는 그러한 만남에 감사했다. 지키고 싶은 것을 지키려면 상응하는 힘이 필요하기 마련이다.

정령왕과 시조정령, 그리고 펜리르가 힘을 빌려준다면 어지간한 상황은 타파할 수 있을 것이라는 확신이 들 정도로 듬직한 아군들이었다.

"미라 씨, 조심해서 다녀와."

다정한 마텔의 손이 미라의 머리를 살며시 쓰다듬었다. 정신이 들어보니 공간은 좀 전처럼 낙원으로 돌아와 있었다. 그렇듯 자유자재로 환경을 바꾸는 능력 또한 대단하다는 생각이 들었다.

"정말로 고맙다, 미라 공. 그리고 앞으로도 잘 부탁한다."

펜리르는 날카로운 눈으로 올려다본 채 그렇게 말하며 감사 인사를 했다. 신사적인 행동이기는 했지만 겉모습이 새끼 늑대인지라 역시 귀엽다는 인상이 더 강했다.

"음, 그럼 다녀오지!"

미라는 마텔의 손길이 약간 쑥스럽기는 했지만 펜릴의 귀여운 모습이 흐뭇해서 미소를 지은 채, 힘차게 대답하고는 비밀의 공간을 뒤로 했다.

이곳의 정확한 위치도 모른 채 찾아다닐 때 감지한 마텔의 기척은 어쩐지 쓸쓸하게 느껴졌다. 하지만 이제 그러한 낌새는 눈곱만큼도 느껴지지 않았고, 오히려 밝고 온화한 분위기만이 느껴졌다.

온 보람이 있었다. 마텔, 펜리르와의 인연의 끈을 느끼며 미라는 비밀 통로를 지나 고대지하도시 6층으로 돌아갔다.

『이로써 아무도 침입하지 못하겠지.』

스컬 드래곤이 있던 홀. 안쪽에 있던 통로를 숨기고 있던 신령정석을 본래의 상태보다 튼튼하고 은밀하게 재결합시킨 정령왕은 그 완성도에 만족한 모양이었다. 또한, 정령왕은 마텔과 헤어진 참에 허상을 해제한 상태다.

"그럼 공략을 재개해 볼까."

커다랗고 하얀 벽에는 전혀 위화감이 없었다. 겉모습만 보고 이곳 중 일부가 다른 물질로 이루어져 있다고 알아챌 이는 아무도 없을 듯했다. 발견하려면 그야말로 정령왕과 같은 특별한 힘이 필요하다. 실제로 알고 있어도 한 차례 눈을 떼고 나니 어디쯤이었는지 알 수가 없을 정도로 은폐성은 완벽했다.

마텔이 사는 성역에 침입할 수 있는 자는 없다. 그렇게 확신한 미라는 중간에 일시 중단했던 고대지하도시 6층의 공략을 재개했다. 이미 하층용 열쇠 문자는 입수해둔 상태다. 목적지는 세 개의 문자 중 마지막 하나가 있는 구체 신전이다.

'그러고 보니 상당히 가장자리까지 와 있었더랬지…….'

기나긴 계단을 오르며 미라는 현재 위치가 어디였는지를 되짚어 보았다. 마텔의 기척을 느끼고 찾으러 다닌 끝에 발견한 것은 정규 루트에서 크게 벗어난 곳에 위치한 장소로, 그야말로 6층의 구석 중에서도 구석이라 할 수 있는 지점이었다.

심지어 그곳은 다음 목적지인 구체 신전의 대각선상에 해당하는, 몹시도 먼 곳이었다.

'하지만 뭐어, 이 던전에서는 단순한 거리 측정은 믿을 게 못 되니 상관없지!'

이 6층은 직선상의 거리를 판단 기준으로 삼을 수 없는 것으로 유명하다. 벽 하나 너머에 있는 공간에 가기 위해 자그마치 하루 동안 멀리 돌아가야 하는 일이 흔하기 때문이다. 다시 말해서 경우에 따라서는 먼 곳에서 출발했을 때 더 빨리 도착하는 일도 있었다.

미라는 맵으로 정규 루트로 돌아가기 위한 루트를 조사하며 적당히 다크나이트를 소환해서 덤벼드는 스켈레톤들을 물리쳐 나갔다. 물론 마동석을 회수하는 것도 잊지 않았다.

"후우. 겨우 정규 루트로 돌아왔구먼."

난간 같은 것은 없는 다리를 건너 회랑에서 회랑으로 건너뛰어 좁은 길로 돌아들어서 계단을 올라, 백화점처럼 커다란 건조물 안을 가로질렀다. 그렇게 세 시간 남짓을 돌아다닌 끝에, 미라는 하층용 열쇠 문자를 입수한 커다란 건물 앞에 도착했다. 출발점으로 돌아온 셈이라고 볼 수도 있지만 복잡하게 뒤엉킨 이 6층에서는 원점으로 돌아가는 것이 최선이라는 것이 플레이어 출신자들의 공통된 인식이었다.

"휴식은…… 필요 없을 것 같군."

일단 안심한 미라는 안전지대에 해당하는 건물 안에서 휴식이라도 취하고 갈까 했지만, 그토록 걸어 다녔음에도 불구하고 전혀 지치지 않았다는 사실을 알아챘다. 그리고 미라는 그 이유도 짐작이 갔다.

그렇다. 마텔이 만든 특제 아침 식사다. 값비싼 영양 드링크는 상대도 되지 않을 정도로 효과가 끝내줬다.

'한참 뒤에 부작용이 일어난다거나 하지는 않겠지⋯⋯?'

약간 불안하기는 했지만, 그렇게 되면 선물로 받은 마텔 특제 과실을 먹으면 그만이라는, 악덕 기업 종사자 같은 생각을 하며 미라는 정규 루트로 전진했다.

26

밤 아홉 시가 지났을 무렵. 세 번째 문자를 무사히 입수한 미라
는 6층 최하층 중앙에 위치한 대신전에 도착했다.

"그나저나 크기도 하구먼."

미라는 대신전을 올려다보며 중얼거렸다.

각 층에 있는 대신전은 디자인과 규모가 거의 동일했다. 하지
만 이 6층에 있는 것은 달랐다. 최종층인 7층에는 대신전이 없어
이곳이 마지막인 탓인지 다른 층들에 있는 것에 비해 세 배는 컸
던 것이다.

그리고 특별한 것은 그뿐만이 아니다. 당연히 내부도 그만큼
광대해서 입구를 통해 안으로 들어가자 조촐한 경기장 정도의 면
적을 자랑하는 예배당이 눈앞에 펼쳐졌다. 천장도 그만큼 높아서
처음 본 이는 누구 할 것 없이 그 광대함에 놀랄 수밖에 없었다.

거기에 내부 장식 역시 특별했다. 지금까지의 대신전은 하나같
이 시간의 흐름에 따른 열화 현상이 두드러져서 신전의 형태가
남아 있을 뿐이라는 인상을 풍겼지만, 이곳은 그렇지가 않았다.
벽이며 기둥에 새겨진 조각에서는 지금도 힘찬 기상이 느껴졌고,
천장에는 눈이 휘둥그레질 정도로 화려한 낙원의 모습이 선명한
색체로 그려져 있었다.

이곳에는 신전을 신전답게 보이게 할 만큼의, 엄숙하다 못해
신성하게 느껴질 정도의 분위기가 유구한 시간이 지난 지금도 감

돌고 있는 것이다.

'이곳에도, 드문드문 있는 것 같군그래.'

미라는 그런 예배당을 둘러보는 동안 곳곳에서 휴식을 취하고 있는 여러 모험가 그룹의 모습을 발견했다.

그리고 그들 역시 미라에게 시선을 보내왔다. 아무래도 미라가 신경 쓰이는 모양이다. 그럴 만도 했다. 밤 아홉 시가 넘은 시각에, 난이도가 B랭크에 상당하는 6층에 웬 소녀가 홀로 찾아왔으니. 6층의 난이도를 잘 아는 그들이기에 더더욱 신경이 쓰일 수밖에 없었다.

'흠……. 일단 저 자로 할까.'

미라는 그런 몇 개의 그룹 중 하나에게 다가갔다. 가장 가까운 곳에 있으면서도 미라를 매우 빤히 쳐다보는 남자가 있는 그룹에게. 전사 클래스 셋, 술사 클래스 셋으로 편제된 밸런스형 그룹인 듯했다. 참고로 술사 중 두 명은 여성이었다.

"묻고 싶은 것이 좀 있다만, 물어도 되겠느냐?"

미라가 그렇게 말을 붙이자 가장 노골적으로 시선을 보내고 있던 남자가 벌떡 일어났다. 키는 180센티도 더 될 정도로 크고 실로 튼튼해 보이는 체형을 하고 있었다. 척 보아도 상당한 고수라는 것을 알 수 있는 모습을 하고 있는 데 반해, 빈말로도 단정하다고 말하기 어려운 얼굴 생김새를 하고 있었다.

그런 그는 미라의 앞으로 걸어 나오더니 당당하게 떡 버티고 서서 미라를 바라보았다. 그리고 다음 순간.

"나는 버든이라고 해. 잘 부탁해!"

그는 느닷없이 오른손을 내밀며 큰소리로, 시원스럽게 자기소개를 했다.

"오, 오오. 이 몸은 미라다. 잘 부탁하마."

미라는 갑작스러운 일에 당황했지만 뭐어, 질문을 하기 전에 자기소개를 해두는 것도 나쁘지 않을 것 같다고 생각을 고치고는 내민 손을 마주 잡았다. 그러자 그다음 순간.

"아싸~! 고마워~!"

버든은 미라의 손을 두 손으로 잡더니 발랄한 미소를 지은 채 기뻐했다.

"흠?"

뭐가 고맙다는 것인지. 어째서 기뻐하는 것인지. 버든은 끝내 눈물까지 글썽거리기 시작해서 미라는 당황하여 고개를 갸웃했다.

"미안, 신경 쓰지 말아줘."

드디어 내게도 봄이 왔구나, 하느님 감사합니다, 따위의 소리를 하기 시작해서 정신이 불안정해 보이는 버든의 모습에 미라가 겁을 내기 시작했을 즈음, 그의 동료로 보이는 남자 술사가 다가와서 꼭 움켜쥔 손을 억지로 떼어냈다. 그리고 곧장 동료인 거한을 그룹이 있는 곳으로 집어 던져 버렸다.

"오오, 방금 그것은 무형술이로군. 제법 능숙해 보이는구나."

술사 차림새를 한 그 남자의 키는 170센티미터 전후. 체격은 버든에 크게 못 미쳤다. 하지만 상당한 수준의 술사인지, 버든을 내던진 듯 보인 무형술의 수준은 실로 훌륭하고도 깔끔했다.

"이런 곳에 혼자서 온 너 정도는 아니지. 좀 전에 너와 커다란 기척이 하나 더 느껴지던데. 사역 계열 술사인 것 같은데 맞니?"

"음, 그렇다. 소환술사다."

미라가 자신만만하게 그렇게 답하자 멀리서 지켜보고 있던 모험가들 사이에서 조용히 술렁이기 시작했다. 그 목소리에는 놀라움과 의문, 비웃음, 감탄과 같은 온갖 감정이 뒤섞여 있었다.

"소환술사라……. 어딘가에서 활약을 펼쳤다는 소문은 못 들었지만 실력자가 있기는 있었구나."

남자 술사는 관찰이라도 하듯 미라를 물끄러미 쳐다보았다. 그의 등 뒤에서 "내 색시 엉큼한 눈으로 쳐다보지 마라~!"라는 소리가 들려왔다.

"무어냐, 대체?"

의미를 알 수 없는 말에 미라가 남자 술사의 등 뒤로 시선을 옮겨보니 떼를 쓰는 버든과 그를 만류하고 있는 자들의 모습이 눈에 들어왔다.

"어째 얌전하다 싶었더니만 또냐? 만나자마자 느닷없이 프러포즈하지 말라고 몇 번을 말해야 알겠어? 애초에 네 프러포즈는 이상하다고 말했지? 악수하면 결혼하자는 뜻이라니, 대체 얼마나 머릿속이 꼬였기에 그런 결론이 나오는 거냐?"

그의 동료가 타이르는 듯한 말투로 버든을 혼내고 있었다. 그리고 미라는 그 말을 듣고서야 이해했다. 그가 입에 담은 '잘 부탁한다'는 말은 사귀어줘서 고맙고 앞으로 잘 부탁드립니다, 라는 뜻이었다는 것을.

"신경 쓰지 마. 발작 같은 거야. 최근에는 잠잠했는데, 아마 네가 너무 귀여워서 흥분한 탓에 저러는 걸 테니까."

남자 술사가 어이가 없다는 듯 그렇게 말하자 또다시 "내 색시 꼬시지 마라~!"라는 시끄러운 목소리가 들려왔다.

"소꿉친구였던 애가 결혼했다는 이야기를 들은 이후로 계속 저래."

남자 술사가 나직한 목소리로 말했다. 버든은 어른이 되면 소꿉친구를 신부로 맞으러 갈 생각이었지만 애초에 그런 약속은커녕 고백조차 하지 않았다고 한다. 그 결과 소꿉친구는 먼저 결혼을 하고 말았고, 뭐가 어떻게 꼬여서 그렇게 되어 버린 것인지, 만나자마자 프러포즈를 하는 기이한 행동을 하기 시작했다는 모양이다.

그런 대화를 하는 동안에도 버든의 헛소리가 몇 마디 들려왔다.

"정말로 미안해."

"아니, 그대들도 힘들겠구나. 살짝 동정하는 바다."

미라는 쓴웃음을 지으며 사과하는 남자 술사에게 진심 어린 투로 그렇게 말했다. 또한, 변명을 하려는 것은 아니지만 남자 술사의 말에 의하면 버든은 그 점을 제외한, 모험가로서의 실력 등에 관해서는 흠 잡을 곳이 있기는커녕 존경스럽기까지 한 인물이라고 한다.

"그래서 저기, 우리한테 묻고 싶은 것 있댔지?"

"오오, 내 정신 좀 보라지."

미라는 그제야 생각이 났다는 듯 고개를 끄덕였다. 갑작스러운 버든의 폭주로 당황하기는 했지만 정신을 다잡고 남자 술사와 마주했다.

"이 몸은 미라라고 한다. 평범하게 잘 부탁하마."

"그래, 나는 한스라고 해. 평범하게 잘 부탁해."

미라와 한스는 좀 전의 일은 없었던 일이라는 듯, 평범한 자기소개를 주고받았다. 그리고 다시 멀리서 머리를 식히고 있는 버든을 흘끔 쳐다보고서 쓴웃음을 지은 후, 미라는 그 질문을 입에 담았다.

"지금 사람을 찾고 있는데 말이다. 이 층에서 오른쪽 뿔이 부러진 바이콘의 뼈에 탄 사령술사를 보지 못했느냐? 아마 마법진이 덕지덕지 그려진 검은 망토를 걸치고, 두 손에는 오픈핑거 글러브를 끼고 있을 터인데."

바이콘을 탄 사령술사. 다시 말해서 소울하울을 목격했느냐는 질문이었다. 하지만 6층은 비좁은 길들이 복잡하게 뒤엉켜 있어 맨몸으로 다니는 편이 움직이기가 수월하니, 어쩌면 바이콘은 타지 않았을지도 모른다. 그렇게 생각한 미라는 소울하울이 게임이었던 시절부터 일관적으로 집착했던 의상의 특징도 읊어 보였다. 현자의 로브는 신분이 노출될 우려가 커서 벗고 있을 테니 그 이외의 특징을. 취향이 어지간히 바뀌지 않았다면 그 둘은 분명 지금도 애용하고 있을 터다.

"바이콘의 뼈는 못 봤지만, 혹시 그 사람, 오른쪽 눈에 검은 안대를 차고 있어?"

미라의 질문을 끝까지 들은 직후, 한스가 그렇게 물었다. 오른쪽 눈에 검은 안대. 당시의 소울하울은 그러한 것을 차고 다니지 않았지만, 그의 성격을 생각해 보면 충분히 착용할 가능성이 있는 패션 아이템일 듯했다. 좌우간 한스의 입에서 그러한 말이 나왔다는 점이 무엇보다도 중요한 포인트였다.

"혹, 본 적이 있느냐?"

"응, 똑똑히 기억나."

한스는 그렇게 답하더니 기억을 더듬어 "그건 어젯밤, 지금 정도의 시간대였어"라고 상세하게 말하기 시작했다.

지금 정도의 시간대. 다시 말해서 밤 아홉 시쯤. 그 남자는 여러 마리의 골렘들을 이끌고 하루의 일을 마친 모험가들이 느긋하게 휴식을 취하고 있던 이 대신전에 모습을 나타냈다고 한다. 그리고 그대로 대신전을 지나, 휴식을 취하지도 않고 7층으로 내려갔다는 모양이다.

"너를 봤을 때, 어제에 이어 오늘도 술사 단독 공략자가 나타나다니, 라는 생각에 깜짝 놀랐어. 하지만 그렇기에 금방 생각이 난 걸지도 몰라."

골렘이라는 전력이 있다지만 그럼에도 술사가 혼자서 공략을 시도하는 것은 한스를 비롯한 일반적인 모험가들의 눈에 특이하게 비친 모양이었다. 심지어 이튿날에 미라가 혼자서 나타나기까지 한 것이다. 뛰어난 실력자들끼리는 이래저래 인연이 있기 마련이니 관계자일 것 같았다고 말하며 한스는 웃었다.

그리고 그렇게 생각한 참에 미라가 어제 봤던 남자의 특징을 언급한 것을 계기로, 그 예상은 확신으로 바뀌었다는 모양이다.

"특히 네가 말한 검은 망토가 매우 인상적이었거든. 그거랑 비숫한 디자인의 검은 안대도 그렇고. 뭐라고 해야 할지, 꽤나 기발한 차림새를 하고 있구나 싶었거든. 손은 보지 못해서 글러브를 끼고 있었는지 어땠는지까지는 모르겠지만."

"아니, 그 정도로 일치하면 충분하다. 이 몸이 찾고 있는 인물이 거의 확실한 것 같구나."

소울하울. 그에게는 불사 소녀 애호가라는 일면 말고도, 속된 말로 중2병이라 불리는 일면도 있었다. 무슨 일이건 차림새부터 갖추고 보는 타입인 것이다. 당시에는 하지 않았던 검은 안대도 이미 충만하다 할 수 있는 그 병의 증상 중 하나라 할 수 있으리라. 미라는 그렇게 결론을 내렸다.

또한 당시 닮은꼴이라 할 수 있었던 발렌틴과 작당해서 전쟁을 할 때마다 요란한 연출을 기획해서 등장하고는 했다.

"정보를 제공해줘서 고맙다. 이건 답례다."

미라는 감사 인사를 하고는 아이템박스에서 6층에서 채취한 과일 몇 개를 골라 답례로 한스에게 건네었다.

"6층에서 신선한 과일을 얻을 줄이야. 정말 반가운 선물인 걸. 고마워."

"마음에 들었다니 다행이구나."

보통 6층까지 내려오는 데는 3주 이상이 걸린다. 본래의 고대 지하도시는 그렇듯 터무니없는 던전인 것이다. 그런 탓에 오래 보존할 수 있는 식재료를 가지고 올 수밖에 없어서, 신선한 식재료는 곳곳에 감춰놓은 듯 존재하는, 아직 가동 중인 시설에서나 얻을 수 있었다.

그리고 그 시설은 모조리 접근하기 불편한 곳에 있다. 안전성을 고려하자면 그곳으로 발길을 옮기는 것은 좋은 생각이 아니라 할 수 있다. 그런 탓에 신선한 식재료는 미라가 생각했던 것 이상으로 귀한 물건이었던 것이다.

"그럼 이만, 무사히 모험을 마치고 돌아가기를 기도하마."

"그래, 너도. 그 남자를 쫓는다는 건 7층으로 들어간다는 뜻이지? 여기까지 혼자서 왔으니 너는 상당한 실력자인 것 같지만 7층의 난이도도 상당하니 조심해."

"음, 명심해두지."

7층부터는 난이도가 입장하는 데 필요한 자격이 A랭크로 변경되며, 그 난이도는 같은 A랭크 모험가라 해도 그룹 공략을 권할 정도로 높았다. 그래도 미라에게는 그리 위협적이지 않았지만, 그렇기에 방심을 하면 위험할 수도 있다. 그 사실을 잘 아는 미라는 한스의 충고를 새겨듣고 고개를 끄덕였다.

"그런데 밤에 공략하면 더 위험한 텐데, 너도 이대로 바로 내려가려고 그래?"

헤어지기 직전, 문득 한스가 그런 소리를 했다.

이 고대지하도시의 4층 아래는 다른 던전들에 비해 밤의 공략 난이도가 훌쩍 높아진다. 그 원인은 스켈레톤이었다. 어둠의 힘이 강해지는 밤은 불사 계열 마물들의 활동이 활발해지고 더욱 강력해지기 때문이다.

고대지하도시에서 돈벌이를 하는 모험가들은 밤이 되기 전에 마물이 다가오지 않는 신전이나 대신전으로 돌아온다. 그런 탓에 너무 멀리 떨어진 곳으로는 사냥을 하러 갈 수가 없다.

그러한 이유도 있어서 고대지하도시에는 모험가의 수가 많고 넓은 장소임에도 불구하고, 실제로 사냥터로 사용되는 곳은 밀집되어 있는 편이었다.

그리고 그 범위 안에는 가동 중인 시설이 존재하지 않아 신선한 과일이 더욱 귀중하게 여겨지고 있는 것이다. 또한, 게임이었던 시절에는 로그아웃이 있었던 탓에 조금이라도 경쟁 그룹이 있으면 다른 장소로 이동하는 것이 당연한 일이었다.

"이래저래 오늘은 피곤해서 말이다. 이곳에서 쉬고 갈 셈이다."

미라는 그렇게 답하며 한쪽 면의 길이가 백 미터는 더 될 듯한 예배당을 둘러보았다. 그리고 뭔가 짓궂은 장난이라도 생각난 것 같은 미소를 지은 채 약간 목소리를 높여 너스레를 떨듯 "느긋하게 샤워를 하고 싶어서 말이지"라고 말해 보였다.

"샤워? 그럴 수 있으면 좋겠지만, 그건 좀 어렵지 않을까."

고대지하도시 6층에는 수원(水原)이라 할 만한 것이 없다. 따라서 물은 반입해오거나 무형술 등을 통해 만들어내야만 한다. 하지만 반입할 수 있는 양은 아이템박스의 최대 중량까지로 제한되어 있다. 또한, 물을 만들어내는 무형술은 사실 마나 소비량이 많아서 컵 한 잔만큼의 물을 만들어내는데 중급 술식 한 번 분량의 마나가 소비되었다.

일반 술사의 마나 회복량은 그렇게 많지 않다. 그런 짓을 했다가는 다음날 사냥에 지장이 생기고 말 것이다.

참고로 마술 등에는 물을 다루는 것도 있어서 대량의 물을 발생시키기도 하는데, 무형술에 비해 마나 소비량은 적은 편이었다.

　그 차이는 마나 고정화의 유무에서 발생한다. 간단히 말하자면 마술로 만든 물은 얼마 가지 않아 사라지지만, 무형술로 만든 물은 계속 남아 있다. 그 때문에 마술로 대용할 수가 없는 것이다. 상당한 대미지를 입을 각오가 있다면 이야기가 달라지겠지만.

　이상의 이유로 샤워를 할 만큼의 물을 확보하는 것이 쉽지 않은 일임은 누구나가 아는 사실이었다. 하지만 미라는 자신만만하게 답했다.

　"아니, 이 몸에게 걸리면 간단한 일이거든. 이 몸은, 소환술사니 말이야!"

　미라는 때는 지금이라는 듯 소환술사라는 부분을 강조하여 말했다. 그러자 아무래도 한스는 무슨 소리인지 알아챘는지 "아아, 그렇구나"라고 중얼거렸다.

　"소환술사라면 물의 정령을 소환할 수 있지. 그거라면 확실히 현실적일 거야."

　물을 관장하는 정령에게 부탁하면 샤워를 하는 것은 일도 아닐 것이다. 그리고 소환술사는 계약을 해두면 그 정령을 소환할 수 있다. 또한, 무형술에 비해 마나 소비량도 적은 편이다. 따라서 실컷 샤워도 할 수 있는 것이다.

　"소환술에는, 그런 사용법도 있었군."

　원리를 이해한 한스는 감탄한 듯 말했다. 그리고 그때.

　"샤워를 할 수 있다고?!"

　"정말?! 정말로?!"

미라와 한스의 이야기를 듣고 있었는지 그의 동료인 여성 술사 둘이 한스를 밀치고 필사적인 얼굴로 미라에게 매달렸다.

"아아, 음. 이 몸의 소환술으로는 간단한 일이고말고."

느닷없이 여성 둘이 필사적인 얼굴로 달려드는 바람에 미라는 약간 동요했지만, 다시금 소환술이라는 부분을 강조하며 가슴을 펴 보였다.

"제발, 나도 샤워 좀 하게 해 줘! '청결 타월 페이퍼'가 다 떨어져서, 정말 얼마나 힘들었는지 몰라!"

"나도 부탁할게! 같은 여자라면 이게 얼마나 괴로운 일인지 알 것 아냐!"

어지간히도 급했던 모양이다. 두 명의 여성 술사는 그야말로 매달리다시피 해서 미라에게 애원하기 시작했다. 동시에 미라는 두 사람이 왜 그렇게 필사적인지 납득했다. 확실히 조금 냄새가 나는구나, 싶었기 때문이다.

자신들을 에티와 콜레트라고 소개한 두 사람의 이야기에 의하면 한스의 그룹은 벌써 2개월이 다 되도록 고대지하도시에 체류하고 있다는 모양이었다. 그런 탓에 아이템박스를 식량과 음료수, 모험에 필요한 도구와 약품 등으로 거의 다 채워서 편의성 아이템은 그다지 가져오지 못했다는 듯했다.

청결 타월 페이퍼는 그런 편의성 아이템 중 하나였다. 디누아르 상회에서 판매 중인 그것은 열 장에 오천 리프로, 몸뿐 아니라 머리까지 감을 수 있으며 다 쓰고 난 것은 그대로 장작으로 재활용할 수 있는 일품이라고 한다. 하지만 두 사람이 어렵게 가지고 들어온 그것이 일주일 전에 다 떨어졌다는 모양이다.

참고로 남성진들도 '상쾌 타월'이라는 비슷한 것을 가지고는 있지만, 그것은 최소한의 얼룩을 닦는 용도인 데다 여러 차례 사용할 수 있는 타입이라 절대로 빌릴 수가 없다는 듯했다.

모험가가 되며 여자이기를 반쯤 포기했다는 두 사람도 이렇게 되리라는 것은 알았다고 한다. 하지만 각오란 것은 현실과 마주한 순간 무뎌지기도 하는 법이다. 자신의 체취를 느낄 수 있게 된 순간, 반쯤 남아 있던 여성스러운 부분이 비명을 지르기 시작했다고 두 사람은 절박한 투로 말했다.

그리고 한스 일행의 체류 기간은 사흘 정도가 남았다는 모양이다.

"상관없다. 소환술은 관대하니 말이지. 마음껏 샤워하도록!"

일반 모험가들의 실태를 목격한 미라는 두 사람을 조금 동정함과 동시에 이거 잘 됐다며 씨익, 하고 웃었다. 두 사람이 큰소리로 소란을 떤 덕분에 한스의 그룹뿐 아니라 다른 모험가 그룹들도 무슨 일인가 하고 조금 전보다 더욱 이쪽을 주목하고 있었기 때문이다.

고대지하도시 6층 대신전. B랭크 난이도인 이곳에 있는 모험가들은 당연히 그에 상응하는 실력자들이다. 나중에 알게 된 사실이지만 버튼은 A랭크이며 이명도 보유하고 있었다.

그런 그들, 그녀들에게 소환술이 얼마나 유능한 술법인지를 보여주면 세간에 만연한 소환술의 나쁜 인상을 불식시키는 데 도움이 될 터다.

"모처럼 샤워를 하는 것이니, 느긋하게 할 수 있는 장소가 있는 편이 좋겠군."

그렇게 생각한 두 사람은 만세를 부르며 기뻐하는 여성 술사 둘에게 의미심장한 말을 던졌다.

"그래 맞아, 여기서는 좀 그러니까."

"저쪽에 있는 계단을 올라가면 평소 몸을 씻는 데 사용하는 방이 있어!"

두 사람은 그렇게 동의를 하자마자 달려나가려 했다. 그런 두 사람을 미라가 만류했다. 굳이 이동할 필요는 없다며.

두 사람은 어라, 무슨 뜻일까 하고 고개를 갸웃했다. 주변에 있던 모험가들도 궁금한지 미라의 동향을 관찰하기 시작했다.

그런 가운데, 미라는 당당한 발걸음으로 널찍한 예배당의 한쪽 구석으로 걸어갔다. 그리고 적당한 장소를 소환지점으로 설정했다.

"소환술로는, 이러한 일도 가능하다!"

미라는 드디어 때가 되었다는 듯 소환술을 발동시켰다. 그렇다. 정령저택——마이홈을.

커다란 마법진이 땅을 타고 퍼져 밝게 빛나더니, 그 빛이 눈 깜짝할 새 모여들어 무언가의 형태를 이루어 나갔다. 그리고 빛이 잦아들고 나니 그곳에는 건물 한 채가 전부터 있었다는 듯 당당하게 서 있었다.

"엑?! 뭐야, 이게?!"

"작은 저택……?"

크기는 오두막 정도에 불과하지만 번듯하게 생긴 저택이 느닷없이 눈앞에 나타났다. 그 신비로운 광경에 두 여성은 당황했고, 주변에서 관찰하고 있던 자들도 저게 뭐냐며 저마다 의문을 입에 담았다.

"지금은 아직 작지만 충분히 편리하지."

밖에서 보기만 해서는 저택정령의 매력을 알기 어렵다. 미라는 자신도 처음에는 그랬노라고 미소를 지은 채 말하고는 저택의 문을 열어 보였다.

"자, 이쪽이다. 들어오도록."

미라는 그렇게 말하며 두 사람을 소환술로 불러낸 신비한 저택, 저택정령으로 맞아들였다. 두 여성 술사, 에티와 콜레트는 샤워를 할 수 있다는 달콤한 말에 홀려 미라의 뒤를 따랐다.

"우와…… 굉장해!"

"가구 같은 건 없지만 진짜로 집이야……."

살풍경하기는 해도 구색은 갖춰진 실내를 본 두 사람은 놀란 듯한 투로 말했다.

그런 그녀들 앞에서 미라는 때는 지금이라는 듯 저택정령의 장점을 줄줄이 설명했다. 물과 냉기, 불 등의 정령의 힘을 빌려 실내의 온도 조정이며 샤워에 화장실, 그리고 부엌까지…… 도시에 있는 집처럼 이용이 가능하다고.

"이것은 저택의 인공정령과 계약함으로써 습득할 수 있는 술식이다. 어떠냐, 소환술은 굉장하지?"

설명을 마친 미라는 매우 자신만만하게 가슴을 펴보였다. 이 술식이 있으면 어떤 환경에서든 자신의 집처럼 휴식을 취할 수 있다. 현재 가혹한 환경에 처한 두 사람이라면 이 술식에 얼마나 큰 가치가 있는지 알아줄 것이다. 그것을 실감케 하기 위한 설명이었다.

그리고 아무래도 미라의 계획은 성공했는지, 에티와 콜레트는 굉장하다는 말을 연발하며 방 안을 돌아다녔다.

"수도꼭지, 돌려 봐도 돼?"

"음, 상관없다."

에티가 부엌에 있는 수도꼭지에 관심을 보이더니 집주인인 미라에게 양해를 구하고서 수도꼭지를 틀었다. 그리고 맑고 깨끗하며 차가운 물이 쉴 새 없이 흘러나오는 것을 보고는 "아아, 물이…… 물이 이렇게 많이……"라고 말하며 감격의 눈물을 흘렸다.

콜레트 쪽은 화장실 문을 연 채로 굳어져 있었다. "수세식에 개인칸"이라는 말을 반복하면서. 사람이 살아가려면 먹는 것도 중요하지만 쌀 때는 싸야 한다. 그리고 이러한 일을 하다 보면 그런 방면으로 애로사항을 겪을 일도 많을 것이다. 여성이라면 더더욱.

미라는 서서히 정서 불안정 상태에 빠지기 시작한 두 사람을 바라보며 여자들은 참 힘들겠구먼, 이라는 생각을 조용히 했다.

그때, 문득 열려 있던 현관문으로 한스가 고개를 들이밀었다.

"뭐야, 이게……. 평범한 집이잖아. 이런 걸 소환할 수 있다니 굉장한데?"

두 평 남짓한 넓이이기는 해도 던전 깊숙한 곳에 집이 세워져 있는 것이 신기한지, 한스는 실내를 둘러보며 놀랍다는 투로 그런 소리를 했다. 그리고 그 말에는 미라가 듣고 싶었던 표현이 들어있었다.

"그렇지, 그렇지? 이것이 바로 소환술의 힘이다."

신기하고 궁금했는지. 한스에 이어 그의 동료들이며 다른 그룹의 모험가들도 우르르 몰려들어 현관문에서 방을 들여다보고는, 있을 것은 다 있는 실내며 물이 나오는 수도꼭지를 보고 저마다 감탄사를 자아냈다.

그런 가운데, 모험가 중 한 명이 미라에게 말했다.

"저기, 그 물 정령의 힘으로 만들고 있는 거지? 나눠줄 수 있을까? 당연히 상응하는 대가는 지불할게."

그렇게 말한 남자의 손에는 빈 용기가 두 개 쥐어져 있었다. 듣자 하니 그의 그룹은 배급할 분량을 다소 잘못 계산한 탓에 현재 부득이하게 절수 태세를 유지하는 중이라는 모양이었다.

"음, 상관없다. 퍼가도록."

미라는 망설이는 척도 하지 않고 관대한 태도로 남자의 부탁을 승낙해 보였다. 그러자 남자는 마치 여신님이라도 만난 듯한 표정으로 "고마워, 정말 고마워!"라고 미라에게 감사 인사를 하고는 수도꼭지에서 나오는 물을 용기에 담아서 갔다.

그러자 그 광경을 지켜보던 자들이 앞을 다투어 미라에게 도움을 구하기 시작했다.

당연히 미라는 그러한 요청도 모두 흔쾌히 승낙하여 물을 주었고, 그 답례로 마동석을 잔뜩 받았다. 다 합치면 오십 만 리프는 될 양이었다.

물은 미라의 마나를 이용한 정령의 힘으로 생성되고 있다. 하지만 윤택한 마나량을 보유한 미라에게는 그다지 큰 소비량이 아닌 데다 앉아서 오십 만 리프나 번 셈이라, 그야말로 웃음이 멈추지 않는 상황이었다.

마동석을 받을 때마다 입에 미소가 걸리려는 것을 참기가 어려웠다는 것은 미라만이 아는 비밀이었다.

그렇게 물장사로 한몫을 잡은 후. 자세히 보니 현관문 앞에는 아직 열 명 정도의 모험가들이 남아 있었다. 심지어 다들 여성이었다.

그녀들도 물을 얻으러 온 걸까 생각한 참에 미라는 대충 눈치를 챘다.

"혹, 그대들은 샤워를 하고 싶은 게냐?"

문으로 고개를 내밀고서 그렇게 물어보니 아무래도 정답인 모양이었다. 그곳에 있던 여성들은 모두 좀 전의 두 사람과 마찬가지로 샤워실을 쓰게 해달라고 미라에게 애원하러 온 듯했다.

"뭐어, 알겠다. 저 두 사람이 샤워를 마친 뒤에 하거라. 그리고 인원수가 좀 많으니 둘이 동시에 들어가 줬으면 한다만, 그래도 괜찮겠느냐?"

한 사람당 시간이 얼마나 걸릴지는 모르겠지만, 여자들은 샤워하는 시간이 길다는 인식을 가지고 있었던 미라는 한 사람씩 했다가는 언제 끝날지 모른다는 생각에 이르렀다. 따라서 좁더라도 참아달라는 뜻을 담아 두 명씩 들어가라고 제안한 것이다.

"상관없어요!"

"한꺼번에 다 들어가도 좋아요!"

여성진들은 아무래도 소소한 불편쯤은 얼마든지 감수할 수 있다고 생각할 정도로 샤워에 굶주려 있었던 모양이었다.

"그렇다면 되었다. 그럼 순서를 정하면서 기다리고 있거라."

미라는 그렇게 말하고서 현관문을 닫고는 먼저 와 있던 두 사람에게로 몸을 돌렸다. 두 사람은 방구석에서 차례가 오기를 이제나저제나 하고 기다리고 있었는지, 미라가 몸을 돌림과 동시에 쪼르르 달려왔다.

"기다리게 해서 미안하구나."

미라는 그렇게 말하고는 자신만만하게 화장실 옆에 있는 문을 열며 "이곳이 샤워실이다"라고 말을 이었다.

"아아, 샤워실이야. 굉장해!"

"고맙습니다!"

작기는 해도 과연 귀족 저택을 토대로 한 건물답게 번듯한 샤워실을 본 두 사람은 더더욱 반색하며 답했다.

"그래, 그리고 미안하지만 보다시피 손님이 늘어서 말이다. 둘이 같이 들어가 주겠느냐?"

"네, 괜찮아요!"

"전혀 문제없어요!"

두 사람은 실로 고분고분하게 그렇게 답하자마자 더는 못 기다리겠는지 허겁지겁 옷을 벗기 시작했다. 탈의실이 없는 탓에 방 안에서 옷을 벗을 필요가 있었기 때문이다.

순간, 미라는 얼굴이 헤벌쭉해지려는 것을 참으며 "느긋하게 하거라"라고 말하고는 여유로운 태도로 방구석에 특제 침낭을 깔고 앉았다.

그리고 결국은 참지 못하고 슬그머니 속옷 차림이 된 두 사람을 두 눈으로 쳐다보았다.

그때, 막 속옷에 손을 댄 참이었던 두 사람은 그대로 단숨에 알몸이 되었다. 두 사람의 몸은 적절하게 탱탱하면서도 술사인 탓에 근육이 별로 없어서, 여성스러운 예쁜 곡선을 그리고 있었다. 그리고 에티는 큼지막해서 박력이 넘쳤고, 콜레트는 자그마하면서도 실로 아름다워 한 번에 두 개의 매력을 느낄 수가 있는 광경을 연출했다.

그렇게 알몸이 되었음에도 두 사람은 거리끼는 낌새가 없었다. 그럴 만도 했다. 두 사람을 제외하면 실내에는 집주인이자 같은 여자인 미라밖에 없었기 때문이다.

'음…… 좋구나!'

그런 탓에 미라가 아무리 흑심이 가득한 눈으로 바라보아도, 그녀들은 전혀 알아챌 수가 없었다.

이렇게 두 사람이 신이 나서 샤워실에 돌입하는 모습을 배웅한 미라는, 순서를 정하느라 소란스러운 바깥의 소음을 무시하려 애쓰며 저녁식사 준비를 하기 시작했다.

이날 메뉴는 요전과 마찬가지로 고기와 채소를 듬뿍 사용한 요리다.

미라는 조리 세트와 식재료를 꺼내 밑준비를 해나갔다. 고기를 썰고 채소를 썰고, 물을 담은 냄비에 차례로 투입했다.

그러던 도중, 샤워실 문이 열리더니 두 사람이 고개를 내밀었다.

"미라 씨, 조금 뻔뻔한 부탁이기는 한데, 말해도 될까?"

물에 젖어 반지르르한 피부를 훤히 드러낸 채 콜레트가 그렇게 말했다. 본인은 그럴 의도가 전혀 없었겠지만, 그 모습은 마치 연인끼리 처음 외박을 하는 날을 연상케 해서 묘하게 섹시해 보였다.

"음, 말해보거라."

미라는 대놓고 헤벌쭉해진 얼굴로 고개를 끄덕였다. 하지만 미라 본인은 매우 신사적이고 의연하게 대응하고 있다고 생각하고 있었다.

"저기, 씻는 김에, 속옷도, 빨았으면 좋겠다, 싶어서. 안 될까?"

"정말 급해서 그래요. 남은 사흘 동안 입을 것만이라도 어떻게 안 될까요?"

아무래도 최대한 많이 쟁여오기는 했지만 갈아입을 속옷이 바닥을 드러내고 만 모양이다. 알몸인 모습을 보이는 것은 괜찮아도 속옷 이야기를 하는 것은 좀 부끄러운지, 두 사람은 몸을 배배 꼬며 애원했다.

그 수줍어하는 모습 또한 귀여워서 자꾸만 얼굴이 헤벌쭉해지려 했지만, 미라는 그것을 애써 참으며 이번에야말로 야무진 표정으로 답했다.

"과연. 상관없다. 마음껏 빨도록 해라."

소녀의 자존심이 걸린 일에 이러쿵저러쿵 토를 다는 것은 멋대가리 없는 짓이다. 미라는 억지로 성실한 미소를 지은 채, 그렇게 허락을 해주었다.

"고마워!"

"고맙습니다~!"

두 사람은 거의 울음을 터뜨릴 기세로 기뻐하며 감사 인사를 하더니 벗은 채로 내버려 두었던 속옷을 회수해서 다시 샤워실로 들어갔다.

문이 닫힌 것을 확인하자마자 미라의 표정이 풀어졌다. 그리고 표정은 헤벌쭉해졌어도 날카로운 눈빛으로 샤워실의 문을 쳐다본 채 가만히 생각했다.

'젖은 여자의 몸은 3할은 더 매력적이로군.'

미라는 그렇게 새로 깨달은 진리를 마음속에 새기며 신이 나서 저녁 식사 준비를 재개했다.

밑준비를 마친 식재료를 투입하고 최근 며칠 동안 경험한 것 중 가장 맛있는 조합이라 생각한 조미료를 넣은 냄비를 불에 올리고서 얼마쯤 지나, 좋은 냄새가 감돌기 시작했을 즈음.

"이제 좀 살겠네~!"

"정말 기분 좋았어!"

어지간히도 개운했는지 에티와 콜레트가 더할 나위 없이 만족스러운 표정으로 샤워실에서 나왔다.

"만족했나 보구나."

미라는 최대한 자연스럽게 고개를 돌리며 그렇게 말을 붙였다. 그러자 두 사람은 미라 쪽으로 똑바로 몸을 돌리더니 "고맙습니다"라고 진심 어린 감사 인사를 했다.

"그대들도 운이 좋았구나. 이런 곳에서 우연히 소환술사인 이 몸을 만나다니 말이야."

또다시 소환술사라는 점을 강조한 후, 미라는 이어서 이럴 때를 위해 소환술사를 동료로 맞아들이는 것이 어떠냐며 슬그머니 권유를 해보았다. 계약을 하기가 이래저래 귀찮기는 하지만 그러한 귀찮음을 감수할 가치가 충분히 있다고. 소환술사의 매력은 그 대응력에 있다고, 마구 어필을 해댔다.

"응, 나도 실감했어.""소환술사가 어떤 일을 할 수 있는지 전혀 몰랐는데, 정말 굉장하다는 걸 이번에 알게 됐어요."

미라의 소환술 어필이 효과를 거두었는지, 두 사람은 소환술사에 대한 인식을 긍정적으로 바꾸어준 모양이었다. 그리고 언젠가 반드시 소환술사 동료를 맞아들이고 싶다고 입을 모아 말했다.

그런 두 사람의 반응에 미라는 만족했다. 알몸을 구경하고 있기 때문만은 아니다. ……아마도. 소환술의 인지도가 올랐다는 것이 실감했기 때문일 것이다. ……분명.

"이런 일은 처음이라 시세 같은 걸 모르겠는데, 얼마나 내면 될까?"

"얼마면 될까요?"

두 사람은 그렇게 말하며 굵직한 마동석 몇 개를 내밀었다. 합쳐서 이십만은 될 물건들이었다.

시세. 던전 깊숙한 곳에서 사치스럽게 물을 사용하는 동시에 따뜻한 물로 샤워를 만끽하게 해준 것의 가치는 과연 얼마나 될까. 이십만은 싼 것일까, 비싼 것일까. 미라 역시 이런 일은 처음인 탓에 그러한 기준이 애매했다.

그렇다고 자신의 자랑거리인 소환술을 저렴하게 베풀 생각은 없다.

그러다 문득 비슷한 경우가 머릿속에 떠올랐다. 바로 여관의 하루 숙박비다.

"뭐어, 이 정도면 됐다."

미라는 그렇게 말하더니 두 사람의 손에서 마동석을 두 개씩 받았다. 약 일만 리프 정도 되는 것을 네 개. 여관에서 샤워 서비스만으로 한 사람당 이만 리프씩 받았다면 바가지처럼 느껴졌겠지만, 던전 깊숙한 곳이라는 점을 감안하면 허용범위 안이라고 할수 있을 것이다. 그것이 다소 여성을 우대하는 쪽으로 기울어진, 미라의 생각이었다.

"고마워!"

"여신님!"

두 사람에게 그것은 파격적으로 저렴한 가격이었던 모양인지, 처음에는 놀란 듯한 얼굴이었지만 미라가 진심으로 한 소리라는 것을 알아채고는 감동한 듯한 표정을 지었다. 아무래도 여성에게 무른 미라의 성격을, 같은 여자에 대한 배려로 받아들인 모양이었다. 그런 탓에 두 사람은 미라의 관대한 태도에 좀 전보다 더 큰 존경심을 표하며 거의 받들어 모실 기세로 감사의 뜻을 밝혔다.

"되었다, 되었어. 아아, 그리고 정령들에게 고마워하는 것도 잊지 말아라. 이런 일을 할 수 있는 것은 정령들이 힘을 빌려주기 때문이니."

"얼마나 고마운 존재인지 새삼 실감했어."

"저도요."

정령에게 감사하는 마음. 최근 들어 더더욱 커지고 있는 그것을 미라가 언급하자 두 사람은 순순하게 고개를 끄덕였다. 이러한 감정이 더욱 강하게, 널리 퍼져 나가면 분명 키메라 클로젠과 같은 짓을 하는 자들은 없어질 것이다. 그런 마음이 싹튼 것으로 보이는 두 사람의 태도에, 미라는 더욱 좋은 관계를 맺을 수 있기를 바라며 살며시 미소를 지었다.

"어라, 이 냄새는 혹시."

거래가 끝나고 간소한 차림새로 갈아입고서 상황이 진정된 참에 아담한 쪽의 여성 술사인 콜레트가 문득 코를 킁킁거리며 그렇게 중얼거렸다. 마침 미라 특제 전골이 적절하게 끓어오르고 있었다.

"키로리새에 슬로레스, 그리고 옐로 리크랑…… 폴라론이지?!"

콜레트가 자신만만하게 식재료의 이름을 나열했다. 그리고 그것은 정확히 전골에 사용한 건더기와 일치해서 미라는 "오오, 정답이다"라고 말하며 놀랐다.

심지어 콜레트는 이어서 전골에 넣은 조미료까지 맞춰 보여서 연달아 미라를 놀라게 했다.

"우리 집이 작은 레스토랑을 하고 있어서 어릴 적부터 이런저런 것들을 배웠거든. 정신이 들어 보니 냄새만으로 판별할 수 있게 되어 버렸지 뭐야."

콜레트는 약간 쑥스러워하면서도 자랑스럽게 말했다. 하지만 그것은 매우 엄격한 교육의 산물인 모양이었다.

아이에게 가게를 잇게 하는 것이 부모의 소원이었다는 모양이지만, 콜레트는 그 당시부터 모험가가 되고 싶었다고 한다. 그리고 그 계기를 제공한 것은 우연인지 필연인지, 가게를 찾은 모험가들이었다고 한다.

요리사가 아닌 모험가가 되겠다는 꿈을 품게 된 소녀는 부모님에게 말하지 않고 술사조합의 적성검사를 받았다. 그리고 보기 좋게 적성이 있다는 판정을 받아, 부모님을 억척스럽게 설득해서 가게는 다른 형제들에게 맡기고 뛰쳐나왔다는 모양이다.

"지금 생각해 보니 술사로서 강해지는 건 요리 수행보다 힘들었지만, 이거 해라 저거 해라 시켜서 할 때보다 훨씬 열심히 할 수 있었어."

콜레트는 어쩐지 당시가 그립다는 듯한 표정을 한 채, 막상 모험가가 되어 보니 그때 배웠던 요리 지식이 생각보다 도움이 되고 있다며 쓴웃음을 지었다.

그리고 지금은 그 요리 기술을 살려 그룹의 요리 당번을 맡고 있다는 모양이다. 실력이 수행으로부터 도망쳤던 당시보다 올랐다나 뭐라나. 특히 조미료로 맛을 내는 데는 자신이 있다고 콜레트는 가슴을 편 채 말했다.

"아, 혼자 멋대로 떠들어대서 미안해. 그 요리가, 내가 초보였을 때 자주 먹었던 거랑 비슷해 보여서."

이러쿵저러쿵 말을 하기는 했지만, 집에서 하는 가게가 한쪽으로는 마음에 걸리는지 콜레트는 수줍은 듯 웃더니 감사인사와 함께 이파리 한 장을 내밀었다.

"이건 아미니카라고 하는 허브인데, 썰어서 한소끔 끓이면 더 맛있어질 거야. 자신 있게 추천할게."

초보였던 시절 자주 먹었던 전골의 맛은 이 아미니카라는 허브가 좌우했었다고 콜레트는 자신만만하게 말했다. 특히 키로리새와 같은, 조류 고기와의 상성이 좋아서 조류 고기를 사용한 찜 요리에는 어디에나 어울린다는 모양이었다.

"호오, 그러한가. 그럼 기꺼이 시험해보도록 하지."

미라는 아미니카를 받아들고 곧장 썰기 시작했다. 그런 미라의 모습을 본 콜레트는 수행 중인 여동생이 떠오른 모양인지, 어색한 미라의 손놀림을 불안한 눈으로 쳐다보기도 하다가, 따스한 미소를 지은 채 살며시 그 자리를 뒤로 했다.

"미라 씨, 샤워실 잘 썼어."

"고마워요."

콜레트와 에티가 현관문 앞에서 다시 한번 감사 인사를 하자 미라는 고개를 번쩍 들고서 되었다고 가볍게 손을 흔들어 답하며 두 사람을 배웅했다.

"오오, 냄새가 단숨에 바뀌었군."

아미니카를 썰어 냄비에 넣고 끓이자 지금까지는 잡다했던 냄새가 갑자기 조화로운, 그야말로 요리라 하기에 걸맞은 향으로 바뀌었다.

몰라보게 바뀐 냄새에 놀라며 어떤 맛으로 바뀌었을까 기대하는 얼굴로 미라가 냄비를 들여다본 참에 누군가가 현관문을 노크했다. 아무래도 다음 손님이 온 모양이다.

미라가 들어와도 좋다고 하자 두 명의 여성 모험가가 슬그머니 문을 열고 고개를 들이밀었다. 샤워 순서를 기다리는 나머지 다섯 팀 중 첫 번째 팀이다. 아무래도 먼저 나온 에티와 콜레트에게 이야기를 들었는지 그 얼굴에는 기대감이 가득했다.

"그곳이 샤워실이지만 탈의실 같은 것이 없어서 말이다. 그 근처에서 적당히 옷을 벗고 들어가거라."

은근슬쩍 샤워실에서 벗는다는 선택지를 뭉개버린 미라는 순순히 승낙한 두 사람의 나체를 감상…… 지켜보며 "소량이라면 빨래를 해도 된다"라고 말하여, 신이 나서 속옷을 정리하는 두 사람의 모습을 더더욱 만족스러운 얼굴로 쳐다보았다.

"오오, 이렇게까지 바뀌다니 놀랍군그래!"

샤워실 문이 닫히자 미라는 그제야 전골을 살피기 시작했다. 그리고 내키는 대로 만든 전골이 허브 하나로 까마득히 높은 경지에 오르고 말았다는 사실에 경악했다.

지금까지 먹었던 전골은, 굳이 말하자면 닥치는 대로 만든 남자의 요리였다. 하지만 지금은 달랐다. 이 전골에서는 식당에서 파는 것 같은, 신념이 있는 깊은 맛이 느껴졌다.

'아미니카라고 했나. 다음에 쟁여둬야겠구나!'

한 입 먹어보고 그 맛이 마음에 든 미라는 그렇게 마음속에 새겼다. 그와 동시에 이러한 변화를 가져다 준 허브가 더 있지 않을까 하는 생각을 했다.

'여러 종류를 갖추어놓고 이런저런 조합을 시험해보는 것도 즐겁겠구나.'

소금과 후추와 같은 기본적인 조미료는 갖추었지만, 허브 종류에는 손을 대지 않았다. 하지만 이번 일로 그 효과를 실감한 미라는 허브류도 써보기로 결심했다.

28

그렇게 미라는 옷을 갈아입는 여성 모험가들의 여체를 슬그머니 감상하며 전골을 먹어치웠다. 그리고 뒷정리를 마친 후, 느긋하게 올 시즌 오레를 마시며 '기능대전'을 읽기 시작했다.

그러는 동안 네 번째 팀이 샤워를 마치고 마지막인 다섯 번째 팀이 샤워실로 들어갔다. 그중 한 명이 엘프 소녀인 데다 마법 소녀풍 의상을 입고 있던 탓에 미라는 묘하게 친근감이 느껴져서 샤워실 앞에 놓인 속옷과 옷가지를 얼마간 물끄러미 쳐다보았다. 변태 그 자체 같은 행동이었지만 이곳에는 목격자가 아무도 없었다.

그로부터 20분 정도가 경과했을 즈음, 샤워실 문이 열리더니 두 사람이 상쾌한 얼굴로 나왔다. 두 사람은 잽싸게 옷을 갈아입고 마동석으로 값을 치른 후, 호들갑스럽게 감사 인사를 하고서 동료들에게로 돌아갔다.

"어디 보자……."

마지막 한 팀을 배웅한 미라는 천천히 일어나서 스커트 자락에 손을 댔다. 그리고 그대로 원피스를 벗어 던졌다. 그렇다. 이제야 미라의 차례가 된 것이다.

상당히 늦어지기는 했지만 먼저 목욕을 할 걸 그랬다는 후회는 조금도 없었다. 오히려 들뜬 발걸음으로 샤워실로 향했다.

바로 그때. 문득 현관문을 두드리는 소리가 들려왔다.

'음? 샤워 대기자는 이제 없을 터인데.'

미라가 그렇게 생각한 직후, 현관문 너머에서 누군가가 말을 붙여왔다. "죄송해요, 두고 온 물건이 있어요"라고. 심지어 그 목소리는 미라가 마음에 들어 했던 엘프 소녀의 것이었다.

"오오, 그러했나. 잠깐 기다리거라."

깜박한 물건이 있다는 말에 미라는 곧장 대답하고서 샤워실 주변을 살펴보았다. 그러다 보니 확실히 떨어져 있었다. 자그마하고 깜찍한 디자인의 팬티가.

'후오?! 이것은~!'

미라는 생각지 못했던 분실물에 깜짝 놀람과 동시에 흑심에 불이 붙어 잔뜩 흥분했다. 자신도 입으니 소녀의 속옷을 보는 것은 익숙했지만, 역시 남의 것은 달라 보이기 마련이라는 사실을 미라는 새삼 실감했다.

하지만 그렇기에 차분해져야만 한다. 같은 소녀이기에.

특이한 사람들에게 그것은 보물이라 할 수 있을 것이다. 하지만 미라는 애써 아무렇지도 않게 그것을 집어, 태연하게 현관문을 열었다. 벗어둔 후 시간이 흘러 느껴질 리가 없는 온기를 소중히 움켜쥔 채.

"자아, 깜박한 물건이 이것이 맞느냐?"

벌컥 문을 연 미라는 미련은 조금도 없다는 듯한 표정으로 그곳에 있던 엘프 소녀에게 팬티를 내밀었다.

"아……."

하지만 뭔가 이상했다. 엘프 소녀는 미라를 보자마자 당황스럽고 놀란 듯한 표정을 지은 것이다.

이게 어떻게 된 일일까. 혹, 팬티를 보고 흥분했다는 것을 들키고 만 것일까. 이대로 변태라는 낙인이 찍히고 마는 것은 아닐까. 분명 지극히 태연한 척을 하고 있을 터인데, 어째서 그것이 탄로 나고 만 것이라는 말인가.

혹시 마음을 읽을 수 있다는 특수한 능력이라도 있는 것일까. 미라는 간신히 태연한 표정을 유지한 채 그런 생각을 하며 속으로 마구 허둥댔다.

그 다음 순간. 엘프 소녀가 느닷없이 미라에게 달려들었다. 그리고 동시에 외쳤다. "저쪽으로 몸을 돌리세요!"

엘프 소녀는 어쩐지 필사적이었다. 미라는 밀쳐져 넘어지면서도 시키는 대로 몸을 돌렸다. 하지만 그런 미라의 귓가에 다른 목소리가 들려왔다.

"미안! 설마 그런 차림새로 나올 줄은 몰라서…… 아니, 안 봤어. 난 아무것도 안 봤다고!"

남자 목소리다. 그것도 매우 가까운 곳에서…… 그렇다, 현관문 쪽에서 들려왔다.

여전히 엘프 소녀의 몸에 깔린 채로 어찌어찌 고개만 돌려 보니, 미라의 눈에 뒤를 본 채 허둥지둥 변명을 늘어놓는 남자의 모습이 들어왔다.

그는 두 손에 커다란 빈 용기를 들고 있었다. 그 모습으로 미루어, 아무래도 또 물을 받으러 온 모양이었다.

"미라 씨. 그런 민망한 차림새로 밖에 나오면 안 돼요."

오호라 과연, 하고 미라가 납득하던 참에 문득 엘프 소녀가 그

런 소리를 했다. 그 목소리에는 분노가 담겨 있었지만, 미라에 대한 걱정이 절반 정도 섞여 있는 듯했다. 그리고 그 한마디를 듣고서야 미라는 모든 것을 납득했다.

"아아…… 그러했구나. 미안하다."

원피스를 벗고 있었던 탓에 미라가 현재 입고 있는 것은 속옷뿐이다. 엘프 소녀는 그런 차림새로 밖에 나온 미라를 보고 놀라 남자의 시선으로부터 보호하기 위해 미라에게 달려들었고, 그렇게 몸을 던져 미라의 모습을 감춰준 것이다.

그렇게 분실물인 팬티를 무사히 건넨 후, 엘프 소녀는 미라에게 속옷 차림으로 부주의하게 문을 열어서는 안 된다고 다시 한 번 못을 박았다.

좀 전까지 속옷 차림은커녕 알몸 상태의 여성들이 실내에 있었던 탓에 긴장이 풀린 모양이다. 그렇게 자신의 행동을 반성한 미라는 자각이 부족했노라고 소녀에게 사과했다.

그런 일이 있고서 얼마쯤 지나서야 샤워실에 들어간 미라는 문득 한껏 숨을 들이켰다.

'열두 명의 여자들이, 이 넓지도 않은 공간에서 단둘이……. 끝내주는구먼!'

마음속에 웅대한 변태가 똬리를 틀고 있는 미라는 엉뚱한 망상을 하며, 아직 희미하게 남은 향기를 들이켜며 수상쩍은 사람처럼 웃었다. 현재 미라의 머릿속은 백합스러운 망상으로 가득했다.

그런 망상 속에서 샤워를 하기 시작한 미라는 멍하니 생각했다. 여자로서의 자각이란 무엇인가에 관해서.

'딱히 부끄럽다고 느낀 적이 없으니 원.'

오히려 자랑스러운 몸이라는 생각에 미라는 콧김을 푹 내쉬었다. 하지만 엄중하게 주의를 받았으니 그것이 평범한 인식이라 할 수 있을 것이다.

속옷 차림을 남에게 보이면 여성은 어떻게 할까. 평균 수준의 지식을 총동원해서 생각을 하던 미라의 머리에, TV등에서 자주 보았던 어떠한 장면이 떠올랐다.

"꺅, 변태."

발연기밖에 못하는 배우 같은 연기로 미라는 가슴께와 사타구니를 손으로 가렸다. 그리고 그런 자세를 취하고 있자니 문득 무언가가 하나 더 떠올라 중얼거렸다.

"비너스의 탄생."

미라는 따뜻한 물을 맞고 있음에도 뭐라 형용할 수 없는 한기가 느껴지는 것만 같았다.

결국 여자란 무엇인가는 이해하지 못한 채 샤워실을 뒤로 한 미라는, 일단은 엘프 소녀가 시킨 대로 속옷 차림으로 뒹굴거리지 않고 곧장 원피스를 입었다. 귀여운 아이에게 주의를 받은 것은 고쳐야 마땅하지 않겠는가.

그 후, 미라는 '기능대전'과 메모 용지를 꺼내서 일과인 기능 체크를 하기 시작했다. 습득해두고 싶은 기능과 현재 상태에서 습득할 수 있을 듯한 기능을 대충 적어두고 있는 것이다.

그런 작업을 시작한 지 수십 분이 지났을 즈음. 결국, 잠기운에 저항할 수 없게 된 미라는 메모 용지와 '기능대전'을 정리하고 불편한 원피스를 벗은 후, 침낭에 들어갔다.

다음 날 아침. 딱히 이르지도 느리지도 않은 시간에 잠에서 깬 미라는 우선 볼일을 본 후, 얼마간 멍하니 시간을 보내며 뇌가 깨어나기를 기다렸다.

"흐음~ 밥부터 먹어야겠군."

그리고 10분 남짓 후 움직이기 시작한 미라는 아침 식사 준비에 착수했다. 뭐, 과실 하나를 끄집어낸 게 다였지만. 크기는 사과 정도 되고 색은 노랗다. 이렇다 할 특징이 없어 보였지만 이것은 평범한 과실이 아니었다. 시조정령 마텔에게 받은, 기운이 나는 열매였던 것이다.

"음, 맛있군!"

그 열매의 맛은 말할 것도 없었다. 녹아버릴 듯한 단맛과 풍부한 풍미, 그리고 적절한 신맛이 완벽한 조화를 이룬, 기존의 모든 과일을 능가하는, 그야말로 지고의 과실이다. 게다가 영양가도 높아서 자양강장에도 좋다. 이보다 나은 것은 없으리라고 장담할 수 있는 아침 식사였다.

과실 하나로 충분한 활력을 얻은 미라는 그대로 잽싸게 길을 나설 채비를 하고는 저택정령에서 나가 송환했다. 그리고 곧장 7층으로 향하려던 참에 문득 멈춰 섰다.

'그래. 모처럼 생긴 인연이니.'

미라의 눈에 어제 가장 먼저 샤워실을 이용한 콜레트와 에티가 속한 그룹이 비쳤다. 아무래도 출발 준비 중인 듯했는데, 저택정령이 갑자기 사라져서 신경이 쓰이던 참이었는지 마침 일동과 눈이 마주쳤다.

"어젯밤에는 어땠느냐. 잘 잤더냐?"

미라는 가볍게 손을 흔들며 인사하고는 콜레트와 에티에게 그렇게 물었다.

"이렇게 기분 좋게 잠든 건 오랜만이야."

"최고의 아침!"

두 사람은 만면의 미소를 띤 채 그렇게 답했다. 미라는 그것참 다행이라며 웃어 보이고는 어젯밤에 먹었던 식사가 떠올라 물었다.

"그러고 보니 그대에게 받았던 아미니카라는 허브 말이다만. 깜짝 놀랐다. 그렇게까지 맛있는 전골을 먹은 것은 처음이었거든."

"그치그치~? 맛있었다니 다행이야."

허브 하나로 전혀 맛이 달라지다니. 자신이 얼마나 놀랐는지 미라가 말하자 콜레트는 정말이지 기쁜 듯 미소를 지었다.

미라는 그렇게 신이 난 콜레트를 향해 말을 이었다. 부디 이렇게 간단한 레시피가 더 있다면 알려달라고.

어젯밤, 전골의 위대한 변화에 놀란 미라는 그밖에도 이런저런 허브를 시험해보고 싶어졌다. 하지만 요리는 아직 초짜인 탓에 우선은 참고할 만한 허브의 종류며 사용법을 알아두고자 생각한 것이다.

하지만 다른 것도 아닌 요리 레시피가 아닌가. 독자적으로 만들어낸 것이라면 요리를 하는 이에게는 보물이나 다름이 없을 테니, 쉽게 가르쳐줄 리는 없을 것이다. 하지만——.

"그렇게 마음에 들었었구나! 좋아, 좋아. 알려줄게!"

요리를 하는 이는 대충 두 부류로 나뉜다. 장사의 수단으로 요리를 탐구하는 자와 단순히 맛있는 것을 남에게 먹이고 싶어 하는 자. 아무래도 콜레트는 후자인 모양이다. 자신의 레시피로 만든 요리를 좋아해 주니 그것만으로 기쁜 듯했다.

미라는 그런 콜레트에게 어젯밤에 먹었던 전골처럼 극적인 변화를 가져다주는 레시피를 배웠다. 그것들을 모두 꼼꼼히 메모한 미라는 감사 인사라며 6층에서 딴 신선한 과실을 한 아름 정도 콜레트에게 건네주었다.

"우와, 이렇게 많이?! 고마워!"

뛸 듯이 기뻐하며 그것을 받아든 콜레트는 부럽다는 듯한 쳐다보는 동료들의 시선에 마음이 약해져서 나눠주기 시작했다. 하지만 맛있는 것을 공유하는 것은 즐거운 일이다. 이러니저러니 해도 콜레트의 얼굴에서는 미소가 떠날 줄을 몰랐다.

'아…… 이런. 저 과실은…….'

과실이 균등하게 분배되는 모습을 지켜보던 미라의 눈에 그것이 비추었다. 미라가 건넨 과실은 맛도 있고 효능도 훌륭한 것들이었지만, 이래저래 개성이 강한 것들이 많았다. 그 중 으뜸인 것이 적당히 집어서 한 아름 건넨 것들 중에 하나 끼어 있었다. 겉모습은 지보의 적주라 불리는 사대 과실 중 하나인 '퀸 오브 하트'와 똑같다. 하지만 그 맛은 전혀 다른, 바로 그 물건이다.

하지만 마나 회복량이 높아져서 술사와의 상성은 좋았다.

이 일을 어쩜담. 잠시 고민한 끝에, 아무리 그래도 저 벌칙 게임 같은 맛이 나는 과실을 답례로 건네는 것은 미안한 짓 같다고 생각한 미라는 그것 하나를 회수하기 위해 콜레트에게 말을 붙이려고 했다.

하지만 직전에 멈췄다. 그것은 과실을 나눠주는 콜레트의 움직임을 확인하던 중에 무언가를 보았기 때문이다.

콜레트는 같은 그룹 동료들에게 순서대로 과실을 나누어주었다. 그러던 중, 드디어 문제의 붉은 과실에 콜레트가 손을 대는가 싶더니, 갑자기 다른 과실로 손을 옮겨 에티에게 건네주었다.

그리고 다음 사람인, 미라에게 구혼을 했던, 그 버든의 손에 새침한 얼굴로 붉은 과실을 쥐어주었다. 과연 그룹의 요리 당번이라고 해야 할지. 콜레트는 그 이름 없는 과실을 아는 모양이었다.

피해자는 버든이다. 그렇다면 문제없겠다는 생각이 들어서 미라는 회수하기를 중지했다.

참고로 마텔에게 받은 과실을 넘겨주지 않은 것은 일이 성가셔질 것 같다는 예감이 들었기 때문이다.

떠들썩하면서도 유쾌했던 콜레트 일행과 헤어진 미라는 그곳에 남아 있던 모든 그룹의 배웅을 받으며 대신전 안쪽에 위치한 문을 열고 그 앞으로 발을 내디뎠다.

고대지하도시 7층. 그곳은 명백하게 이질적인 장소였다.

지금까지 지나온 층은 폐허 도시며 고귀해 보이는 폐허 거리, 그리고 탑만 잔뜩 들어선 장엄한 장소에 구룡성 같은 장소까지……. 어딜 보아도 지하라는 것이 믿기지 않을 정도로 넓어서 모험심을 자극하는 근사한 판타지스러운 곳이었다.

하지만 7층은 달랐다. 1층부터 6층까지 이어진 그러한 흐름과는 완전히 다른, 처음 그곳에 발을 들인 자들을 매우 당혹스럽게 하는 장소였다.

'분명 고대인의 핵 방공호나 비밀 지하연구소라 불렸더랬지. 건조 도중인 우주 이민선이라는 소문도 돌았던가?'

하얗게 칠해진 천장이며 벽, 바닥은 모두 금속으로 되어 있다. 그리고 곳곳에 조명이 심어져 있어서 긴 복도를 밝게 비추고 있었다. 군데군데 보이는 금속 문에는 문손잡이 같은 것이 보이지 않았는데, 인증키라는 것을 가져다 대면 자동으로 열리고 닫히는 구조로 되어 있었다. 몇 중으로 된 금속문이 기계적으로 움직여서 지금까지 거쳐 온 층과는 전혀 다른 세계처럼 느껴졌다.

그렇다. 7층은 판타지라기보다는 SF스러운 분위기를 풍겼던 것이다. 그렇듯 무기질적이고 차가운 분위기이기는 했지만, 그곳은 지금까지 거쳐 온 어떤 층보다 인간의 손길이 느껴지는 곳이기도 했다.

미라는 언젠가 보았던 우주를 배경으로 한 영화에 등장한 우주선 안이 이런 식이었더랬지, 따위의 생각을 하며 맵을 확인했다.

7층은 통로며 방의 숫자가 많기는 하지만 구획 정리가 반듯하게 되어 있어서 구조는 알기 쉬웠다. 문제는 각 구역을 나누는 문이었는데, 이것은 경계 레벨별로 필요한 인증키가 달랐다. 그리고 1부터 5까지 있는 그것을 모으려면 또다시 며칠은 소요되는

y

375

데, 지금까지와 다른 점이 한 가지 있었다.

인증키는 아이템으로 입수가 가능해서 한 번 이 장소를 공략한 적이 있는 미라는 각 문을 여는 데 필요한 인증키를 가지고 있었던 것이다. 그런 탓에 이곳에서는 쓸데없이 시간을 낭비하지 않고 일직선으로 최심부로 향할 수가 있었다.

하지만 그것은 추적 대상인 소울하울에게도 해당하는 일이다. 소울하울은 최단 거리로 전진하고 있을 것이다. 어쩌면 이미 최심부에 도착했을지도 모른다.

'그나저나 그 녀석, 마키나 가디언은 어찌 처리할 셈인지 모르겠군.'

7층의 최심부. 목적한 백아의 오브가 있는 방에 들어가려면 그 앞에 진을 치고 있는 마키나 가디언이라는 보스를 제거할 필요가 있었다.

마키나 가디언은 이른바 레이드급 보스로 분류되는데, 이곳에 있는 그것은 개중에서도 최상위에 위치한 수호자──가디언의 이름을 지닌 강적이었다. 상위 플레이어가 수십 명 단위로 팀을 이루어 싸우는 것이 보통이었을 정도다. 제아무리 아홉 현자라 해도 솔로로 공략하는 것은 무모하기 그지없는 짓이었고, 모든 멤버가 모여야 겨우 전력적으로 우위에 설 수 있을 정도의 상대였다.

소울하울은 함께 싸울 동료가 있는 걸까. 미라는 잠시 그런 생각을 해보았지만, 목격 증언에 동행이 있었다는 이야기는 없었으니 그럴 가능성은 낮다고 결론을 내렸다.

'혹시 그것을 실천할 생각은 아닐 테지…….'

기계장치인 마키나 가디언은 전투가 중단되고 일정 시간이 경과하면 수리가 시작되어 회복한다. 이것 자체는 그리 드문 일이 아니다. 전투태세가 해제되고서 10분 정도가 지나면 회복이 시작되는 것은 거의 모든 레이드보스에게서 공통적으로 관찰되는 패턴이었다. 다시 말해서 전멸한 후에 돌아와 봐야 완벽하게 회복된 상대와 처음부터 다시 싸워야만 하게끔 되어 있었던 것이다.

　하지만 한 가지 편법이 있었다. 누구나 생각해낼 수 있을 법한, 억지스러운 방법이.

　그 방법은 단순하게 전투를 계속 이어가는 것이다. 적대하는 존재가 전장에 있는 한, 회복은 시작되지 않는다. 다시 말해서 전멸한 자들이 돌아올 때까지 누군가가 남아 회복을 저지하는 것이다.

　게임이었던 당시, 실제로 이 역할을 맡은 자가 있었다. 그리고 그자들은 회복을 허용하지 않는다, 잠을 자게 하지 않는다는 의미에서 '알람'이라 불렸으며 돌아가면서 휴식을 취하기 위해 두 명, 혹은 세 명이 팀을 이루는 것이 기본이었다.

　그리고 이 알람 역할을 솔로로도 할 수 있는 것이 사역 계열 술식을 지닌 클래스인 소환술사, 음양술사, 그리고 사령술사였다.

　'다른 레이드 보스라면 모를까, 마키나 가디언은 좀……'

　확실히 잘만 되면 회복은 저지할 수 있다. 그렇다고 그것이 간단한가 하면 그렇지도 않다. 마키나 가디언의 공격은 강렬하여 마나를 절약할 경우, 순식간에 증발하는 결말을 맞을 것이 뻔하기 때문이다. 하지만 제대로 시간을 벌어줄 만한 술식은 마나 소비량이 많아서 휴식을 취해봐야 회복이 어려웠다.

애초에 마키나 가디언의 최대의 특징은 그 내구력이라 할 수 있었다. 레이드 보스 중에서도 최고 수준이라 해도 과언이 아닐 정도다. 아이젠파르드가 온 힘을 다해 날린 일격으로 깎을 수 있는 장갑이 1할도 되지 않는 것만 보아도 얼마나 튼튼한지 알 수 있을 것이다.

다시 말해서 일이 순조롭게 풀린다 해도 혼자서 쓰러뜨리려면 상당한 시간이 걸릴 것이다. 그야말로 몇 주가 걸릴지 모르는 장기전이 될 테고, 한 가지 일에 그토록 오래 집중할 수 있는 자는 그리 많지 않다. 자신도 모르게 방심을 하고 마는 것이 인간이란 존재의 한계이기 때문이다.

'하지만 뭐어, 그 녀석이 대책도 없이 들이받을 리는 없으려나.'

상식적으로 생각하자면 솔로로 마키나 가디언을 토벌하는 것은 무모한 도전이다. 하지만 과거에 그러한 무모한 일들에 수없이 도전하여 해내고야 만 것이 바로 덤블프를 비롯한 아홉 현자라는 존재들이었다.

레이드 보스를 솔로 토벌할 때 가장 필요한 것은 정신적인 안정이다. 알람 역할을 할 개체에 마나를 듬뿍 쏟아붓고, 소비된 분량을 약으로 회복하면 충분히 휴식시간을 확보할 수 있을 터다.

많은 자금과 인내력이 있으면 못 할 것도 없다. 그렇게 생각하면서도 무모하다는 느낌을 떨쳐낼 수가 없었지만, 현실이 된 것에 따른 변화 중 이점이 될 만한 요소가 있는 것일지도 모른다. 분명 가보면 알 수 있으리라는 확신을 품은 채 미라는 곧장 7층의 공략을 개시했다.

29

"슬슬 다크나이트로는 힘들어지기 시작하는군그래."

얼마간 7층을 전진하던 중. 과연 A랭크라고 해야 할지, 출현하는 스켈레톤들도 호락호락하지가 않아서 다크나이트가 격파되는 빈도가 늘고 있었다.

지금은 서넛 정도를 동시 소환하여 머릿수로 밀어붙이고 있지만, 앞으로는 그럴 수도 없게 될 것이다. 이곳에서는 안으로 들어가면 갈수록, 최심부에 가까워질수록 스켈레톤의 숫자가 늘고 무리를 지어 연계를 취해오기 때문이다.

실로 강적이기는 하지만 그런 만큼 고유 드롭 아이템은 마동석의 크기도 커져서, 돈벌이만 생각하자면 실로 짭짤한 장소였다. 게다가 게임이었던 시절과 달리 경쟁자의 모습은 전혀 보이지 않으니 마음껏 사냥할 수 있다. 마음만 먹으면 하루에 백만, 이백만을 벌 수도 있을 것이다.

하지만 지금은 그런 짓을 할 때가 아니다. 명확한 목표가 있기에.

'지금은 서둘러 공략해야 하니. 단숨에 돌파하도록 할까.'

큰돈을 만질 수 있는 사냥터가, 경쟁자 하나 없이 비어있다. 그것도 고대지하도시라는, 들어오는 데 시간이 걸리는 던전 밑바닥에. 더불어 이곳에 등장하는 스켈레톤은 '백동결정(白動結晶)'이라는 아이템을 가끔씩 드롭한다. 이것은 여러 가지 술구를 제작하는 데 이용할 수 있는 동시에 정련과의 상성이 매우 좋아서 매우 귀한 귀중품이었다.

신체강화 계열의 정련 장비를 마련하고 싶었던 미라로서는 지금 가장 탐이 나는 아이템이었다.

하지만 '드물게'라는 표현이 말해주듯, 그렇게 쉽게 입수할 수 있는 것이 아니었다. 하루 내내 사냥을 해도 두 개, 운이 좋아야 세 개를 얻을까 말까였다.

현재는 소울하울이 눈앞에 있을지도 모르니 그렇게 시간을 들일 수는 없는 노릇이었다.

눈물을 삼키며 임무를 우선시하기로 한 미라는 로사리오 소환진을 두 개 준비해 영창하여 발키리 일곱 자매를 소환했다.

"저희 일곱 자매, 소환에 응해 대령했습니다."

마법진에서 내려선 알피나가 평소처럼 늠름한 목소리로 말하며 미라의 앞에 무릎을 꿇었다. 하지만 다른 자매들은 7층 통로의 폭이 그렇게 넓지 않은 탓에 나란히 한 줄로 늘어설 수가 없어서, 당황한 얼굴로 알피나의 뒤에서 우왕좌왕하고 있었다.

"분명 이럴 때는 두 줄로 서자고 했던 것 같은데."

"하지만 그건 기준점을 중심으로 뒤쪽으로 퍼지거나 앞쪽으로 전개하는 패턴도 괜찮겠다는 소리가 나와서 결판이 안 났잖아. 어느 쪽이 맞는 건데?"

"이 정도 폭이면 간신히 십자 대열도 가능할 것 같습니다만."

"알피나 언니가 저 위치에 있으니 아이 오브 더 선은 무리일 것 같고."

"나 참, 뭐든 상관없으니 적당히 서자고요."

"언니들, 지금 이럴 때가 아냐……!"

자매들은 그렇게 서는 위치를 바꾸어 가며 작은 목소리로 의견을 주고받았다. 그러자 그러한 모습에 화가 치밀어 올랐는지, 알피나가 미라를 본 채 고개를 깊숙이 숙여 보이더니 일단 일어나서 몸을 뒤로 돌렸다.

"당신들, 주인님 앞에서 이 무슨 추태입니까! 그만들 하세요!"

순간, 시끄럽게 떠들던 자매들의 움직임이 멈췄다. 미라에게는 등밖에 보이지 않았지만, 노성이 울린 직후 고개를 돌린 자매들의 얼굴만 보아도 알피나가 어떤 표정을 짓고 있는지를 훤히 알 수 있을 듯했다.

"엘레티나, 이런 경우에는 당신을 중심으로 해서 원형진을 형성하기로 정해두었을 텐데요."

몸속까지 얼어붙을 것만 같은 노기(怒氣)가 담긴 알피나의 목소리가 조용히 울렸다. 그와 동시에 차녀 엘레티나는 무언가가 떠올랐는지 작은 목소리로 "……아"라고 말하더니 얼굴이 새파랗게 질렸다.

"원형진!"

실컷 헤매기는 했지만 방침이 정해지자 대응은 빨랐다. 자매들은 알피나가 호령을 내림과 동시에 칼같이 정렬하여 미라의 앞에 무릎을 꿇었다. 그 모습을 확인한 후, 알피나도 다시 한번 미라의 앞에 무릎을 꿇고서 고개를 숙였다.

"저의 교육 부족으로 꼴사나운 모습을 보였습니다. 면목 없습니다."

알피나는 그렇게 말하며 더더욱 깊숙이 고개를 숙였다. 하지만 미라의 입장에서는 그렇게까지 신경을 쓸 일은 아니었다.

"되었다, 되었어. 그대들의 성의는 충분히 느껴졌으니 말이다. 오히려 이 몸은 고마울 따름이다."

눈앞에 늘어선 자매들을 바라보며 미라는 자신의 생각을 입 밖에 냈다. 자신이 없었던 30년 동안, 그리고 지금도 그녀들은 미라의 힘이 되고자 노력하고 있지 않은가. 다소 엉성한 면이 있다는 것은 사소한 문제라 할 수 있을 것이다.

"넓은 아량을 베풀어주시어 감사합니다!"

하지만 아무래도 알피나는 미라의 감사의 마음을 용서로 받아들인 모양이다. 자매들을 질타하기는커녕 존중하는 말을 던져준 미라에게 더더욱 감명을 받은 알피나는 자랑스럽다는 표정을 지어 보였다. 그리고 그런 주인에 걸맞은 존재가 되기 위해 더욱 자신을 갈고닦는 동시에 자매들의 교육에도 힘을 쏟기로 맹세했다.

그 순간, 차녀 이하의 자매들은 지금까지 느꼈던 것 중 최대급의 한기를 느끼고는 몸을 부르르 떨었다.

고대지하도시는 4층부터 거의 불사 계열의 마물들만 출현했다. 그 최심부인 7층에서는 발키리 자매들이 지닌 빛의 무기가 정말이지 엄청난 위력을 뽐내었다.

한 사람 한 사람이 다크나이트를 능가하는 실력을 지닌 데다 마물과의 상성도 좋으니, 이 던전에서 미라 일행을 막을 수 있는 것은 최심부에 위치한 마키나 가디언 정도밖에 없을 것이다.

그리고 그런 만큼 진행 속도도 비약적으로 향상되어서, 7층 공략을 시작한 지 몇 시간도 되지 않아 중층의 중반에 도착할 수 있었다.

"역시 심부는 다릅니다냥. 이거, 보통 물건이 아닙니다냥."

중층에 들어 단숨에 출현하는 스켈레톤의 숫자가 늘어난 데에다가 일곱 자매의 섬멸 속도까지 빨라진 탓에, 길가에는 미라 혼자서는 주울 수 없을 만큼 많은 양의 마동석이 떨어져 있었다. 자매들의 손을 빌려 회수한다는 방법도 있었지만 그러면 섬멸 속도가 떨어지고 만다.

하지만 가난뱅이 근성이 몸에 밴 미라는 그렇다고 그대로 두기는 아깝다는 생각이 들어서 포기할 수가 없었다. 때문에 단원 1호를 다시 부른 것이다.

"동료들의 도움을 받아가며 심부에 도달한 그가 본 것은, 우글대는 사악한 마물이었다, 입니다냥."

자고로 회수 담당이란 민첩하게 움직이며 전장조차도 질풍처럼 내달릴 수 있는 소생 같아야만 한다며 의기양양하게 나타난 단원 1호는, [시체 수거자. 그 더티한 직업의 하루를 추적]이라고 적힌 팻말을 등진 채 제 입으로 실시간 중계를 하며 뛰어다녔다.

"누님들. 이 앞에 한 무리가 모여 있습니다냥."

단원 1호의 임무는 마동석 회수뿐만이 아니었다. 그 예민한 색적 능력으로 스켈레톤의 소재를 시시때때로 알피나 일행에게 보고하는 역할도 맡고 있었다. 그렇게 자매들이 스켈레톤을 처리하고 나면 단원 1호는 수고했다는 듯 거만한 표정으로 돌입해서 그곳에 흩어진 마동석을 모아 미라에게 헌상했다.

다만 단원 1호는 마물들을 우선적으로 탐지하는 탓에 때때로 최단 루트에서 벗어날 때도 있었다. 하지만 그럴 때는 [자고로 프로란 타깃을 확실하게 처리하는 법]이라고 적힌 팻말을 짊어진 채 "후방 안전 확인 완료! 입니다냥~"이라고 말하며 얼버무리고는 했다.

'뭐어, 그렇게 수고를 한 덕에 백동결정을 하나 입수하기는 했다만.'

다소 진행 속도는 떨어졌지만 일곱 자매의 섬멸 속도 덕분에 그렇게 신경이 쓰이지는 않았다. 게다가 단원 1호의 탐지로 인해 보다 확실하게 선제공격을 할 수 있어서 빠른 시간 안에 결판이 나기도 했다. 더불어 마동석 회수 작업은 어느샌가 단원 1호의 주특기라 할 수준이 되어 있어서, 가히 신속(神速)이라 할 만했다. 빠른 공략 속도에 그럭저럭 괜찮은 수익이 더해졌으니 불만이 있을 리가 없었다.

그리고 할 일이 루트를 지시하는 것밖에 없어진 미라는 만약을 위해 '생체감지'로 계속해서 소울하울로 추측되는 반응은 없나 살폈다. 여담이지만 통로에 늘어가는 마동석들 때문인지 미라의 얼굴에서는 웃음이 가실 줄을 몰랐다.

여럿으로 나뉜 구획을 지나 드디어 마지막 구획에 들어섰다. 7층 공략이 종반전에 들어선 순간, 미라는 문득 알아챘다. 이 부근에 들어서자마자 꽤나 속도가 빨라졌다는 사실을.

"괜찮습니다냥~. 이 근처에 마물은 없습니다냥~."

단원 1호가 일곱 자매의 막내인 크리스티나의 어깨에 앉은 채 명령이라도 하듯 전방을 똑바로 가리키며 말했다. 그렇다. 마지막 구획에 들어선 이후로 마물의 모습이 거의 보이지 않았던 것이다.

미라 일행은 전투도 치르지 않고 성큼성큼 앞으로 나아갔다. 단원 1호의 말에 의하면 루트 밖에서도 마물의 반응은 느껴지지 않는다는 모양이다. 하지만 어딘지 모를 멀리서, 무언가가 으르렁거리는 소리 같은 것이 울려 퍼져서 7층은 이유 모를 으스스한 분위기로 가득했다.

그런 가운데 미라는 현재 상황을 통해 한 가지 가능성을 도출해냈다. 그것은 이 앞에 있을 터인 인물과 관련된 것으로, 현재의 상황은 그가 존재할 가능성을 확신에 가까운 영역으로 끌어올려 주고 있었다.

그렇게 맵을 확인하며 얼마간 전진하던 중. 으스스하게 울리던 소리가 서서히 또렷해지기 시작했다.

"역시 싸우고 있군그래."

가까이 가면 갈수록 크고 격렬해지는 그것은 폭발음과 충돌음이었다. 이 통로는 외길이고 끝에는 마기나 가디언이 수호하고 있는 7층의 최심부가 있다. 들려오는 소리는 모두 그곳에서 울려 퍼진 전투의 잔향이었다.

그리고 지금까지 얻은 정보를 통해 그곳에는 틀림없이 그가 있으리라고 추측할 수 있었다.

드디어 찾았다며 안도의 한숨을 내쉬면서도 미라는 마기나 가디언에게 도전하는 무모한 짓을 벌이고 있는 그가 걱정되어 무의식중에 뛰쳐나가고 말았다.

7층 최심부. 마치 격납고를 연상케 하는, 길이가 500미터는 될 듯한 그곳은 그야말로 전장이 되어 있었다.

정상에 포대가 위치한 요새가 곳곳에 난립하여 굉음을 울리고 불을 뿜었다. 지상에서는 스켈레톤 군단이 군대처럼 정렬하여 목숨을 걸고 돌진 중이다. 그 뒤에는 4미터는 족히 되는 거구를 자랑하는 골렘들이 몇 마리 서 있었다.

그렇다. 스켈레톤은 이곳에 있었다. 그것을 본 미라는 역시 그러했나, 라고 중얼거렸다.

사령술사는 골렘을 만들거나 시체를 조종할 뿐 아니라 불사 계열 마물을 지배하는 특수한 술식도 지니고 있다. 그 술식을 이용해 주변에 있는 스켈레톤들을 이 전장에 총동원한 탓에 미라는 종반부에 들어 적과 마주치지 않았던 것이다.

"이렇게 많이 모을 수 있는 건 그 녀석뿐이지."

미라는 폭음이 울리는 전장을 앞에 둔 채, 유달리 커다란 요새의 정상에 선 인물을 노려보았다. 한쪽 뿔이 부러진 바이콘의 뼈를 곁에 거느린 남자를.

이토록 격렬한 전투가 벌어졌음에도 그곳에 존재하는 인물은 그 한 명뿐이었다. 그리고 이만한 전력을 동원할 수 있는 사령술사는 그리 흔치 않았다. 멀리서 보아도 눈에 띄는 그 모습은, 꿈

많은 중고등학생이 멋지다고 느낄 만한 요소의 집대성이라 할 수 있었다. 그리고 그것은 미라가 잘 아는 소울하울의 특징과 일치했다.

알아보기 쉬운 풍모와 실력은 그 인물이 소울하울 본인이 틀림없다고 확신하기에 충분한 것이었다.

미라는 드디어 찾았다며 의기양양하게 웃고서는 이 상황을 어떻게 정리하지, 하고 다시금 격전지를 둘러보았다.

날카롭게 허공을 내달린 포탄이 착탄하고, 스켈레톤들이 무리 지어 돌격하고 있는 곳에는 미라도 생생하게 기억하는 강적, 마키나 가디언이 있었다. 몸길이가 50미터는 될 법한 그 적은 기계 장치로 되어 있음에도 생물적인 것이, 마치 거미 괴물 같았다.

마키나 가디언이 팔을 내려칠 때마다 스켈레톤이 박살났다. 직후, 그 내려친 팔에 거대한 골렘이 달라붙는가 싶더니 강렬한 폭염을 흩뿌렸다. 미라도 잘 아는 사령술 중 하나인 '추장술 : 연옥 윤회'였다.

'저것을 맞고도 외장이 조금 벗겨진 정도의 타격밖에 입지 않나. 역시 엄청난 괴물이로구먼.'

추장술의 위력은 골렘의 크기에 따라 변한다. 4미터급 골렘 몇 마리가 토해낸 그것은 마수조차도 큰 대미지를 입을 정도로 위력적이다. 하지만 그만한 위력을 지닌 공격에도 마키나 가디언은 찰과상 정도의 타격만 입었다.

마키나 가디언은 개의치 않고 계속해서 무리 지어 돌진하는 스켈레톤들을 짓뭉갰다. 순간, 포격음이 울리고 무수히 많은 포탄이 착탄했다.

붉은 섬광이 터지고 폭음, 충격이 연달아 밀려들었다. 압도적인 파괴, 압도적인 포화공격, 거기에 스켈레톤과 골렘의 돌진까지. 훌륭한 연계 공격이었다.

하지만 그럼에도 마키나 가디언이 정지할 낌새는 전혀 없었다. 아직도 자욱하게 피어오르고 있는 폭연 속에서 불쑥 튀어나온 팔이 스켈레톤과 골렘을 쓸어버렸다.

골렘, 포대, 스켈레톤은 와해하는 즉시 진형을 재정비하여 일사불란한 연계로 마키나 가디언을 공격해 나갔다.

분명 뭇사람들의 눈에는 저 최상위 대규모 레이드 보스가 상대임에도 솔로로 선전하고 있는 것으로 보일 것이다. 하지만 미라의 눈에는 그렇게 보이지 않았다.

'봐줄 수 있는 상대가 아닐 터인데, 저 녀석은 어째서 상급 술식을 사용하지 않는 게야.'

현재, 전장에 존재하는 소울하울측의 부하는 네 종류다. 자폭용 장기짝인 거대한 골렘과 요새에 포진한, 포대를 지닌 캐논 포트리스 골렘들. 이 두 종류는 파괴될 때마다 재구축되어 공격을 이어갔다.

그리고 사령술로 지배한 A랭크의 스켈레톤 수백 마리는 완전히 마키나 가디언의 공격을 끌어내기 위한 미끼 같았다.

그리고 마지막 하나가 현재 소울하울이 서 있는 발치에 자리한 커다란 요새…… 아머 포트리스 골렘이다. 탄탄한 방어력을 자랑하는 그것이 분명 최종 방어 라인일 것이다.

전문 분야는 아니지만 동료의 술식인지라 그럭저럭 지식이 있는 미라는, 그곳에 늘어선 모든 전력들이 중급 사령술로 구축되어 있다는 사실이 의아했다.

확실히 만만치 않은 상대라 상급 술식을 사용한다 해도 압도하기란 불가능하다. 운용방법에 따라서는 중급을 잘 활용하는 편이 좋을 때도 있다. 하지만 그렇다고 상급을 잘 운용할 때보다 낫느냐고 하면, 당연히 그렇지는 않다. 아홉 현자라는 지휘까지 오른 술사가 술식을 잘못 운용할 리는 없으니 더더욱 이상할 수밖에 없었다.

빈틈을 만들기 위한 미끼 역할이 있고, 견제가 가능한 포대가 있는 지금의 전장이기에 더욱더 상급 사령술의 강력한 일격이 필요할 터다. 중급 골렘을 무수히 많이 자폭시키기보다는 상급 사령술로 일격을 가하는 편이 마나도 절약되고 훨씬 많은 대미지를 줄 수 있다.

그럼 어째서 이 전장에 상급 사령술이 존재하지 않는 것일까. 상급과 중급 술식의 차이점은 효과를 비롯하여 여럿이지만, 가장 큰 차이점은 영창의 유무다. 상급 술식을 행사하려면 영창을 할 필요가 있고, 그런 탓에 커다란 빈틈이 생기고 만다. 하지만 후방에 버티고 서 있는 모습으로 미루어 영창을 할 만큼의 여유는 충분히 있어 보였다.

그렇다면 마나의 문제일까. 하지만 이것도 상황으로 미루어볼 때 부족한 것은 아닌 듯했다. 아직도 파괴되자마자 골렘들이 빠른 속도로, 끝도 없이 재구축되고 있는 것을 보면 아직 여력은 충분할 듯했다.

결과적으로 지금 이 자리에서 상급 술식을 사용하지 않는 이유를, 미라는 도통 알 수가 없었다.

'모르겠군. 뭐어, 이러고 가만히 있기도 좀 그러니 직접 본인에게 물어보도록 할까.'

상위의 상대를 효율적으로 쓰러뜨리려면 상급 소환술은 필수라 할 수 있다. 따라서 미라도 다크나이트를 수백 마리 소환하기보다는 아이젠파르드를 소환하기로 마음먹었다.

만약 미라가 예상한 대로 회복할 틈을 주지 않고 계속해서 깎아나가는 것이 작전이라면, 현재와 같은 속도로는 아무리 빨라도 한 달은 걸릴 것이다. 아니면 다른 작전이라도 있는 것일까. 혹시 미라가 모르는 상급 술식을 이미 준비해 둔 채, 호시탐탐 기회를 엿보고 있는 것일까.

어느 쪽이 되었건 이야기를 해보면 알 수 있을 것이다. 그리고 이야기를 하려면 소울하울을 좀 더 여유롭게 해줄 필요가 있을 듯했다.

미라는 알피나 일행을 거느리고 느긋하게 전장에 발을 디딤과 동시에 소환진을 네 개 전개하여 영창의 말을 입에 담았다.

【소환술 : 황룡 아이젠파르드】

미라의 마나가 흘러들어 술식이 발동하자, 순간적으로 마법진이 번쩍이며 크게 전개되었다. 그리고 그 빛 속에서 은빛 비늘을 두른 용이 모습을 드러냈다.

"또 거물이 상대이다만 부탁 좀 하마, 아들이여."

391

"네, 어머니!"

마음이 통했다고 해야 할지, 막 소환되었음에도 즉시 상황을 파악한 아이젠파르드는 골렘과 스켈레톤에는 눈길도 주지 않고 마키나 가디언을 향해 날아갔다. 그리고 시작부터 강렬한 드래곤 브레스를 내쏘았다.

그것은 태양의 일부를 잘라낸 듯 강렬한 섬광이자 순수한 파괴를 응축한 듯한 한 줄기 빛이었다.

드래곤 브레스는 똑바로 날아가 마키나 가디언에게 직격했다. 순간, 모든 소리가 사라지는가 싶더니 잠시 후, 귀를 찢을 듯한 폭발음과 빛이 그 자리에 있는 모든 것을 뒤덮어 버렸다.

"역시 이 몸의 마력으로는 이 정도가 한계인가……."

빛이 가라앉고 잔향이 순식간에 잦아든 후, 미라는 그 광경 앞에서 분하다는 투로 중얼거렸다.

마력, 그리고 한계. 사실 소환술에는 한계라는 것이 있었다. 그것은 소환진을 지나서 오는 자들을 지키는 방호막과 관련된 제한이었다.

소환 대상과 미라의 마력의 총합에 따라 강도가 정해지는 방호막은 그것이 파괴되는 순간, 소환 대상을 보호하기 위해 강제 송환하도록 되어 있다. 하지만 이 방호막에는 소환 대상의 몸을 지키는 반면, 능력의 상한을 제한한다는 결점도 있었다.

하지만 술사의 마력이 높으면 높을수록 상한도 올라가기에 미라의 경우에는 거의 대부분의 소환체를 제한이 없는 상태로 소환할 수 있었다. 하지만 예외도 존재했다.

그렇다. 아이젠파르드다. 재앙의 화신이라 불리기도 하는 황룡의 힘은 차원이 달라서 미라의 마력으로도 그 힘을 모두 이끌어 낼 수가 없는 것이다.

"자아, 알피나여. 이 몸은 저기 있는 자와 할 말이 있다만, 얼마나 시간을 벌 수 있겠느냐?"

아이젠파르드가 온 힘을 다해 싸우면 마키나 가디언과 거의 대등한 승부를 펼칠 수 있을 것이다. 하지만 실력이 부족한 지금은 어쩔 수 없었다. 하다못해 소울하울과 대화를 할 시간만이라도 벌었으면 해서 미라는 알피나에게 물었다.

"5분…… 아니, 아이젠파르드 님이 계시니, 10분은 어떻게든 버텨 보이겠습니다."

알피나는 전방으로 날카로운 눈빛을 날리며 결심을 굳힌 듯한 표정으로 답했다. 알피나 역시 그 일격으로 모든 것을 파악한 것이다. 상대인 마키나 가디언이 얼마나 엄청난 존재인지를.

능력이 반감되었다고는 해도 과연 아이젠파르드라고 해야 할지, 그 브레스는 마키나 가디언을 전장의 끝까지 날려 보냈다. 하지만 마키나 가디언은 그럼에도 반파조차 되지 않아, 경이로운 내구력을 자랑하며 벌떡 일어났다.

모든 이로 하여금 아무리 많은 전력을 투입해도 지구력의 차이 탓에 압도하지는 못하리라는 것을 실감케 하는 광경이었다.

그 직후. 무수히 많은 포탄이 일제히 쏟아지더니 수십 마리에 이르는 골렘들이 쇄도해 왔다. 드래곤 브레스 만큼은 아니지만 그럼에도 압도적이라 할 수 있을 정도의 포화공격이 작렬했다.

느닷없이 발생한 작은 빈틈도 놓치지 않았다. 소울하울은 갑작스러운 난입자의 출현에 동요하지 않고 담담하게 술식을 행사했다.

"갑니다!"

그리고 그것을 신호 삼아, 알피나 일행이 달려나갔다. 뭉게뭉게 포격의 잔재가 남은 전장으로 달려 나간 자매들은 일사불란하게 진형을 갖추고 마키나 가디언과 대치했다.

"그럼, 다들 잘 부탁하마."

미라는 그렇게 중얼거리고는 서둘러 뛰쳐나가 바로 앞에 우뚝 선 요새를 뛰어 올라갔다.

드디어 10권입니다. 여기까지 오다니, 기쁘기 한량없습니다. 정말로 감사합니다.

출간에 도움을 주신 분들, 그리고 무엇보다도 독자 여러분께 최대한의 감사를 드리는 바입니다! 맛있는 밥을 먹게 해주셔서 고마워요!

자, 이번 표지에 관해 먼저 말씀을 드리자면 상당히 무리한 부탁을 하고 말았습니다만…….

보십시오, 이 가슴 설레는 광경을!

사실 저는 서적화하기 전부터 후지초코 선생님의 팬이어서, 예전부터 그 많은 일러스트에 푹 빠져 있었습니다. (어떤 일러스트인지는 픽시브 등에 올라가 있으니 들러보시길!)

그런 후지초코 선생님이 일러스트 담당으로 정해지고서 생겨난 바람…… 그것이 바로 이 고대지하도시 6층의 광경을 그림으로 보는 것이었습니다.

'후지초코 선생님이 이런 일러스트를 그려주셨으면' '이런 일러스트가 보고 싶다'는 마음으로 설정을 지어냈었는데 소원은…… 이루어지는 법이군요.

실은 일러스트 어딘가에 일본어가 섞여 있는데, 이건 제가 고집한 숨겨진 설정으로…… 어흠어흠.(표지 우측 끝 간판에 〈5호동〉, 〈렌탈 맥스〉, 〈6호 통로〉 따위의 일본어가 적혀 있음)

좌우간 후지초코 선생님, 감사합니다! 최고입니다!

그럼…… 다음에는 어떤 도시 풍경을 그려달라고 할까……. 후후후후후후후후후.

이번에도 서적화 10권과 더불어 만화판 4권이 동시 발매됩니다.

스에미츠 디카 선생님의 손으로 다시 태어난 이쪽도 멋지긴 마찬가지입니다! 만화이기에 문자만으로는 설명이 되지 않은(원작자의 기량부족) 도시 정경이며 주변 환경 등이 세세하게 보완되어 있거든요. 그러한 부분이 정말이지, 매우 기대됩니다. 그리고 활발하게 움직이는 미라의 모습도 정말 좋군요. 므흐흐흐.

만화판도 잘 부탁드립니다!

그러고 보니 내년 4월까지 이사를 해야만 하게 되었습니다. 좌우간 내진(耐震)기준이 이러쿵저러쿵하더니, 지금 살고 있는 곳을 개축해야 한다는 모양입니다.

입지도 좋고 집세도 괜찮아 매우 살기 좋은 장소였던지라 아쉽기 그지없습니다. 17년 정도는 더 살고 싶었는데 이사하려니 쓸쓸하군요.

문제는 이사할 집 찾기인데, 이게 또 난항을 겪고 있습니다…….

17년 동안 다닌 슈퍼마켓이 있어서 그 근처를 벗어나고 싶지는 않군요. 그리고 집세는 물론이고 넘쳐나는 만화책을 수납할 공간까지 고려하자면…….

11권이 출간될 즈음에는 아마 분명 이사가 완료……되어 있을 거라 생각합니다.

대체 저는 어떤 방을 선택할까요.

결과는 다음 권에 밝혀집니다! 또 만나 뵙겠습니다!

KENJA NO DESHI WO NANORU KENJA
©2018 by Hirotsugu ryusen
First published in Japan in 2018 by Hirotsugu ryusen.
Korean translation rights reserved by Somy Media, Inc.
Under the license from Micro Magazine Co., Ltd., Tokyo JAPAN

현자의 제자를 자칭하는 현자 10

2019년 3월 1일 1판 1쇄 발행
2020년 11월 30일 1판 2쇄 발행

저 자 류센 히로츠구
일 러 스 트 후지 초코
옮 긴 이 정대식
발 행 인 유재옥
본 부 장 조병권
담당편집 정영길
편 집 1 팀 정영길 김민지 조찬희
편 집 2 팀 김다솜
편 집 3 팀 오준영 곽혜민 김혜주
편 집 4 팀 성명신
미 술 김보라 서정원
라이츠담당 김슬비 한주원
디 지 털 박상섭 이성호 최서윤
발 행 처 ㈜소미미디어
인쇄제작처 코리아피앤피
등 록 제2015-000008호
주 소 서울 마포구 토정로 222, 403호(신수동, 한국출판콘텐츠센터)
판 매 ㈜소미미디어
마 케 팅 한민지 이주희 우희선
물 류 허석용
전 화 편집부 (070)4164-3962, 3963 기획실 (02)567-3388
　　　　 판매 및 마케팅 (070)4165-6888, Fax (02)322-7665

ISBN 979-11-6389-194-9 04830
ISBN 979-11-5710-460-4 (세트)